Bonner Straße 126, D-50968 Köln

Herausgegeben von Rolf Toman
Herstellungsleiter: Detlev Schaper
Covergestaltung: Peter Feierabend
Satz: HEVO GmbH, Dortmund
Printed in Hungary
ISBN 3-89508-201-5

Heinrich von Kleist

# Werke in drei Bänden

Band 1

Könemann

# Inhalt

# Gedichte

### *Wunsch am neuen Jahre 1800 für Ulrike von Kleist.*

Amphibion Du, das in zwei Elementen stets lebet,
Schwanke nicht länger und wähle Dir endlich ein sichres Geschlecht.
Schwimmen und fliegen geht nicht zugleich, drum verlasse das Wasser,
Versuch' es einmal in der Luft, schüttle die Schwingen und fleuch!

### *Wunsch am neuen Jahre 1800 für den General und die Generalin von Zenge.*

Sieben glücklicher Kinder glückliche Eltern! Das nenn' ich
Doch noch ein Glück, an das, wahrlich, kein Neujahrswunsch reicht!
Soll ich euch doch etwas wünschen, so sei es dies einzige: es finde
Euch ein Neujahr zu wünschen niemals ein Dichter den Stoff.

### *(Für Wilhelmine von Zenge.)*

Nicht aus des Herzens bloßem Wunsche keimt
Des Glückes schöne Götterpflanze auf.
Der Mensch soll mit der Mühe Pflugschar sich
Des Schicksals harten Boden öffnen, soll
Des Glückes Erntetag sich selbst bereiten,
Und Taten in die offnen Furchen streun.

Er soll des Glückes heil'gen Tempel sich
Nicht mit Hermeos' Caduceus öffnen,

Nicht wie ein Nabob seinen trägen Arm
Nach der Erfüllung jedes Wunsches strecken.
Er soll mit *etwas* den Genuß erkaufen,
Wär's auch mit des Genusses Sehnsucht nur.

Nicht vor den Bogen tritt der Hirsch und wendet
Die Scheibe seiner Brust dem Pfeile zu –
Der Jäger muß in Feld und Wald ihn suchen,
Wenn er daheim mit Beute kehren will.
Er muß mit jedem Halme sich beraten,
Ob er des Hirsches leichte Schenkel trug,
An jedes Baums entreiftem Aste prüfen,
Ob ihn sein königlich Geweih berührt.
Er muß die Spur durch Tal und Berg verfolgen,
Sich rastlos durch des Moors Gestrüppe drehn,
Sich auf des Felsens Gipfel schwingen, sich
Hinab in tiefer Schlünde Absturz stürzen,
Bis, in der Wildnis dicksten Mitternacht,
Er kraftlos neben seine Beute sinkt.

Der Schwalbe Nest hangt an des Knaben Hütte,
Allein die leichte Beute reizt ihn nicht.
Er will des Adlers königliche Brut,
Die in der Eiche hohem Wipfel thronet.
Denn das Erworbene – wärs mit einem Tropfen Schweiß
Auch nur erworben, ist uns mehr, als das
Gefundne wert. Den wir mit unsres Lebens
Gefahr erretteten, der ist uns teuer,
So wie dem Araber der teuer ist,
Dem er ein Stück von seinem Brode gab.

Am Ufer glänzt die helle Perlemutter,
Und des Agats buntfarbiges Gestein;

Allein der Perlenfischer achtet
Nicht, was die Erde bietet, stürzt
Sich lieber in des Meeres Wogen, senkt
Sich nieder in die dunkle Tiefe, und
Kehrt stolzer, als der Bergmann mit dem Golde,
Mit einer Auster blassem Schleim zurück.

Den Bergmann soll die Wünschelrute nicht
Mit blindem Glück an goldne Schätze führen,
Er soll durch Erd' und Stein sich einen Weg
Bis zu des Erzes edlem Gange bahnen,
Damit er an dem Körnchen Gold, das er
Mit Schweiß erwarb, sich mehr, als an dem Schatze,
Den ihm die Wünschelrute zeigt, erfreue.

Des Künstlers Meißel übt sich an Kristallen,
Die schon von selbst mit Farben spielen, nicht.
Er übt sich an dem rohen Kiesel, den
Des Knaben Fußtritt nicht verschonte, wühlet
Sich durch die Rinde, lockt den Feuerfunken,
Der in des Kiesels kaltem Busen schlummert,
In tausend Blitzen aus dem Stein hervor,
Und schmückt mit ihm der Herrscher Diadem.

Nicht zu dem Schiffer schwimmet, aus der Ferne,
Des Indiers goldner Überfluß heran,
Er muß auf ungewissen Brettern sich
Dem trügerischen Meere anvertraun.
Er muß der Sandbank hohe Fläche meiden,
Der Klippe spitz geschliffnen Dolch umgehn,
Sich mühsam durch der Meere Strudel winden,
Mit Stürme kämpfen, sich mit Wogen schlagen,
Bis ihn der Küste sichrer Port empfängt.

Auch zu der *Liebe* schwimmt nicht stets das *Glück,*
Wie zu dem Kaufmann nicht der Indus schwimmt.
Sie muß sich ruhig, in des Lebens Schiff,
Des Schicksals wildem Meere anvertraun,
Dem Wind des Zufalls seine Segeln öffnen,
Es an der *Hoffnung* Steuerruder lenken,
Und, stürmt es, vor der *Treue* Anker gehn.
Sie muß des *Wankelmutes* Sandbank meiden,
Geschickt des *Mißtrauns* spitzen Fels umgehn,
Und mit des *Schicksals* wilden Wogen kämpfen,
*Bis in des Glückes sichern Port sie läuft.*

## Kleine Gelegenheitsgedichte.

### *1. Der höhere Frieden.* (1792 oder 93.)

Wenn sich, auf des Krieges Donnerwagen,
  Menschen waffnen, auf der Zwietracht Ruf,
Menschen, die im Busen Herzen tragen,
  Herzen, die der Gott der Liebe schuf:

Denk' ich, können sie doch mir nichts rauben,
  Nicht den Frieden, der sich selbst bewährt,
Nicht die Unschuld, nicht an Gott den Glauben,
  Der dem Hasse, wie dem Schrecken, wehrt.

Nicht des Ahorns dunkelm Schatten wehren,
  Daß er mich, im Weizenfeld, erquickt,
Und das Lied der Nachtigall nicht stören,
  Die den stillen Busen mir entzückt.

## 2. *Jünglingsklage.*

Winter, so weichst du,
Lieblicher Greis,
Der die Gefühle
Ruhigt zu Eis.
Nun unter Frühlings
Üppigem Hauch
Schmelzen die Ströme –
Busen, du auch!

## 3. *Mädchenrätsel.*

Träumt er zur Erde, wen,
Sagt mir, wen meint er?
Schwillt ihm die Träne, was,
Götter, was weint er?
Bebt er, ihr Schwestern, was,
Redet, erschrickt ihn?
Jauchzt er, o Himmel, was
Ist's, was beglückt ihn?

## 4. *Katharina von Frankreich.*
(Als der schwarze Prinz um sie warb.)

Man sollt' ihm Maine und Anjou
Übergeben.
Was weiß ich, was er alles
Mocht' erstreben.
Und jetzt begehrt er nichts mehr,
Als die Eine –
Ihr Menschen, eine Brust her,
Daß ich weine!

### *5. An S. v. H. (1808.)*
(Als sie die Kamille besungen wissen wollte.)

Das Blümchen, das, dem Tal entblüht,
Dir Ruhe gibt und Stille,
Wenn Krampf dir durch die Nerve glüht,
Das nennst du die Kamille.

Du, die, wenn Krampf das Herz umstrickt,
O Freundin, aus der Fülle
Der Brust mir so viel Stärkung schickt,
Du bist mir die Kamille.

### *Prolog.*

Wettre hinein, o du, mit deinen flammenden Rossen,
Phöbus, Bringer des Tags, in den unendlichen Raum!
Gib den Horen dich hin! Nicht um dich, neben, noch rückwärts,
Vorwärts wende den Blick, wo das Geschwader sich regt!
Donnr' einher, gleichviel, ob über die Länder der Menschen,
Achtlos, welchem du steigst, welchem Geschlecht du versinkst,
Hier jetzt lenke, jetzt dort, so wie die Faust sich dir stellet,
Weil die Kraft dich, der Kraft spielende Übung, erfreut.
Fehlen nicht wirst du, du triffst, es ist der Tanz um die Erde,
Und auch vom Wartturm entdeckt unten ein Späher das Maß.

## *Epilog.*

Ruhig! Ruhig! Nur sacht! Das saust ja, Kronion, als wollten
Lenker und Wagen und Roß, stürzend, einschmettern zu Staub!
Niemand, ersuch' ich, übergeprescht! Wir lieben die Fahrt schon
Munter gestellt, doch es sind Häls' uns und Beine uns lieb.
Dir fehlt nichts, als hinten der Schweif; auf der Warte zum mind'sten
Weiß noch versammelt die Zunft nicht, wo das aus will, wo ein.
Führ' in die Ställ', ich bitte dich sehr, und laß jetzt verschnaufen,
Daß wir erwägen zu Nacht, was wir gehört und gesehn.
Weit noch ist, die vorliegt, die Bahn, und mit Wasser, o Phöbus,
Was du den Rossen auch gibst, kochst du zuletzt doch, wie wir.
Dich auch seh' ich noch schrittweis einher die prustenden führen.
Und nicht immer, beim Zeus, sticht sie der Haber, wie heut.

## *Der Engel am Grabe des Herrn.*

Als still und kalt, mit sieben Todeswunden,
Der Herr in seinem Grabe lag; das Grab
Als sollt' es zehn lebend'ge Riesen fesseln,
In eine Felskluft schmetternd eingehauen;
Gewälzet, mit der Männer Kraft, verschloß
Ein Sandstein, der Bestechung taub, die Türe;
Rings war des Landvogts Siegel aufgedrückt:

Es hätte der Gedanke selber nicht
Der Höhle unbemerkt entschlüpfen können;
Und gleichwohl noch, als ob zu fürchten sei,
Es könn' auch der Granitblock sich bekehren,
Ging eine Schar von Hütern auf und ab,
Und starrte nach des Siegels Bildern hin:
Da kamen, bei des Morgens Strahl,
Des ew'gen Glaubens voll, die drei Marien her,
Zu sehn, ob Jesus noch darinnen sei:
Denn Er, versprochen hatt' er ihnen,
Er werd' am dritten Tage auferstehn.
Da nun die Fraun, die gläubigen, sich nahten
Der Grabeshöhle: was erblickten sie?
Die Hüter, die das Grab bewachen sollten,
Gestürzt, das Angesicht in Staub,
Wie Tote, um den Felsen lagen sie;
Der Stein war weit hinweggewälzt vom Eingang;
Und auf dem Rande saß, das Flügelpaar noch regend,
Ein Engel, wie der Blitz erscheint,
Und sein Gewand so weiß wie junger Schnee.
Da stürzten sie, wie Leichen, selbst, getroffen,
Zu Boden hin, und fühlten sich wie Staub,
Und meinten, gleich im Glanze zu vergehn:
Doch er, er sprach, der Cherub: »Fürchtet nicht!
Ihr suchtet Jesum, den Gekreuzigten –
Der aber ist nicht hier, er ist erstanden:
Kommt her, und schaut die öde Stätte an.«
Und fuhr, als sie, mit hocherhobnen Händen,
Sprachlos die Grabesstätte leer erschaut,
In seiner hehren Milde also fort:
»Geht hin, ihr Fraun, und kündigt es nunmehr
Den Jüngern an, die er sich auserkoren,
Daß sie es allen Erdenvölkern lehren,
Und tun also, wie er getan«: und schwand.

## *Die beiden Tauben.*
Eine Fabel nach Lafontaine.

Zwei Täubchen liebten sich mit zarter Liebe.
Jedoch, der weichen Ruhe überdrüssig,
Ersann der Tauber eine Reise sich.
Die Taube rief: »Was unternimmst du, Lieber?
Von mir willst du, der süßen Freundin, scheiden:
Der Übel größtes, ist's die Trennung nicht?
Für dich nicht, leider, Unempfindlicher!
Denn selbst nicht Mühen können, und Gefahren,
Die schreckenden, an diese Brust dich fesseln.
Ja, wenn die Jahrszeit freundlicher dir wäre!
Doch bei des Winters immer regen Stürmen
Dich in das Meer hinaus der Lüfte wagen!
Erwarte mindestens den Lenz: was treibt dich?
Ein Rab' auch, der den Himmelsplan durchschweifte,
Schien mir ein Unglück anzukündigen.
Ach, nichts als Unheil zitternd werd' ich träumen,
Und nur das Netz stets und den Falken sehn.
Jetzt, ruf' ich aus, jetzt stürmt's: mein süßer Liebling,
Hat er jetzt alles auch was er bedarf,
Schutz und die goldne Nahrung, die er braucht,
Weich auch und warm ein Lager für die Nacht,
Und alles Weitre, was dazu gehört?« –
Dies Wort bewegte einen Augenblick
Den raschen Vorsatz unsers jungen Toren;
Doch die Begierde trug, die Welt zu sehn,
Und das unruh'ge Herz, den Sieg davon.
Er sagte: »Weine nicht! Zwei kurze Monden
Befriedigen jedweden Wunsch in mir.
Ich kehre wieder, Liebchen, um ein Kleines,
Jedwedes Abenteuer, Zug vor Zug,
Das mir begegnete, dir mitzuteilen.

Es wird dich unterhalten, glaube mir!
Ach, wer nichts sieht, kann wenig auch erzählen.
Hier, wird es heißen, war ich; dies erlebt' ich;
Dort auch hat mich die Reise hingeführt:
Und du, im süßen Wahnsinn der Gedanken,
Ein Zeuge dessen wähnen wirst du dich.« –
Kurz, dies und mehr des Trostes zart erfindend,
Küßt er, und unterdrückt was sich ihm regt,
Das Täubchen, das die Flügel niederhängt,
Und fleucht. –
Und aus des Horizontes Tiefe
Steigt mitternächtliches Gewölk empor,
Gewitterregen häufig niedersendend.
Ergrimmte Winde brechen los: der Tauber
Kreucht untern ersten Strauch, der sich ihm beut.
Und während er, von stiller Öd' umrauscht,
Die Flut von den durchweichten Federn schüttelt,
Die strömende, und seufzend um sich blickt,
Denkt er, nach Wandrerart, sich zu zerstreun,
Des blonden Täubchens heim, das er verließ.
Und sieht erst jetzt, wie sie beim Abschied schweigend
Das Köpfchen niederhing, die Flügel senkte,
Den weißen Schoß mit stillen Tränen netzend:
Und selbst, was seine Brust noch nie empfand,
Ein Tropfen, groß und glänzend, steigt ihm auf.
Getrocknet doch, beim ersten Sonnenstrahl,
So Aug' wie Leib, setzt er die Reise fort,
Und kehrt, wohin ein Freund ihn warm empfohlen,
In eines Städters reiche Wohnung ein.
Von Moos und duft'gen Kräutern zubereitet
Wird ihm ein Nest, an Nahrung fehlt es nicht,
Viel Höflichkeit, um dessen, der ihn sandte,
Wird ihm zuteil, viel Güt' und Artigkeit:
Der lieblichen Gefühle keins für sich.

Und sieht die Pracht der Welt und Herrlichkeiten,
Die schimmernden, die ihm der Ruhm genannt,
Und kennt nun alles, was sie Würd'ges beut,
Und fühlt unsel'ger sich, als je, der Arme,
Und steht, in Öden steht man öder nicht,
Umringt von allen ihren Freuden, da.
Und fleucht, das Paar der Flügel emsig regend,
Unausgesetzt, auf keinen Turm mehr achtend,
Zum Täubchen hin, und sinkt zu Füßen ihr,
Und schluchzt, in endlos heftiger Bewegung,
Und küsset sie, und weiß ihr nichts zu sagen –
Ihr, die sein armes Herz auch wohl versteht!

Ihr Sel'gen, die ihr liebt; ihr wollt verreisen?
O laßt es in die nächste Grotte sein!
Seid euch die Welt einander selbst und achtet
Nicht eines Wunsches wert das übrige!
Ich auch, das Herz einst eures Dichters, liebte:
Ich hätte nicht um Rom und seine Tempel,
Nicht um des Firmamentes Prachtgebäude,
Des lieben Mädchens Laube hingetauscht!
Wann kehrt ihr wieder, o ihr Augenblicke,
Die ihr dem Leben einz'gen Glanz erteilt?
So viele jungen, lieblichen Gestalten,
Mit unempfundnem Zauber sollen sie
An mir vorübergehn? Ach, dieses Herz!
Wenn es doch einmal noch erwarmen könnte!
Hat keine Schönheit einen Reiz mehr, der
Mich rührt? Ist sie entflohn, die Zeit der Liebe –

## *Epigramme.*

### 1. Herr von Göthe.

Siehe, das nenn' ich doch würdig, fürwahr, sich im Alter beschäft'gen!
Er zerlegt jetzt den Strahl, den seine Jugend sonst warf.

### 2. Komödienzettel.

Heute zum erstenmal mit Vergunst: die Penthesilea,
Hundekomödie; Acteurs: Helden und Köter und Fraun.

### 3. Forderung.

Gläubt ihr, so bin ich euch, was ihr nur wollt; recht nach der Lust Gottes,
Schrecklich und lustig und weich: Zweiflern versink' ich zu nichts.

### 4. Der Kritiker.

»Gottgesandter, sieh da! Wenn du das bist, so *verschaff'* dir
Glauben.« – Der Narr, der! Er hört nicht, was ich eben gesagt.

### 5. Dedikation der Penthesilea.

Zärtlichen Herzen gefühlvoll geweiht! Mit Hunden zerreißt sie,
Welchen sie liebet, und ißt, Haut dann und Haare, ihn auf.

### 6. Verwahrung.

Schelte, ich bitte, mich nicht! Ich machte, beim delphischen Gotte,
Nur die Verse; die Welt nahm ich, ihr wißt's, wie sie steht.

### 7. Voltaire.

Lieber! ich auch bin nackt, wie Gott mich erschaffen, natürlich,
Und doch häng' ich mir klug immer ein Mäntelchen um.

8. Antwort.

Freund, du bist es auch nicht, den nackt zu erschauen mich, jückte,
Ziehe mir nur dem Apoll Hosen, ersuch' ich, nicht an.

9. Der Theater-Bearbeiter der Penthesilea.

Nur die Meute, fürcht' ich, die wird in W… mit Glück nicht
Heulen, Lieber; den Lärm setz' ich, vergönn', in Musik.

10. Vokation.

Wärt ihr der Leidenschaft selbst, der gewaltigen, fähig, ich sänge
Daphne, beim Himmel, und was jüngst auf den Triften geschehn.

11. Archäologischer Einwand.

Aber der Leib war Erz des Achill! Der Tochter des Ares
Geb' ich zum Essen, beim Styx, nichts als die Ferse nur preis.

12. Rechtfertigung.

Ein Variant auf Ehre, vergib! Nur ob sie die Schuhe
Ausgespuckt, fand ich bestimmt in dem Hephästion nicht.

13. A l'ordre du jour.

Wunderlichster der Menschen, du! jetzt spottest du meiner,
Und wieviel Tränen sind doch still deiner Wimper entflohn!

14. Robert Guiskard, Herzog der Normänner.

Nein, das nenn' ich zu arg! Kaum weicht mit der Tollwut die Eine
Weg vom Gerüst, so erscheint der gar mit Beulen der Pest.

15. Der Psycholog.

Zuversicht, wie ein Berg so groß, dem Tadel verschanzt sein
Vielverliebt in sich selbst: daran erkenn' ich den Geck.

16. Die Welt und die Weisheit.

Lieber! Die Welt ist nicht so rund wie dein Wissen. An allem,
Was du mir eben gesagt, kenn' ich den Genius auch.

17. Der Ödip des Sophokles.

Greuel, vor dem die Sonne sich birgt! Demselbigen Weibe
Sohn zugleich und Gemahl, Bruder den Kindern zu sein!

18. Der Areopagus.

Lasset sein mutiges Herz gewähren! Aus der Verwesung
Reiche locket er gern Blumen der Schönheit hervor!

19. Die Marquise von O…

Dieser Roman ist nicht für dich, meine Tochter. In Ohnmacht!
Schamlose Posse! Sie hielt, weiß ich, die Augen bloß zu.

20. An ***

Wenn ich die Brust dir je, o Sensitiva, verletze,
Nimmermehr dichten will ich: Pest sei und Gift dann mein Lied.

21. Die Susannen.

Euch aber dort, euch kenn' ich! Seht, schreib' ich dies Wort euch: שׁוּזאָננָ
Schwarz auf weiß hin: was gilt's? denkt ihr – ich sag' nur nicht, was.

22. Vergebliche Delikatesse.

Richtig! Da gehen sie schon, so wahr ich lebe, und schlagen
(Hätt' ich's doch gleich nur gesagt) griechische Lexika nach.

23. Ad vocem.

Zweierlei ist das Geschlecht der Fraun; vielfältig ersprießlich
Jedem, daß er sie trennt: Dichtern vor allen. Merkt auf!

24. Unterscheidung.

Schauet dort jene! Die will ihre Schönheit in dem, was ich dichte,
Finden, hier diese, die legt ihre, o Jubel, hinein!

*Epigramme.*

1. Musikalische Einsicht.

An Fr. v. P...

a.

Zeno, beschirmt, und Diogen, mich, ihr Weisen! Wie soll ich
Heute tugendhaft sein, da ich die Stimme gehört.

b.

Eine Stimme, der Brust so schlank, wie die Zeder, entwachsen,
Schöner gewipfelt entblüht keine, Parthenope, dir.

c.

Nun versteh' ich den Platon erst, ihr ionischen Lieder,
Eure Gewalt, und warum Hellas in Fesseln jetzt liegt.

2. Demosthenes, an die griechischen Republiken.

Hättet ihr halb nur soviel, als jetzo, einander zu stürzen,
Euch zu erhalten getan: glücklich noch wär't ihr und frei.

3. Das frühreife Genie.

Nun, das nenn' ich ein frühgereiftes Talent doch! bei seiner
Eltern Hochzeit bereits hat er den Carmen gemacht.

4. Die Schwierigkeit.

In ein großes Verhältnis, das fand ich oft, ist die Einsicht
Leicht, das Kleinliche ist's, was sich mit Mühe begreift.

5. Eine notwendige Berichtigung.

Frauen stünde, gelehrt sein, nicht? Die Wahrheit zu sagen,
Nützlich ist es, es steht Männern so wenig, wie Fraun.

6. Das Sprachversehen.

Was! Du nimmst sie jetzt nicht, und warst der Dame versprochen?
Antwort: Lieber! vergib, man verspricht sich ja wohl.

7. Die Reuige.

Himmel, welch eine Pein sie fühlt! Sie hat so viel Tugend
Immer gesprochen, daß ihr nun kein Verführer mehr naht.

8. Das Horoskop.

Wehe dir, daß du kein Tor warst jung, da die Grazie dir Duldung
Noch erflehte, du wirst, Stax, nun im Alter es sein.

9. Der Aufschluß.

Was dich, fragst du, verdammt, stets mit den Dienern zu hadern?
Freund, sie verstehen den Dienst, aber nicht du den Befehl.

10. Der unbefugte Kritikus.

Ei, welch ein Einfall dir kömmt! Du richtest die Kunst mir, zu schreiben,
Ehe du selber die Kunst, Bester, zu lesen gelernt.

11. Die unverhoffte Wirkung.

Wenn du die Kinder ermahnst, so meinst du, dein Amt sei erfüllet.
Weißt du, was sie dadurch lernen? – Ermahnen, mein Freund!

12. Der Pädagog.

Einen andern stellt er für sich, den Aufbau der Zeiten
Weiter zu fördern, er selbst führet den Sand nicht herbei.

13. P… und F…

Setzet, ihr traft's mit euerer Kunst, und erzögt uns die Jugend
Nun zu Männern, wie ihr: lieben Freunde, was wär's?

14. Die lebendigen Pflanzen.
An M …

Eine Mütze, gewaltig und groß, über mehrere Häupter
Zerrst du, und zeigst dann, sie gehn unter denselbigen Hut.

15. Der Bauer, als er aus der Kirche kam.

Ach, wie erwähltet ihr heut, Herr Pfarr, so erbauliche Lieder!
Grade die Nummern, seht her, die ich ins Lotto gesetzt.

16. Freundesrat.

Ob du's im Tag'buch anmerkst? Handle! War es was Böses,
Fühl' es, o Freund, und vergiß; Gutes? Vergiß es noch eh'r!

17. Die Schatzgräberin.

Mütterchen, sag', was suchst du im Schutt dort? Siebenzig Jahre
Hat dich der Himmel getäuscht, und doch noch glaubst du an Glück?

18. Die Bestimmung.

Was ich fühle, wie sprech' ich es aus? – Der Mensch ist doch immer,
Selbst auch in dem Kreis lieblicher Freunde, allein.

19. Der Bewunderer des Shakespear.

Narr, du prahlst, ich befried'ge dich nicht! Am Mindervollkommnen
Sich erfreuen, zeigt Geist, nicht am Vortrefflichen, an!

20. Die gefährliche Aufmunterung.

An einen Anonymus im F…

a.

Witzig nennst du mein Epigramm? Nun, weil du so schön doch
Auf mich munterst, vernimm denn eine Probe auf dich.

b.

Schauet ihn an! Da steht er und ficht und stößet den Lüften
Quarten und Terzen durchs Herz, jubelt und meint, er trifft *mich.*

c.

Wie er heißet? Ihr fragt mich zuviel. Einen Namen zwar, glaub' ich,
Gab ihm der Vater: der Ruhm? Davon verlautete nichts.

## *Der Schrecken im Bade.*
Eine Idylle.

Johanna.

Klug doch, von List durchtrieben, ist die Grethe,
Wie kein' im Dorf mehr! »Mütterchen,« so spricht sie,
Und gleich, als scheute sie den Duft der Nacht,
Knüpft sie ein Tuch geschäftig sich ums Kinn:
»Laß doch die Pforte mir, die hintre, offen;
Denn in der Hürd' ein Lamm erkrankte mir,
Dem ich Lavendelöl noch reichen muß«:
Und, husch! statt nach der Hürde, die Verrätrin,
Drückt sie zum Seegestade sich hinab. –
Nun heiß, fürwahr, als sollt' er Ernten reifen,
War dieser Tag des Mais und, Blumen gleich,
Fühlt jedes Glied des Menschen sich erschlafft. –
Wie schön die Nacht ist! Wie die Landschaft rings
Im milden Schein des Mondes still erglänzt!
Wie sich der Alpen Gipfel, umgekehrt,
In den kristallnen See danieder tauchen!
Wenn das die Gletscher tun, ihr guten Götter,
Was soll der arme herzdurchglühte Mensch?
Ach! Wenn es nur die Sitte mir erlaubte,
Vom Ufer sänk' ich selbst herab, und wälzte,
Wollüstig, wie ein Hecht, mich in der Flut!

Margarethe.

Fritz! – Faßt nicht Schrecken, wie des Todes, mich!
– Fritz, sag' ich, noch einmal: Maria – Joseph!
Wer schwatzt dort in der Fliederhecke mir?
– Seltsam, wie hier die Silberpappel flüstert!
Husch und Lavendelöl und Hecht und Sitte:
Als ob's von seinen roten Lippen käme!
Fern im Gebirge steht der Fritz, und lauert

Dem Hirsch auf, der uns jüngst den Mais zerwühlte;
Doch hätt' ich nicht die Büchs' ihn greifen sehen,
Ich hätte schwören mögen, daß er's war. –

Johanna.

Gewiß! Diana, die mir unterm Spiegel,
Der Keuschheit Göttin, prangt, im goldnen Rahm:
Die Hunde liegen lechzend ihr zur Seite;
Und Pfeil und Bogen gibt sie, jagdermüdet,
Den jungen Nymphen hin, die sie umstehn:
Sie wählte sich, der Glieder Duft zu frischen,
Verständiger den Grottenquell nicht aus.
Hier hätt' Aktäon sie, der Menschen Ärmster,
Niemals entdeckt, und seine junge Stirn
Wär' ungehörnt, bis auf den heut'gen Tag.
Wie einsam hier der See den Felsen klatscht!
Und wie die Ulme, hoch vom Felsen her,
Sich niederbeugt, von Schlee umrankt und Flieder,
Als hätt' ein Eifersücht'ger sie verwebt,
Daß selbst der Mond mein Gretchen nicht und nicht,
Wie schön sie Gott der Herr erschuf, kann sehn!

Margarethe.

Fritz!

Johanna.

Was begehrt mein Schatz?

Margarethe.

Abscheulicher!

Johanna.

O Himmel, wie die Ente taucht. O seht doch,
Wie das Gewässer heftig, mit Gestrudel,
Sich über ihren Kopf zusammenschließt!
Nichts, als das Haar, vom seidnen Band umwunden,
Schwimmt, mit den Spitzen glänzend, oben hin!
In Halle sah ich drei Halloren tauchen.
Doch das ist nichts, seit ich die Ratz' erblickt!
Ei, Mädel! Du erstickst ja! Margarethe!

Margarethe.

Hilf! Rette! Gott, mein Vater!

Johanna.

Nun? Was gibt's? –
Ward, seit die Welt steht, so etwas erlebt!
Fritz ist's, so schau' doch her, der junge Jäger,
Der morgen dich, du weißt, zur Kirche führet! –
Umsonst! Sie geht schon wieder in den Grund!
Wenn wiederum die Nacht sinkt, kenn' ich sie
Auswendig, bis zur Sohl' herab, daß ich's
Ihr, mit geschloßnem Aug', beschreiben werde:
Und heut, von ohngefähr belauscht im Bade,
Tut sie, als wollte sie den Schleier nehmen,
Und nie erschaut von Männeraugen sein!

Margarethe.

Unsittlicher! Pfui, Häßlicher!

Johanna.

Nun endlich!
In dein Geschick doch endlich fügst du dich.
Du setzest dich, wo rein der Kiesgrund dir,

Dem Golde gleich, erglänzt, und hältst mir still.
Wovor, mein Herzenskind, auch bebtest du?
Der See ist dir, der weite, strahlende,
Ein Mantel, in der Tat, so züchtiglich,
Als jener samtene, verbrämt mit Gold,
Mit dem du Sonntags in der Kirch' erscheinst.

Margarethe.

Fritz, liebster aller Menschen, hör' mich an,
Willst du mich morgen noch zur Kirche führen?

Johanna.

Ob ich das will?

Margarethe.

Gewiß? begehrst du das?

Johanna.

Ei, allerdings! Die Glock' ist ja bestellt.

Margarethe.

Nun sieh, so fleh' ich, kehr' dein Antlitz weg!
Geh gleich vom Ufer, schleunig, augenblicklich!
Laß mich allein!

Johanna.

Ach, wie die Schultern glänzen!
Ach, wie die Knie, als säh' ich sie im Traum,
Hervorgehn schimmernd, wenn die Welle flieht!
Ach, wie das Paar der Händchen, festverschränkt,
Das ganze Kind, als wär's aus Wachs gegossen,
Mir auf dem Kiesgrund schwebend aufrecht halten!

Margarethe.

Nun denn, so mag die Jungfrau mir verzeihn!

Johanna.

Du steigst heraus? Ach, Gretchen! Du erschreckst mich!
Hier an den Erlstamm drück' ich das Gesicht,
Und obenein noch fest die Augen zu.
Denn alles, traun, auf Erden möcht' ich lieber,
Als mein geliebtes Herzenskind erzürnen.
Geschwind, geschwind! Das Hemdchen – hier! da liegt es!
Das Röckchen jetzt, das blaugekantete!
Die Strümpfe auch, die seidnen, und die Bänder,
Worin ein flammend Herz verzeichnet ist!
- Auch noch das Tuch? Nun, Gretchen, bist du fertig?
Kann ich mich wenden, Kind?

Margarethe.

Schamloser, du!
Geh' hin und suche für dein Bett' dir morgen,
Welch eine Dirn' im Orte dir gefällt.
Mich, wahrlich, wirst du nicht zur Kirche führen!
Denn wisse: wessen Aug' mich nackt gesehn,
Sieht weder nackt mich noch bekleidet wieder!

Johanna.

Gott, Herr, mein Vater, in so großer Not
Bleibt auf der Welt zum Trost mir nichts, als Eines.
Denn in das Brautbett, morgen möcht' ich wohl,
Was leugnet' ich's; doch, Herzchen, wiss' auch du:
In Sigismunds, des Großknechts, nicht in deins.

Margarethe.

Was sagst du?

Johanna.

Was?

Margarethe.

Sieh da, die Schäkerin!
Johanna ist's, die Magd, in Fritzens Röcken!
Und äfft, in eines Flieders Busch gesteckt,
Mit Fritzens rauher Männerstimme mich!

Johanna.

Ha, ha, ha, ha!

Margarethe.

Das hätt' ich wissen sollen!
Das hätte mir, als ich im Wasser lag,
Der kleine Finger jückend sagen sollen!
So hätt' ich, als du sprachst: »Ei sieh, die Nixe!
Wie sie sich wälzet!« und: »Was meinst du, Kind;
Soll ich herab zu dir vom Ufer sinken?«
Gesagt: »Komm her, mein lieber Fritz, warum nicht?
Der Tag war heiß, erfrischend ist das Bad,
Und auch an Platz für beide fehlt es nicht«;
Daß du zuschanden wärst, du Unverschämte,
An mir, die dreimal Ärgere, geworden.

Johanna.

So! Das wär' schön gewesen! Ein züchtig Mädchen, wisse,
Soll über solche Dinge niemals scherzen;
So lehrt es irgendwo ein schwarzes Buch. –
Doch jetzt das Mieder her; ich will's dir senkeln:
Daß er im Ernst uns nicht, indes wir scherzen,
Fritz hier, der Jäger, lauschend überrasche.
Denn auf dem Rückweg schleicht er hier vorbei;

Und schade wär' es doch – nicht wahr, mein Gretchen?
Müßt' er dich auch geschnürt nie wiedersehn.

*Germania an ihre Kinder.*

Die des Maines Regionen,
  Die der Elbe heitre Aun,
Die der Donau Strand bewohnen,
  Die das Odertal bebaun,
Aus des Rheines Laubensitzen,
  Von dem duft'gen Mittelmeer,
Von der Riesenberge Spitzen,
  Von der Ost- und Nordsee her!

Chor.
Horchet! – Durch die Nacht, ihr Brüder,
Welch ein Donnerruf hernieder?
  Stehst du auf, Germania?
  Ist der Tag der Rache da?

Deutsche, mut'ger Kinder Reigen,
  Die, mit Schmerz und Lust geküßt,
In den Schoß mir kletternd steigen,
  Die mein Mutterarm umschließt,
Meines Busens Schutz und Schirmer,
  Unbesiegtes Marsenblut,
Enkel der Kohortenstürmer,
  Römerüberwinderbrut!

Chor.
Zu den Waffen! Zu den Waffen!
Was die Hände blindlings raffen!

Mit dem Spieße, mit dem Stab,
Strömt ins Tal der Schlacht hinab!

Wie der Schnee aus Felsenrissen:
Wie auf ew'ger Alpen Höh'n,
Unter Frühlings heißen Küssen,
Siedend auf die Gletscher gehn:
Katarakten stürzen nieder,
Wald und Fels folgt ihrer Bahn,
Das Gebirg' hallt donnernd wider,
Fluren sind ein Ozean!

Chor.

So verlaßt, voran der Kaiser,
Eure Hütten, eure Häuser,
Schäumt, ein uferloses Meer,
Über diese Franken her!

Der Gewerbsmann, der den Hügeln
Mit der Fracht entgegenzeucht,
Der Gelehrte, der, auf Flügeln,
Der Gestirne Saum erreicht,
Schweißbedeckt das Volk der Schnitter,
Das die Fluren niedermäht,
Und, vom Fels herab, der Ritter,
Der, sein Cherub, auf ihm steht!

Chor.

Wer, in unzählbaren Wunden,
Jener Fremden Hohn empfunden,
Brüder, wer ein deutscher Mann,
Schließe diesem Kampf sich an!

Alle Triften, alle Stätten
  Färbt mit ihren Knochen weiß;
Welchen Rab' und Fuchs verschmähten,
  Gebet ihn den Fischen preis;
Dämmt den Rhein mit ihren Leichen;
  Laßt, gestäuft von ihrem Bein,
Schäumend um die Pfalz ihn weichen,
  Und ihn dann die Grenze sein!

Chor.

Eine Luftjagd, wie wenn Schützen
Auf die Spur dem Wolfe sitzen!
  Schlagt ihn tot! Das Weltgericht
  Fragt euch nach den Gründen nicht!

Nicht die Flur ist's, die zertreten
  Unter ihren Rossen sinkt;
Nicht der Mond, der, in den Städten,
  Aus den öden Fenstern blinkt;
Nicht das Weib, das, mit Gewimmer,
  Ihrem Todeskuß erliegt,
Und zum Lohn, beim Morgenschimmer,
  Auf den Schutt der Vorstadt fliegt!

Chor.

Das Geschehne sei vergessen;
Reue mög' euch ewig pressen!
  Höh'rem, als der Erde Gut,
  Schwillt, an diesem Tag, das Blut!

Rettung von dem Joch der Knechte,
  Das, aus Eisenerz geprägt,
Eines Höllensohnes Rechte

Über unsern Nacken legt;
Schutz den Tempeln vor Verheerung;
Unsrer Fürsten heil'gem Blut
Unterwerfung und Verehrung:
Gift und Dolch der Afterbrut!

Chor.

Frei, auf deutschem Grunde, walten
Laßt uns, nach dem Brauch der Alten,
Seines Segens selbst uns freun:
Oder unser Grab ihn sein!

*Kriegslied der Deutschen.*

Zottelbär und Panthertier
Hat der Pfeil bezwungen;
Nur für Geld, im Drahtspalier,
Zeigt man noch die Jungen.

Auf den Wolf, soviel ich weiß,
Ist ein Preis gesetzet;
Wo er immer hungerheiß
Naht, wird er gehetzet.

Reineke, der Fuchs, der sitzt
Lichtscheu in der Erden,
Und verzehrt, was er stipitzt,
Ohne fett zu werden.

Aar und Geier nisten nur
Auf der Felsen Rücken,
Wo kein Sterblicher die Spur
In den Sand mag drücken.

Schlangen sieht man gar nicht mehr,
Ottern und dergleichen,
Und der Drachen Greuelheer,
Mit geschwollnen Bäuchen,

Nur der Franzmann zeigt sich noch
In dem deutschen Reiche;
Brüder, nehmt die Keule doch,
Daß er gleichfalls weiche.

## *An Franz den Ersten, Kaiser von Österreich.*

O Herr, du trittst, der Welt ein Retter,
  Dem Mordgeist in die Bahn;
Und wie der Sohn der duft'gen Erde
Nur sank, damit er stärker werde,
  Fällst du von neu'm ihn an!

Das kommt aus keines Menschen Busen,
  Auch aus dem deinen nicht;
Das hat, dem ew'gen Licht entsprossen,
Ein Gott dir in die Brust gegossen,
  Den unsre Not besticht.

O sei getrost; in Klüften irgend
  Wächst dir ein Marmelstein;
Und müßtest du im Kampf auch enden,
So wird's ein anderer vollenden,
  Und dein der Lorbeer sein!

## *An den Erzherzog Karl.*

(Als der Krieg im März 1809 auszubrechen zögerte.)

Schauerlich ins Rad des Weltgeschickes
Greifst du am Entscheidungstage ein,
Und dein Volk lauscht, angsterfüllten Blickes,
Welch ein Los ihm wird gefallen sein.

Aber leicht, o Herr, gleich deinem Leben
Wage du das heil'ge Vaterland!
Sein Panier wirf, wenn die Scharen beben,
In der Feinde dicht'sten Lanzenstand.

Nicht der Sieg ist's, den der Deutsche fordert,
Hülflos, wie er schon am Abgrund steht;
Wenn der Kampf nur, fackelgleich, entlodert,
Wert der Leiche, die zu Grabe geht.

Mag er dann in finstre Nacht auch sinken,
Von dem Gipfel, halb bereits erklimmt;
Herr! Die Träne wird noch Dank dir blinken,
Wenn dein Schwert dafür nur Rache nimmt.

## *An Friedrich Wilhelm den Dritten, König von Preußen.*

(Zur Feier seiner Rückkehr nach Berlin.)

Was blickst Du doch zu Boden schweigend nieder,
Durch ein Portal siegprangend eingeführt?
Du wendest Dich, begrüßt vom Schall der Lieder,
Und Deine schöne Brust, sie scheint gerührt.
Blick' auf, o Herr! Du kehrst als Sieger wieder,
Wie hoch auch jener Cäsar triumphiert:
Ihm ist die Schar der Götter zugefallen,
Jedoch den Menschen hast Du wohlgefallen.

Du hast ihn treu, den Kampf, als Held getragen,
Dem Du um nicht'gen Ruhms Dich nicht geweiht!
Du hättest noch, in den Entscheidungstagen,
Der höchsten Friedensopfer keins gescheut.
Die schönste Tugend, laß mich's kühn Dir sagen,
Hat mit dem Glück des Krieges Dich entzweit:
Du brauchtest Wahrheit weniger zu lieben,
Und Sieger wärst Du auf dem Schlachtfeld blieben.

Laß denn zerknickt die Saat, von Waffenstürmen,
Die Hütten laß ein Raub der Flammen sein!
Du hast die Brust geboten, sie zu schirmen:
Dem Lethe wollen wir die Asche weihn.
Und müßt' auch selbst noch, auf der Hauptstadt Türmen,
Der Kampf sich, für das heil'ge Recht, erneun;
Sie sind gebaut, o Herr, wie hell sie blinken,
Für beßre Güter in den Staub zu sinken.

## *An Palafox.*

Tritt mir entgegen nicht, soll ich zu Stein nicht starren,
Auf Märkten oder sonst, wo Menschen atmend gehn,
Dich will ich nur am Styx bei marmorweißen Scharen,
Leonidas, Armin und Tell, den Geistern, sehn.

Du Held, der gleich dem Fels, das Haupt erhöht zur Sonnen,
Den Fuß versenkt in Nacht, des Stromes Wut gewehrt,
Der, stinkend wie die Pest, der Hölle wie entronnen,
Den Bau sechs festlicher Jahrtausende zerstört!

Dir ließ' ich, heiß wie Glut, ein Lied zum Himmel dringen,
Erhabner, hättest du Geringeres getan.

Doch was der Ebro sah, kann keine Leier singen,
Und in dem Tempel, still, häng' ich sie wieder an.

### *An den Erzherzog Karl.*

(Nach der Schlacht bei Aspern. Den 21. und 22. Mai 1809.)

Hättest du Turenne besiegt,
Der, an dem Zügel der Einsicht,
Leicht, den ehernen Wagen des Kriegs,
Wie ein Mädchen ruhige Rosse, lenkte;
Oder jenen Gustav der Schweden,
Der, an dem Tage der Schlacht,
Seraphische Streiter zu Hülfe rief;
Oder den Suwarow, oder den Soltikow,
Die, bei der Drommete Klang,
Alle Dämme der Streitlust niedertraten,
Und, mit Bächen von Blut,
Die granitene Bahn des Siegs sich sprengten:
Siehe, die Jungfraun rief ich herbei des Landes,
Daß sie zum Kranz den Lorbeer flöchten,
Dir die Scheitel, o Herr, zu krönen!

Aber wen ruf' ich, (o Herz, was klopfst du?)
Und wo blüht, an welchem Busen der Mutter,
So erlesen, wie sie aus Eden kam,
Und wo duftet, auch welchem Gipfel,
Unverwelklich, wie er Alciden kränzet,
Jungfrau und Lorbeer, dich, o Karl, zu krönen,
Überwinder des Unüberwindlichen!

## *Rettung der Deutschen.*

Alle Götter verließen uns schon, da erbarmte das Donau-
Weibchen sich unser, und Mars' Tempel erkenn' ich ihr zu.

## *Die tiefste Erniedrigung.*

Wehe, mein Vaterland, dir! Das Lied dir zum Ruhme zu singen,
Ist, getreu dir im Schoß, mir, deinem Dichter, verwehrt!

## *Das letzte Lied.*

(Nach dem Griechischen, aus dem Zeitalter Philipps von Mazedonien.)

Fernab am Horizont, auf Felsenrissen,
Liegt der gewitterschwarze Krieg getürmt.
Die Blitze zucken schon, die ungewissen,
Der Wandrer sucht das Laubdach, das ihn schirmt.
Und wie ein Strom, geschwellt von Regengüssen,
Aus seines Ufers Bette heulend stürmt,
Kommt das Verderben, mit entbundnen Wogen,
Auf alles, was besteht, herangezogen.

Der alten Staaten graues Prachtgerüste
Sinkt donnernd ein, von ihm hinweggespült,
Wie auf der Heide Grund ein Wurmgeniste,
Von einem Knaben scharrend weggewühlt;
Und wo das Leben, um der Menschen Brüste,
In tausend Lichtern jauchzend hat gespielt,
Ist es so lautlos jetzt, wie in den Reichen,
Durch die die Wellen des Kozythus schleichen.

Und ein Geschlecht, von düsterm Haar umflogen,
Tritt aus der Nacht, das keinen Namen führt,
Das, wie ein Hirngespinst der Mythologen,
Hervor aus der Erschlagnen Knochen stiert;
Das ist geboren nicht, und nicht erzogen,
Vom alten, das im deutschen Land regiert:
Das läßt in Tönen, wie der Nord an Strömen,
Wenn er im Schilfrohr seufzet, sich vernehmen.

Und du, o Lied, voll unnennbarer Wonnen,
Das das Gefühl so wunderbar erhebt,
Das, einer Himmelsurne wie entronnen,
Zu den entzückten Ohren niederschwebt,
Bei dessen Klang, empor ins Reich der Sonnen,
Von allen Banden frei, die Seele strebt:
Dich trifft der Todespfeil; die Parzen winken,
Und stumm ins Grab mußt du darnieder sinken.

Ein Götterkind, bekränzt, im Jugendreigen,
Wirst du nicht mehr von Land zu Lande ziehn,
Nicht mehr in unsre Tänze niedersteigen,
Nicht hochrot mehr, bei unserm Mahl, erglühn.
Und nur, wo einsam, unter Tannenzweigen,
Zu Leichensteinen stille Pfade fliehn,
Wird Wanderern, die bei den Toten leben,
Ein Schatten deiner Schön' entgegenschweben.

Und stärker rauscht der Sänger in die Saiten,
Der Töne ganze Macht lockt er hervor,
Er singt die Lust, fürs Vaterland zu streiten,
Und machtlos schlägt sein Ruf an jedes Ohr,
Und wie er flatternd das Panier der Zeiten
Sich weiter pflanzen sieht, von Tor zu Tor,

Schließt er sein Lied; er wünscht mit ihm zu enden,
Und legt die Leier tränend aus den Händen.

## *An die Königin von Preußen.*

Zur Feier ihres Geburtstags den 10. März 1810.
(In der Voraussetzung, daß an diesem Tage Gottesdienst sein würde.)

Die Glocke ruft, hoch, von geweihter Stelle,
Zum Dom das Volk, das durch die Straßen irrt.
Das Tor steht offen schon, und Kerzenhelle
Wogt von dem Leuchter, der den Altar ziert.
Bestreut, nach Festesart, ist Trepp' und Schwelle,
Die in das Innere der Kirche führt,
Und, unter Tor' und Pfeilern, im Gedränge,
Harrt, lautlos, die erwartungsvolle Menge.

Und die das Unglück, mit der Grazie Tritten,
Auf jungen Schultern, herrlich jüngsthin trug,
Als einz'ge Siegerin vom Platz geschritten,
Da jüngst des Himmels Zorn uns niederschlug,
Sie, die, aus giftiger Gewürme Mitten,
Zum Äther aufstieg, mit des Adlers Flug:
Sie tritt herein, in Demut und in Milde,
Und sinkt auf Knieen hin, am Altarbilde.

O einen Cherub, aus den Sternen, nieder,
Die Palmenkron' in der erhobnen Hand,
Der sie umschweb', auf glänzendem Gefieder,
Gelagert still, auf goldner Wolken Rand,
Der, unterm Flötenton seraph'scher Lieder,
Den Kranz erhöh', von Gott ihr zuerkannt,
Und, vor des Volkes frommerstauntem Blicke
Auf ihre heil'ge Schwesterstirne drücke.

## *An Ihro Majestät die Königin Louise von Preußen*
zur Feier ihres Geburtstages den 10. März 1810.

Du, die das Unglück mit der Grazie Schritten,
Auf jungen Schultern, herrlich jüngsthin trug:
Wie wunderbar ist meine Brust verwirrt,
In diesem Augenblick, da ich auf Knieen,
Um Dich zu segnen, vor Dir niedersinke.
Ich soll Dir ungetrübte Tag' erflehn:
Dir, die der hohen Himmelssonne gleich,
In voller Pracht nur strahlt und Herrlichkeit,
Wenn sie durch finstre Wetterwolken bricht.
O Du, die aus dem Kampf empörter Zeit,
Die *einz'ge* Siegerin, hervorgegangen:
Was für ein Wort, Dein würdig, sag' ich Dir?
So zieht ein Cherub, mit gespreizten Flügeln,
Zur Nachtzeit durch die Luft, und, auf den Rücken
Geworfen, staunen ihn, von Glanz geblendet,
Der Welt betroffene Geschlechter an.
Wir alle mögen, Hoh' und Niedere,
Von den Ruinen unsers Glücks umgeben,
Gebeugt von Schmerz, die Himmlischen verklagen,
Doch Du Erhabene, Du darfst es nicht!
Denn eine Glorie, in jenen Nächten,
Umglänzte Deine Stirn, von der die Welt,
Am lichten Tag der Freude nichts geahnt:
Wir sahn Dich Anmut endlos niederregnen,
Daß Du so groß als schön warst, war uns fremd!
Viel Blumen blühen in dem Schoß der Deinen
Noch Deinem Gurt zum Strauß, und Du bist's wert,
Doch eine schönre Palm' erringst Du nicht!
Und würde Dir, durch einen Schluß der Zeiten,
Die Krone auch der Welt: die goldenste,
Die Dich zur Königin der Erde macht,

Hat still die Tugend schon Dir aufgedrückt.
Sei, Teure, lange noch des Landes Stolz,
Durch frohe Jahre, wie, durch frohe Jahre,
Du seine Lust und sein Entzücken warst!

### *An die Königin von Preußen.*
Sonett.

Erwäg' ich, wie, in jenen Schreckenstagen,
Still Deine Brust verschlossen, was sie litt,
Wie Du das Unglück, mit der Grazie Tritt,
Auf jungen Schultern herrlich hast getragen,

Wie von des Kriegs zerrißnem Schlachtenwagen
Selbst oft die Schar der Männer zu Dir schritt,
Wie trotz der Wunde, die Dein Herz durchschnitt,
Du stets der Hoffnung Fahn' uns vorgetragen:

O Herrscherin, die Zeit dann möcht' ich segnen!
Wir sahn Dich Anmut endlos niederregnen,
Wie groß Du warst, das ahndeten wir nicht!

Dein Haupt scheint wie von Strahlen mir umschimmert;
Du bist der Stern, der voller Pracht erst flimmert,
Wenn er durch finstre Wetterwolken bricht!

### *An die Nachtigall.*
(Als Mamsell Schmalz die Camilla sang.)

Nachtigall, sprich, wo birgst du dich doch, wenn der tosende *Herbst*wind
Rauscht? – In der Kehle der *Schmalz* überwintere ich.

### *Wer ist der Ärmste.*

»Geld,« rief, »mein edelster Herr!« ein Armer. Der Reiche versetzte:
»Lümmel, was gäb' ich darum, wär' ich so hungrig, als Er!«

### *Der witzige Tischgesellschafter.*

Treffend, durchgängig ein Blitz, voll Scharfsinn, sind seine Repliken:
Wo? An der Tafel? Vergib! Wenn er's zu Hause bedenkt.

### *Notwehr.*

Wahrheit gegen den Feind? Verzeiht mir! Ich lege zuweilen
Seine Bind' um den Hals, um in sein Lager zu gehn.

### *Glückwunsch.*

Ich gratuliere, Stax, denn ewig wirst du leben;
Wer keinen Geist besitzt, hat keinen aufzugeben.

### *An den Großherrn.*

(Als er den Mufti abgesetzt.)

Recht hast du, Herr! Ein kleines Licht
Paßt auf den Kirchenleuchter nicht.

### *Gleich und Ungleich.*

Eine Legende nach Hans Sachs.

Der Herr, als er auf Erden noch einherging,
Kam mit Sankt Peter einst an einen Scheideweg,

Und fragte, unbekannt des Landes,
Das er durchstreifte, einen Bauersknecht,
Der faul, da, wo der Rain sich spaltete, gestreckt
In eines Birnbaums Schatten lag:
Was für ein Weg nach Jericho ihn führe?
Der Kerl, die Männer nicht beachtend,
Verdrießlich, sich zu regen, hob ein Bein,
Zeigt' auf ein Haus im Feld, und gähnt' und sprach: »Da unten!«
Zerrt sich die Mütze übers Ohr zurecht,
Kehrt sich, und schnarcht schon wieder ein.
Die Männer drauf, wohin das Bein gewiesen,
Gehn ihre Straße fort; jedoch nicht lange währt's,
Von Menschen leer, wie sie das Haus befinden,
Sind sie im Land schon wieder irr.
Da steht, im heißen Strahl der Mittagssonne,
Bedeckt von Ähren, eine Magd,
Die schneidet, frisch und wacker, Korn,
Der Schweiß rollt ihr vom Angesicht herab.
Der Herr, nachdem er sich gefällig drob ergangen,
Kehrt also sich mit Freundlichkeit zu ihr:
»Mein Töchterchen, gehn wir auch recht,
So wie wir stehn, den Weg nach Jericho?«
Die Magd antwortet flink: »Ei, Herr!
Da seid ihr weit vom Wege irr gegangen;
Dort hinterm Walde liegt der Turm von Jericho,
Kommt her, ich will den Weg euch zeigen.«
Und legt die Sichel weg, und führt, geschickt und emsig,
Durch Äcker, die der Rain durchschneidet,
Die Männer auf die rechte Straße hin,
Zeigt noch, wo schon der Turm von Jericho erglänzet,
Grüßt sie und eilt zurücke wieder,
Auf daß sie schneid', in Rüstigkeit, und raffe,
Von Schweiß betrieft, im Weizenfelde,
So nach wie vor.

Sankt Peter spricht: »O Meister mein!
Ich bitte dich, um deiner Güte willen,
Du wollest dieser Maid die Tat der Liebe lohnen,
Und, flink und wacker, wie sie ist,
Ihr einen Mann, flink auch und wacker, schenken.«
»Die Maid,« versetzt der Herr voll Ernst,
»Die soll den faulen Schelmen nehmen,
Den wir am Scheideweg im Birnbaumsschatten trafen;
Also beschloß ich's gleich im Herzen,
Als ich im Weizenfeld sie sah.«
Sankt Peter spricht: »Nein, Herr, das wolle Gott verhüten.
Das wär' ja ewig schad' um sie,
Müßt' all' ihr Schweiß und Müh' verloren gehn.
Laß einen Mann, ihr ähnlicher, sie finden,
Auf daß sich, wie sie wünscht, hoch bis zum Giebel ihr
Der Reichtum in der Tenne fülle.«
Der Herr antwortet, mild den Sanktus strafend:
»O Petre, das verstehst du nicht.
Der Schelm, der kann doch nicht zur Höllen fahren.
Die Maid auch, frischen Lebens voll,
Die könnte leicht zu stolz und üppig werden.
Drum, wo die Schwinge sich ihr allzuflüchtig regt,
Henk' ich ihr ein Gewichtlein an,
Auf daß sie's beide im Maße treffen,
Und fröhlich, wenn es ruft, hinkommen, er wie sie,
Wo ich sie alle gern versammeln möchte.«

## *Der Welt Lauf.*

Eine Legende nach Hans Sachs.

Der Herr und Petrus oft, in ihrer Liebe beide,
Begegneten im Streite sich,
Wenn von der Menschen Heil die Rede war;

Und dieser nannte zwar die Gnade Gottes groß,
Doch wär' er Herr der Welt, meint' er,
Würd' er sich ihrer mehr erbarmen.
Da trat, zu einer Zeit, als längst, in beider Herzen,
Der Streit vergessen schien, und just,
Um welcher Ursach' weiß ich nicht,
Der Himmel oben auch voll Wolken hing,
Der Sanktus, mißgestimmt, den Heiland an, und sprach:
»Herr, laß, auf eine Handvoll Zeit,
Mich, aus dem Himmelreich, auf Erden niederfahren,
Daß ich des Unmuts, der mich griff,
Vergess' und mich einmal, von Sorgen frei, ergötze,
Weil es jetzt grad' vor Fastnacht ist.«
Der Herr, des Streits noch sinnig eingedenk,
Spricht: »Gut; acht Tag' geb' ich dir Zeit,
Der Feier, die mir dort beginnt, dich beizumischen;
Jedoch, sobald das Fest vorbei,
Kommst du mir zur gesetzten Stunde wieder.«
Acht volle Tage doch, zwei Wochen schon, und mehr,
Ein abgezählter Mond vergeht,
Bevor der Sankt zum Himmel wiederkehrt.
»Ei, Petre,« spricht der Herr, »wo weiltest du so lange?
Gefiel's auch nieden dir so wohl?«
Der Sanktus, mit noch schwerem Kopfe, spricht:
»Ach, Herr! Das war ein Jubel unten –!
Der Himmel selbst beseliget nicht besser.
Die Ernte, reich, du weißt, wie keine je gewesen,
Gab alles was das Herz nur wünscht,
Getreide, weiß und süß, Most, sag' ich dir, wie Honig,
Fleisch fett, dem Speck gleich, von der Brust des Rindes;
Kurz, von der Erde jeglichem Erzeugnis
Zum Brechen alle Tafeln voll.
Da ließ ich's, schier, zu wohl mir sein,
Und hätte bald des Himmels gar vergessen.«

Der Herr erwidert: »Gut! Doch, Petre, sag' mir an,
Bei soviel Segen, den ich ausgeschüttet,
Hat man auch dankbar mein gedacht?
Sahst du die Kirchen auch von Menschen voll?« –
Der Sankt, bestürzt hierauf, nachdem er sich besonnen,
»O Herr,« spricht er, »bei meiner Liebe,
Den ganzen Fastmond durch, wo ich mich hingewendet,
Nicht deinen Namen hört' ich nennen.
Ein einz'ger Mann saß murmelnd in der Kirche:
Der aber war ein Wucherer,
Und hatte Korn, im Herbst erstanden,
Für Mäus' und Ratzen hungrig aufgeschüttet.« –
»Wohlan denn,« spricht der Herr, und läßt die Rede fallen,
»Petre, so geh; und künft'ges Jahr
Kannst du die Fastnacht wiederum besuchen.«
Doch diesmal war das Fest des Herrn kaum eingeläutet,
Da kömmt der Sanktus schleichend schon zurück.
Der Herr begegnet ihm am Himmelstor und ruft:
»Ei, Petre! Sieh! Warum so traurig?
Hat's dir auf Erden denn danieden nicht gefallen?«
»Ach, Herr,« versetzt der Sankt, »seit ich sie nicht gesehen,
Hat sich die Erde ganz verändert.
Da ist's kurzweilig nicht mehr, wie vordem,
Rings sieht das Auge nichts, als Not und Jammer.
Die Ernte, ascheweiß versengt auf allen Feldern,
Gab für den Hunger nicht, um Brot zu backen,
Viel wen'ger Kuchen, für die Lust, und Stritzeln.
Und weil der Herbstwind früh der Berge Hang durchreift,
War auch an Wein und Most nicht zu gedenken.
Da dacht' ich: was auch sollst du hier?
Und kehrt' ins Himmelreich nur wieder heim.« –
»So!« spricht der Herr. »Fürwahr! Das tut mir leid!
Doch, sag' mir an: gedacht' man mein?«
»Herr, ob man dein gedacht? – Die Wahrheit dir zu sagen,

Als ich durch eine Hauptstadt kam,
Fand ich, zur Zeit der Mitternacht,
Vom Altarkerzenglanz, durch die Portäle strahlend,
Dir alle Märkt' und Straßen hell;
Die Glöckner zogen, daß die Stränge rissen;
Hoch an den Säulen hingen Knaben,
Und hielten ihre Mützen in der Hand,
Kein Mensch, versichr' ich dich, im Weichbild rings zu sehn,
Als *Einer* nur, der eine Schar
Lastträger keuchend von dem Hafen führte:
Der aber war ein Wucherer,
Und häufte Korn auf lächelnd, fern erkauft,
Um von des Landes Hunger sich zu mästen.«
»Nun denn, o Petre,« spricht der Herr,
»Erschaust du jetzo doch den Lauf der Welt!
Jetzt siehst du doch was du jüngsthin nicht glauben wolltest,
Daß Güter nicht das Gut des Menschen sind;
Daß mir ihr Heil am Herzen liegt wie dir:
Und daß ich, wenn ich sie mit Not zuweilen plage,
Mich, meiner Liebe treu und meiner Sendung,
Nur ihrer höhren Not erbarme.«

## *(Widmung des »Prinzen Friedrich von Homburg« an die Prinzessin Wilhelm.)*

Gen Himmel schauend greift, im Volksgedränge,
Der Barde fromm in seine Saiten ein.
Jetzt trösten, jetzt verletzen seine Klänge,
Und solcher Antwort kann er sich nicht freun.
Doch Eine denkt er in dem Kreis der Menge,
Der die Gefühle seiner Brust sich weihn:
Sie hält den Preis in Händen, der ihm falle,
Und krönt ihn die, so krönen sie ihn alle.

# Dramen

# Die Familie Schroffenstein

## Ein Trauerspiel in fünf Aufzügen

## Personen:

*Rupert Graf von Schroffenstein* aus dem Hause Rossitz.
*Eustache*, seine Gemahlin.
*Ottokar*, ihr Sohn.
*Johann*, Ruperts natürlicher Sohn.
*Sylvius, Graf von Schroffenstein*, aus dem Hause Warwand.
*Sylvester*, sein Sohn, regierender Graf.
*Gertrude*, Sylvesters Gemahlin, Stiefschwester der Eustache.
*Agnes*, ihre Tochter.
*Jeronimus von Schroffenstein*, aus dem Hause Wyk.
*Aldöbern*, *Santing*, *Fintenring* – Vasallen Ruperts.
Theistiner, Vasall Sylvesters.
*Ursula*, eine Totengräberswitwe.
*Barnabe*, ihre Tochter.
Eine Kammerjungfer der Eustache.
Ein Kirchenvogt.
Ein Gärtner.
Zwei Wanderer.
Ritter. Geistliche. Hofgesinde.

Das Stück spielt in Schwaben.

# Erster Aufzug.

## Erste Szene

*Rossitz. Das Innere einer Kapelle. Es steht ein Sarg in der Mitte: um ihn herum Rupert, Eustache, Ottokar, Jeronimus, Ritter, Geistliche, das Hofgesinde und ein Chor von Jünglingen und Mädchen. Die Messe ist soeben beendigt.*

CHOR DER MÄDCHEN *(mit Musik)*.
Niedersteigen,
Glanzumstrahlet,
  Himmelshöhen zur Erd' herab
Sah ein Frühling
Einen Engel.
  Nieder trat ihn ein frecher Fuß.

CHOR DER JÜNGLINGE.
Dessen Thron die weiten Räume decken,
Dessen Reich die Sterne Grenzen stecken,
Dessen Willen wollen wir vollstrecken,
Rache! Rache! Rache! schwören wir.

CHOR DER MÄDCHEN.
Aus dem Staube
Aufwärts blickt' er
  Milde zürnend den Frechen an;
Bat, ein Kindlein,
Bat um Liebe.
  Mörders Stahl gab die Antwort ihm.

CHOR DER JÜNGLINGE *(wie oben)*.

Chor der Mädchen.
Nun im Sarge,
Ausgelitten,
   Faltet blutige Händlein er.
Gnade betend
Seinem Feinde.
   Trotzig steht der Feind und schweigt.

Chor der Jünglinge *(wie oben)*.

*(Während die Musik zu Ende geht, nähert sich die Familie und ihr Gefolge dem Altar.)*

Rupert. Ich schwöre Rache! Rache! auf die Hostie,
Dem Haus Sylvesters, Grafen Schroffenstein.
*(Er empfängt das Abendmahl.)*
Die Reihe ist an dir, mein Sohn.

Ottokar. Mein Herz
Trägt wie mit Schwingen deinen Fluch zu Gott.
Ich schwöre Rache, so wie du.

Rupert. Den Namen,
Mein Sohn, den Namen nenne!

Ottokar. Rache schwör' ich
Sylvestern Schroffenstein!

Rupert. Nein, irre nicht!
Ein Fluch, wie unsrer, kömmt vor Gottes Ohr,
Und jedes Wort bewaffnet er mit Blitzen.
Drum wäge sie gewissenhaft. – Sprich nicht
»Sylvester«, sprich »sein ganzes Haus«, so hast
Du's sichrer.

Ottokar. Rache schwör' ich, Rache!
Dem Mörderhaus Sylvesters.
*(Er empfängt das Abendmahl.)*

Rupert. Eustache;
Die Reihe ist an dir.

EUSTACHE. Verschone mich,
Ich bin ein Weib –
RUPERT. Und Mutter auch des Toten.
EUSTACHE. O Gott! Wie soll ein Weib sich rächen?
RUPERT. In
Gedanken. Würge sie betend.
*(Sie empfängt das Abendmahl.)*
*(Rupert führt Eustache in den Vordergrund. Alle folgen.)*
RUPERT. Ich weiß, Eustache, Männer sind die Rächer –
Ihr seid die Klageweiber der Natur.
Doch nichts mehr von Natur.
Ein hold ergötzend Märchen ist's der Kindheit,
Der Menschheit von den Dichtern, ihrer Amme,
Erzählt. Vertrauen, Unschuld, Treue, Liebe,
Religion, der Götter Furcht sind wie
Die Tiere, welche reden. – Selbst das Band,
Das heilige, der Blutsverwandtschaft riß,
Und Vettern, Kinder eines Vaters, zielen,
Mit Dolchen zielen sie auf ihre Brüste.
Ja sieh, dic letzte Menschenregung für
Das Wesen in der Wiege ist erloschen.
Man spricht von Wölfen, welche Kinder säugten,
Von Löwen, die das Einzige der Mutter
Verschonten. – Ich erwarte, daß ein Bär
An Oheims Stelle tritt für Ottokar.
Und weil doch alles sich gewandelt, Menschen
Mit Tieren die Natur gewechselt, wechsle
Denn auch das Weib die ihrige – verdränge
Das Kleinod Liebe, das nicht üblich ist,
Aus ihrem Herzen, um die Folie,
Den Haß, hineinzusetzen. –
Wir
Indessen tun's in unsrer Art. Ich biete
Euch, meine Lehensmänner, auf, mir schnell

Von Mann und Weib und Kind und, was nur irgend
Sein Leben lieb hat, eine Schar zu bilden.
Denn nicht ein ehrlich offner Krieg, ich denke,
Nur eine Jagd wird's werden wie nach Schlangen.
Wir wollen bloß das Felsenloch verkeilen,
Mit Dampfe sie in ihrem Nest ersticken –
– Die Leichen liegen lassen, daß von fernher
Gestank die Gattung schreckt, und keine wieder
In einem Erdenalter dort ein Ei legt.

Eustache. O Rupert, mäß'ge dich! Es hat der frech
Beleidigte den Nachteil, daß die Tat
Ihm die Besinnung selbst der Rache raubt,
Und daß in seiner eignen Brust ein Freund
Des Feindes aufsteht wider ihn, die Wut. –
Wenn dir ein Garn Sylvester stellt, du läufst
In deiner Wunde blindem Schmerzgefühl
Hinein. – Könntst du nicht prüfen mindestens
Vorher, aufschieben noch die Fehde? – Ich
Will nicht den Arm der Rache binden, leiten
Nur will ich ihn, daß er so sichrer treffe.

Rupert. So meinst du, soll ich warten? Peters Tod
Nicht rächen, bis ich Ottokars, bis ich
Auch deinen noch zu rächen hab' – Aldöbern!
Geh hin nach Warwand, künd'ge ihm den Frieden auf.
– Doch sag's ihm nicht so sanft, wie ich, hörst du?
Nicht mit so dürren Worten – Sag', daß ich
Gesonnen sei, an seines Schlosses Stelle
Ein Hochgericht zu bauen. – Nein, ich bitte,
Du mußt so matt nicht reden – Sag', ich dürste
Nach sein und seines Kindes Blute, hörst du?
Und seines Kindes Blute.

*(Er bedeckt sich das Gesicht; ab, mit Gefolge, außer Ottokar und Jeronimus.)*

Jeronimus. Ein Wort, Graf Ottokar.

Ottokar. Bist du's, Jerome?
Willkommen! Wie du siehst, sind wir geschäftig,
Und kaum wird mir die Zeit noch bleiben, mir
Die Rüstung anzupassen. – Nun, was gibt's?
Jeronimus. Ich komm' aus Warwand.
Ottokar. So? Aus Warwand?
Nun?
Jeronimus. Bei meinem Eid, ich nehme ihre Sache.
Ottokar. Sylvesters? Du?
Jeronimus. Denn nie ward eine Fehde
So tollkühn rasch, so frevelhaft leichtsinnig
Beschlossen, als die eur'.
Ottokar. Erkläre dich.
Jeronimus. Ich denke, das Erklären ist an dir.
Ich habe hier in diesen Bänken wie
Ein Narr gestanden,
Dem ein Schwarzkünstler Faxen vormacht.
Ottokar. Wie?
Du wüßtest nichts?
Jeronimus. Du hörst, ich sage dir,
Ich komm' aus Warwand, wo Sylvester, den
Ihr einen Kindesmörder scheltet,
Die Mücken klatscht, die um sein Mädchen summen.
Ottokar. Ja so, das war es. – Allerdings, man weiß,
Du giltst dem Hause viel, sie haben dich
Stets ihren Freund genannt, so solltest du
Wohl unterrichtet sein von ihren Wegen.
Man spricht, du freitest um die Tochter – Nun,
Ich sah sie nie, doch des Gerüchtes Stimme
Rühmt ihre Schönheit! Wohl. So ist der Preis
Es wert. –
Jeronimus. Wie meinst du das?
Ottokar. Ich meine, weil –
Jeronimus. Laß gut sein, kann es selbst mir übersetzen.

Du meinest, weil ein seltner Fisch sich zeigt,
Der doch zum Unglück bloß vom Aas sich nährt,
So schlüg' ich meine Ritterehre tot
Und hing' die Leich' an meiner Lüste Angel
Als Köder auf –

Ottokar. Ja, grad' heraus, Jerome!
Es gab uns Gott das seltne Glück, daß wir
Der Feinde Schar leichtfaßlich, unzweideutig,
Wie eine runde Zahl erkennen. Warwand,
In diesem Worte liegt's, wie Gift in einer Büchse;
Und weil's jetzt drängt, und eben nicht die Zeit
Zu mäkeln, ein zweideutig Körnchen Saft
Mit Müh' herauszuklauben, nun so machen
Wir's kurz und sagen: du gehörst zu Warwand.

Jeronimus. Bei meinem Eid, da habt ihr recht. Niemals
War eine Wahl mir zwischen euch und ihnen;
Doch muß ich mich entscheiden, auf der Stelle
Tu' ich's, wenn so die Sachen stehn. Ja sieh,
Ich spreng' auf alle Schlösser im Gebirg,
Empöre jedes Herz, bewaffne, wo
Ich's finde, das Gefühl des Rechts, den frech
Verleumdeten zu rächen.

Ottokar. Das Gefühl
Des Rechts! O du Falschmünzer der Gefühle!
Nicht Einen wird ihr blanker Schein betrügen;
Am Klange werden sie es hören, an
Die Tür' zur Warnung deine Worte nageln. –
Das Rechtgefühl! – Als ob's ein andres noch
In einer andern Brust, als dieses, gäbe!
Denkst du, daß ich, wenn ich ihn schuldlos glaubte,
Nicht selbst dem eignen Vater gegenüber
Auf seine Seite treten würde? Nun,
Du Tor, wie könnt' ich denn dies Schwert, dies gestern
Empfangne, dies der Rache auf sein Haupt

Geweihte, so mit Wollust tragen? – Doch
Nichts mehr davon, das kannst du nicht verstehn.
Zum Schlusse – Wir, wir hätten, denk' ich, nun
Einander wohl nichts mehr zu sagen?

JERONIMUS. – Nein.

OTTOKAR. Leb' wohl!

JERONIMUS. Ottokar!
Was meinst du? Sieh, du schlägst mir ins Gesicht,
Und ich, ich bitte dich, mit mir zu reden –
Was meinst du, bin ich nicht ein Schurke?

OTTOKAR. Willst
Du's wissen, stell' dich nur an diesen Sarg!

*(Ottokar ab. Jeronimus kämpft mit sich, will ihm nach, erblickt dann den Kirchenvogt.)*

JERONIMUS. He, Alter!

KIRCHENVOGT. Herr!

JERONIMUS. Du kennst mich?

KIRCHENVOGT. Warst du schon
In dieser Kirche?

JERONIMUS. Nein.

KIRCHENVOGT. Ei, Herr, wie kann
Ein Kirchenvogt die Namen aller kennen,
Die außerhalb der Kirche?

JERONIMUS. Du hast recht.
Ich bin auf Reisen, hab' hier angesprochen,
Und finde alles voller Leid und Trauer.
Unglaublich dünkt's mich, was die Leute reden,
Es hab' der Oheim dieses Kind erschlagen.
Du bist ein Mann doch, den man zu dem Pöbel
Nicht zählt, und der wohl hie und da ein Wort
Von höhrer Hand erhorchen mag. Nun, wenn's
Beliebt, so teil' mir, was du wissen magst,
Fein ordentlich und nach der Reihe mit.

KIRCHENVOGT. Seht, Herr, das tu' ich gern. Seit alten Zeiten

Gibt's zwischen unsern beiden Grafenhäusern,
Von Rossitz und von Warwand, einen Erbvertrag,
Kraft dessen, nach dem gänzlichen Aussterben
Des einen Stamms, das gänzliche Besitztum
Desselben an den andern fallen sollte.
JERONIMUS. Zur Sache, Alter! das gehört zur Sache nicht.
KIRCHENVOGT. Ei, Herr, der Erbvertrag gehört zur Sache.
Denn das ist just, als sagtest du, der Apfel
Gehöre nicht zum Sündenfall.
JERONIMUS. Nun denn,
So sprich.
KIRCHENVOGT. Ich sprech'! Als unser jetz'ger Herr
An die Regierung treten sollte, ward
Er plötzlich krank. Er lag zwei Tage lang
In Ohnmacht; alles hielt ihn schon für tot,
Und Graf Sylvester griff als Erbe schon
Zur Hinterlassenschaft, als wiederum
Der gute Herr lebendig ward. Nun hätt'
Der Tod in Warwand keine größre Trauer
Erwecken können, als die böse Nachricht.
JERONIMUS. Wer hat dir das gesagt?
KIRCHENVOGT. Herr, zwanzig Jahre sind's,
Kann's nicht beschwören mehr.
JERONIMUS. Sprich weiter.
KIRCHENVOGT. Herr,
Ich spreche weiter. Seit der Zeit hat der
Sylvester stets nach unsrer Grafschaft her
Geschielt, wie eine Katze nach dem Knochen,
An dem der Hund nagt.
JERONIMUS. Tat er das?
KIRCHENVOGT. So oft
Ein Junker unserm Herrn geboren ward,
Soll er, spricht man, erblaßt sein.
JERONIMUS. Wirklich?

Kirchenvogt. Nun,
Weil alles Warten und Gedulden doch
Vergebens war, und die zwei Knaben wie
Die Pappeln blühten, nahm er kurz die Axt,
Und fällte vor der Hand den einen hier,
Den jüngsten, von neun Jahren, der im Sarg'.
Jeronimus. Nun, das erzähl', wie ist das zugegangen?
Kirchenvogt. Herr, ich erzähl's dir ja. Denk' dir, du seist
Graf Rupert, unser Herr, und gingst an einem Abend
Spazieren, weit von Rossitz, ins Gebirg.
Nun denke dir, du fändest plötzlich dort
Dein Kind erschlagen, neben ihm zwei Männer
Mit blut'gen Messern, Männer, sag' ich dir,
Aus Warwand. Wütend zögst du drauf das Schwert
Und macht'st sie beide nieder.
Jeronimus. Tat Rupert das?
Kirchenvogt. Der eine, Herr, blieb noch am Leben, und
Der hat's gestanden.
Jeronimus. Gestanden?
Kirchenvogt. Ja, Herr, er hat's rein h'raus gestanden.
Jeronimus. Was
Hat er gestanden?
Kirchenvogt. Daß sein Herr Sylvester
Zum Morde ihn gedungen und bezahlt.
Jeronimus. Hast du's gehört? Aus seinem Munde?
Kirchenvogt. Herr,
Ich hab's gehört aus seinem Munde, und die ganze
Gemeinde.
Jeronimus. Höllisch ist's! – Erzähl's genau.
Sprich, wie gestand er's?
Kirchenvogt. Auf der Folter.
Jeronimus. Auf
Der Folter? Sag' mir seine Worte.
Kirchenvogt. Herr,

Die hab' ich nicht genau gehöret, außer eins;
Denn ein Getümmel war auf unserm Markte,
Wo er gefoltert ward, daß man sein Brüllen
Kaum hören konnte.

Jeronimus. Außer eins, sprachst du,
Nenn' mir das eine Wort, das du gehört.

Kirchenvogt. Das eine Wort, Herr, war: Sylvester.

Jeronimus. Sylvester! – – Nun, und was war's weiter?

Kirchenvogt. Herr, weiter war es nichts. Denn bald darauf,
Als er's gestanden hatt', verblich er.

Jeronimus. So?
Und weiter weißt du nichts?

Kirchenvogt. Herr, nichts.

*(Jeronimus bleibt in Gedanken stehn.)*

Ein Diener *(tritt auf)*. War nicht
Graf Rupert hier?

Jeronimus. Suchst du ihn? Ich geh' mit dir.

*(Alle ab.)*

*Ottokar und Johann treten von der andern Seite auf.*

Ottokar. Wie kamst du denn zu diesem Schleier? Er
Ist's, ist's wahrhaftig – Sprich – Und so in Tränen?
Warum denn so in Tränen? So erhitzt?
Hat dich die Mutter Gottes so begeistert,
Vor der du knietest?

Johann. Gnäd'ger Herr – als ich
Vorbeiging an dem Bilde, riß es mich
Gewaltsam zu sich nieder. –

Ottokar. Und der Schleier?
Wie kamst du denn zu diesem Schleier, sprich?

Johann. Ich sag' dir ja, ich fand ihn.

Ottokar. Wo?

Johann. Im Tale.
Zum heil'gen Kreuz.

Ottokar. Und kennst nicht die Person,
Die ihn verloren?

Johann. – Nein.
Ottokar. Gut. Es tut nichts;
Ist einerlei – Und weil er dir nichts nützet,
Nimm diesen Ring, und laß den Schleier mir.
Johann. Den Schleier –? Gnäd'ger Herr, was denkst du? Soll
Ich das Gefundene an dich verhandeln?
Ottokar. Nun, wie du willst. Ich war dir immer gut,
Und will's dir schon so lohnen, wie du's wünschest.
*(Er küßt ihn und will gehen.)*
Johann. Mein bester Herr – O, nicht – O, nimm mir alles,
Mein Leben, wenn du willst –
Ottokar. Du bist ja seltsam.
Johann. Du nähmst das Leben mir mit diesem Schleier.
Denn einer heiligen Reliquie gleich
Bewahrt er mir das Angedenken an
Den Augenblick, wo segensreich, heilbringend,
Ein Gott ins Leben mich, ins ew'ge, führte.
Ottokar. Wahrhaftig? – Also fandst du ihn wohl nicht?
Er ward dir wohl geschenkt? Ward er? Nun, sprich.
Johann. Fünf Wochen sind's – nein, morgen sind's fünf Wochen,
Als sein gesamt berittnes Jagdgefolge
Dein Vater in die Forsten führte. Gleich
Vom Platz, wie ein gekrümmtes Fischbein, flog
Das ganze Roßgewimmel ab ins Feld.
Mein Pferd, ein ungebändigt tückisches,
Von Hörnerklang und Peitschenschall und Hund –
Geklaff' verwildert, eilt ein eilendes
Vorüber nach dem andern, streckt das Haupt
Vor deines Vaters Roß schon an der Spitze –
Gewaltig drück' ich in die Zügel; doch,
Als hätt's ein Sporn getroffen, nun erst greift
Es aus, und aus dem Zuge, wie der Pfeil
Aus seinem Bogen, fliegt's dahin – Rechtsum

In eine Wildbahn reiß' ich es, bergan;
Und weil ich meinen Blicken auf dem Fuß
Muß folgen, eh' ich, was ich sehe, wahr
Kann nehmen, stürz' ich, Roß und Reuter, schon
Hinab in einen Strom. –

Ottokar. Nun, Gott sei Dank,
Daß ich auf trocknem Land dich vor mir sehe.
Wer rettete dich denn?

Johann. Wer, fragst du? Ach,
Daß ich mit einem Wort es nennen soll!
– Ich kann's dir nicht so sagen, wie ich's meine,
Es war ein nackend Mädchen.

Ottokar. Wie? Nackend?

Johann. Strahlenrein, wie eine Göttin
Hervorgeht aus dem Bade. Zwar ich sah
Sie fliehend nur in ihrer Schöne – Denn
Als mir das Licht der Augen wiederkehrte,
Verhüllte sie sich. –

Ottokar. Nun?

Johann. Ach, doch ein Engel
Schien sie, als sie verhüllt nun zu mir trat;
Denn das Geschäft der Engel tat sie, hob
Zuerst mich Hingesunknen – löste dann
Von Haupt und Nacken schnell den Schleier, mir
Das Blut, das strömende, zu stillen.

Ottokar. O
Du Glücklicher!

Johann. Still saß ich, rührte nicht ein Glied,
Wie eine Taub' in Kindeshand.

Ottokar. Und sprach sie nicht?

Johann. Mit Tönen wie aus Glocken – fragte, stets
Geschäftig, wer ich sei? woher ich komme?
– Erschrak dann lebhaft, als sie hört', ich sei
Aus Rossitz.

Ottokar. Wie? Warum denn das?

Johann. Gott weiß.
Doch hastig fördernd das Geschäft, ließ sie
Den Schleier mir, und schwand.
Ottokar. Und sagte sie
Dir ihren Namen nicht?
Johann. Dazu war sie
Durch Bitten nicht, nicht durch Beschwören zu
Bewegen.
Ottokar. Nein, das tut sie nicht.
Johann. Wie? kennst
Du sie?
Ottokar. Ob ich sie kenne? Glaubst du Tor,
Die Sonne scheine dir allein?
Johann. Wie meinst
Du das? – Und kennst auch ihren Namen?
Ottokar. Nein,
Beruh'ge dich. Den sagt sie mir so wenig
Wie dir, und droht mit ihrem Zorne, wenn
Wir unbescheiden ihn erforschen sollten.
Drum laß uns tun, wie sie es will. Es sollen
Geheimnisse der Engel Menschen nicht
Ergründen. Laß – ja, laß uns lieber, wie
Wir es mit Engeln tun, sie taufen. Möge
Die Ähnliche der Mutter Gottes auch
Maria heißen – uns nur, du verstehst;
Und nennst du im Gespräch mir diesen Namen,
So weiß ich, wen du meinst. Ich habe lange
Mir einen solchen Freund gewünscht. Es sind
So wenig Seelen in dem Hause, die
Wie deine, zartbesaitet,
Vom Atem tönen.
Und weil uns nun der Schwur der Rache fort
Ins wilde Kriegsgetümmel treibt, so laß
Uns brüderlich zusammenhalten; kämpfe
Du stets an meiner Seite.

Johann. Ich sag' dir ja, sie ist es.
Ottokar. O mein Gott!
Johann. Als sie auf den Bericht, ich sei aus Rossitz,
Schnell fortging, folgt' ich ihr von weitem
Bis Warwand fast, wo mir's ein Mann nicht einmal,
Nein zehenmal bekräftigte.
Ottokar. O, laß
An deiner Brust mich ruhn, mein lieber Freund.
*Er lehnt sich auf Johannes' Schulter. Jeronimus tritt auf.*
Jeronimus. Ich soll
Mich sinngeändert vor dir zeigen, soll
Die schlechte Meinung dir benehmen, dir,
Wenn's möglich, eine beßre abgewinnen.
– Gott weiß, das ist ein peinliches Geschäft.
Laß gut sein, Ottokar. Du kannst mir's glauben,
Ich wußte nichts von allem, was geschehn.
*(Pause; da Ottokar nicht aufsieht.)*
Wenn du's nicht glaubst, ei nun, so laß es bleiben.
Ich hab' nicht Lust, mich vor dir weiß zu brennen.
Kannst du's verschmerzen, so mich zu verkennen,
Bei Gott, so kann ich das verschmerzen.
Ottokar *(zerstreut)*. Was sagst du, Jeronimus?
Jeronimus. Ich weiß, was dich so zäh' macht in dem Argwohn.
's ist wahr, und niemals werd' ich's leugnen, ja,
Ich hatt' das Mädel mir zum Weib erkoren.
Doch eh' ich je mit Mördern mich verschwägre,
Zerbreche mir die Henkershand das Wappen.
*(Ottokar fällt Jeronimus plötzlich um den Hals.)*
Jeronimus. Was ist dir, Ottokar! Was hat so plötzlich
Dich und so tief bewegt?
Ottokar. Gib deine Hand,
Verziehn sei alles.
Jeronimus. – Tränen? Warum Tränen?

OTTOKAR. Laß mich, ich muß hinaus ins Freie.
*(Ottokar schnell ab; die andern folgen.)*

## Zweite Szene

*Warwand. Ein Zimmer im Schlosse. Agnes führt Sylvius in einen Sessel.*

SYLVIUS. Agnes, wo ist Philipp?
AGNES. Du lieber Gott, ich sag's dir alle Tage,
Und schrieb's dir auf ein Blatt, wärst du nicht blind.
Komm her, ich schreib's dir in die Hand.
SYLVIUS. Hilft das?
AGNES. Es hilft, glaub' mir's.
SYLVIUS. Ach, es hilft nicht.
AGNES. Ich meine,
Vor dem Vergessen.
SYLVIUS. Ich, vor dem Erinnern.
AGNES. Guter Vater!
SYLVIUS. Liebe Agnes!
AGNES. Fühl' mir einmal die Wange an.
SYLVIUS. Du weinst?
AGNES. Ich weiß es wohl, daß mich der Pater schilt,
Doch glaub' ich, er versteht es nicht. Denn sieh,
Wie ich muß lachen, eh' ich will, wenn einer
Sich lächerlich bezeigt, so muß ich weinen,
Wenn einer stirbt.
SYLVIUS. Warum denn, meint der Pater,
Sollst du nicht weinen?
AGNES. Ihm sei wohl, sagt er.
SYLVIUS. Glaubst du's?
AGNES. Der Pater freilich soll's verstehn,

Doch glaub' ich fast, er sagt's nicht, wie er's denkt.
Denn hier war Philipp gern, wie sollt' er nicht?
Wir liebten ihn, es war bei uns ihm wohl;
Nun haben sie ihn in das Grab gelegt –
Ach, es ist gräßlich. – Zwar der Pater sagt,
Er sei nicht in dem Grabe – Nein, daß ich's
Recht sag', er sei zwar in dem Grabe – Ach,
Ich kann dir's nicht so wiederbeichten. Kurz,
Ich seh' es, wo er ist, am Hügel. Denn
Woher der Hügel?

SYLVIUS. Wahr! Sehr wahr!
– Agnes, der Pater hat doch recht. Ich glaub's
Mit Zuversicht.

AGNES. Mit Zuversicht? Das ist
Doch seltsam. Ja, da möcht' es freilich doch
Wohl anders sein, wohl anders. Denn woher
Die Zuversicht?

SYLVIUS. Wie willst du's halten, Agnes?

AGNES. Wie meinst du das?

SYLVIUS. Ich meine, wie du's gläubest?

AGNES. Ich will's erst lernen, Vater.

SYLVIUS. Wie? Du bist
Nicht eingesegnet? Sprich, wie alt denn bist du?

AGNES. Bald funfzehn.

SYLVIUS. Sieh, da könnte ja ein Ritter
Bereits dich vor den Altar führen.

AGNES. Meinst du?

SYLVIUS. Das möchtest du doch wohl?

AGNES. Das sag' ich nicht.

SYLVIUS. Kannst auch die Antwort sparen. Sag's der Mutter,
Sie soll den Beicht'ger zu dir schicken.

AGNES. Horch!
Da kommt die Mutter.

Sylvius. Sag's ihr gleich.
Agnes. Nein, lieber
Sag' du es ihr, sie möchte ungleich von
Mir denken.
Sylvius. Agnes, führe meine Hand
Zu deiner Wange.
Agnes *(ausweichend)*. Was soll das?
*Gertrude tritt auf.*
Sylvius. Gertrude, hier das Mädel klagt dich an,
Es rechne ihr das Herz das Alter vor,
Ihr blühend Leben sei der Reife nah',
Und knüpft' ihn einer nur, so würde, meint sie,
Ihr üppig Haupthaar einen Brautkranz fesseln –
Du aber hättst ihr noch die Einsegnung,
Den Ritterschlag der Weiber, vorenthalten.
Gertrude. Hat dir Jerome das gelehrt?
Sylvius. Gertrude,
Sprich, ist sie rot?
Gertrude. Ei nun, ich will's dem Vater sagen.
Gedulde dich bis morgen, willst du das?
*(Agnes küßt die Hand ihrer Mutter.)*
Hier, Agnes, ist die Schachtel mit dem Spielzeug.
Was wolltest du damit?
Agnes. Den Gärtnerkindern,
Den hinterlaßnen Freunden Philipps, schenk'
Ich sie.
Sylvius. Die Reuter Philipps? Gib sie her.
*(Er macht die Schachtel auf.)*
Sieh, wenn ich diese Puppen halt', ist mir's,
Als säße Philipp an dem Tisch. Denn hier
Stellt' er sie auf, und führte Krieg, und sagte
Mir an, wie's abgelaufen.
Agnes. Diese Reuter,
Sprach er, sind wir, und dieses Fußvolk ist
Aus Rossitz.

Sylvius. Nein, du sagst nicht recht. Das Fußvolk
War nicht aus Rossitz, sondern war der Feind.
Agnes. Ganz recht, so mein' ich es, der Feind aus Rossitz.
Sylvius. Ei, nicht doch, Agnes, nicht doch. Denn wer sagt dir,
Daß die aus Rossitz unsre Feinde sind?
Agnes. Was weiß ich! Alle sagen's.
Sylvius. Sag's nicht nach.
Sie sind uns ja die nahverwandten Freunde.
Agnes. Wie du nur sprichst! Sie haben dir den Enkel,
Den Bruder mir vergiftet, und das sollen
Nicht Feinde sein!
Sylvius. Vergiftet! Unsern Philipp!
Gertrude. Ei, Agnes, immer trägt die Jugend das Geheimnis
Im Herzen, wie den Vogel in der Hand.
Agnes. Geheimnis! Allen Kindern in dem Schlosse
Ist es bekannt! Hast du, du selber es
Nicht öffentlich gesagt?
Gertrude. Gesagt? Und öffentlich?
Was hätt' ich öffentlich gesagt? Dir hab'
Ich heimlich anvertraut, es könnte sein,
Wär' möglich, hab' den Anschein fast –
Sylvius. Gertrude,
Du tust nicht gut daran, daß du das sagst.
Gertrude. Du hörst ja, ich behaupte nichts, will keinen
Der Tat beschuld'gen, will von allem schweigen.
Sylvius. Der Möglichkeit doch schuldigst du sie an.
Gertrude. Nun, das soll keiner mir bestreiten. – Denn
So schnell dahin zu sterben, heute noch
In Lebensfülle, in dem Sarge morgen.
– Warum denn hätten sie vor sieben Jahren,
Als mir die Tochter starb, sich nicht erkundigt?
War das ein Eifer nicht! Die Nachricht bloß

Der Krankheit konnte kaum in Rossitz sein,
Da flog ein Bote schon herüber, fragte
Mit wildverstörter Hast im Hause, ob
Der Junker krank sei? – Freilich wohl, man weiß,
Was so besorgt sie macht': der Erbvertrag,
Den wir schon immer, sie nie lösen wollten.
Und nun die bösen Flecken noch am Leibe,
Der schnelle Übergang in Fäulnis – Still!
Doch still! der Vater kommt. Er hat mir's streng
Verboten, von dem Gegenstand zu reden.

*Sylvester und der Gärtner treten auf.*

Sylvester. Kann dir nicht helfen, Meister Hans. Geb' zu,
Daß deine Rüben süß wie Zucker sind. –
Gärtner. Wie Feigen, Herr.
Sylvester. Hilft nichts. Reiß aus, reiß aus –
Gärtner. Ein Gärtner, Herr, bepflanzt zehn Felder lieber
Mit Buchsbaum, eh' er einen Kohlstrunk ausreißt.
Sylvester. Du bist ein Narr. Ausreißen ist ein froh' Geschäft,
Geschieht's, um etwas Besseres zu pflanzen.
Denk' dir das junge Volk von Bäumen, die
Wenn wir vorbeigehn, wie die Kinder tanzen
Und uns mit ihren Blütenaugen ansehn.
Es wird dich freuen, Hans, du kannst's mir glauben.
Du wirst sie hegen, pflegen, wirst sie wie
Milchbrüder deiner Kinder lieben, die
Mit ihnen Leben ziehn aus deinem Fleiße.
Zusammen wachsen wirst du sie, zusammen
Sie blühen sehn, und wenn dein Mädel dir
Den ersten Enkel bringt, gib acht, so füllen
Zum Brechen unsre Speicher sich mit Obst.
Gärtner. Herr, werden wir's erleben?
Sylvester. Ei, wenn nicht wir,
Doch unsre Kinder.

Gärtner. Deine Kinder? Herr,
Ich möchte lieber eine Eichenpflanzung
Großziehen, als dein Fräulein.
Sylvester. Wie meinst du das?
Gärtner. Denn wenn sie der Nordostwind nur nicht stürzt,
So sollt' mir mit dem Beile keiner nahn,
Wie Junker Philipp'n.
Sylvester. Schweig! Ich kann das alberne
Geschwätz im Haus nicht leiden.
Gärtner. Nun, ich pflanz'
Die Bäume. Aber eßt ihr nicht die Früchte,
Der Teufel hol' mich, schick' ich sie nach Rossitz!
*(Gärtner ab; Agnes verbirgt ihr Gesicht an die Brust ihrer Mutter.)*
Sylvester. Was ist das? Ich erstaun' – O, daran ist
Beim Himmel! niemand schuld als du, Gertrude!
Das Mißtraun ist die schwarze Sucht der Seele,
Und alles, auch das Schuldlos-Reine, zieht
Fürs kranke Aug' die Tracht der Hölle an.
Das Nichtsbedeutende, Gemeine, ganz
Alltägliche, spitzfindig, wie zerstreute
Zwirnfäden, wird's zu einem Bild geknüpft,
Das uns mit gräßlichen Gestalten schreckt.
Gertrude, o das ist sehr schlimm. –
Gertrude. Mein teurer
Gemahl! –
Sylvester. Hättst du nicht wenigstens das Licht,
Das, wie du vorgibst, dir gezündet ward,
Verbergen in dem Busen, einen so
Zweideut'gen Strahl nicht fallen lassen sollen.
Auf diesen Tag! den, hätt' er was du sagst
Gesehn, ein mitternächtig' Dunkel ewig,
Wie den Karfreitag, decken müßte.
Gertrude. Höre
Mich an –

Sylvester. Dem Pöbel, diesem Starmatz – diesem
Hohlspiegel des Gerüchtes – diesem Käfer
Die Kohle vorzuwerfen, die er spielend
Aufs Dach des Nachbars trägt –

Gertrude. Ihm vorgeworfen?
O mein Gemahl, die Sache lag so klar
Vor aller Menschen Augen, daß ein jeder,
Noch eh' man es verbergen konnte, schon
Von selbst das Rechte griff.

Sylvester. Was meinst du? Wenn
Vor achtzehn Jahren, als du schnell nach Rossitz
Zu deiner Schwester eiltest, bei der ersten
Geburt ihr beizustehn, die Schwester nun,
Als sie den neugebornen Knaben tot
Erblickte, dich beschuldigt hätte, du,
Du hättest – du verstehst mich – heimlich ihm,
Verstohlen, während du ihn herztest, küßtest,
Den Mund verstopft, das Hirn ihm eingedrückt –

Gertrude. O Gott, mein Gott, ich will ja nichts mehr sagen,
Will niemand mehr beschuld'gen, will's verschmerzen,
Wenn sie dies Einz'ge nur, dies Letzte uns nur lassen.
*(Sie umarmt Agnes mit Heftigkeit.)*

Ein Knappe *(tritt auf)*. Es ist ein Ritter, Herr, am Tore.

Sylvester. Laß ihn ein.

Sylvius. Ich will aufs Zimmer, Agnes, führe mich.
*(Sylvius und Agnes ab.)*

Gertrude. Soll ich ihm einen Platz an unserm Tisch
Bereiten?

Sylvester. Ja, das magst du tun. Ich will
Indessen Sorge tragen für sein Pferd.

*(Beide ab; Agnes tritt auf, sieht sich um, schlägt ein Tuch über, setzt einen Hut auf, und geht ab.)*

*Sylvester und Aldöbern treten auf.*

Sylvester. Aus Rossitz, sagst du?

Aldöbern. Ritter Aldöbern
Aus Rossitz. Bin gesandt von meinem Herrn,
Dem Rupert, Graf von Schroffenstein, an dich,
Sylvester, Grafen Schroffenstein.
Sylvester. Die Sendung
Empfiehlt dich, Aldöbern; denn deines Herrn
Sind deine Freunde. Drum so laß uns schnell
Hinhüpfen über den Gebrauch; verzeih,
Daß ich mich setze, setz' dich zu mir, und
Erzähle alles, was du weißt, von Rossitz.
Denn wie, wenn an zwei Seegestaden zwei
Verbrüderte Familien wohnen, selten,
Bei Hochzeit nur, bei Taufe, Trauer, oder
Wenn's sonst was Wicht'ges gibt, der Kahn
Herüberschlüpft, und dann er Bote vielfach,
Noch eh' er reden kann, befragt wird, was
Geschehn, wie's zuging, und warum nicht anders,
Ja, selbst an Dingen, als, wie groß der Ältste,
Wie viele Zähn' der Jüngste, ob die Kuh
Gekalbet, und dergleichen, das zur Sache
Doch nicht gehöret, sich erschöpfen muß –
Sieh, Freund, so bin ich fast gesonnen, es
Mit dir zu machen. – Nun, beliebt's, so setz' dich.
Aldöbern. Herr, kann es stehend abtun.
Sylvester. Ei, du Narr,
Stehn und Erzählen, das gehört zusammen,
Wie Reiten fast und Küssen.
Aldöbern. Meine Rede
Wär' fertig, Herr, noch eh' ich niedersitze.
Sylvester. Willst du so kurz sein? Ei, das tut mir leid;
Doch, wenn's so drängt, ich will's nicht hindern. Rede.
Aldöbern. Mich schickt mein Herr, Graf Rupert Schroffenstein,
Dir wegen des an seinem Sohne Peter
Verübten Mords den Frieden aufzukünden. –

Sylvester. Mord?
Aldöbern. Mord.
Doch soll ich, meint' er, nicht so frostig reden,
Von bloßem Zwist und Streit und Kampf und Krieg,
Von Sengen, Brennen, Reißen und Verheeren.
Drum brauch' ich lieber seine eignen Worte,
Die lauten so: Er sei gesonnen, hier
Auf deiner Burg ein Hochgericht zu bauen;
Es dürste ihm nach dein und deines Kindes –
Und deines Kindes Blute – wiederholt' er.
Sylvester *(steht auf, sieht ihm steif ins Gesicht).* Ja so – Nun,
setz' dich, guter Freund. –
*(Er holt einen Stuhl.)*
Du bist
Aus Rossitz nicht, nicht wahr? – Nun, setz' dich. Wie
War schon dein Name? Setz' dich, setz' dich. – Nun,
Sag' an, ich hab's vergessen, wo, wo bist
Du her?
Aldöbern. Gebürtig? Herr, aus Oppenheim.
– Was soll das?
Sylvester. So, aus Oppenheim – nun, also
Aus Rossitz nicht. Ich wußt' es wohl; nun, setz' dich!
*(Er geht an die Tür.)*
Gertrude!
*Gertrude tritt auf.*
Laß mir doch den Knappen rufen
Von diesem Ritter, hörst du?
*(Gertrude ab.)*
Nun, so setz' dich
Doch, Alter – Was den Krieg betrifft, das ist
Ein lustig' Ding für Ritter; sieh, da bin ich
Auf deiner Seite. –
Aldöbern. Meiner Seite?

SYLVESTER. Ja,
Was Henker denkst du! Hat dir einer Unrecht,
Beschimpfung oder sonst was zugefügt,
So sag' du's mir, sag's mir, wir wollen's rächen.
ALDÖBERN. Bist du von Sinnen, oder ist's Verstellung?
*Gertrude, der Knappe und ein Diener treten auf.*
SYLVESTER. Sag' an, mein Sohn, wer ist dein Herr? Es ist
Mit ihm wohl – nun, du weißt schon, was ich meine. –
ALDÖBERN. Den Teufel bin ich was du meinst. Denkst du,
Mir sei von meiner Mutter so viel Menschen-
Verstand nicht angeboren, als vonnöten,
Um einzusehn, du seist ein Schurke? Frag'
Die Hund' auf unserm Hofe, sieh, sie riechen's
Dir an, und nähme Einer einen Bissen
Aus deiner Hand, so hänge mich! – Zum Schlusse
So viel noch: Mein Geschäft ist aus. Den Krieg
Hab' ich dir Kindesmörder angekündigt.
*(Will ab.)*
SYLVESTER *(hält ihn)*. Nein, halte – Nein, bei Gott, du machst mich bange.
Denn deine Rede, wenn sie gleich nicht reich,
Ist doch so wenig arm an Sinn, daß mich's
Entsetzet. – Einer von uns beiden muß
Verrückt sein; bist du's nicht, *ich* könnt' es werden.
Die Unze Mutterwitz, die dich vom Tollhaus
Errettet, muß, es kann nicht anders, *mich*
Ins Tollhaus führen. – Sieh, wenn du mir sagtest,
Die Ströme flössen neben ihren Ufern
Bergan und sammelten auf Felsenspitzen
In Seen sich, so wollt' – ich wollt's dir glauben;
Doch sagst du mir, ich hätt' ein Kind gemordet,
Des Vetters Kind –
GERTRUDE. O großer Gott, wer denn

Beschuldiget dich dieser Untat? Die aus Rossitz,
Die selbst, vor wenig Monden –

Sylvester. Schweig. Nun, wenn's
Beliebt, so sag's mir einmal noch. Ist's wahr?
Ist's wirklich wahr? Um eines Mordes willen
Krieg wider mich?

Aldöbern. Soll ich's dir zehenmal
Und wieder zehnmal wiederkäun?

Sylvester. Nun gut.
Franz, sattle mir mein Pferd. – Verzeih, mein Freund,
Wer kann das Unbegreifliche begreifen?
– Wo ist mein Helm, mein Schwert? – Denn hören muß
Ich's doch aus seinem Munde, eh' ich's glaube.
– Schick' zu Jeronimus, er möchte schnell
Nach Warwand kommen. –

Aldöbern. Leb' denn wohl.

Sylvester. Nein, warte;
Ich reite mit dir, Freund.

Gertrude. Um Gottes willen,
In deiner Feinde Macht gibst du dich selbst?

Sylvester. Laß gut sein.

Aldöbern. Wenn du glaubst, sie werden schonend
In Rossitz dich empfangen, irrst du dich.

Sylvester *(immer beim Anzuge beschäftigt)*. Tut nichts, tut nichts; allein werd' ich erscheinen.
Ein einzelner tritt frei zu seinen Feinden.

Aldöbern. Das mildeste, das dir begegnen mag,
Ist, daß man an des Kerkers Wand dich fesselt.

Sylvester. Es ist umsonst. – Ich muß mir Licht verschaffen,
Und sollt' ich's mir auch aus der Hölle holen.

Aldöbern. Ein Fluch ruht auf dein Haupt, es ist nicht einer
In Rossitz, dem dein Leben heilig wäre.

Sylvester. Du schreckst mich nicht. – Mir ist das ihre heilig,

Und fröhlich kühn wag' ich mein einzelnes.
Nun fort! *(Zu Gertrude.)* Ich kehre unverletzt zurück,
So wahr der Gottheit selbst die Unschuld heilig.

*Wie sie abgehen wollen, tritt Jeronimus auf.*

Jeronimus. Wohin?
Sylvester. Gut, daß du kommst. Ich bitte dich,
Bleib bei den Weibern, bis ich wiederkehre.
Jeronimus. Wo willst du hin?
Sylvester. Nach Rossitz.
Jeronimus. Lieferst du
Wie ein bekehrter Sünder selbst dich aus?
Sylvester. Was für ein Wort –?
Jeronimus. Ei nun, ein schlechtes Leben
Ist kaum der Mühe wert, es zu verlängern.
Drum geh nur hin, und leg' dein sündig Haupt
In christlicher Ergebung auf den Block.
Sylvester. Glaubst du, daß ich, wenn eine Schuld mich drückte,
Das Haupt dem Recht der Rache weigern würde?
Jeronimus. O du Quacksalber der Natur! Denkst du,
Ich werde dein verfälschtes Herz auf Treu'
Und Glauben zweimal als ein echtes kaufen?
Bin ich ein blindes Glied denn aus dem Volke,
Daß du mit deinem Ausruf an der Ecke
Mich äffen willst, und wieder äffen willst?
– Doch nicht so vielen Atem bist du wert,
Als nur dies einz'ge Wort mir kostet: Schurke!
Ich will dich meiden, das ist wohl das beste.
Denn hier in deiner Nähe stinkt es, wie
Bei Mördern.

*(Sylvester fällt in Ohnmacht.)*

Gertrude. Hilfe! Kommt zu Hilfe! Hilfe!

*(Der Vorhang fällt.)*

# Zweiter Aufzug.

## Erste Szene

*Gegend im Gebirge. Im Vordergrunde eine Höhle. Agnes sitzt an der Erde und knüpft Kränze. Ottokar tritt auf, und betrachtet sie mit Wehmut. Dann wendet er sich mit einer schmerzvollen Bewegung, während welcher Agnes ihn wahrnimmt, welche dann zu knüpfen fortfährt, als hätte sie ihn nicht gesehen.*

Agnes. 's ist doch ein häßliches Geschäft: belauschen;
Und weil ein rein Gemüt es stets verschmäht,
So wird nur dieses grade stets belauscht.
Drum ist das Schlimmste noch, daß es den Lauscher,
Statt ihn zu strafen, lohnt. Denn statt des Bösen,
Das er verdiente zu entdecken, findet
Er wohl sogar ein still Bemühen noch
Für sein Bedürfnis, oder seine Laune.
Da ist, zum Bespiel, heimlich jetzt ein Jüngling
– Wie heißt er doch? Ich kenn' ihn wohl. Sein Antlitz
Gleicht einem wilden Morgenungewitter,
Sein Aug' dem Wetterleuchten auf den Höhn,
Sein Haar den Wolken, welche Blitze bergen,
Sein Nahen ist ein Wehen aus der Ferne,
Sein Reden wie ein Strömen von den Bergen;
Und sein Umarmen – Aber still! Was wollt'
Ich schon? Ja, dieser Jüngling, wollt' ich sagen,
Ist heimlich nun herangeschlichen, plötzlich,
Unangekündigt, wie die Sommersonne,
Will sie ein nächtlich Liebesfest belauschen.
Nun wär' mir's recht, er hätte, was er sucht,
Bei mir gefunden, und die Eifersucht,

Der Liebe Jugendstachel, hätte, selbst
Sich stumpfend, ihn hinaus gejagt ins Feld,
Gleich einem jungen Rosse, das zuletzt
Doch heimkehrt zu dem Stall, der es ernährt.
Statt dessen ist kein andrer Nebenbuhler
Jetzt grade um mich, als sein Geist. Und der
Singt mir sein Lied zur Zither vor, wofür
Ich diesen Kranz ihm winde. *(Sie sieht sich um.)* Fehlt dir was?

OTTOKAR. Jetzt nichts.

AGNES. So setz' dich nieder, daß ich sehe,
Wie dir der Kranz steht. Ist er hübsch?

OTTOKAR. Recht hübsch.

AGNES. Wahrhaftig? Sieh einmal die Finger an.

OTTOKAR. Sie bluten. –

AGNES. Das bekam ich, als ich aus den Dornen
Die Blumen pflückte.

OTTOKAR. Armes Kind!

AGNES. Ein Weib
Scheut keine Mühe. Stundenlang hab' ich
Gesonnen, wie ein jedes einzeln' Blümchen
Zu stellen, wie das unscheinbarste selbst
Zu nutzen sei, damit Gestalt und Farbe
Des Ganzen seine Wirkung tue. – Nun,
Der Kranz ist ein vollendet Weib. Da, nimm
Ihn hin! Sprich: er gefällt mir; so ist er
Bezahlt. *(Sie sieht sich wieder um.)*
Was fehlt dir denn?
*(Sie steht auf; Ottokar faßt ihre Hand.)*
Du bist so seltsam,
So feierlich – bist unbegreiflich mir.

OTTOKAR. Und mir du.

AGNES. Liebst du mich, so sprich sogleich
Ein Wort, das mich beruhigt.

Ottokar. Erst sprich du!
Wie hast du's heute wagen können, heute,
Von deinem Vaterhaus' dich zu entfernen?
Agnes. Von meinem Vaterhause? Kennst du's denn?
Hab' ich nicht stets gewünscht, du möchtest es
Nicht zu erforschen streben?
Ottokar. O verzeih!
Nicht meine Schuld ist's, daß ich's weiß.
Agnes. Du weißt's?
Ottokar. Ich weiß es, fürchte nichts! Denn deinem Engel
Kannst du dich sichrer nicht vertraun, als mir.
Nun sage mir, wie konntest du es wagen,
So einsam dies Gebirge zu betreten,
Da doch ein mächt'ger Nachbar all' die Deinen
In blut'ger Rachefehd' verfolgt?
Agnes. In Fehde?
In meines Vaters Sälen liegt der Staub
Auf allen Rüstungen, und niemand ist
Uns feindlich, als der Marder höchstens, der
In unsre Hühnerställe bricht.
Ottokar. Wie sagst du?
Ihr wärt in Frieden mit den Nachbarn? Wärt
In Frieden mit euch selbst?
Agnes. Du hörst es, ja.
Ottokar. O Gott! Ich danke dir mein Leben nur
Um dieser Stunde! – Mädchen! Mädchen! O
Mein Gott, so brauch' ich dich ja nicht zu morden!
Agnes. Morden?
Ottokar. O komm! *(Sie setzen sich.)*
Nun will ich heiter, offen, wahr,
Wie deine Seele, mit dir reden. Komm!
Es darf kein Schatten mehr dich decken, nicht
Der mindeste, ganz klar will ich dich sehen.
Dein Innres ist's mir schon, die ungebornen

Gedanken kann ich wie dein Gott erraten.
Dein Zeichen nur, die freundliche Erfindung,
Mit einer Silbe das Unendliche
Zu fassen, nur den Namen sage mir.
Dir sag' ich meinen gleich; denn nur ein Scherz
War es, dir zu verweigern, was du mir.
Ich hätte deinen längst erforscht, wenn nicht
Sogar dein unverständliches Gebot
Mir heilig. Aber nun frag' ich dich selbst.
Nichts Böses bin ich mir bewußt, ich fühle,
Du gehst mir über alles Glück der Welt,
Und nicht ans Leben bin ich so gebunden,
So gern nicht, und so fest nicht, wie an dich.
Drum will ich, daß du nichts mehr vor mir birgst,
Und fordre ernst dein unumschränkt Vertrauen.

Agnes. Ich kann nicht reden, Ottokar. –

Ottokar. Was ängstigt dich?
Ich will dir jeden falschen Wahn benehmen.

Agnes. Du sprachst von Mord.

Ottokar. Von Liebe sprach ich nur.

Agnes. Von Liebe, hör' ich wohl, sprachst du mit mir,
Doch sage mir, mit wem sprachst du vom Morde?

Ottokar. Du hörst es ja, es war ein böser Irrtum,
Den mir ein selbst getäuschter Freund erweckt.

*(Johann zeigt sich im Hintergrunde.)*

Agnes. Dort steht ein Mensch, den kenn' ich.

*(Sie steht auf.)*

Ottokar. Kennst du ihn?

Agnes. Leb' wohl.

Ottokar. Um Gotteswillen, nein, du irrst dich.

Agnes. Ich irre nicht. – Laß mich – Wollt ihr mich morden?

Ottokar. Dich morden? – Frei bist du, und willst du gehen,
Du kannst es unberührt, wohin du willst.

Agnes. So leb' denn wohl.

Ottokar. Und kehrst nicht wieder?
Agnes. Niemals,
Wenn du nicht gleich mir deinen Namen sagst.
Ottokar. Das soll ich jetzt – vor diesem Fremden? –
Agnes. So
Leb' wohl auf ewig!
Ottokar. Maria! Willst du nicht besser von
Mir denken lernen?
Agnes. Zeigen kann ein jeder
Gleich, wer er ist.
Ottokar. Ich will es heut noch. Kehre wieder!
Agnes. Soll ich dir traun, wenn du nicht mir?
Ottokar. Tu es
Auf die Gefahr!
Agnes. Es sei! Und irr' ich mich,
Nicht eine Träne kosten soll es mich. *(Ab.)*
Ottokar. Johann, komm her; du siehst, sie ist es wohl?
Es ist kein Zweifel mehr, nicht wahr?
Johann. Es mag,
Wie's scheint, dir wohl an keinem Aufschluß mangeln,
Den ich dir geben könnte.
Ottokar. Wie du's nimmst.
Zwei Werte hat ein jeder Mensch: den einen
Lernt man nur kennen aus sich selbst, den andern
Muß man erfragen.
Johann. Hast du nur den Kern,
Die Schale gibt sich dann als eine Zugab'.
Ottokar. Ich sage dir, sie weigert mir, wie dir,
Den Namen, und wie dich, so flieht sie mich;
Schon bei der Ahndung bloß, ich sei aus Rossitz.
Du sahst es selbst, gleich einem Geist erscheint
Und schwindet sie uns beiden.
Johann. Beiden? Ja.
Doch mit dem Unterschied, daß dir das eine

Talent geworden, ihn zu rufen, mir
Das andre bloß, den Geist zu bannen.
Ottokar. Johann!
Johann. Pah! – Die Schuld liegt an der Spitze meiner Nase.
Und etwa noch an meinen Ohrenzipfeln.
Was sonst an mir kann so voll Greuel sein,
Daß es das Blut aus ihren Wangen jagt
Und, bis aufs Fliehen, jede Kraft ihr nimmt?
Ottokar. Johann, ich kenne dich nicht mehr.
Johann. Ich aber dich.
Ottokar. Ich will im voraus jede Kränkung dir
Vergeben, wenn sie sich nur edel zeigt.
Johann. Nicht übern Preis will ich dir zahlen. – Sprich.
Wenn einer mir vertraut', er wiss' ein Roß,
Das ihm bequem sei, und er kaufen wolle,
Und ich, ich ginge heimlich hin und kauft's
Mir selbst – was meinst du, wäre das wohl edel?
Ottokar. Sehr schief wählst du dein Gleichnis.
Johann. Sage: bitter;
Und doch ist's Honig gegen mein Gefühl.
Ottokar. Dein Irrtum ist dir lieb, weil er mich kränkt.
Johann. Kränkt? Ja, das ist mir lieb, und ist's ein Irrtum,
Just darum will ich zähe fest ihn halten.
Ottokar. Nicht viele Freude wird dir das gewähren;
Denn still verschmerzen werd' ich, was du tust.
Johann. Da hast du recht. Nichts würd' mich mehr verdrießen,
Als wenn dein Herz wie eine Kröte wär',
Die ein verwundlos steinern Schild beschützt;
Denn weiter keine Lust bleibt mir auf Erden,
Als einer Bremse gleich dich zu verfolgen.
Ottokar. Du bist weit besser als der Augenblick.
Johann. Du Tor! Du Tor! Denkst du mich so zu fassen?
Weil ich mich edel nicht erweise, nicht
Erweisen will, machst du mir weis, ich sei's,

Damit die unverdiente Ehre mich
Bewegen soll, in ihrem Sinn zu handeln?
Vor deine Füße werf' ich deine Achtung. –

OTTOKAR. Du willst mich reizen, doch du kannst es nicht;
Ich weiß, du selbst, du wirst mich morgen rächen.

JOHANN. Nein, wahrlich, nein, dafür will ich schon sorgen.
Denn in die Brust schneid' ich mir eine Wunde,
Die reiz' ich stets mit Nadeln, halte stets
Sie offen, daß es mir recht sinnlich bleibe.

OTTOKAR. Es ist nicht möglich, ach, es ist nicht möglich!
Wie könnte dein Gemüt so häßlich sein,
Da du doch Agnes, Agnes lieben kannst!

JOHANN. Und daran noch erinnerst du mich? O
Du Ungeheuer!

OTTOKAR. Lebe wohl, Johann!

JOHANN. Nein, halt! Du denkst, ich habe bloß gespaßt?

OTTOKAR. Was willst du?

JOHANN. Grad' heraus. Mein Leben
Und deins sind wie zwei Spinnen in der Schachtel.
Drum zieh! *(Er zieht.)*

OTTOKAR. Gewiß nicht. Fallen will ich anders
Von deiner Hand nicht, als gemordet.

JOHANN. Zieh,
Du Memme! Nicht nach deinem Tod, nach meinem,
Nach meinem nur gelüstet's mir.

OTTOKAR *(umarmt ihn)*. Johann!
Mein Freund! Ich dich ermorden!

JOHANN *(stößt ihn fort)*. Fort, du Schlange!
Nicht stechen will sie, nur mit ihrem Anblick
Mich langsam töten. – Gut. *(Er steckt das Schwert ein.)*
Noch gibt's ein andres Mittel.

*(Beide von verschiedenen Seiten ab.)*

## Zweite Szene

Warwand. *Zimmer im Schlosse. Sylvester auf einem Stuhle, mit Zeichen der Ohnmacht, die nun vorüber. Um ihn herum Jeronimus, Theistiner, Gertrude und ein Diener.*

Gertrude. Nun, er erholt sich, Gott sei Dank!
Sylvester. Gertrude –
Gertrude. Sylvester, kennst du mich, kennst du mich wieder?
Sylvester. Mir ist so wohl, wie bei dem Eintritt in
Ein andres Leben.
Gertrude. Und an seiner Pforte
Stehn deine Engel, wir, die Deinen, liebreich
Dich zu empfangen.
Sylvester. Sage mir, wie kam
Ich denn auf diesen Stuhl? Zuletzt, wenn ich
Nicht irre, stand ich – nicht?
Gertrude. Du sankest stehend
In Ohnmacht.
Sylvester. Ohnmacht? Und warum denn das?
So sprich doch! – Wie, was ist dir denn? Was ist
Euch denn? *(Er sieht sich um; lebhaft.)*
Fehlt Agnes? Ist sie tot?
Gertrude. O nein,
O nein, sie ist in ihrem Garten.
Sylvester. Nun,
Wovon seid ihr denn alle so besessen?
Gertrude, sprich. – Sprich du, Theistiner. – Seid
Ihr stumm, Theistin, Jero – – Jeronimus!
Ja so – ganz recht – nun weiß ich. –
Gertrude. Komm ins Bette,
Sylvester, dort will ich's dir schon erzählen.
Sylvester. Ins Bett? O pfui! Bin ich denn – sage mir,
Bin ich in Ohnmacht wirklich denn gefallen?

Gertrude. Du weißt ja, wie du sagst, sogar warum?
Sylvester. Wüßt' ich's? O pfui! O pfui! Ein Geist ist doch
Ein elend Ding.
Gertrude. Komm nur ins Bett, Sylvester,
Dein Leib bedarf der Ruhe.
Sylvester. Ja, 's ist wahr,
Mein Leib ist doch an allem schuld.
Gertrude. So komm!
Sylvester. Meinst du, es wäre nötig?
Gertrude. Ja, durchaus
Mußt du ins Bette.
Sylvester. Dein Bemühen
Beschämt mich. Gönne mir zwei Augenblicke,
So mach' ich alles wieder gut, und stelle
Von selbst mich her.
Gertrude. Zum mindsten nimm die Tropfen
Aus dem Tirolerfläschchen, das du selbst
Stets als ein heilsam Mittel mir gepriesen.
Sylvester. An eigne Kraft glaubt doch kein Weib, und traut
Stets einer Salbe mehr zu als der Seele.
Gertrude. Es wird dich stärken, glaube mir. –
Sylvester. Dazu
Braucht's nichts als mein Bewußtsein. *(Er steht auf.)*
Was mich freut
Ist, daß der Geist doch mehr ist, als ich glaubte.
Denn flieht er gleich auf einen Augenblick,
An seinen Urquell geht er nur, zu Gott,
Und mit Heroenkraft kehrt er zurück.
Theistiner! 's ist wohl viele Zeit nicht zu
Verlieren. – Gertrud! Weiß er's?
Gertrude. Ja.
Sylvester. Du weißt's? Nun sprich,
Was meinst du, 's ist doch wohl ein Bubenstück?
's ist wohl kein Zweifel mehr, nicht wahr?

Theistiner. In Warwand
Ist keiner, der's bezweifelt, ist fast keiner,
Der's, außer dir, nicht hätt' vorhergesehen,
Wie's enden müsse, sei es früh, sei's spät.
Sylvester. Vorhergesehen? Nein, das hab' ich nicht.
Bezweifelt? Nein, das tu' ich auch nicht mehr.
– Und also ist's den Leuten schon bekannt?
Theistiner. So wohl, daß sie das Haupt sogar besitzen,
Das dir die Nachricht her aus Rossitz brachte.
Sylvester. Wie meinst du das? Der Herold wär' noch hier?
Theistiner. Gesteinigt, ja.
Sylvester. Gesteiniget?
Theistiner. Das Volk
War nicht zu bändigen. Sein Haupt ist zwischen
Den Eulen an dem Torweg festgenagelt.
Sylvester. Unrecht ist's
Theistin, mit deinem Haupt hättst du das seine,
Das heilige des Herolds, schützen sollen.
Theistiner. Mit Unrecht tadelst du mich, Herr, ich war
Ein Zeuge nicht der Tat, wie du wohl glaubst.
Zu seinem Leichnam kam ich – diesen hier,
Jeronimus, war's just noch Zeit zu retten.
Sylvester. – Ei nun, sie mögen's niederschlucken. Das
Geschehne muß stets gut sein, wie es kann.
Ganz rein, seh' ich wohl ein, kann's fast nicht abgehn,
Denn wer das Schmutz'ge anfaßt, den besudelt's.
Auch, find' ich, ist der Geist von dieser Untat
Doch etwas wert, und kann zu mehr noch dienen.
Wir wollen's nützen. Reite schnell ins Land,
Die sämtlichen Vasallen biete auf,
Sogleich sich in Person bei mir zu stellen!
Indessen will ich selbst von Männern, was
Hier in der Burg ist, sammeln. Reden braucht's
Nicht viel; ich stell' mein graues Haupt zur Schau,

Und jedes Haar muß einen Helden werben.
Das soll den ersten Bubenanfall hemmen,
Dann, sind wir stärker, wenden wir das Blatt,
In seiner Höhle suchen wir den Wolf.
Es kann nicht fehlen, glaube mir's, es geht
Für alles ja, was heilig ist und hehr,
Für Tugend, Ehre, Weib und Kind und Leben.

Theistiner. So geh ich, Herr; noch heut vor Abend sind
Die sämtlichen Vasallen hier versammelt.

Sylvester. 's ist gut. *(Theistiner ab.)*
Franziskus, rufe mir den Burgvogt.
– Noch eins. Die beiden Waffenschmiede bringe
Gleich mit. *(Der Diener ab.)*
*Zu Jeronimus.*
Dir ist ein Unglimpf widerfahren,
Jeronimus, das tut mir leid. Du weißt, ich war
Im eigentlichsten Sinn nicht gegenwärtig.
Die Leute sind mir gut, du siehst's, es war
Ein mißverstandner Eifer bloß der Treue.
Drum mußt du's ihnen schon verzeihn. Fürs Künft'ge
Versprech' ich, will ich sorgen. Willst du fort
Nach Rossitz, kannst du's gleich; ich gebe dir
Zehn Reis'ge zur Begleitung mit. *(Jeronimus schweigt.)*
Ich kann's
Nicht leugnen fast, daß mir der Unfall lieb,
Versteh mich, bloß weil er dich hier verweilte,
Denn sehr unwürdig hab' ich mich gezeigt.
– Nein, sage nichts! Ich weiß das. Freilich mag
Wohl mancher sinken, weil er stark ist: Denn
Die kranke, abgestorbne Eiche steht
Dem Sturm, doch die gesunde stürzt er nieder,
Weil er in ihre Krone greifen kann.
– Nicht jeden Schlag ertragen soll der Mensch,
Und welchen Gott faßt, denk' ich, der darf sinken,

– Auch seufzen. Denn der Gleichmut ist die Tugend
Nur der Athleten. Wir, wir Menschen fallen
Ja nicht für Geld, auch nicht zur Schau. – Doch sollen
Wir stets des Anschauns würdig aufstehn.
Nun,
Ich halte dich nicht länger. Geh nach Rossitz
Zu deinen Freunden, die du dir gewählt.
Denn hier in Warwand, wie du selbst gefunden,
Bist du seit heute nicht mehr gern gesehn.

Jeronimus. – Hast recht, hast recht – bin's nicht viel besser wert,
Als daß du mir die Türe zeigst. – Bin ich
Ein Schuft in meinen Augen doch, um wie
Viel mehr in deinen! – Zwar ein Schuft, wie du
Es meinst, der bin ich nicht. – Doch kurz und gut,
Glaubt was ihr wollt. Ich kann mich nicht entschuld'gen,
Mir lähmt's die Zung', die Worte wollen, wie
Verschlagne Kinder, nicht ans Licht. – Ich gehe,
Nur so viel sag' ich dir: ich gehe nicht
Nach Rossitz, hörst du? Und noch eins: wenn du
Mich brauchen kannst, so sag's, ich lass' mein Leben
Für dich, hörst du? mein Leben. *(Ab.)*

Gertrude. Hör', Jerome!
– Da geht er hin. – Warum riefst du ihm nicht?

Sylvester. Verstehst du was davon, so sag' es mir.
Mir ist's noch immer wie ein Traum.

Gertrude. Ei nun,
Er war gewonnen von den Rossitzschen.
Denn in dem ganzen Gau ist wohl kein Ritter,
Den sie, wenn's ging', uns auf den Hals nicht hetzten.

Sylvester. Allein Jeronimus! – Ja, wär's ein andrer,
So wollt' ich's glauben; doch Jeronimus!
's ist doch so leicht nicht, in dem Augenblick
Das Werk der Jahre, Achtung, zu zerstören.

GERTRUDE. O, 's ist ein teuflischer Betrug, der mich,
Ja dich mißtrauisch hätte machen können.
SYLVESTER. Mich selbst? Mißtrauisch gegen mich? Nun laß
Doch hören.
GERTRUDE. Ruperts jüngster Sohn ist wirklich
Von deinen Leuten im Gebirg erschlagen.
SYLVESTER. Von meinen Leuten?
GERTRUDE. O, das ist bei weitem
Das Schlimmste nicht. Der eine hat's sogar
Gestanden, du, du hättst ihn zu dem Mord gedungen.
SYLVESTER Gestanden hätt' er das?
GERTRUDE. Ja, auf der Folter,
Und ist zwei Augenblicke drauf verschieden.
SYLVESTER. Verschieden? – Und gestanden? – Und im Tode,
Wär'auch das Leben voll Abscheulichkeit,
Im Tode ist der Mensch kein Sünder. – Wer
Hat's denn gehört, daß er's gestanden?
GERTRUDE. Ganz Rossitz. Unter Volkes Augen, auf
Dem öffentlichen Markt ward er gefoltert.
SYLVESTER. Und wer hat dir das mitgeteilt?
GERTRUDE. Jerome,
Er hat sich bei dem Volke selbst erkundigt.
SYLVESTER. – Nein, das ist kein Betrug, *kann* keiner sein.
GERTRUDE. Um Gottes willen, was denn sonst?
SYLVESTER. Bin ich
Denn Gott, daß du *mich* fragst?
GERTRUDE. Ist' keiner, so,
O Himmel! fällt ja der Verdacht auf uns.
SYLVESTER. Ja, allerdings fällt er auf uns.
GERTRUDE. Und wir,
Wir müßten uns dann reinigen?
SYLVESTER. Kein Zweifel,
Wir müssen es, nicht sie.
GERTRUDE. O du mein Heiland,
Wie ist das möglich?

Sylvester. Möglich? Ja, das wär's,
Wenn ich nur Rupert sprechen könnte.
Gertrude. Wie?
Das könntest du dich jetzt getraun, da ihn
Des Herolds Tod noch mehr erbittert hat?
Sylvester. 's ist freilich jetzt weit schlimmer. – Doch es ist
Das einz'ge Mittel, das ergreift sich leicht.
– Ja recht, so geht's. – Wo mag Jerome sein?
Ob er noch hier? Der mag mich zu ihm führen.
Gertrude. O mein Gemahl, o folge meinem Rate! –
Sylvester. Gertrude – Laß mich – das vestehst du nicht.
*(Beide ab.)*

## Dritte Szene

*(Platz vor den Toren von Warwand.)*

Agnes *(tritt in Hast auf)*. Zu Hilfe! Zu Hilfe!
Johann *(ergreift sie)*. So höre mich doch, Mädchen!
Es folgt dir ja kein Feind, ich liebe dich,
Ach, lieben! Ich vergöttre dich!
Agnes. Fort, Ungeheuer, bist du nicht aus Rossitz?
Johann. Wie kann ich furchtbar sein? Sieh mich doch an;
Ich zittre selbst vor Wollust und vor Schmerz,
Mit meinen Armen dich, mein ganzes Maß
Von Glück und Jammer, zu umschließen.
Agnes. Was willst du, Rasender, von mir?
Johann. Nichts weiter.
Mir bist du tot, und, einer Leiche gleich,
Mit kaltem Schauer drück' ich dich ans Herz.
Agnes. Schützt mich, ihr Himmlischen, vor seiner Wut!
Johann. Sieh, Mädchen, morgen lieg' ich in dem Grabe,
Ein Jüngling, ich – nicht wahr, das tut dir weh?

Nun, einem Sterbenden schlägst du nichts ab,
Den Abschiedskuß gib mir! *(Er küßt sie.)*

Agnes. Errettet mich,
Ihr Heiligen!

Johann. – Ja, rette du mich, Heil'ge!
Es hat das Leben mich wie eine Schlange,
Mit Gliedern, zahllos, ekelhaft, umwunden.
Es schauert mich, es zu berühren. – Da,
Nimm diesen Dolch –

Agnes. Zu Hilfe! Mörder! Hilfe!

Johann *(streng)*. Nimm diesen Dolch, sag' ich – Hast du nicht einen
Mir schon ins Herz gedrückt?

Agnes. Entsetzlicher!

*(Sie sinkt besinnungslos zusammen.)*

Johann *(sanft)*. Nimm diesen Dolch, Geliebte – Denn mit Wollust,
Wie deinem Kusse sich die Lippe reicht,
Reich' ich die Brust dem Stoß von deiner Hand.

Jeronimus *(tritt mit Reisigen aus dem Tore)*. Hier war das Angstgeschrei – – Unglücklicher!
Welch eine Tat – Sie ist verwundet – Teufel!
Mit deinem Leben sollst du's büßen.

*(Er verwundet Johann, der fällt.)*

*(Jeronimus faßt Agnes auf.)*

Agnes! Agnes!
Ich sehe keine Wunde. – Lebst du, Agnes?

*(Sylvester und Gertrude treten aus dem Tore.)*

Sylvester. Es war Jeronimus' Entsetzensstimme,
Nicht Agnes – – O mein Gott!

*(Er wendet sich schmerzvoll.)*

Gertrude. O meine Tochter,
Mein einzig Kind, mein letztes –

JERONIMUS. Schafft nur Hilfe!
Ermordet ist sie nicht.
GERTRUDE. Sie rührt sich – horch,
Sie atmet – ja, sie lebt, sie lebt!
SYLVESTER. Lebt sie?
Und unverwundet?
JERONIMUS. Eben war's noch Zeit.
Er zückte schon den Dolch auf sie, da hieb
Ich den Unwürd'gen nieder.
GERTRUDE. Ist er nicht
Aus Rossitz?
JERONIMUS. Frage nicht, du machst mich schamrot, – ja.
SYLVESTER. Gib mir die Hand, Jerome, wir verstehn
Uns.
JERONIMUS. Wir verstehn uns.
GERTRUDE. Sie erwacht, o seht,
Sie schlägt die Augen auf, sie sieht mich an. –
AGNES. Bin ich von dem Entsetzlichen erlöst?
GERTRUDE. Hier liegt er tot am Boden, fasse dich.
AGNES. Getötet? Und um mich? Ach, es ist gräßlich. –
GERTRUDE. Jerome hat den Mörder hingestreckt.
AGNES. Er folgte mir weit her aus dem Gebirge,
– Mich faßte das Entsetzen gleich, als ich
Von weitem nur ihn in das Auge faßte.
Ich eilte – doch ihn trieb die Mordsucht schneller
Als mich die Angst – und hier ergriff er mich.
SYLVESTER. Und zückt' er gleich den Dolch? Und sprach er nichts?
Kannst du dich dessen nicht entsinnen mehr?
AGNES. So kaum – denn vor sein fürchterliches Antlitz
Entflohn mir alle Sinne fast. Er sprach,
– Gott weiß, mir schien's fast, wie im Wahnsinn – sprach
Von Liebe – daß er mich vergöttre – nannte
Bald eine Heil'ge mich, bald eine Leiche.

Dann zog er plötzlich jenen Dolch, und bittend,
Ich möchte, ich, ihn töten, zückt' er ihn
Auf mich. –

Sylvester. Lebt er denn noch? Er scheint verwundet bloß,
Sein Aug' ist offen. *(Zu den Leuten.)*
Tragt ihn in das Schloß,
Und ruft den Wundarzt! *(Sie tragen ihn fort.)*
Einer komme wieder
Und bring' mir Nachricht.

Gertrude. Aber, meine Tochter,
Wie konntest du so einsam und so weit
Dich ins Gebirge wagen?

Agnes. Zürne nicht,
Es war mein Lieblingsweg.

Gertrude. Und noch so lange
Dich zu verweilen!

Anges. Einen Ritter traf
Ich, der mich aufhielt.

Gertrude. Einen Ritter? Sieh,
Wie du in die Gefahr dich wagst! Kann's wohl
Ein andrer sein fast, als ein Rossitzscher?

Agnes. – Glaubst du, es sei ein Rossitzscher?

Jeronimus. Ich weiß,
Daß Ottokar oft ins Gebirge geht.

Agnes. Meinst du den –?

Jeronimus. Ruperts ältesten Sohn.
– Kennst du ihn nicht?

Agnes. Ich hab' ihn nie gesehen.

Jeronimus. Ich habe sichre Proben doch, daß er
Dich kennt.

Agnes. Mich?

Gertrude. Unsre Agnes? Und woher?

Jeronimus. Wenn ich nicht irre, sah ich einen Schleier,
Den du zu tragen pflegst, in seiner Hand.

Agnes *(verbirgt ihr Haupt an die Brust ihrer Mutter).*
Ach, Mutter –
Gertrude. O um Gotteswillen, Agnes,
Sei doch auf deiner Hut! – Er kann dich mit
Dem Apfel, den er dir vom Baume pflückt,
Vergiften.
Jeronimus. Nun, das möcht' ich fast nicht fürchten –
Vielmehr – Allein, wer darf der Schlange traun!
Er hat beim Nachtmahl ihr den Tod geschworen.
Agnes. Mir?
Den Tod?
Jeronimus. Ich hab' es selbst gehört.
Gertrude. Nun sieh,
Ich werde wie ein Kind dich hüten müssen.
Du darfst nicht aus den Mauern dieser Burg,
Darfst nicht von deiner Mutter Seite gehn.
Ein Diener *(tritt auf).* Gestrenger Herr, der Mörder ist nicht tot.
Der Wundarzt sagt, die Wunde sei nur leicht.
Sylvester. Ist er sich sein bewußt?
Ein Diener. Herr, es wird keiner klug
Aus ihm. Denn er spricht ungehobelt Zeug,
Wild durcheinander, wie im Wahnwitz fast.
Jeronimus. Es ist Verstellung offenbar.
Sylvester. Kennst du
Den Menschen?
Jeronimus. Weiß nur so viel, daß sein Name
Johann, und er ein unecht Kind des Rupert,
– Daß er den Ritterdienst in Rossitz lernte,
Und gestern früh das Schwert empfangen hat.
Sylvester. Das Schwert empfangen, gestern erst – und heute
Wahnsinnig – Sagtest du nicht auch, er habe
Beim Abendmahl den Racheschwur geleistet?
Jeronimus. Wie alle Diener Ruperts, so auch er.

Sylvester. Jeronimus, mir wird ein böser Zweifel
Fast zur Gewißheit, fast. – Ich hätt's entschuldigt,
Daß sie Verdacht auf mich geworfen, daß
Sie Rache mir geschworen, daß sie Fehde
Mir angekündiget – ja hätten sie
Im Krieg' mein Haus verbrannt, mein Weib und Kind
Im Krieg' erschlagen, noch wollt' ich's entschuld'gen.
Doch daß sie mir den Meuchelmörder senden,
– Wenn's so ist –
Gertrude. Ist's denn noch ein Zweifel? Haben
Sie uns nicht selbst die Probe schon gegeben?
Sylvester. Du meinst an Philipp –?
Gertrude. Endlich siehst du's ein!
Du hast mir's nie geglaubt, hast die Vermutung,
Gewißheit, wollt' ich sagen, stets ein Deuteln
Der Weiber nur genannt, die, weil sie's einmal
Aus Zufall treffen, nie zu fehlen wähnen.
Nun weißt du's besser. – Nun, ich könnte dir
Wohl mehr noch sagen, das dir nicht geahndet. –
Sylvester. Mehr noch?
Gertrude. Du wirst dich deines Fiebers vor
Zwei Jahren noch erinnern. Als du der
Genesung nahtest, schickte dir Eustache
Ein Fläschchen eingemachter Ananas.
Sylvester. Ganz recht, durch eine Reutersfrau aus Rossitz.
Gertrude. Ich bat dich, unter falschem Vorwand, nicht
Von dem Geschenke zu genießen, setzte
Dir selbst ein Fläschchen vor aus eignem Vorrat
Mit eingemachtem Pfirsich – aber du
Bestandst darauf, verschmähtest meinen Pfirsich,
Nahmst von der Ananas, und plötzlich folgte
Ein heftiges Erbrechen –
Sylvester. Das ist seltsam;
Denn ich besinne mich noch eines Umstands –

– Ganz recht. Die Katze war mir übers Fläschchen
Mit Ananas gekommen, und ich ließ
Von Agnes mir den Pfirsich reichen. – Nicht?
Sprich, Agnes.
AGNES. Ja, so ist es.
SYLVESTER. Ei, so hätte
Sich seltsam ja das Blatt gewendet. Denn
Die Ananas hat doch der Katze nicht
Geschadet, aber mir dein Pfirsich, den
Du selbst mir zubereitet –?
GERTRUDE. – Drehen freilich
Läßt alles sich –
SYLVESTER. Meinst Du? Nun sieh, das mein'
Ich auch, und habe recht, wenn ich auf das,
Was du mir drehst, nicht achte. – Nun genug.
Ich will mit Ernst, daß du von Philipp schweigst.
Er sei vergiftet oder nicht, er soll
Gestorben sein und weiter nichts. Ich will's.
JERONIMUS. Du solltst, Sylvester, doch den Augenblick,
Der jetzt dir günstig scheinet, nützen. Ist
Der Totschlag Peters ein Betrug, wie es
Fast sein muß, so ist auch Johann darin
Verwebt.
SYLVESTER. Betrug? Wie wär' das möglich?
JERONIMUS. Ei, möglich wär' es wohl, daß Ruperts Sohn,
Der doch ermordet sein soll, bloß gestorben,
Und daß, von der Gelegenheit gereizt,
Den Erbvertrag zu seinem Glück zu lenken,
Der Vater es verstanden, deiner Leute,
Die just vielleicht in dem Gebirge waren,
In ihrer Unschuld so sich zu bedienen,
Daß es der Welt erscheint, als hätten wirklich
Sie ihn ermordet – um mit diesem Scheine
Des Rechts sodann den Frieden aufzukünden,

Den Stamm von Warwand auszurotten, dann
Das Erbvermächtnis sich zu nehmen.

Sylvester. – Aber
Du sagtest ja, der eine meiner Leute
Hätt's in dem Tode noch bekannt, er wäre
Von mir gedungen zu dem Mord. -

*(Stillschweigen.)*

Jeronimus. Der Mann, den ich gesprochen, hatte nur
Von dem Gefolterten ein Wort gehört.

Sylvester. Das war?

Jeronimus. Sylvester.

*(Stillschweigen.)*

Hast du denn die Leute,
Die sogenannten Mörder, nicht vermißt?
Von ihren Hinterlaßnen müßte sich
Doch mancherlei erforschen lassen.

Sylvester *(zu den Leuten).* Rufe
Den Hauptmann einer her!

Jeronimus. Von wem ich doch
Den meisten Aufschluß hoffe, ist Johann.

Sylvester. 's ist auch kein sichrer.

Jeronimus. Wie? Wenn er es nicht
Gestehen will, macht man's wie die von Rossitz,
Und wirft ihn auf die Folter.

Sylvester. Nun? Und wenn
Er dann gesteht, daß Rupert ihn gedungen?

Jeronimus. So ist's heraus, so ist's am Tage. –

Sylvester. So?
Dann freilich bin ich auch ein Mörder.

*(Stillschweigen.)*

Jeronimus. Aus diesem Wirrwarr finde sich ein Pfaffe!
Ich kann es nicht.

Sylvester. Ich bin dir wohl ein Rätsel?
Nicht wahr? Nun, tröste dich; Gott ist es mir.

Jeronimus. Sag' kurz, was willst du tun?
Sylvester. Das Beste wär'
Noch immer, wenn ich Rupert sprechen könnte.
Jeronimus. – 's ist ein gewagter Schritt. Bei seiner Rede
Am Sarge Peters schien kein menschliches,
Kein göttliches Gesetz ihm heilig, das
Dich schützt.
Sylvester. Es wäre zu versuchen. Denn
Es wagt ein Mensch oft den abscheulichen
Gedanken, der sich vor der Tat entsetzt.
Jeronimus. Er hat dir heut das Beispiel nicht gegeben.
Sylvester. Auch diese Untat, wenn sie häßlich gleich,
Doch ist's noch zu verzeihn, Jeronimus.
Denn schwer war er gereizt. – Auf jeden Fall
Ist mein Gesuch so unerwarteter;
Und öfters tut ein Mensch, was man kaum hofft,
Weil man's kaum hofft.
Jeronimus. Es ist ein blinder Griff;
Man *kann* es treffen.
Sylvester. Ich will's wagen. Reite
Nach Rossitz, fordre sicheres Geleit,
Ich denke, du hast nichts zu fürchten.
Jeronimus. – Nein;
Ich will's versuchen. *(Ab ins Tor.)*
Sylvester. So leb' wohl.
Gertrude. Leb' wohl,
Und kehre bald mit Trost zu uns zurück.
*(Sylvester, Gertrude und Agnes folgen.)*
Agnes *(hebt im Abgehen den Dolch auf)*. Es gibt keinen. –
Gertrude *(erschrocken)*. Den Dolch – er ist vergiftet, Agnes, kann
Vergiftet sein – Wirf gleich, sogleich ihn fort!
*(Agnes legt ihn nieder.)*
Du sollst mit deinen Händen nichts ergreifen,

Nichts fassen, nichts berühren, das ich nicht
Mit eignen Händen selbst vorher geprüft.

*(Alle ab.)*

*(Der Vorhang fällt.)*

# Dritter Aufzug.

## Erste Szene

*Gegend im Gebirge. Agnes sitzt im Vordergrunde der Höhle in der Stellung der Trauer. Ottokar tritt auf, und stellt sich ungesehen nahe der Höhle. Agnes erblickt ihn, tut einen Schrei, springt auf und will entfliehen.*

AGNES *(da sie sich gesammelt hat).* Du bist's –
OTTOKAR. Vor mir erschrickst du?
AGNES. Gott sei Dank.
OTTOKAR. Und wie du zitterst –
AGNES. Ach, es ist vorüber.
OTTOKAR. Ist's wirklich wahr, vor mir wärst du erschrocken?
AGNES. Es ist mir selbst ein Rätsel. Denn soeben
Dacht' ich noch dran, und rief den kühnen Mut,
Die hohe Kraft, die unbezwingliche
Standhaftigkeit herbei, mir beizustehn,
– Und doch ergriff's mich, wie unvorbereitet,
– – Nun ist's vorbei. –
OTTOKAR. O Gott des Schicksals! Welch ein schönes,
Welch ruhiges Gemüt hast du gestört!
AGNES. – Du hast mich herbestellt, was willst du?
OTTOKAR. Wenn
Ich's dir nun sage, kannst du mir vertraun,
Maria?

Agnes. Warum nennst du mich Maria?
Ottokar. Erinnern will ich dich mit diesem Namen
An jenen schönen Tag, wo ich dich taufte.
Ich fand dich schlafend hier in diesem Tale,
Das einer Wiege gleich dich bettete.
Ein schützend Flordach webten dir die Zweige,
Es sang der Wasserfall ein Lied, wie Federn
Umwehten dich die Lüfte, eine Göttin
Schien dein zu pflegen. – Da erwachtest du,
Und blicktest wie mein neugebornes Glück
Mich an. – Ich fragte dich nach deinem Namen;
Du seist noch nicht getauft, sprachst du. Da schöpfte
Ich eine Handvoll Wasser aus dem Quell,
Benetzte dir die Stirn, die Brust, und sprach:
Weil du ein Ebenbild der Mutter Gottes,
Maria tauf' ich dich.
*(Agnes wendet sich bewegt.)*
Wie war es damals
Ganz anders, so ganz anders. Deine Seele
Lag offen vor mir, wie ein schönes Buch,
Das sanft zuerst den Geist ergreift, dann tief
Ihn rührt, dann unzertrennlich fest ihn hält.
Es zieht des Lebens Forderung den Leser
Zuweilen ab, denn das Gemeine will
Ein Opfer auch; doch immer kehrt er wieder
Zu dem vertrauten Geist zurück, der in
Der Göttersprache ihm die Welt erklärt,
Und kein Geheimnis ihm verbirgt als das
Geheimnis nur von seiner eignen Schönheit,
Das selbst ergründet werden muß.
Nun bist
Du ein verschloßner Brief. –
Agnes *(wendet sich zu ihm).* Du sagtest gestern,
Du wolltest *mir* etwas vertraun.

Ottokar. Warum
Entflohest du so schleunig?
Agnes. Das fragst du?
Ottokar. Ich kann es fast erraten – vor dem Jüngling,
Der uns hier überraschte; denn ich weiß,
Du hassest alles, was aus Rossitz ist.
Agnes. Sie hassen mich.
Ottokar. Ich kann es fast beschwören,
Daß du dich irrst. – Nicht alle wenigstens;
Zum Beispiel für den Jüngling steh' ich.
Agnes. Stehst du –?
Ottokar. Ich weiß, daß er dich heftig liebt –
Agnes. Mich liebt –?
Ottokar. Denn er ist mein vertrauter Freund. –
Agnes. Dein Freund –?
Ottokar. – Was fehlt dir, Agnes?
Agnes. Mir wird übel. *(Sie setzt sich.)*
Ottokar. Welch
Ein Zufall – wie kann ich dir helfen?
Agnes. Laß
Mich einen Augenblick. –
Ottokar. Ich will dir Wasser
Aus jener Quelle schöpfen. *(Ab.)*
Agnes *(steht auf)*. Nun ist's gut.
Jetzt bin ich stark. Die Krone sank ins Meer,
Gleich einem nackten Fürsten werf' ich ihr
Das Leben nach. Er bringe Wasser, bringe
Mir Gift, gleichviel, ich trink es aus, er soll
Das Ungeheuerste an mir vollenden.
*(Sie setzt sich.)*.
Ottokar *(kommt mit Wasser in dem Hute)*. Hier ist der Trunk
– fühlst du dich besser?
Agnes. Stärker
Doch wenigstens.

OTTOKAR. Nun, trinke doch. Es wird
Dir wohltun.
AGNES. Wenn's nur nicht zu kühl.
OTTOKAR. Es scheint
Mir nicht.
AGNES. Versuch's einmal.
OTTOKAR. Wozu? Es ist
Nicht viel.
AGNES. – – Nun, wie du willst, so gib.
OTTOKAR. Nimm dich
In acht, verschütte nichts.
AGNES. Ein Tropfen ist
Genug. *(Sie trinkt, wobei sie ihn unverwandt ansieht.)*
OTTOKAR. Wie schmeckt es dir?
AGNES. 's ist kühl. *(Sie schauert.)*
OTTOKAR. So trinke
Es aus.
ANGES. Soll ich's ganz leeren?
OTTOKAR. Wie du willst,
Es reicht auch hin.
ANGES. Nun, warte nur ein Weilchen,
Ich tue alles, wie du's willst.
OTTOKAR. Es ist
So gut, wie Arzenei.
AGNES. Fürs Elend.
OTTOKAR. – Wie?
AGNES. Nun, setz' dich zu mir, bis mir besser worden.
Ein Arzt, wie du, dient nicht für Geld, er hat
An der Genesung seine eigne Freude.
OTTOKAR. Wie meinst du das – für Geld –
AGNES. Komm, laß uns plaudern,
Vertreibe mir die Zeit, bis ich's vollendet,
Du weißt, es sind Genesende stets schwatzhaft.
OTTOKAR. – Du scheinst so seltsam mir verändert –

AGNES. Schon?
Wirkt es so schnell? So muß ich, was ich dir
Zu sagen habe, wohl beschleunigen.
OTTOKAR. Du mir zu sagen? –
AGNES. Weißt du, wie ich heiße?
OTTOKAR. Du hast verboten mir, danach zu forschen. –
AGNES. Das heißt, du weißt es nicht. Meinst du,
Daß ich dir's glaube?
OTTOKAR. Nun, ich will's nicht leugnen –
AGNES. Wahrhaftig? Nun, ich weiß auch, wer du bist!
OTTOKAR. Nun?
AGNES. Ottokar von Schroffenstein.
OTTOKAR. Wie hast
Du das erfahren?
AGNES. Ist gleichviel. Ich weiß noch mehr.
Du hast beim Abendmahle mir den Tod
Geschworen.
OTTOKAR. Gott! O Gott!
AGNES. Erschrick doch nicht!
Was macht es aus, ob ich's jetzt weiß? Das Gift
Hab' ich getrunken, du bist quitt mit Gott
OTTOKAR. Gift?
AGNES. Hier ist's übrige, ich will es leeren.
OTTOKAR. Nein, halt! – Es ist genug für dich. Gib mir's,
Ich sterbe mit dir. *(Er trinkt.)*
AGNES. Ottokar!
*(Sie fällt ihm um den Hals.)*
Ottokar!
O wär' es Gift, und könnt' ich mit dir sterben!
Denn ist es keins, mit dir zu leben, darf
Ich dann nicht hoffen, da ich so unwürdig
An deiner Seele mich vergangen habe.
OTTOKAR. Willst du's?
AGNES. Was meinst du?

Ottokar. Mit mir leben?
Fest an mir halten? Dem Gespenst des Mißtrauns,
Das wieder vor mir treten könnte, kühn
Entgegenschreiten? Unabänderlich,
Und wäre der Verdacht auch noch so groß,
Dem Vater nicht, der Mutter nicht so traun,
Als mir?
Agnes. O Ottokar! Wie sehr beschämst
Du mich.
Ottokar. Willst du's? Kann ich dich ganz mein nennen?
Agnes. Ganz deine, in der grenzenlosesten
Bedeutung.
Ottokar. Wohl, das steht nun fest und gilt,
Für eine Ewigkeit! – Wir werden's brauchen.
Wir haben viel einander zu erklären,
Viel zu vertraun. – Du weißt, mein Bruder ist –
Von deinem Vater hingerichtet.
Agnes. Glaubst du's?
Ottokar. Es gilt kein Zweifel, denk' ich; denn die Mörder
Gestanden's selbst.
Agnes. So mußt *du's* freilich glauben.
Ottokar. Und nicht auch du?
Agnes. Mich überzeugt es nicht.
Denn etwas gibt's, das über alles Wähnen
Und Wissen hoch erhaben – das Gefühl
Ist es der Seelengüte andrer.
Ottokar. Höchstens
Gilt das für dich. Denn nicht wirst du verlangen,
Daß ich mit deinen Augen sehen soll.
Agnes. Und umgekehrt.
Ottokar. Wirst nicht verlangen, daß
Ich meinem Vater weniger, als du
Dem deinen, traue.
Agnes. Und so umgekehrt.

Ottokar. – O Agnes, ist es möglich? Muß ich dich
So früh schon mahnen? Hast du nicht versprochen,
Mir deiner heimlichsten Gedanken keinen
Zu bergen? Denkst du, daß ich darum dich
Entgelten lassen werde, was dein Haus
Verbrach? Bist du dein Vater denn?
Agnes. So wenig,
Wie du der deinige – sonst würd' ich dich
In Ewigkeit wohl lieben nicht.
Ottokar. Mein Vater?
Was hat mein Vater denn verbrochen? Daß
Die Untat ihn empört, daß er den Tätern
Die Fehde angekündigt, ist's zu tadeln?
Mußt' er's nicht fast?
Agnes. Ich will's nicht untersuchen.
Er war gereizt, 's ist wahr. Doch daß er uns
Das Gleiche, wie er meint, mit Gleichem gilt,
Und uns den Meuchelmörder schickt, das ist
Nicht groß, nicht edel.
Ottokar. Meuchelmörder? Agnes!
Agnes. Nun, das ist, Gott sei Dank, nicht zu bezweifeln;
Denn ich erfuhr es selbst an meinem Leibe.
Er zückte schon den Dolch, da hieb Jerome
Ihn nieder – und er liegt nun krank in Warwand.
Ottokar. Wer tat das?
Agnes. Nun, ich kann dir jetzt ein Beispiel
Doch geben, wie ich innig dir vertraue.
Der Mörder ist dein Freund.
Ottokar. Mein Freund?
Agnes. Du nanntest
Ihn selbst so, und das war es, was vorher
Mich irrte.
Ottokar. 's ist wohl möglich nicht – Johann?

AGNES. Derselbe,
Der uns auf diesem Platze überraschte.
OTTOKAR. O Gott, das ist ein Irrtum, – sieh, das weiß,
Das weiß ich.
AGNES. Ei, das ist doch seltsam. Soll
*Ich* nun mit deinen Augen sehn?
OTTOKAR. Mein Vater!
Ein Meuchelmörder! Ist er gleich sehr heftig,
Nie hab' ich anders doch ihn, als ganz edel,
Gekannt.
AGNES. Soll ich nun deinem Vater mehr,
Als du dem meinen, traun?
*(Stillschweigen.)*
OTTOKAR. In jedem Falle
War zu der Tat Johann von meinem Vater
Gedungen nicht.
ANGES. Kann sein. Vielleicht so wenig,
Wie von dem meinigen die Leute, die
Den Bruder dir erschlugen.
*(Stillschweigen.)*
OTTOKAR. Hätte nur
Jeronimus in seiner Hitze nicht
Den Menschen mit dem Schwerte gleich verwundet,
Es hätte sich vielleicht das Rätsel gleich
Gelöst.
AGNES. Vielleicht – so gut, wie wenn dein Vater
Die Leute nicht erschlagen hätte, die
Er bei der Leiche deines Bruders fand.
*(Stillschweigen.)*
OTTOKAR. Ach, Agnes, diese Tat ist nicht zu leugnen;
Die Mörder haben's ja gestanden. –
AGNES. Nun,
Wer weiß, was noch geschieht. Johann ist krank,
Er spricht im Fieber manchen Namen aus,

Und wenn mein Vater rachedürstend wäre,
Er könnte leicht sich einen wählen, der
Für seine Bedürfnis taugt.
Ottokar. O Agnes! Agnes!
Ich fange an zu fürchten fast, daß wir
Doch deinem Vater wohl zuviel getan.
Agnes. Sehr gern nehm' ich's, wie all' die Meinigen,
Zurück, wenn wir von deinem falsch gedacht.
Ottokar. Für meinen steh' ich.
Agnes. So, wie ich für meinen.
Ottokar. Nun wohl, 's ist abgetan. Wir glauben uns.
– O Gott, welch eine Sonne geht mir auf!
Wenn's möglich wäre, wenn die Väter sich
So gern, so leicht, wie wir, verstehen wollten!
– Ja, könnte man sie nur zusammenführen!
Denn einzeln denkt nur jeder seinen einen
Gedanken; käm' der andere hinzu,
Gleich gäb's den dritten, der uns fehlt.
– Und schuldlos, wie sie sind, müßt' ohne Rede
Sogleich ein Aug' das andere verstehn.
– Ach, Agnes, wenn dein Vater sich entschlösse!
Denn kaum erwarten läßt's von meinem sich.
Agnes. Kann sein, er ist schon auf dem Wege.
Ottokar. Wie?
Er wird doch nicht? Unangefragt, und ohne
Die Sicherheit des Zutritts?
Agnes. Mit dem Herold
Gleich wollt' er fort nach Rossitz.
Ottokar. – O, das spricht
Für deinen Vater weit, weit besser, als
Das beste für den meinen. –
Agnes. Ach, du solltest
Ihn kennen, ihn nur einmal handeln sehn!
Er ist so stark und doch so sanft. – Er hat es längst
Vergeben. –

Ottokar. Könnt' ich das von meinem sagen!
Denn niemals hat die blinde Rachsucht, die
Ihn zügellos-wild treibt, mir wohlgetan;
Ich fürchte viel von meinem Vater, wenn
Der deinige unangefragt erscheint.
Agnes. Nun, das wird jetzt wohl nicht geschehn; ich weiß,
Jeronimus wird ihn euch melden.
Ottokar. Jerome?
Der ist ja selbst nicht sicher.
Agnes. Warum das?
Ottokar. Wenn er Johann verwundet hat, in Warwand
Verwundet hat – das macht den Vater wütend.
Agnes. – Es muß ein böser Mensch doch sein, dein Vater.
Ottokar. Auf Augenblicke, ja. –
Agnes. So solltest du
Doch lieber gleich zu deinem Vater eilen,
Zu mildern wenigstens, was möglich ist.
Ottokar. Ich mildern? Meinen Vater? Gute Agnes,
Er trägt uns, wie die See das Schiff, wir müssen
Mit seiner Woge fort, sie ist nicht zu
Beschwören. – Nein, ich wüßte wohl was Bessers.
– Denn fruchtlos ist doch alles, kommt der Irrtum
Ans Licht nicht, der uns neckt. – Der eine ist,
Von jenem Anschlag auf dein Leben, mir
Schon klar. – Der Jüngling war mein Freund, um seine
Geheimste Absicht kann ich wissen. – Hier
Auf dieser Stelle, eifersuchtgequält,
Reizt' er mit bittern Worten mich, zu ziehen,
– Nicht mich zu morden, denn er sagt' es selbst,
Er wolle sterben.
Agnes. Seltsam! Grade das
Sagt' er mir auch.
Ottokar. Nun sieh, so ist's am Tage.
Agnes. Das seh' ich doch nicht ein – er stellte sich

Wahnsinnig zwar, drang mir den Dolch auf, sagte,
Als ich mich weigerte, ich hätt' ihm einen
Schon in das Herz gedrückt –

OTTOKAR. Nun, das brauch' ich
Wohl dir nicht zu erklären. –

AGNES. Wie?

OTTOKAR. Sagt' ich
Dir nicht, daß er dich heftig liebe?

AGNES. – O
Mein Gott, was ist das für ein Irrtum! – Nun
Liegt er verwundet in dem Kerker, niemand
Pflegt seiner, der ein Mörder heißt und doch
Ganz schuldlos ist. – Ich will sogleich auch gehen.

OTTOKAR. Nur einen Augenblick noch. – So wie einer,
Kann auch der andre Irrtum schwinden. Weißt
Du, was ich tun jetzt werde? Immer ist's
Mir aufgefallen, daß an beiden Händen
Der Bruderleiche just derselbe Finger,
Der kleine Finger fehlte. – Mördern, denk'
Ich, müßte jedes andre Glied fast wicht'ger
Doch sein, als just der kleine Finger. Läßt
Sich was erforschen, ist's nur an dem Ort
Der Tat. Den weiß ich. Leute wohnen dort,
Das weiß ich auch. – Ja recht, ich gehe hin.

AGNES. So lebe wohl denn.

OTTOKAR. Eile nur nicht so;
Wird dir Johann entfliehn? – Nun, pfleg' ihn nur,
Und sag' ihm, daß ich immer noch sein Freund.

AGNES. Laß gut sein, werd' ihn schon zu trösten wissen.

OTTOKAR. Wirst du? Nun, einen Kuß will ich ihm gönnen.

AGNES. Den andern gibt er mir zum Dank.

OTTOKAR. Den dritten
Krieg' ich zum Lohn für die Erlaubnis.

AGNES. Von
Johann?

OTTOKAR. Das ist der vierte.
AGNES. Ich versteh',
Versteh' schon. Nein, daraus wird nichts.
OTTOKAR. Nun gut;
Das nächste Mal geb' ich dir Gift.
AGNES *(lacht)*. Frisch aus
Der Quelle, du trinkst mit.
OTTOKAR (lacht). Sind wir
Nicht wie die Kinder? Denn das Schicksal zieht,
Gleich einem strengen Lehrer, kaum ein freundlich
Gesicht, sogleich erhebt der Mutwill wieder
Sein keckes Haupt.
AGNES. Nun bin ich wieder ernst,
Nun geh' ich.
OTTOKAR. Und wann kehrst du wieder?
AGNES. Morgen.
*(Ab von verschiedenen Seiten.)*

## Zweite Szene

*Rossitz. Ein Zimmer im Schlosse. Rupert, Santing und Eustache treten auf.*

RUPERT. Erschlagen, sagst du?
EUSTACHE. Ja, so spricht das Volk.
RUPERT. Das Volk – ein Volk von Weibern wohl?
EUSTACHE. Mir hat's
Ein Mann bekräftigt.
RUPERT. Hat's ein Mann gehört?
SANTING. Ich hab's gehört, Herr, und ein Mann, ein Wandrer,
Der her aus Warwand kam, hat's mitgebracht.
RUPERT. Was hat er mitgebracht?

Santing. Daß dein Johann
Erschlagen sei.
Eustache. Nicht doch, Santing, er sagte
Nichts von Johann, vom Herold sagt' er das.
Rupert. Wer von euch beiden ist das Weib?
Santing. Ich sage:
Johann; und ist's der Herold, wohl, so steckt
Die Frau ins Panzerhemd, mich in den Weibsrock.
Rupert. Mit eignen Ohren will ich's hören. Bringt
Den Mann zu mir!
Santing. Ich zweifle, daß er noch
Im Ort.
Eustache *(sieht ihn an)*. Er ist im Hause.
Rupert. Einerlei.
Bringt ihn.

*(Santing und Eustache ab.)*

Rupert *(pfeift; zwei Diener erscheinen)*. Ruft gleich den Grafen Ottokar!
Ein Diener. Es soll geschehn, Herr. *(Bleibt stehen.)*
Rupert. Nun? was willst du?
Der Diener. Herr,
Wir haben eine Klingel hier gekauft
Und bitten dich, wenn du uns brauchst, so klingle.

*(Er setzt die Klingel auf den Tisch.)*

Rupert. 's ist gut.
Der Diener. Wir bitten dich darum, denn wenn
Du pfeifst, so springt der Hund jedwedes Mal
Aus seinem Ofenloch, und denkt, es gelte ihm.
Rupert. – 's ist gut.

*Diener ab. Eustache und ein Wanderer treten auf.*

Eustache. Hier ist der Mann. – Hör' es nun selbst,
Ob ich dir falsch berichtet.
Rupert. Wer bist du, mein Sohn?
Wanderer. Bin Hans Franz Flanz von Namen, Untertan

Aus deiner Herrschaft, komm vom Wandern in
Die Heimat heut zurück.

RUPERT. Du warst in Warwand;
Was sahst du da?

WANDERER. Sie haben deinen Herold
Erschlagen.

RUPERT. Wer tat es?

WANDERER. Herr, die Namen gingen
Auf keine Eselshaut. Es waren an
Die Hundert über Einen, alle Graf
Sylvesters Leute.

RUPERT. War Sylvester selbst dabei?

WANDERER. Er tat, als wüßt' er's nicht, und ließ sich bei
Der Tat nicht sehen. Nachher, als die Stücken
Des Herolds auf dem Hofe lagen, kam er
Herunter.

RUPERT. Und was sagt' er da?

WANDERER. Er schalt und schimpfte
Die Täter tüchtig aus; es glaubt' ihm aber keiner.
Denn's dauerte nicht lang', so nannt' er seine
Getreuen Untertanen sie.

RUPERT *(nach einer Pause)*. O, listig ist die Schlange – 's ist nur gut,
Daß wir das wissen, denn so ist sie's nicht
Für uns.

EUSTACHE *(zum Wanderer)*. Hat denn der Herold ihn beleidigt?

RUPERT. Beleidigen! Ein Herold? Der die Zange
Nur höchstens ist, womit ich ihn gekniffen.

EUSTACHE. So läßt sich's fast nicht denken, daß die Tat
Von ihm gestiftet; denn warum sollt' er
So zwecklos dich noch mehr erbittern wollen?

RUPERT. Er setzet die Erfindungskraft vielleicht
Der Rache auf die Probe – nun, wir wollen
Doch einen Henker noch zu Rate ziehen.

*Santing und ein zweiter Wanderer treten auf.*

SANTING. Hier ist der Wandrer, Herr, er kann dir sagen,
Ob ich ein Weib, ob nicht.
RUPERT *(wendet sich)*. Es ist doch nicht
Die Höll' in seinem Dienst? –
ZWEITER WANDERER. Ja, Herr, Johann,
So heißt der Rittersmann, den sie in Warwand
Erschlagen. –
RUPERT *(dreht sich zu ihm, schnell)*. Und also wohl den Herold nicht?
ZWEITER WANDERER. Herr, das geschah früher.
RUPERT *(nach einer Pause)*. Tretet ab, – bleib du, Santing.
*(Die Wanderer und Eustache ab.)*
RUPERT. Du siehst, die Sache ist ein Märchen. Kannst
Du selbst nicht an die Quelle gehn nach Warwand,
So glaub' ich's keinem.
SANTING. Herr, du hättst den Mann
Doch hören sollen. In dem Hause war,
Wo ich ihn traf, ein andrer noch, der ihm
Ganz fremd, und der die Nachricht mit den Worten
Fast sagt', als hätt' er sie von ihm gelernt.
RUPERT. Der Herold, sei's – das wollt' ich glauben; doch
Johann! Wie käm' denn der nach Warwand?
SANTING. Wie
Die Männer sprachen, hat er Agnes,
Sylvesters Tochter, morden wollen.
RUPERT. Morden?
Ein Mädchen! Sind sie toll? Der Junge ist
Verliebt in alles, was in Weiberröcken.
SANTING. Er soll den Dolch auf sie gezückt schon haben,
Da kommt Jeronimus, und haut ihn nieder.
RUPERT. Jeronimus – wenn's überhaupt geschehn,
Daß er's getan, ist glaublich, denn ich weiß,
Der graue Geck freit um die Tochter. – Glaub's
Trotz allem nicht, bis du's aus Warwand bringst.

Santing. So reit' ich hin – und kehr' ich heut am Tage
Nach Rossitz nicht zurück, so ist's ein Zeichen
Von meinem Tode auch.
Rupert. Auf jeden Fall
Will ich den Dritten sprechen, der dir's sagte.
Santing. Herr, der liegt krank im Haus'.
Rupert. So führ' mich zu ihm.

*Beide ab; Jeronimus und Eustache treten im Gespräch von der andern Seite auf.*

Eustache. Um Gotteswillen, Ritter –
Jeronimus. Ihm den Mörder
Zu senden, der ihm hinterrücks die Tochter
Durchbohren soll, die Schuldlos-Reine, die
Mit ihrem Leben nichts verbrach, als dieses
Nur, daß just dieser Vater ihr es gab!
Eustache. Du hörst mich nicht –
Jeronimus. Was seid ihr besser denn,
Als die Beklagten, wenn die Rache so
Unwürdig niedrig ist, als die Beleid'gung?
Eustache. Ich sag' dir ja –
Jeronimus. Ist das die Weis', in diesem
Zweideutig bösen Zwist dem Rechtgefühl
Der Nachbarn schleunig anzuweisen, wo
Die gute Sache sei? Nein, wahrlich, nein,
Ich weiß es nicht, und soll ich's jetzt entscheiden,
Gleich zu Sylvester wend' ich mich, nicht euch.
Eustache. So laß mich doch ein Wort nur sprechen – sind
Wir denn die Stifter dieser Tat?
Jeronimus. Ihr nicht
Die Stifter? Nun, das nenn' ich spaßhaft! Er,
Der Mörder, hat es selbst gestanden –
Eustache. Wer
Hat es gestanden?
Jeronimus. Wer, fragst du? Johann.

Eustache. O welch ein Scheusal ist der Lügner! – Ich
Erstaun', Jeronimus, und wage kaum
Zu sagen, was ich von dir denke. Denn
Ein jedes unbestochnes Urteil müßte
Schnell frei uns sprechen.
Jeronimus. Schnell? Da hast du unrecht.
Als ich Sylvester hörte, hab' ich schnell
Im Geist entschieden, denn sehr würdig wies
Die Schuld er von sich, die man auf ihn bürdet.
Eustache. Ist's möglich, du nimmst ihn in Schutz?
Jeronimus. Haut mir
Die Hand ab, wenn ich sie meineidig hebe:
Unschuldig ist Sylvester!
Eustache. Soll ich dir
Mehr glauben, als den Tätern, die es selbst
Gestanden?
Jeronimus. Nun, das nenn' ich wieder spaßhaft;
Denn glauben soll ich doch von euch, daß ihr
Unschuldig, ob es gleich Johann gestanden.
Eustache. Nun, über jedwedes Geständnis geht
Mein innerstes Gefühl doch. –
Jeronimus. Grad' so spricht Sylvester,
Doch mit dem Unterschied, daß ich's ihm glaube.
Eustache. Wenn jene Tat wie diese ist beschaffen –
Jeronimus. Für jene, für Sylvesters Unschuld, steh' ich.
Eustache. Und nicht für unsre?
Jeronimus. Reinigt euch.
Eustache. – Was hat
Der Knabe denn gestanden?
Jeronimus. Sag' mir erst,
Was hat der Mörder ausgesagt, den man
Gefoltert – wörtlich will ich's wissen.
Eustache. Ach,
Jeronimus, soll ich mich wahr dir zeigen,

Ich weiß es nicht. Denn frag' ich, heißt es stets:
Er hat's gestanden; will ich's wörtlich wissen,
So hat vor dem Geräusch ein jeder nur,
Selbst Rupert nur ein Wort gehört: Sylvester.
Jeronimus. Selbst Rupert? Ei, wenn's nur dies Wort bedurfte,
So wußte er's wohl schon vorher, nicht wahr?
So halb und halb?
Eustache. Gewiß hat er's vorher schon
Geahndet. –
Jeronimus. Wirklich? Nun, so war auch wohl
Dies Wort nicht nötig, und ihr hättet euch
Mit einem Blick genügt?
Eustache. Ach, mir hat's nie
Genügt – doch muß die Flagge wehn, wohin
Der Wind. – Ich werde nie den Unglückstag
Vergessen – und es knüpft, du wirst es sehn,
Sich eine Zukunft noch von Unglück an.
– Nun sag' mir nur, was hat Johann bekannt?
Jeronimus. Johann? Dasselbe. Er hat euren Namen
Genannt.
Eustache. Und weiter nichts?
Jeronimus. Das wäre schon,
Wenn nicht Sylvester edel wär', genug.
Eustache. So glaubt er's also nicht?
Jeronimus. Er ist der einz'ge
In seinem Warwand fast, der euch entschuldigt.
Eustache. – Ja, dieser Haß, der die zwei Stämme trennt,
Stets grundlos schien er mir, und stets bemüht
War ich, die Männer auszusöhnen – doch
Ein neues Mißtraun trennte stets sie wieder
Auf Jahre, wenn so kaum ich sie vereinigt.
– Nun, weiter hat Johann doch nichts bekannt?
Jeronimus. Auch dieses Wort selbst sprach er nur im Fieber.
– Doch, wie gesagt, es wär' genug.

EUSTACHE. So ist
Er krank?
JERONIMUS. Er phantasiert sehr heftig, spricht
Das Wahre und das Falsche Durcheinander. –
– Zum Beispiel, im Gebirge sei die Hölle
Für ihn, für Ottokar und Agnes doch
Der Himmel.
EUSTACHE. Nun, und was bedeutet das?
JERONIMUS. Ei, daß sie sich so treu wie Engel lieben.
EUSTACHE. Wie? Du erschreckst mich, Ottokar und Agnes?
JERONIMUS. Warum erschrickst du? Denk' ich doch, du solltest
Vielmehr dich freun: Denn fast kein Minnesänger
Könnt' etwas Besseres ersinnen, leicht
Das Wild-verworrene euch aufzulösen,
Das Blutig-angefangne lachend zu
Beenden, und der Stämme Zwietracht ewig
Mit ihrer Wurzel auszurotten, als
– Als eine Heirat.
EUSTACHE. Ritter, du erweckst
Mir da Gedanken. – Aber wie? Man sagte,
– War's ein Gerücht nur bloß? – du freitest selbst
Um Agnes?
JERONIMUS. Ja, 's ist wahr. Doch untersuche
Es nicht, ob es viel Edelmut, ob wenig
Beweise, daß ich deinem Sohn sie gönne,
– Denn kurz, das Mädel liebt ihn.
EUSTACHE. Aber sag'
Mir nur, wie sie sich kennen lernten? Seit
Drei Monden erst ist Ottokar vom Hofe
Des Kaisers, dessen Edelknab' er war,
Zurück. In dieser Zeit hat er das Mädchen,
In meinem Beisein mind'stens, nicht gesehn.
JERONIMUS. Doch *nicht* in deinem Beisein um so öfter.
Noch heute waren beid' in dem Gebirge.

Eustache. – Nun freilich, glücklich könnte sich's beschließen.
Sylvester also wär' bereit?
Jeronimus. Ich bin
Gewiß, daß er das Mädchen ihm nicht weigert,
Obschon von ihrer Lieb' er noch nichts weiß.
– Wenn Rupert nur –
Eustache. 's ist kaum zu hoffen, kaum
– Versuchen will ich's. – Horch! Er kommt! Da ist er!
*Rupert und Santing treten auf; Rupert erblickt Jeronimus, erblaßt, kehrt um.*
Rupert *(im Abgehen).* Santing! *(Beide ab.)*
Jeronimus. Was war das?
Eustache. Hat er dich denn schon gesehen?
Jeronimus. Absichtlich hab' ich ihn vermieden, um
Mit dir vorher mich zu besprechen. – Wie
Es scheint, ist er sehr aufgebracht.
Eustache. Er ward
Ganz blaß, als er dich sah – das ist ein Zeichen
Wie matte Wolkenstreifen stets für mich;
Ich fürchte einen bösen Sturm.
Jeronimus. Weiß er
Denn, daß Johann von meiner Hand gefallen?
Eustache. Noch wußt' er's nicht, doch hat er eben jetzt
Noch einen dritten Wanderer gesprochen.
Jeronimus. Das ist ein böser Strich durch meinen Plan.
Rupert *(tritt auf).* Laß uns allein, Eustache.
Eustache *(halblaut zu Jeronimus).* Hüte dich
Um Gottes willen. *(Ab.)*
Jeronimus. Sei gegrüßet!
Rupert. Sehr
Neugierig bin ich zu erfahren, was
Zu mir nach Rossitz dich geführt. – Du kommst
Aus Warwand – nicht?
Jeronimus. Unmittelbar von Hause;
Doch war ich kürzlich dort.

Rupert. So wirst du wissen,
Wir Vettern sind seit kurzer Zeit ein wenig
Schlimm übern Fuß gespannt. – Vielleicht hast du
Aufträg' an mich, kommst im Geschäft des Friedens,
Stellst selbst vielleicht die heilige Person
Des Herolds vor –?

Jeronimus. Des Herolds? – Nein – Warum?
– Die Frag' ist seltsam. – Als dein Gast komm ich.

Rupert. Mein Gast – und hättst aus Warwand keinen Auftrag?

Jeronimus. Zum mind'sten keinen andern, dessen ich
Mich nicht als Freund des Hauses im Gespräch
Gelegentlich entled'gen könnte.

Rupert. Nun,
Wir brechen die Gelegenheit vom Zaune;
Sag an.

Jeronimus. – Sylvester will dich sprechen.

Rupert. Mich?
Mich sprechen?

Jeronimus. Freilich seltsam ist die Fordrung,
Ja unerhört fast – dennoch, gäb's ein Zeichen,
Ein sichres fast, von seiner Unschuld, wär'
Es dieses.

Rupert. Unschuld?

Jeronimus. Ja, mir ist's ein Rätsel,
Wie dir, da es die Mörder selbst gestanden.
Zwar ein Geständnis auf der Folter ist
Zweideutig stets – auch war es nur ein Wort,
Das doch im Grunde stets sehr unbestimmt.
Allein, trotz allem, der Verdacht bleibt groß,
Und fast unmöglich scheint's – zum wenigsten
Sehr schwer doch, sich davon zu reinigen.

Rupert. Meinst du?

JERONIMUS. Doch, wie gesagt, er hält's für möglich.
Er glaubt, es steck' ein Irrtum wo verborgen. –
RUPERT. Ein Irrtum?
JERONIMUS. Den er aufzudecken nichts
Bedürfe, als nur ein Gespräch mit dir.
RUPERT. – Nun, meinetwegen.
JERONIMUS. Wirklich? Willst du's tun?
RUPERT. Wenn du ihn jemals wiedersehen solltest –
JERONIMUS. – Jemals? Ich eile gleich zu ihm.
RUPERT. So sag's,
Daß ich mit Freuden ihn erwarten würde.
JERONIMUS. O welche segensreiche Stunde hat
Mich hergeführt! – Ich reite gleich nach Warwand
Und bring' ihn her. – Möcht' er dich auch so finden,
So freundlich, und so mild, wie ich. – Mach's ihm
Nicht schwer; die Sache ist verwickelt, blutig
Ist die Entscheidung stets des Schwerts, und Frieden
Ist die Bedingung doch von allem Glück.
Willst du ihn nur unschuldig finden, wirst
Du's auch. – Ich glaub's, bei meinem Eid, ich glaub's.
Ich war wie du von dem Verdacht empört,
Ein einz'ger Blick auf sein ehrwürdig Haupt
Hat schnell das Wahre mich gelehrt. –
RUPERT. Dein Amt
Scheint aus, wenn ich nicht irre.
JERONIMUS. Nur noch zur
Berichtigung etwas von zwei Gerüchten,
Die bös' verfälscht, wie ich fast fürchte, dir
Zu Ohren kommen möchten. –
RUPERT. Nun?
JERONIMUS. Johann
Liegt krank in Warwand.
RUPERT. Auf den Tod, ich weiß.
JERONIMUS. Er wird nicht sterben.

Rupert. Wie es euch beliebt.
Jeronimus. Wie?
Rupert. Weiter – Nun, das andere Gerücht?
Jeronimus. Ich wollt' dir sagen noch, daß zwar Johann
Den Dolch auf Agnes –
Rupert. Ich hatt' ihn gedungen.
Jeronimus. Wie sagst du?
Rupert Könnt's mir doch nichts helfen, wenn
Ich's leugnen wollte, da er's ja gestanden.
Jeronimus. Vielmehr das Gegenteil – aus seiner Rede
Wird klar, daß dir ganz unbewußt die Tat.
Rupert. Sylvester doch ist überzeugt, wie billig,
Daß ich so gut ein Mörder bin, wie er?
Jeronimus. Vielmehr das Gegenteil – der Anschein hat
Das ganze Volk getäuscht, doch er bleibt stets
Unwandelbar, und nennt dich schuldlos.
Rupert. O List der Hölle, von dem bösesten
Der Teufel ausgeheckt!
Jeronimus. Was ist das? Rupert!
Rupert *(faßt sich)*. Das war das eine. – Nun, sprich weiter, noch
Ein anderes Gerücht wolltst du bericht'gen.
Jeronimus. Gib mir erst Kraft und Mut, gib mir Vertraun!
Rupert. Sieh zu, wie's geht – sag' an.
Jeronimus. Der Herold ist –
Rupert. Erschlagen, weiß ich – doch Sylvester ist
Unschuldig an dem Blute.
Jeronimus. Wahrlich, ja;
Er lag in Ohnmacht, während es geschah.
Es hat ihn tief empört, er bietet jede
Genugtuung dir an, die du nur forderst.
Rupert. Hat nichts zu sagen. –
Jeronimus. Wie?
Rupert. Was ist ein Herold?

Jeronimus. Du bist entsetzlich. –
Rupert. Bist du denn ein Herold –?
Jeronimus. Dein Gast bin ich, ich wiederhol's – Und wenn
Der Herold dir nicht heilig ist, so wird's
Der Gast dir sein.
Rupert. Mir heilig? Ja. Doch fall'
Ich leicht in Ohnmacht.
Jeronimus. Lebe wohl. *(Schnell ab.)*

*Pause; Eustache stürzt aus dem Nebenzimmer herein.*

Eustache. Um Gottes willen, rette, rette!
*(Sie öffnet das Fenster.)*
Alles
Fällt über ihn – Jeronimus! – das Volk
Mit Keulen – rette, rette ihn – sie reißen
Ihn nieder, nieder liegt er schon am Boden –
Um Gottes willen, komm ans Fenster nur,
Sie töten ihn. – Nein, wieder steht er auf,
Er zieht, er kämpft, sie weichen. – Nun ist's Zeit,
O Rupert, ich beschwöre dich. – Sie dringen
Schon wieder ein, er wehrt sich wütend. – Rufe
Ein Wort, um aller Heil'gen willen, nur
Ein Wort aus diesem Fenster. – – Ah! jetzt fiel
Ein Schlag – – er taumelt – Ah! noch einer. – – Nun
Ist's aus. – Nun fällt er um. – Nun ist er tot. – –
*(Pause; Eustache tritt vor Rupert.)*
O, welch entsetzliche Gelassenheit –
– Es hätte dir ein Wort gekostet, nur
Ein Schritt bis zu dem Fenster, ja, dein bloßes
Gebieterantlitz hätte sie geschreckt. –
– Mög' einst in jener bittern Stunde, wenn
Du Hilfe Gottes brauchest, Gott nicht säumen,
Wie du, mit Hilfe vor dir zu erscheinen.
Santing *(tritt auf)*. 's ist abgetan, Herr.

Eustache. Abgetan? Wie sagst
Du, Santing – Rupert, abgetan?
*(Rupert wendet sich verlegen.)*
O, jetzt
Ist's klar. – Ich Törin, die ich dich zur Rettung
Berief! – O pfui! Das ist kein schönes Werk,
Das ist so häßlich, so verächtlich, daß
Selbst ich, dein unterdrücktes Weib, es kühn
Und laut verachte. Pfui! O pfui! Wie du
Jetzt vor mir sitzest und es leiden mußt,
Daß ich in meiner Unschuld hoch mich brüste!
Denn über alles siegt das Rechtgefühl,
Auch über jede Furcht und jede Liebe,
Und nicht der Herr, der Gatte nicht, der Vater
Nicht meiner Kinder ist so heilig mir,
Daß ich den Richterspruch verleugnen sollte:
Du bist ein Mörder!
Rupert *(steht auf)*. Wer zuerst ihn tödlich
Getroffen hat, der ist des Todes!
Santing. Herr,
Auf dein Geheiß –
Rupert. Wer sagt das?
Santing. 's ist ein Faustschlag
Mir ins Gesicht.
Rupert. Steck's ein! *(Er pfeift; zwei Diener erscheinen.)*
Wo sind die Hunde, wenn
Ich pfeife? – Ruft den Grafen auf mein Zimmer!
*(Der Vorhang fällt.)*

# Vierter Aufzug.

## Erste Szene

*Rossitz. Zimmer im Schlosse. Rupert und Santing treten auf.*

Rupert. Das eben ist der Fluch der Macht, daß sich
Dem Willen, dem leicht widerruflichen,
Ein Arm gleich beut, der fest unwiderruflich
Die Tat ankettet. Nicht ein Zehnteil würd'
Ein Herr des Bösen tun, müßt' er es selbst
Mit eignen Händen tun. Es heckt sein bloßer
Gedanke Unheil aus, und seiner Knechte
Geringster hat den Vorteil über ihn,
Daß er das Böse wollen darf.
Santing. Ich kann
Das Herrschen dir nicht lehren, du nicht das
Gehorchen mir. Was Dienen ist, das weiß
Ich auf ein Haar. Befiehl, daß ich dir künftig
Nicht mehr gehorche, wohl, so will ich dir
Gehorchen.
Rupert. Dienen! Mir gehorchen! Dienen!
Sprichst du doch wie ein Neuling. Hast du mir
Gedienet? Soll ich dir erklären, was
Ein Dienst sei? Nützen, nützen soll er. – Was
Denn ist durch deinen mir geworden, als
Der Reue ekelhaft Gefühl?
Es ist
Mir widerlich, ich will's getan nicht haben.
Auf deine Kappe nimm's – ich steck' dich in
Den Schloßturm. –
Santing. Mich?

RUPERT. Kommst du heraus, das schöne
Gebirgslehn wird dir nicht entgehn.

*Eustache tritt auf.*

RUPERT *(steht auf, zu Santing, halblaut).* Es bleibt
Dabei. In vierzehn Tagen bist du frei.
*(Zu Eustache.)*

Was willst du?

EUSTACHE. Stör' ich?

RUPERT *(zu Santing).* Gehe! Meinen Willen
Weißt du. Solange ich kein Knecht, soll mir
Den Herrn ein andrer auf der Burg nicht spielen.
Den Zügel hab' ich noch; sie sollen sich
Gelassen dran gewöhnen, müßten sie
Die Zähne sich daran zerbeißen. Der
Zuerst den Herold angetastet, hat
Das Beil verwirkt. – Dich steck' ich in den Schloßturm.
– Kein Wort, sag' ich, wenn dir dein Leben lieb!
Du hast ein Wort gedeutet eigenmächtig,
Rebellisch deines Herren Willen mißbraucht –
– Ich schenk' dir's Leben. Fort! Tritt ab! *(Santing ab.)*
*(Zu Eustache.)*

Was willst du?

EUSTACHE. Mein Herr und mein Gemahl –

RUPERT. Wenn du
Die Rede, die du kürzlich hier begonnen,
Fortsetzen willst, so spar' es auf; du siehst,
Ich bin so eben nicht gestimmt, es an
Zuhören.

EUSTACHE. Wenn ich unrecht dir getan –

RUPERT. So werd' ich mich vor dir wohl rein'gen müssen?
Soll ich etwa das Hofgesinde rufen
Und öffentlich dir Rede stehn?

EUSTACHE. O mein
Gemahl, ein Weib glaubt gern an ihres Mannes

Unschuld, und küssen will ich deine Hand
Mit Tränen, Freudentränen, wenn sie rein
Von diesem Morde.
RUPERT. Wissen es die Leute,
Wie's zugegangen?
EUSTACHE. Selber spricht die Tat.
Das Volk war aufgehetzt von Santing.
RUPERT. Daß
Ich auf dein Rufen an das Fenster nicht
Erschienen, ist mir selber unerklärlich.
Sehr schmerzhaft ist mir die Erinnerung.
EUSTACHE. Es würde fruchtlos doch gewesen sein.
Er sank so schleunig hin, daß jede Rettung,
Die schnellste selbst, zu spät gekommen wäre.
Auch ganz aus seiner Schranke war das Volk,
Und hätte nichts von deinem Wort gehört.
RUPERT. Doch hätt' ich mich gezeigt –
EUSTACHE. Nun, freilich wohl –
DIE KAMMERZOFE *(stürzt herein, umfaßt Eustachens Knie)*. Um deine Hilfe, Gnädigste! Erbarmung,
Gebieterin! Sie führen ihn zum Tode!
Errettung von dem Tod! Laß ihn, laß mich,
Laß uns nicht aufgeopfert werden!
EUSTACHE. Dich?
Bist du von Sinnen?
DIE KAMMERZOFE. Meinen Friedrich! Er
Hat ihn zuerst getroffen.
EUSTACHE. Wen?
DIE KAMMERZOFE. Den Ritter,
Den dein Gemahl geboten zu erschlagen.
RUPERT. Geboten – ich! Den Teufel hab' ich. – Santing
Hat's angestiftet!
DIE KAMMERZOFE *(steht auf)*. Santing hat's auf dein
Geheiß gestiftet.

Rupert. Schlange, giftige!
Aus meinen Augen, fort!
Die Kammerzofe. Auf dein Geheiß
Hat's Santing angestiftet. Selbst hab' ich's
Gehört, wie du's dem Santing hast befohlen.
Rupert. – Gehört? – Du selbst?
Die Kammerzofe. Ich stand im Schloßflur, stand
Dicht hinter dir, ich hörte jedes Wort,
Doch du warst blind vor Wut, und sahst mich nicht.
Es haben's außer mir noch zwei gehört.
Rupert. – 's ist gut. Tritt ab.
Die Kammerzofe. So schenkst du ihm das Leben?
Rupert. 's soll aufgeschoben sein.
Die Kammerzofe. O Gott sei Dank!
Und dir sei Dank, mein bester Herr, es ist
Ein braver Bursche, der sein Leben wird
An deines setzen.
Rupert. Gut, sag' ich. Tritt ab.

*(Kammerzofe ab.)*

*(Rupert wirft sich auf einen Sessel; Eustache nähert sich ihm; Pause.)*

Eustache. Mein teurer Freund –
Rupert. Laß mich allein, Eustache.
Eustache. O laß mich bleiben. – O, dies menschlich schöne
Gefühl, das dich bewegt, löscht jeden Fleck,
Denn Reue ist die Unschuld der Gefallnen.
An ihrem Glanze weiden will ich mich,
Denn herrlicher bist du mir nie erschienen,
Als jetzt.
Rupert. Ein Elender bin ich. –
Eustache. Du glaubst
Es. – Ah! Der Augenblick nach dem Verbrechen
Ist oft der schönste in dem Menschenleben.
Du weißt's nicht – ach, du weißt es nicht, und grade

Das macht dich herrlich. Denn nie besser ist
Der Mensch, als wenn er es recht innig fühlt,
Wie schlecht er ist.

Rupert. Es kann mich keiner ehren;
Denn selbst ein Ekel bin ich mir.

Eustache. Den soll
Kein Mensch verdammen, der sein Urteil selbst
Sich spricht. O hebe dich! Du bist so tief
Bei weitem nicht gesunken, als du hoch
Dich heben kannst.

Rupert. Und wer hat mich so häßlich
Gemacht? O, hassen will ich ihn. –

Eustache. Rupert!
Du könntest noch an Rache denken?

Rupert. Ob
Ich an die Rache denke? – Frage doch,
Ob ich noch lebe?

Eustache. Ist es möglich? O,
Nicht diesen Augenblick zum wenigsten
Wirst du so bös' beflecken – Teufel nicht
In deiner Seele dulden, wenn ein Engel
Noch mit mir spricht aus deinen Zügen.

Rupert. Soll
Ich dir etwa erzählen, daß Sylvester
Viel Böses mir getan? Und soll ich's ihm
Verzeihn, als wär' es nur ein Weiberschmollen?
Er hat mir freilich nur den Sohn gemordet,
Den Knaben auch, der lieb mir wie ein Sohn. –

Eustache. O, sprich's nicht aus! Wenn dich die Tat gereut,
Die blutige, die du gestiftet, wohl,
So zeig's, und ehre mindestens im Tode
Den Mann, mit dessen Leben du gespielt.
Der Abgeschiedene hat es beschworen:
Unschuldig ist Sylvester!

*(Rupert sieht ihr starr ins Gesicht.)*
So unschuldig
An Peters Mord, wie wir an jenem Anschlag
Auf Agnes' Leben.

RUPERT. Über die Vergleichung!

EUSTACHE. Warum nicht, mein Gemahl? Denn es liegt alles
Auf beiden Seiten gleich, bis selbst auf die
Umstände nach der Tat. Du fandst Verdächt'ge
Bei deinem toten Kinde, so in Warwand;
Du hiebst sie nieder, so in Warwand; sie
Gestanden Falsches, so in Warwand; du
Vertrautest ihnen, so in Warwand. – Nein,
Der einz'ge Umstand ist verschieden, daß
Sylvester selber doch dich freispricht.

RUPERT. O,
Gewendet, listig, haben sie das ganze
Verhältnis, mich, den Kläger, zum Verklagten
Gemacht. – Und um das Bubenstück, das mich
Der ganzen Welt als Mörder zeigt, noch zu
Vollenden, so verzeiht er mir. –

EUSTACHE. Rupert!
O welch ein häßlicher Verdacht, der schon
Die Seele schändet, die ihn denkt!

RUPERT. Verdacht
Ist's nicht in mir, es ist Gewißheit. Warum
Meinst du, hätt' er mir wohl verziehen, da
Der Anschein doch so groß, als nur, damit
Ich gleich gefällig mich erweise? Er
Kann sich nicht reinigen, er kann es nicht,
Und nun, damit ich's ihm erlass', erläßt
Er's mir. – Nun, halb zum wenigsten soll ihm
Das Bubenstück gelingen nur. Ich nehme
Den Mord auf mich – und hätt' der Jung' das Mädchen
Erschlagen, wär's mir recht.

Eustache. Das Mädchen? O
Mein Gott, du wirst das Mädchen doch nicht morden?
Rupert. Die Stämme sind zu nah gepflanzet, sie
Zerschlagen sich die Äste.
Eustache *(zu seinen Füßen)*. O, verschone,
Auf meinen Knien bitt' ich dich, verschone
Das Mädchen – wenn dein eigner Sohn dir lieb,
Wenn seine Liebe lieb dir, wenn auf immer
Du seinen Fluch dir nicht bereiten willst,
Verschone Agnes! –
Rupert. Welche seltsame
Anwandlung? Mir den Fluch des Sohnes?
Eustache. Ja,
Es ist heraus – auf meinen Knien beschwöre
Ich dich, bei jener ersten Nacht, die ich
Am Tage vor des Priesters Spruch dir schenkte,
Bei unserm einz'gen Kind, bei unserm letzten,
Das du hinopferst, und das du doch nicht
Geboren hast, wie ich: o, mache diesem
Unselig-bösen Zwist ein Ende, der
Bis auf den Namen selbst den ganzen Stamm
Der Schroffensteine auszurotten droht.
Gott zeigt den Weg selbst zur Versöhnung dir.
Die Kinder lieben sich, ich habe sichre
Beweise. –
Rupert. Lieben?
Eustache. Unerkannt hat Gott
In dem Gebirge sie vereint.
Rupert. Gebirg?
Eustache. Ich weiß es von Jeronimus; der Edle!
Vortreffliche! Sein eigner Plan war es,
Die Stämme durch die Heirat zu versöhnen,
Und selbst sich opfernd, trat er seine Braut
Dem Sohne seines Freundes ab. – O ehre

Im Tode seinen Willen, daß sein Geist
In deinen Träumen dir nicht mit Entsetzen
Begegne! – Sprich, o sprich den Segen aus!
Mit Tränen küss' ich deine Knie, küsse
Mit Inbrust deine Hand, die, ach! noch schuldig,
Was sie am Altar mir versprach – o brauche
Sie einmal doch zum Wohltun, gib dem Sohne
Die Gattin, die sein Herz begehrt, und dir
Und mir und allen Unsrigen den Frieden! –

RUPERT. Nein, sag' mir, hab' ich recht gehört, sie sehen
Sich im Gebirge, Ottokar und Agnes?

EUSTACHE *(steht auf)*. O Gott, mein Heiland, was hab' ich getan!

RUPERT *(steht auf)*. Das freilich ist ein Umstand von Bedeutung.

*Er pfeift; zwei Diener erscheinen.*

EUSTACHE. Wär's möglich? Nein. – O Gott sei Dank! Das wäre
Ja selbst für einen Teufel fast zu boshaft. –

RUPERT *(zu den Dienern)*. Ist noch der Graf zurück nicht vom Spaziergang?

EIN DIENER. Nein, Herr.

RUPERT. Wo ist der Santing?

EIN DIENER. Bei der Leiche.

RUPERT. Führ' mich zu ihm. *(Ab.)*

EUSTACHE *(ihm nach)*. Rupert! Rupert! O höre! –

*(Alle ab.)*

## Zweite Szene

*Warwand. Zimmer im Schlosse. Sylvester tritt auf, öffnet ein Fenster, und bleibt mit Zeichen einer tiefen Bewegung davor stehen. Gertrude tritt auf, und nähert sich ihm mit verdecktem Gesicht.*

Gertrude. Weißt du es?
Agnes *(tritt auf, noch an der Tür halblaut).* Mutter! Mutter!
*(Gertrude sieht sich um, Agnes nähert sich ihr.)*
Weißt du die
Entsetzenstat? Jerome ist erschlagen.
*(Gertrude gibt ihr ein bejahendes Zeichen.)*
Weiß er's?
Gertrude *(wendet sich zu Sylvester).* Sylvester!
Sylvester *(ohne sich umzusehen).* Bist du es, Gertrude?
Gertrude. Wenn
Ich wüßte, wie du jetzt gestimmt, viel hätt' ich
Zu sagen dir.
Sylvester. Es ist ein trüber Tag
Mit Wind und Regen, viel Bewegung draußen. –
Es zieht ein unsichtbarer Geist gewaltig
Nach einer Richtung alles fort, den Staub,
Die Wolken und die Wellen. –
Gertrude. Willst du mich,
Sylvester, hören?
Sylvester. Sehr beschäftigt mich
Dort jener Segel – siehst du ihn? Er schwankt
Gefährlich, übel ist sein Stand, er kann
Das Ufer nicht erreichen. –
Gertrude. Höre mich,
Sylvester, eine Nachricht hab' ich dir
Zu sagen von Jerome.
Sylvester. Er, er ist
Hinüber – *(Er wendet sich.)* ich weiß alles.

GERTRUDE. Weißt du's? Nun,
Was sagst du?
SYLVESTER. Wenig will ich sagen. Ist
Theistin noch nicht zurück?
GERTRUDE. So willst du nun
Den Krieg beginnen?
SYLVESTER. Kenn' ich doch den Feind.
GERTRUDE. Nun freilich, wie die Sachen stehn, so mußt
Du's wohl. Hat er den Vetter hingerichtet,
Der schuldlos war, so wird er dich nicht schonen.
Die Zweige abzuhaun des ganzen Stammes,
Das ist sein überlegter Plan, damit
Das Mark ihm seinen Wipfel höher treibe.
SYLVESTER. Den Edelen, der nicht einmal als Herold
Gekommen, der als Freund nur das Geschäft
Betrieb des Friedens, preiszugeben – *ihn*,
Um sich an *mir* zu rächen, preiszugeben
Dem Volke – –
GERTRUDE. Nun doch, endlich wirst du ihn
Nicht mehr verkennen?
SYLVESTER. Ihn hab' ich verkannt,
Jeronimus – hab' ihn der Mitschuld heute
Geziehen, der sich heut für mich geopfert.
Denn wohl geahndet hat es ihm – mich hielt
Er ab, und ging doch selbst nach Rossitz, der
Nicht sichrer war, als ich. –
GERTRUDE. Konnt' er denn anders?
Denn weil du Rupert stets mit blinder Neigung
Hast freigesprochen, ja sogar gezürnt,
Wenn man es nur gewagt, ihm zu mißtraun,
So mußt' er freilich zu ihm gehen. –
SYLVESTER. Nun,
Beruh'ge dich – fortan kein anderes
Gefühl als nur der Rache will ich kennen;

Und wie ich duldend einer Wolke gleich
Ihm lange überm Haupt geschwebt, so fahr
Ich einem Blitze gleich jetzt über ihn.

Theistiner *(tritt auf)*. Hier bin ich wieder, Herr, von meinem Zuge,
Und bringe gleich dir fünf Vasallen mit.

Sylvester *(wendet sich schnell)*. Wo sind sie?

Theistiner. Unten in dem Saale. Drei,
Der Manso, Vitina, Paratzin, haben
Auf ihren Kopf ein dreißig Reuter gleich
Nach Warwand mitgebracht.

Sylvester. Ein dreißig Reuter?
– Ein ungesprochner Wunsch ist mir erfüllt.
– Laßt mich allein, ihr Weiber.

*(Die Weiber ab.)*

Wenn sie so
Ergeben sich erweisen, sind sie wohl
Gestimmt, daß man sie schleunig brauchen kann?

Theistiner. Wie den gespannten Bogen, Herr; der Mord
Jeromes hat ganz wütend sie gemacht.

Sylvester. So wollen wir die Witterung benutzen.
Er will nach meinem Haupte greifen, will
Es – nun, so greif' ich schnell nach seinem. Dreißig,
Sagst du, sind eben eingerückt, ein Zwanzig
Bring' ich zusammen, das ist mit dem Geiste,
Der mit uns geht, ein Heer – Theistin, was meinst du?
Noch diese Nacht will ich nach Rossitz.

Theistiner. Herr,
Gib mir ein Funfzehn von dem Trupp, spreng' ich
Die Tore selbst und öffne dir den Weg.
Ich kenn' das Nest, als wär's ein Dachsloch – noch
Erwarten sie von uns nichts Böses, ich
Beschwör's, die sieben Bürger halten Wache
Noch, wie in Friedenszeit.

Sylvester. So bleibt's dabei.
Du nimmst den Vortrab. Wenn es finster, brechen
Wir auf. Den ersten Zugang überrumpelst
Du, selber folg' ich auf dem Fuße, bei
Jeromes Leiche sehen wir uns wieder.
Ich will ihm eine Totenfeier halten,
Und Rossitz soll, wie Fackeln, sie beleuchten.
Nun fort zu den Vasallen! *(Beide ab).*

## Dritte Szene

*Bauernküche. Barnabe am Herd. Sie rührt einen Kessel, der über Feuer steht.*

Barnabe. Zuerst dem Vater:
Ruh' in der Gruft: daß ihm ein Frevlerarm nicht
Über das Feld trage die Knochen umher!
Leichtes Erstehn: daß er hoch jauchzend das Haupt
Dränge durchs Grab, wenn die Posaune ihm ruft!
Ewiges Glück: daß sich die Pforte ihm weit
Öffne, des Lichts Glanzstrom entgegen ihm wog'!
Ursula *(außerhalb der Szene).* Barnabe! Barnabe!
Rührst du den Kessel?
Barnabe. Ja doch, ja, mit beiden Händen;
Ich wollt', ich könnt' die Füß auch brauchen.
Ursula. Aber
Du sprichst nicht die drei Wünsche. –
Barnabe. Nun, das gesteh' ich!
Wenn unser Herrgott taub, wie du, so hilft
Es alles nichts. – Dann der Mutter:
Alles Gedeihn: daß ihr die Landhexe nicht
Giftigen Blicks töte das Kalb in der Kuh!

Heil an dem Leib: daß ihr der Krebs mit dem Blut-
Läppchen im Schutt schwinde geschwinde dahin!
Leben im Tod: daß ihr kein Teufel die Zung'
Strecke heraus, wenn sie an Gott sich empfiehlt!
Nun für mich:
Freuden vollauf: daß mich ein stattlicher Mann
Ziehe mit Kraft kühn ins hochzeitliche Bett!
Gnädiger Schmerz: daß sich –

URSULA. Barnabe! Böses Mädel! Hast den Blumenstaub
Vergessen und die Wolfkrautskeime.

BARNABE. Nein
Doch, nein, 's ist alles schon hinein. Der Brei
Ist dick, daß schon die Kelle stehet.

URSULA. Aber
Die ungelegten Eier aus dem Hechtsbauch?

BARNABE. Schneid' ich noch einen auf?

URSULA. Nein, warte noch!
Ich will erst Fliederblüte zubereiten.
Laß du nur keinen in die Küche, hörst du?
Und rühre fleißig, hörest du? Und sag'
Die Wünsche, hörst du?

BARNABE. Ja doch, ja. – Wo blieb
Ich stehn? Freuden vollauf – Nein, das ist schon vorbei.
Gnädiger Schmerz: daß sich die liebliche Frucht
Winde vom Schoß, o nicht mit Ach! mir und Weh!
Weiter mir nichts; bleibt mir ein Wünschen noch frei,
Gütiger Gott, mache die Mutter gesund!

*(Sie hält wie ermüdet inne.)*

Ja, lieber Gott! – Wenn's Glück so süß nicht wär',
Wer würd' so sauer sich darum bemühn? –
Von vorn! Zuerst dem Vater:
Ruh' in der Gruft: daß ihm ein Frevlerarm nicht
Über das Feld – – Ah!

*Sie erblickt Ottokar, der bei den letzten Worten hereingetreten ist.*

Ottokar. Was sprichst du mit
Dem Kessel, Mädchen? Bist du eine Hexe,
Du bist die lieblichste, die ich gesehn,
Und tust, ich wette, keinem Böses, der
Dir gut.
Barnabe. Geh h'raus, du lieber Herr, ich bitte dich.
In dieser Küche darf jetzt niemand sein,
Die Mutter selbst nicht, außer ich.
Ottokar. Warum
Denn just nur du?
Barnabe. Was weiß ich? Weil ich eine Jungfrau bin.
Ottokar. Ja, darauf schwör' ich. Und wie heißt du denn,
Du liebe Jungfrau?
Barnabe. Barnabe.
Ottokar. So? Deine Stimme
Klingt schöner, als dein Name.
Ursula. Barnabe! Barnabe!
Wer spricht denn in der Küch'?
*(Ottokar macht ein bittend Zeichen.)*
Barnabe. Was sagst du, Mutter?
Ursula. Bist du es? Sprichst du die drei Wünsche?
Barnabe. Ja doch, ja,
Sei doch nur ruhig! *(Sie fängt wieder an, im Kessel zu rühren.)*
Aber nun geh fort,
Du lieber Herr. Denn meine Mutter sagt,
Wenn ein Unreiner zusieht, taugt der Brei nichts.
Ottokar. Doch wenn ein Reiner zusieht, wird er um
So besser.
Barnabe. Davon hat sie nichts gesagt.
Ottokar. Weil's sich von selbst ergibt.
Barnabe. Nun freilich wohl,
Es scheint mir auch. Ich will die Mutter fragen.
Ottokar. Wozu? Das wirst du selber ja verstehn.
Barnabe. Nun, störe mich nur nicht! 's ist unser Glücksbrei,
Und ich muß die drei Wünsche dazu sagen.

OTTOKAR. Was kochst du denn?
BARNABE. Ich? – Einen Kindesfinger.
Ha! ha! Nun denkst du, ich sei eine Hexe.
OTTOKAR. Kin – Kindesfinger?
URSULA. Barnabe! Du böses Mädel!
Was lachst du?
BARNABE. Ei, was lach' ich? Ich bin lustig,
Und sprech' die Wünsche.
URSULA. Meinen auch vom Krebse?
Barnabe. Ja, ja. Auch den vom Kalbe.
OTTOKAR. Sag' mir – Hab'
Ich recht gehört –?
BARNABE. Nein, sieh, ich plaudre nicht mehr.
Ich muß die Wünsche sprechen, laß mich sein.
Sonst schilt die Mutter, und der Brei verdirbt.
OTTOKAR. Hör', weißt du was? Bring' diesen Beutel deiner Mutter,
Er sei dir auf den Herd gefallen, sprich,
Und komm schnell wieder!
BARNABE. Diesen Beutel? 's ist
Ja Geld darin. –
OTTOKAR. Gib's nur der Mutter dreist,
Jedoch verschweig's, von wem er kommt. Nun geh.
BARNABE. Du lieber Gott, bist du ein Engel?
OTTOKAR. Fort! Und komm bald wieder.
*(Er schiebt sie sanft ins Nebenzimmer; lebhaft auf und nieder gehend.)*
Ein Kindesfinger! Wenn's der kleine wäre!
Wenn's Peters kleiner Finger wäre! Wiege
Mich, Hoffnung, einer Schaukel gleich, und gleich
Als spielt' geschloßnen Auges schwebend mir
Ein Windzug um die offne Brust, so wende
Mein Innerstes sich vor Entzücken. – Wie
Gewaltig, Glück, klopft deine Ahndung an

Die Brust! Dich selbst, o Übermaß, wie werd'
Ich dich ertragen! – Horch! – Sie kommt! Jetzt werd' ich's
hören!

*Barnabe tritt auf, er geht ihr entgegen und führt sie in den Vordergrund.*

Nun sage mir, wie kommt ihr zu dem Finger?

Barnabe. Ich hab' mit Muttern kürzlich ihn gefunden.

Ottokar. Gefunden bloß? Auf welche Art?

Barnabe. Nun, dir
Will ich's schon sagen, wenn's gleich Mutter mir
Verboten.

Ottokar. Ja, das tu!

Barnabe. Wir suchten Kräuter
Am Waldstrom im Gebirg, da schleifte uns
Das Wasser ein ertrunken Kind ans Ufer.
Wir zogen's drauf heraus, bemühten viel
Uns um das arme Wurm; vergebens, es
Blieb tot. Drauf schnitt die Mutter, die's versteht,
Dem Kinde einen kleinen Finger ab;
Denn der tut nach dem Tod mehr Gutes noch,
Als eines Auferwachsnen ganze Hand
In seinem Leben. – Warum stehst du so
Tiefsinnig? – Woran denkest du?

Ottokar. An Gott.
Erzähle mehr noch! Du und deine Mutter –
War niemand sonst dabei?

Barnabe. Gar niemand.

Ottokar. Wie?

Barnabe. Als wir den Finger abgelöset, kamen
Zwei Männer her aus Warwand, welche sich
Den von der Rechten lösen wollten. Der
Hilft aber nichts, wir machten uns davon,
Und weiter weiß ich nichts.

Ottokar. Es ist genug.

Du hast gleich einer heil'gen Offenbarung
Das Unbegriffne mir erklärt. Das kannst
Du nicht verstehn, doch sollst du's bald. – Noch eins:
In Warwand ist ein Mädchen, dem ich auch
So gut, wie dir. Die spräch' ich gern noch heut
In einer Höhle, die ihr wohlbekannt.
Die Tochter ist es auf dem Schlosse, Agnes,
Du kannst nicht fehlen.

Barnabe. Soll ich sie dir rufen?
Nun ja, es wird ihr Freude machen auch.

Ottokar. Und dir. Wir wollen's beide dir schon lohnen.
Doch mußt du's selbst ihr sagen, keinem andern
Vertraun, daß dich ein Jüngling abgeschickt,
Verstehst du? Nun, das weißt du wohl. – Und daß
Du Glauben finden mögest auch bei ihr,
Nimm dieses Tuch, und diesen Kuß gib ihr. *(Ab.)*
*(Barnabe sieht ihm nach, seufzt und geht ab.)*

## Vierte Szene

*Eine andre Gegend im Gebirge. Rupert und Santing treten auf.*

Santing. Das soll gewöhnlich sein Spaziergang sein,
Sagt mir der Jäger. Selber hab' ich ihn
Zweimal und sehr erhitzt auf dieser Straße
Begegnet. Ist er im Gebirg, so ist's
Auch Agnes, und wir fangen beid' zugleich.

Rupert *(setzt sich auf einen Stein)*. Es ist sehr heiß mir, und die Zunge trocken.

Santing. Der Wind geht kühl doch übers Feld.

Rupert. Ich glaub' 's ist innerlich.

Santing. Fühlst du nicht wohl dich?

Rupert. Nein.
Mich dürstet.

Santing. Komm an diesen Quell.

Rupert. Löscht er
Den Durst?

Santing. Das Wasser mindestens ist klar,
Daß du darin dich spiegeln könntest. Komm!

*(Rupert steht auf, geht zum Quell, neigt sich über ihn, und plötzlich mit der Bewegung des Abscheus wendet er sich.)*

Santing. Was fehlt dir?

Rupert. Eines Teufels Antlitz sah
Mich aus der Welle an.

Santing *(lachend)*. Es war dein eignes.

Rupert. Skorpion von einem Menschen!

*(Setzt sich wieder.)*

Barnabe *(tritt auf)*. Hier geht's nach Warwand doch, gestrenger Ritter?

Santing. Was hast du denn zu tun dort, schönes Kind?

Barnabe. Bestellungen an Fräulein Agnes.

Santing. So?
Wenn sie so schön wie du, so möcht' ich mit dir gehn.
Was wirst du ihr denn sagen?

Barnabe. Sagen? Nichts,
Ich führe sie bloß ins Gebirg.

Santing. Heut noch?

Barnabe. Kennst du sie?

Santing. Wen'ger noch, als dich,
Und es betrübt mich wen'ger. – Also heute noch?

Barnabe. Ja, gleich. – Und bin ich auf dem rechten Weg?

Santing. Wer schickt dich denn?

Barnabe. Wer? – Meine Mutter.

Santing. So?
Nun, geh nur, geh auf diesem Wege fort,
Du kannst nicht fehlen.

Barnabe. Gott behüte euch. *(Ab.)*
Santing. Hast du's gehört, Rupert? Sie kommt noch heut
In das Gebirg. Ich wett', das Mädchen war
Von Ottokar geschickt.
Rupert *(steht auf)*. So führ' ein Gott,
So führ' ein Teufel sie mir in die Schlingen,
Gleichviel! Sie haben mich zu einem Mörder
Gebrandmarkt, boshaft, im voraus. – Wohlan,
So sollen sie denn recht gehabt und haben.
– Weißt du den Ort, wo sie sich treffen?
Santing. Nein,
Wir müssen ihnen auf die Fährte gehn.
Rupert. So komm.
*(Beide ab.)*

## Fünfte Szene

*Rossitz. Ein Gefängnis im Turm. Die Tür öffnet sich, Fintenring tritt auf.*

Ottokar *(noch draußen)*. Mein Vater hat's befohlen?
Fintenring. In der eignen
Person, du möchtest gleich bei deinem Eintritt
Ins Tor uns folgen nur, wohin wir dich
Zu führen haben. Komm, du alter Junge,
Komm h'rein.
Ottokar. Hör', Fintenring, du bist mit deinem
Satyrngesicht verdammt verdächtig mir.
Nun, weil ich doch kein Mädchen, will ich's tun.
*Er tritt auf, der Kerkermeister folgt ihm.*
Fintenring. Der Ort ist, siehst du, der unschuldigste.
Denn hier auf diesen Quadersteinen müßt's
Selbst einen Satyr frieren.

OTTOKAR. Statt der Rosen
Will er mit Ketten mich und Banden mich
Umwinden – denn die Grotte, merk' ich wohl,
Ist ein Gefängnis.
FINTENRING. Hör', das gibt vortreffliche
Gedanken; morgen, wett' ich, ist dein Geist
Fünf Jahre älter, als dein Haupt.
OTTOKAR. Wär' ich
Wie du, ich nähm' es an. Denn deiner straft
Dein graues Haupt um dreißig Jahre Lügen.
– Nun komm, ich muß zum Vater.
FINTENRING *(tritt ihm in den Weg)*. Nein, im Ernst,
Bleib hier, und sei so lustig, wie du kannst.
OTTOKAR. Bei meinem Leben, ja, das bin ich nie
Gewesen so wie jetzt, und möchte dir
Die zähnelosen Lippen küssen, Alter!
Du ziehst auch gern nicht in den Krieg; nun, höre:
Sag' deinem Weibe nur, ich bring' den Frieden.
FINTENRING. Im Ernste?
OTTOKAR. Bei meinem Leben, ja.
FINTENRING. Nun, morgen
Mehr. Lebe wohl. *(Zum Kerkermeister.)*
Verschließe hinter mir
Sogleich die Türe.
*(Zu Ottokar, da dieser ihm folgen will.)*
Nein, bei meinem Eid,
Ich sag' dir, auf Befehl des Vaters bist
Du ein Gefangner.
OTTOKAR. Was sagst du?
FINTENRING. Ich soll
Dir weiter gar nichts sagen, außer dies.
OTTOKAR. Nun?
FINTENRING. Ei, daß ich nichts sagen soll.
OTTOKAR. O, bei

Dem großen Gott des Himmels, sprechen muß
Ich gleich ihn – eine Nachricht von dem höchsten
Gewicht, die keinen Aufschub duldet, muß
Ich mündlich gleich ihm hinterbringen.

Fintenring. So
Kannst du dich trösten mindestens, er ist
Mit Santing fort, es weiß kein Mensch wohin.

Ottokar. Ich muß sogleich ihn suchen, laß mich. –

Fintenring *(tritt ihm in den Weg).* Ei,
Du scherzest wohl.

Ottokar. Nein, laß mich, nein, ich scherze
Bei meiner Ritterehre, nicht mit deiner.
'S ist plötzlich mir so ernst zu Mut geworden,
Als wäre ein Gewitter in der Luft.
Es hat die höchste Eil' mit meiner Nachricht,
Und läßt du mich gutwillig nicht, so wahr
Ich leb', ich breche durch.

Fintenring. Durchbrechen, du?
Sprichst doch mit mir gleichwie mit einem Weibe!
Du bist mir anvertraut auf Haupt und Ehre,
Tritt mich mit Füßen erst, dann bist du frei.
– Nein, hör', ich wüßte was Gescheiteres.
Gedulde dich ein Stündchen, führ' ich selbst,
Sobald er rückkehrt, deinen Vater zu dir.

Ottokar. Sag' mir um's Himmels willen nur, was hab'
Ich Böses denn getan?

Fintenring. Weiß nichts. – Noch mehr:
Ich schick' dem Vater Boten nach, daß er
So früher heimkehrt.

Ottokar. Nun denn, meinetwegen.

Fintenring. So lebe wohl. *(Zum Kerkermeister.)*
Und du tust dein Pflicht.

*(Fintenring und der Kerkermeister ab; die Tür wird verschlossen.)*

OTTOKAR *(sieht ihnen nach).* Ich hätte doch nicht bleiben sollen.
– Gott
Weiß, wann der Vater wiederkehrt. – Sie wollen
Ihn freilich suchen. – Ach, es treibt der Geist
Sie nicht, der alles leistet. – – Was, zum Henker,
Es geht ja nicht, ich muß hinaus, ich habe
Ja Agnes ins Gebirg beschieden. – Fintenring!
Fintenring! *(An die Türe klopfend.)* Daß ein Donner, Tau-
ber, das
Gehör dir öffnete! Fintenring! – – Schloß
Von einem Menschen, den kein Schlüssel schließt,
Als nur sein Herr! Dem dient er mit stockblinder
Dienstfertigkeit, und wenn sein Dienst auch zehnmal
Ihm Schaden brächt', doch dient er ihm. – Ich wollt'
Ihn doch gewinnen, wenn er nur erschiene.
Denn nichts besticht hin, außer daß man ihm
Das sagt. – – Zum mind'sten wollt' ich ihn doch eher
Gewinnen, als die tauben Wände! Himmel
Und Hölle! Daß ich einem Schäfer gleich
Mein Leid den Felsen klagen muß! – – So will
Ich mich, Geduld, an dir, du Weibertugend, üben.
– 's ist eine schnöde Kunst, mit Anstand viel
Zu unterlassen – und ich merk' es schon,
Es wird mehr Schweiß mir kosten, als das Tun.
*(Er will sich setzen.)*
Horch! Horch! Es kommt.
*(Der Kerkermeister öffnet Eustachen die Türe.)*
EUSTACHE *(zu diesem).* Ich werd' es dir vergelten.
OTTOKAR. Ach, Mutter!
EUSTACHE. Hör', mein Sohn, ich habe dir
Entsetzliches zu sagen.
OTTOKAR. Du erschreckst mich –
– Wie bist du so entstellt!
EUSTACHE. Das eine wirst
Du wissen schon, Jerome ist erschlagen.

Ottokar. Jeronimus? O Gott des Himmels! Wer
Hat das getan?
Eustache. Das ist nicht alles. Rupert
Kennt deine Liebe. –
Ottokar. Wie? Wer konnt' ihm die
Entdecken?
Eustache. Frage nicht – o, deine Mutter,
Ich selbst. Jerome hatt' es mir vertraut,
Mich riß ein übereilter Eifer hin –
Der Wütrich, den ich niemals so gekannt –
Ottokar. Von wem sprichst du?
Eustache. O Gott, von deinem Vater.
Ottokar. Noch fass' ich dich nur halb – doch laß dir sagen
Vor allen Dingen: Alles ist gelöset,
Das ganze Rätsel von dem Mord; die Männer,
Die man bei Peters Leiche fand, sie haben
Die Leiche selbst gefunden, ihr die Finger
Aus Vorurteil nur abgeschnitten – Kurz,
Rein, wie die Sonne, ist Sylvester.
Eustache. O
Jesus! Und jetzt erschlägt er seine Tochter! –
Ottokar. Wer?
Eustache. Rupert. Wenn sie in dem Gebirge jetzt,
Ist sie verloren; er und Santing sucht sie.
Ottokar *(eilt zur Türe)*. Fintenring! Fintenring! Fintenring!
Eustache. Höre
Mich an, er darf dich nicht befrein, sein Haupt
Steht drauf. –
Ottokar. Er oder ich. – Fintenring! *(Er sieht sich um.)*
Nun,
So helfe mir die Mutter Gottes denn! –
*(Er hängt einen Mantel um, der auf dem Boden lag.)*
Und dieser Mantel bette meinem Fall.
*(Er klettert in ein unvergittertes Fenster.)*

Eustache. Um Gottes willen, springen willst du doch
Von diesem Turm nicht? Rasender! Der Turm
Ist funfzig Fuß hoch, und der ganze Boden
Gepflastert. – Ottokar! Ottokar!

Ottokar *(von oben)*. Mutter! Mutter! Sei, wenn ich gesprungen,
Nur still, hörst du? ganz still, sonst fangen sie
Mich.

Eustache *(sinkt auf die Knie)*.
Ottokar! Auf meinen Knien bitte,
Beschwör ich dich, geh so verächtlich nicht
Mit deinem Leben um, spring nicht vom Turm! –

Ottokar. Das Leben ist viel wert, wenn man's verachtet!
Ich brauch's. – Leb' wohl! *(Er springt.)*

Eustache *(steht auf)*.
Zu Hilfe! Hilfe! Hilfe!
*(Der Vorhang fällt.)*

# Fünfter Aufzug.

## Erste Szene

*Das Innere einer Höhle. Es wird Nacht. Agnes mit einem Hute, in zwei Kleidern. Das Überkleid ist vorne mit Schleifen zugebunden. Barnabe. Beide stehen schüchtern an einer Seite des Vordergrundes.*

Agnes. Hättst du mir früher das gesagt! Ich fühle
Mich sehr beängstigt, möchte lieber, daß
Ich nicht gefolgt dir wäre. – Geh noch einmal
Hinaus, du Liebe, vor den Eingang, sieh,
Ob niemand sich der Höhle nähert.

Barnabe *(die in den Hintergrund gegangen ist).* Von
Den beiden Rittern seh ich nichts.
Agnes *(mit einem Seufzer).* Ach Gott!
– Hab' Dank für deine Nachricht.
Barnabe. Aber von
Dem schönen Jüngling seh ich auch nichts.
Agnes. Siehst
Du wirklich nichts? Du kennst ihn doch?
Barnabe. Wie mich.
Agnes. So sieh nur scharf hin auf den Weg.
Barnabe. Es wird
Sehr finster schon im Tal, aus allen Häusern
Seh ich schon Lichter schimmern und Kamine.
Agnes. Die Lichter schon? So ist's mir unbegreiflich.
Barnabe. Wenn einer käm', ich könnt' es hören, so
Geheimnisstill geht's um die Höhen.
Agnes. Ach, nun ist's doch umsonst. Ich will nur lieber
Heimkehren. Komm. Begleite mich.
Barnabe. Still! Still!
Ich hör' ein Rauschen – wieder – – Ach, es war
Ein Windstoß, der vom Wasserfalle kam.
Agnes. War's auch gewiß vom Wasserfalle nur?
Barnabe. Da regt sich etwas Dunkles doch im Nebel –
Anges. Ist's Einer? Sind es zwei?
Barnabe. Ich kann es nicht
Genau erkennen. Aber menschliche
Gestalten sind es – – Ah!

*Beide Mädchen fahren zurück. Ottokar tritt auf, und fliegt in Agnes' Arme.*

Ottokar. O Dank, Gott! Dank für deiner Engel Obhut!
So lebst du, Mädchen?
Agnes. Ob ich lebe?

OTTOKAR. Zittre
Doch nicht, bin ich nicht Ottokar?
AGNES. Es ist
So seltsam alles heute mir verdächtig,
Der fremde Bote, dann dein spät Erscheinen,
Nun diese Frage – Auch die beiden Ritter,
Die schon den ganzen Tag um diese Höhle
Geschlichen sind.
OTTOKAR. Zwei Ritter?
AGNES. Die sogar
Nach mir gefragt.
OTTOKAR. Gefragt? Und wen?
AGNES. Dies Mädchen,
Die es gestanden, daß sie ins Gebirg
Mich ruf'.
OTTOKAR *(zu Barnabe).* Unglückliche!
AGNES. Was sind denn das
Für Ritter?
OTTOKAR *(zu Barnabe).* Wissen sie, daß Agnes hier
In dieser Höhle?
BARNABE. Das hab' ich nicht gestanden.
AGNES. Du scheinst beängstigt, Ottokar, ich werd'
Es doppelt. Kennst du denn die Ritter?
*(Ottokar steht in Gedanken.)*
AGNES. Sind sie –
– Sie sind doch nicht aus Rossitz? Sind doch nicht
Geschickt nach mir? Sie sind doch keine Mörder?
OTTOKAR *(mit einem plötzlich heitern Spiel).*
Du weißt ja, alles ist gelöst, das ganze
Geheimnis klar, dein Vater ist unschuldig. –
AGNES. So wär' es wahr –?
OTTOKAR. Bei diesem Mädchen fand
Ich Peters Finger, Peter ist ertrunken,
Ermordet nicht – doch künftig mehr. Laß uns

Die schöne Stunde innig fassen! Möge
Die Trauer schwatzen, und die Langeweile,
Das Glück ist stumm!
*(Er drückt sie an seine Brust.)*
Wir machen diese Nacht
Zu einem Fest der Liebe, willst du? Komm!
*(Er zieht sie auf einen Sitz.)*
In kurzem ist der Irrtum aufgedeckt,
Sind nur die Väter erst versöhnt, darf ich
Dich öffentlich als meine Braut begrüßen.
– Mit diesem Kuß verlobe ich mich dir.
*(Er steht auf, zu Barnabe heimlich.)*
Du stellst dich an den Eingang, hörst du? Siehst
Du irgend jemand nahen, rufst du gleich.
– Noch eins. Wir werden hier die Kleider wechseln;
In einer Viertelstunde führst du Agnes
In Männerkleidern heim. Und sollte man
Uns überraschen, tust du's gleich. – Nun geh.
*(Barnabe geht in den Hintergrund. Ottokar kehrt zu Agnes zurück.)*

Agnes. Wo geht das Mädchen hin?
Ottokar *(setzt sich)*. Ach, Agnes! Agnes!
Welch eine Zukunft öffnet ihre Pforte!
Du wirst mein Weib, mein Weib! Weißt du denn auch,
Wie groß das Maß von Glück?
Agnes *(lächelnd)*. Du wirst es lehren.
Ottokar. Ich werd' es! O du Glückliche! Der Tag,
Die Nacht vielmehr ist nicht mehr fern. *(Halblaut)*. Es kommt, du weißt,
Den Liebenden das Licht nur in der Nacht.
– Errötest du?
Agnes. So wenig schützt das Dunkel?
Ottokar. Nur vor dem Auge, Törin, doch ich seh's
Mit meiner Wange, daß du glühst. – Ach, Agnes!

Wenn erst das Wort gesprochen ist, das dein
Gefühl, jetzt eine Sünde, heiligt – – Erst
Im Schwarm der Gäste, die mit Blicken uns,
Wie Wespen, folgen, tret ich zu dir, sprichst
Du zwei beklemmte Worte, wendest dann
Vielschwatzend zu dem Nachbar dich. Ich zürne
Der Spröden nicht, ich weiß es besser wohl.
Denn wenn ein Gast, der von dem Feste scheidet,
Die Türe zuschließt, fliegt, wo du auch seist,
Ein Blick zu mir herüber, der mich tröstet.
Wenn dann der letzte auch geschieden, nur
Die Väter und die Mütter noch beisammen –
– »Nun, gute Nacht, ihr Kinder!« – Lächelnd küssen
Sie dich, und küssen mich – wir wenden uns,
Und eine ganze Dienerschaft mit Kerzen
Will folgen. »Eine Kerze ist genug,
Ihr Leute,« ruf' ich, und die nehm' ich selber
Ergreife deine, diese Hand. *(Er küßt sie.)*
– Und langsam steigen wir die Treppe, stumm,
Als wär' uns kein Gedanke in der Brust,
Daß nur das Rauschen sich von deinem Kleide
Noch in den weiten Hallen hören läßt.
Dann – – Schläfst du, Agnes?

Agnes. – Schlafen?

Ottokar. Weil du plötzlich
So still. – Nun weiter. Leise öffne ich
Die Türe, schließe leise sie, als wär'
Es mir verboten. Denn es schauert stets
Der Mensch, wo man als Kind es ihm gelehrt.
Wir setzen uns. Ich ziehe sanft dich nieder,
Mit meinen Armen stark umspann' ich dich,
Und alle Liebe sprech' ich aus mit *einem*,
Mit diesem Kuß.

*(Er geht schnell in den Hintergrund; zu Barnabe heimlich.)*

So sahst du niemand noch?

BARNABE. Es schien mir kürzlich fast, als schlichen zwei
Gestalten um den Berg.
*(Ottokar kehrt schnell zurück.)*
AGNES. Was sprichst du denn
Mit jenem Mädchen stets?
OTTOKAR *(hat sich wieder gesetzt)*. Wo blieb ich stehen?
Ja, bei dem Kuß. – Dann kühner wird die Liebe,
Und weil du mein bist – bist du denn nicht mein?
So nehm' ich dir den Hut vom Haupte *(er tut's)*, störe
Der Locken steife Ordnung *(er tut's)*, drücke kühn
Das Tuch hinweg *(er tut's)*, du lispelst leis': O lösche
Das Licht! und plötzlich, tief verhüllend, webt
Die Nacht den Schleier um die heil'ge Liebe,
Wie jetzt.
BARNABE *(aus dem Hintergrunde)*.
O Ritter! Ritter!
*(Agnes sieht sich ängstlich um.)*
OTTOKAR *(fällt ihr ins Wort)*.
Nun entwallt
Gleich einem frühling-angeschwellten Strom
Die Regung ohne Maß und Ordnung – schnell
Lös' ich die Schleife, schnell noch eine *(er tut's)*, streife dann
Die fremde Hülle leicht dir ab. *(Er tut's.)*
AGNES. O Ottokar,
Was machst du? *(Sie fällt ihm um den Hals.)*
OTTOKAR *(an dem Überkleide beschäftigt)*. Ein Gehilfe der Natur,
Stell' ich sie wieder her. Denn wozu noch
Das Unergründliche geheimnisvoll
Verschleiern? Alles Schöne, liebe Agnes,
Braucht keinen andern Schleier, als den eignen,
Denn der ist freilich selbst die Schönheit.
BARNABE. Ritter! Ritter!
Geschwind!
OTTOKAR *(schnell auf, heimlich zu Barnabe)*. Was gibt's?

Barnabe. Der eine ging zweimal
Ganz nah vorbei, ganz langsam.
Ottokar. Hat er dich gesehn?
Barnabe. Ich fürcht' es fast.
*(Ottokar kehrt zurück.)*
Agnes *(die aufgestanden ist)*. Was rief das Mädchen denn
So ängstlich?
Ottokar. Es ist nichts.
Agnes. Es ist etwas.
Ottokar. Zwei Bauern, ja, sie irrten sich. – Du frierst,
Nimm diesen Mantel um.
*(Er hängt ihr seinen Mantel um.)*
Agnes. Du bist ja seltsam.
Ottokar. So, so. Nun setze dich.
Agnes. Ich möchte lieber gehn.
Ottokar *(der vor ihr steht)*. Wer würde glauben, daß der grobe Mantel
So Zartes deckte, als ein Mädchenleib!
Drück' ich dir noch den Helm auf deine Locken *(er tut's)*,
Mach' ich auch Weiber mir zu Nebenbuhlern.
Barnabe *(kommt zurück, eilig)*. Sie kommen! Ritter! Sie kommen!
*(Ottokar wirft schnell Agnes' Oberkleid über, und setzt ihren Hut auf.)*
Agnes. Wer soll denn kommen? – Ottokar, was machst du?
Ottokar *(im Ankleiden beschäftigt)*. Mein Vater kommt. –
Anges. O Jesus! *(Will sinken.)*
Ottokar *(faßt sie)*. Ruhig. Niemand
Fügt dir ein Leid, wenn, ohn' ein Wort zu reden,
Du dreist und kühn in deiner Männertracht
Hinaus zur Höhle gehst. Ich bleibe – nein,
Erwidre nichts, ich bleib'. Es ist nur für
Den ersten Anfall.
*Rupert und Santing erscheinen.*
Sprecht kein Wort und geht sogleich.

*(Die Mädchen gehen.)*

Rupert *(tritt Agnes in den Weg).* Wer bist du? Rede!

Ottokar *(tritt vor, mit verstellter Stimme).* Sucht ihr Agnes?
Hier bin ich.
Wenn ihr aus Warwand seid, so führt mich heim.

Rupert *(während die Mädchen nun abgehen).* Ich fördre dein
Gespenst zu deinem Vater.

*(Er ersticht Ottokar; der fällt ohne Laut.)*

*(Pause.)*

Rupert *(betrachtet starr die Leiche).* Santing! Santing! – Ich
glaube, sie ist tot.

Santing. Die Schlange hat ein zähes Leben. Doch
Beschwör' ich's fast. Das Schwert steckt ihr im Busen.

Rupert *(fährt sich mit der Hand übers Gesicht).* Warum denn
tat ich's, Santing? Kann ich es
Doch gar nicht finden im Gedächtnis. –

Santing. Ei,
Es ist ja Agnes.

Rupert. Agnes, ja, ganz recht,
Die tat mir Böses, mir viel Böses, o,
Ich weiß es wohl – – Was war es schon?

Santing. Ich weiß
Nicht, wie du's meinst. Das Mädchen selber hat
Nichts Böses dir getan.

Rupert. Nichts Böses? Santing!
Warum denn hätt' ich sie gemordet? Sage
Mir schnell, ich bitte dich, womit sie mich
Beleidigt, sag's recht hämisch – Basiliske,
Sieh mich nicht an, sprich, Teufel, sprich, und weißt
Du nichts, so lüg es!

Santing. Bist du denn verrückt?
Das Mädchen ist Sylvesters Tochter.

Rupert. So,

Sylvesters – Ja, Sylvesters, der mir Petern
Ermordet hat. –
Santing. Den Herold und Johann.
Rupert. Johann, ganz recht – und der mich so infam
Gelogen hat, daß ich es werden mußte.
*(Er zieht das Schwert aus dem Busen Ottokars.)*
Rechtmäßig war's –
*(Er sticht es noch einmal in die Leiche.)*
Gezücht der Otter!
*(Er stößt den Körper mit dem Fuße.)*
Santing *(an dem Eingang).* Welch eine seltsame Erscheinung, Herr!
Ein Zug mit Fackeln, gleich dem Jägerheere,
Zieht still von Warwand an den Höhn herab.
Rupert *(der ihm gefolgt).* Sie sind, wie's scheint, nach Rossitz auf dem Wege.
Santing. Das Ding ist sehr verdächtig.
Rupert. Denkst du an
Sylvester?
Santing. Herr, ich gebe keine Nuß
Für eine andre Meinung. Laß uns schnell
Heimkehren, in zwei Augenblicken wär's
Nicht möglich mehr.
Rupert. Wenn Ottokar nur ihnen
Nicht in die Hände fällt – Ging er nicht aus
Der Höhle, als wir kamen?
Santing. Und vermutlich
Nach Haus'; so finden wir ihn auf dem Wege. Komm!
*(Beide ab.)*
*Agnes und Barnabe lassen sich am Eingange sehen.*
Agnes. Die Schreckensnacht! Entsetzlich ist der Anblick!
Ein Leichenzug mit Kerzen, wie ein Traum
Im Fieber! Weit das ganze Tal erleuchtet
Vom blutig-roten Licht der Fackeln. Jetzt

Durch dieses Heer von Geistern geh ich nicht
Zu Hause. Wenn die Höhle leer ist, wie
Du sagt –

Barnabe. Soeben gingen die zwei Ritter
Heraus.

Anges. So wäre Ottokar noch hier?

*(Sie treten auf.)*

Ottokar! – – Ottokar!

Ottokar *(mit matter Stimme)*. Agnes!

Agnes. Wo bist du? – Ein Schwert – im Busen –
Heiland!
Heiland der Welt! Mein Ottokar! *(Sie fällt über ihn.)*

Ottokar. Es ist –
Gelungen – Flieh! *(Er stirbt.)*

Barnabe. O Jammer! Gott des Himmels!
Mein Fräulein! Sie ist sinnlos! Keine Hülfe!
Ermanne dich, mein Fräulein! – Gott! Die Fackeln;
Sie nahen! Fort, Unglückliche! Entflieh! *(Ab.)*

*Sylvester und Theistiner treten auf; eine Fackel folgt.*

Sylvester. Der Zug soll halten! *(Zu Theistiner.)*
Ist es diese Höhle?

Theistiner. Ja, Herr, von dieser sprach Johann, und darf
Man seiner Rede traun, so finden wir
Am sichersten das Fräulein hier.

Sylvester. Die Fackeln vor!

Theistiner. Wenn ich nicht irre, seh' ich Ottokar –
Dort liegt auch Agnes!

Sylvester. Am Boden! Gott der Welt!
Ein Schwert im Busen meiner Agnes! Agnes!

Agnes *(richtet sich auf)*. Wer ruft?

Sylvester. Die Hölle ruft dich, Mörder!

*(Er ersticht sie.)*

Agnes. Ach! *(Sie stirbt.)*

*(Sylvester läßt sich auf ein Knie neben der Leiche Ottokars nieder.)*

Theistiner *(nach einer Pause).* Mein bester Herr, verweile nicht in diesem
Verderblich dumpfen Schmerz! Erhebe dich!
Wir brauchen Kraft, und einem Kinderlosen
Zerreißt der Schreckensanblick das Gebein.
Sylvester. Laß einen Augenblick mich ruhn. Es regt
Sich sehr gewaltig die Natur im Menschen,
Und will, daß man, gleich einem einz'gen Gotte,
Ihr einzig diene, wo sie uns erscheint.
Mich hat ein großer Sturm gefaßt, er beugt
Mein wankend Leben tief zur Gruft. Wenn es
Nicht reißt, so steh' ich schrecklich wieder auf,
Ist der gewaltsam erste Anfall nur
Vorüber.
Theistiner. Doch das Zögern ist uns sehr
Gefährlich – – Komm! Ergreif den Augenblick!
Er wird so günstig niemals wiederkehren.
Gebeut die Rache, und wir wettern wie
Die Würgeengel über Rossitz hin!
Sylvester. Des Lebens Güter sind in weiter Ferne,
Wenn ein Verlust so nah', wie diese Leiche,
Und niemals ein Gewinst kann mir ersetzen,
Was mir auf dieser Nummer fehlgeschlagen.
Sie blühte wie die Ernte meines Lebens,
Die nun ein frecher Fußtritt mir zertreten,
Und darben werd' ich jetzt, von fremden Müttern
Ein fremdes Kind zum Almos' mir erflehn.
Theistiner. Sylvester, hör' mich! Säume länger nicht!
Sylvester. Ja, du hast recht! Es bleibt die ganze Zukunft
Der Trauer, dieser Augenblick gehört
Der Rache. Einmal doch in meinem Leben
Dürst' ich nach Blut, und kostbar ist die Stimmung.
Komm schnell zum Zuge.
*(Man hört draußen ein Geschrei: Holla! Herein! Holla!)*

Theistiner. Was bedeutet das?

*Rupert und Santing werden von Rittern Sylvesters gefangen aufgeführt.*

Ein Ritter. Ein guter Fund, Sylvester! Diese saubern
Zwei Herren, im Gesträuche hat ein Knappe,
Der von dem Pferd gestiegen, sie gefunden.

Theistiner. Sylvester! Hilf mir sehn, ich bitte dich!
Er ist's leibhaftig! Rupert! Und der Santing.

Sylvester *(zieht sein Schwert).* Rupert!

Theistiner. Sein Teufel ist ein Beutelschneider,
Und führt in eigener Person den Sünder
In seiner Henker Hände.

Sylvester. O gefangen!
Warum gefangen! Gott der Gerechtigkeit!
Sprich deutlich mit dem Menschen, daß er's weiß
Auch, was er soll!

Rupert *(erblickt Agnes' Leiche).* Mein Sohn! Mein Sohn! Ermordet!
Zu meinem Sohne laßt mich, meinem Sohne!

*(Er will sich losreißen, die Ritter halten ihn.)*

Sylvester. Er trägt sein eigen schneidend Schwert im Busen.

*(Er steckt sein Schwert ein.)*

Laßt ihn zu seinem Sohne.

Rupert *(stürzt über Agnes' Leichnam hin).* Ottokar!

Gertrude *(tritt auf).* Ein Reuter flog durch Warwand, schreiend, Agnes
Sei tot gefunden in der Höhle. Ritter,
Ihr Männer! Ist es wahr? Wo ist sie? Wo?

*(Sie stürzt über Ottokars Leichnam.)*

O heil'ge Mutter Gottes! O mein Kind!
Du Leben meines Lebens!

Eustache *(tritt auf).* Seid ihr Männer,
So laßt ein Weib unangerührt hindurch!
Gebeut's, Sylvester, ich, die Mutter des
Erschlagnen, will zu meines Sohnes Leiche.

Sylvester. Der Schmerz ist frei. Geh hin zu deinem Sohn!
Eustache. Wo ist er? – Jesus! Deine Tochter auch? –
Sie sind vermählt.

*(Sylvester wendet sich. Eustache läßt sich auf ein Knie vor Agnes' Leiche nieder.)*

*Sylvius, von Johann geführt, treten auf. Der letzte mit Zeichen der Verrückung.*

Sylvius. Wohin führst du mich, Knabe?
Johann. Ins Elend, Alter, denn ich bin die Torheit.
Sei nur getrost! Es ist der rechte Weg.
Sylvius. Weh! Weh! Im Wald die Blindheit, und ihr Hüter
Der Wahnsinn! Führe heim mich, Knabe, heim!
Johann. Ins Glück? Es geht nicht, Alter. 's ist inwendig
Verriegelt. Komm. Wir müssen vorwärts.
Sylvius. Müssen wir?
So mögen sich die Himmlischen erbarmen.
Wohlan. Ich folge dir.
Johann. Heißa, lustig!
Wir sind am Ziele.
Sylvius. Am Ziele schon? Bei meinem
Erschlagnen Kindeskind? Wo ist es?
Johann. Wär' ich blind,
Ich könnt' es riechen, denn die Leiche stinkt schon.
Wir wollen uns dran niedersetzen, komm,
Wie Geier ums Aas.

*(Er setzt sich bei Ottokars Leiche nieder.)*

Sylvius. Er raset. Weh! Hört denn
Kein menschlich Ohr den Jammer eines Greises,
Der blind in pfadelosen Wäldern irrt?
Johann. Sei mir nicht bös', ich mein es gut mit dir.
Gib deine Hand, ich führe dich zu Agnes.
Sylvius. Ist es noch weit?
Johann. Ein Pfeilschuß. Beuge dich.

Sylvius *(indem er die Leiche betastet)*. Ein Schwert – im
Busen – einer Leiche –

Johann. Höre, Alter,
Das nenn' ich schauerlich. Das Mädchen war
So gut, und o so schön!

Sylvius. Das ist nicht Agnes!
– Das wäre Agnes, Knabe? Agnes' Kleid.
Nicht Agnes! Nein, bei meinem ew'gen Leben,
Das ist nicht Agnes!

Johann *(die Leiche betastend)*. Ah! Der Skorpion!
's ist Ottokar!

Sylvius. Ottokar!

Gertrude. So wahr ich Mutter, das ist meine Tochter
Nicht! *(Sie steht auf.)*

Sylvester. Fackeln her! – Nein, wahrlich, nein! Das ist
Nicht Agnes!

Eustache *(die herbeigeeilt)*. Agnes! Ottokar! Was soll
Ich glauben –? O ich Unheilsmutter! Doppelt
Die Leiche meines Sohnes! Ottokar!

Sylvester. Dein Sohn in meiner Agnes Kleidern? Wer
Denn ist die Leiche in der Männertracht?
Ist es denn – Nein, es ist doch nicht –?

Sylvius. Sylvester!
Wo ist denn Agnes' Leiche? Führ' mich zu ihr.

Sylvester. Unglücklicher! Sie ist ja nicht ermordet!

Johann. Das ist ein Narr. Komm, Alter, komm. Dort ist
Noch eine Leich', ich hoffe, die wird's sein.

Sylvius. Noch eine Leiche? Knabe! Sind wir denn
In einem Beinhaus?

Johann. Lustig, Alter!
Sie ist's! 's ist Agnes!

Sylvester *(bedeckt sich das Gesicht)*. Agnes!

Johann. Faß ihr ins Gesicht,
Es muß wie fliegender Sommer sein.

*(Zu Rupert.)*

Du Scheusal! Fort!

RUPERT *(richtet sich halb auf).* Bleibt fern, ich bitt' euch. –

Sehr gefährlich ist's,

Der Ohnmacht eines Rasenden zu spotten.
Ist er in Fesseln gleich geschlagen, kann
Er euch den Speichel noch ins Antlitz spein,
Der seine Pest euch einimpft. Geht, und laßt
Die Leiche mind'stens mir von Ottokar.

JOHANN. Du toller Hund! Geh gleich fort! Ottokar
Ist dort – komm, Alter, glaub' mir, hier ist Agnes.

SYLVIUS. O meine Agnes! O mein Kindeskind!

EUSTACHE. O meine Tochter! Welch ein Irrtum! Gott!

RUPERT *(sieht Agnes' Leiche genauer an, steht auf, geht schnell zur Leiche Ottokars, und wendet sich mit der Bewegung des Entsetzens).*

Höllisch Gesicht! Was äffst du mich?

*(Er sieht die Leiche wieder an.)*

Ein Teufel

Blöckt mir die Zung' heraus.

*(Er sieht sie wieder an und fährt mit den Händen in seinen Haaren.)*

Ich selbst! Ich selbst!

Zweimal die Brust durchbohrt! Zweimal die Brust.

URSULA *(tritt auf).* Hier ist der Kindesfinger!

*(Sie wirft einen Kindesfinger in die Mitte der Bühne und verschwindet.)*

ALLE. Was war das? Welche seltsame Erscheinung?

EUSTACHE. Ein Kindesfinger? *(Sie sucht ihn auf.)*

RUPERT. Fehlte Petern nicht
Der kleine Finger an der linken Hand?

SYLVESTER. Dem Peter! Dem erschlagnen Knaben? Fangt
Das Weib mir, führet mir das Weib zurück!

*(Einige Ritter ab.)*

Eustache. Wenn eine Mutter kennt, was sie gebar,
So ist es Peters Finger.
Rupert. Peters Finger?
Eustache. Er ist's! Er ist's! An dieser Blatternarbe,
Der einzigen auf seinem ganzen Leib,
Erkenn' ich es! Er ist es!
Rupert. Unbegreiflich!
Ursula *(wird aufgeführt)*. Gnade! Gnade! Gnade!
Sylvester. Wie kamst du, Weib, zu diesem Finger?
Ursula. Gnade!
Das Kind, dem ich ihn abgeschnitten, ist
Ermordet nicht, war ein ertrunkenes,
Das ich selbst leblos fand.
Rupert. Ertrunken?
Sylvester. Und warum schnitt'st du ihm den Finger ab?
Ursula. Ich wollt' ihn unter meine Schwelle legen,
Er wehrt dem Teufel. Gnade! Wenn's dein Sohn ist,
Wie meine Tochter sagt, ich wußt' es nicht.
Rupert. Dich fand ich aber bei der Leiche nicht,
Ich fand zwei Reisige aus Warwand.
Ursula. Die kamen später zu dem Kind' als ich,
Ihm auch den rechten Finger abzulösen.
*(Rupert bedeckt sich das Gesicht.)*
Johann *(tritt zu Ursula)*. Was willst du, alte Hexe?
Ursula. 's ist abgetan, mein Püppchen
Wenn ihr euch totschlagt, ist es ein Versehen.
Johann. Versehen? Ein Versehen? Schade! Schade!
Die arme Agnes! Und der Ottokar!
Rupert. Johann! Mein Knäblein! Schweige still! Dein Wort
Ist schneidend wie ein Messer.
Johann. Seid nicht böse.
Papa hat es nicht gern getan, Papa
Wird es nicht mehr tun. Seid nicht böse.

Rupert. Sylvester! Dir hab' ich ein Kind genommen,
Und biete einen Freund dir zum Ersatz.

*(Pause.)*

Sylvester! Selbst bin ich ein Kinderloser!

*(Pause.)*

Sylvester! Deines Kindes Blut komm' über
Mich – kannst du besser nicht verzeihn, als ich.

*(Sylvester reicht ihm mit abgewandtem Gesicht die Hand; Eustache und Gertrude umarmen sich.)*

Johann. Bringt Wein her! Lustig! Wein! Das ist ein Spaß zum
Totlachen! Wein! Der Teufel hatt' im Schlaf den beiden
Mit Kohlen die Gesichter angeschmiert.
Nun kennen sie sich wieder. Schurken! Wein!
Wir wollen eins drauf trinken!

Ursula. Gott sein Dank!
So seid ihr nun versöhnt.

Rupert. Du hast den Knoten
Geschürzt, du hast ihn auch gelöst. Tritt ab.

Johann. Geh, alte Hexe, geh. Du spielst gut aus der Tasche,
Ich bin zufrieden mit dem Kunststück. Geh.

*(Der Vorhang fällt.)*

Fragment aus dem Trauerspiel:

# Robert Guiskard

## Herzog der Normänner

Personen:

*Robert Guiskard*, Herzog der Normänner.

| | |
|---|---|
| *Robert*, sein Sohn<br>*Abälard*, sein Neffe | Normännerprinzen. |

*Cäcilia*, Herzogin der Normänner, Guiskards Gemahlin.
*Helena*, verwitwete Kaiserin von Griechenland, Guiskards Tochter und Verlobte Abälards.

| | |
|---|---|
| Ein Greis<br>Ein Ausschuß von Kriegern<br>Das Volk | der Normänner. |

*(Szene: Zypressen vor einem Hügel, auf welchem das Zelt Guiskards steht, im Lager der Normänner vor Konstantinopel. Es brennen auf dem Vorplatz einige Feuer, welche von Zeit zu Zeit mit Weihrauch und andern starkduftenden Kräutern genährt werden. Im Hintergrunde die Flotte.)*

## Erster Auftritt

*Ein Ausschuß von Normännern tritt auf, festlich im Kriegsschmuck. Ihn begleitet Volk, jeden Alters und Geschlechts.*

Das Volk *(in unruhiger Bewegung).* Mit heißem Segenswunsch,
ihr würd'gen Väter,
Begleiten wir zum Zelte Guiskards euch!
Euch führt ein Cherub an, von Gottes Rechten,
Wenn ihr den Felsen zu erschüttern geht,
Den angstempört die ganze Heereswog'
Umsonst umschäumt! Schickt einen Donnerkeil
Auf ihn hernieder, daß ein Pfad sich uns
Eröffne, der aus diesen Schrecknissen
Des greulerfüllten Lagerplatzes führt!
Wenn er der Pest nicht schleunig uns entreißt,
Die uns die Hölle grausend zugeschickt,
So steigt der Leiche seines ganzen Volkes
Dies Land ein Grabeshügel aus der See!
Mit weit ausgreifenden Entsetzensschritten
Geht sie durch die erschrocknen Scharen hin,
Und haucht von den geschwollnen Lippen ihnen
Des Busens Giftqualm in das Angesicht!
Zu Asche gleich, wohin ihr Fuß sich wendet,
Zerfallen Roß und Reuter hinter ihr,
Vom Freund den Freund hinweg, die Braut vom Bräut'gam,

Vom eignen Kind' hinweg die Mutter schreckend!
Auf eines Hügels Rücken hingeworfen,
Aus ferner Öde jammern hört man sie,
Wo schauerliches Raubgeflügel flattert,
Und den Gewölken gleich, den Tag verfinsternd,
Auf die Hilflosen kämpfend niederrauscht!
Auch ihn ereilt, den Furchtlos-Trotzenden,
Zuletzt das Scheusal noch, und er erobert,
Wenn er nicht weicht, an jener Kaiserstadt
Sich nichts, als einen prächt'gen Leichenstein!
Und statt des Segens unsrer Kinder setzt
Einst ihres Fluches Mißgestalt sich drauf,
Und heul'nd aus ehrner Brust Verwünschungen
Auf den Verderber ihrer Väter hin,
Wühlt sie das silberne Gebein ihm frech
Mit hörnern Klauen aus der Erd' hervor!

## Zweiter Auftritt

*Ein Greis tritt auf. Die Vorigen.*

EIN KRIEGER. Komm her, Armin, ich bitte dich.
EIN ANDERER. Das heult,
Gepeitscht vom Sturm der Angst, und schäumt und gischt,
Dem offnen Weltmeer gleich.
EIN DRITTER. Schaff Ordnung hier!
Sie wogen noch das Zelt des Guiskard um.
DER GREIS *(zum Volk).* Fort hier mit dem, was unnütz ist! Was soll's
Mit Weibern mir und Kindern hier? Den Ausschuß,
Die zwölf bewehrten Männer braucht's, sonst nichts.
EIN NORMANN *(aus dem Volk).* Laß uns –

Ein Weib. Laß jammernd uns –
Der Greis. Hinweg! sag ich.
Wollt ihr etwa, ihr scheint mir gut gestimmt,
Das Haupt ihm der Rebellion erheben?
Soll ich mit Guiskard reden hier, wollt ihr's?
Der Normann. Du sollst, du würd'ger Greis, die Stimme führen,
Du Einziger, und keiner sonst. Doch wenn er
Nicht hört, der Unerbittliche, so setze
Den Jammer dieses ganzen Volks, setz' ihn
Gleich einem erznen Sprachrohr an, und donnre,
Was seine Pflicht sei, in die Ohren ihm –!
Wir litten, was ein Volk erdulden kann.
Der erste Krieger. Schaut! Horcht!
Der zweite. Das Guiskardszelt eröffnet sich –
Der dritte. Sieh da – die Kaiserin von Griechenland!
Der erste. Nun, diesen Zufall, Freunde, nenn' ich günstig! –
Jetzt bringt sich das Gesuch gleich an.
Der Greis. Still denn!
Daß keiner einen Laut mir wagt! Ihr hört's,
Dem Flehn will ich, ich sag' es noch einmal,
Nicht der Empörung meine Stimme leihn.

## Dritter Auftritt

*Helena tritt auf. Die Vorigen.*

Helena. Ihr Kinder, Volk des besten Vaters, das
Von allen Hügeln rauschend niederströmt,
Was treibt mit so viel Zungen euch, da kaum
Im Osten sich der junge Tag verkündet,
Zu den Zypressen dieses Zeltes her?

Habt ihr das ernste Kriegsgesetz vergessen,
Das Stille in der Nacht gebeut, und ist
Die Kriegersitt' euch fremd, daß euch ein Weib
Muß lehren, wie man dem Bezirk sich naht,
Wo sich der kühne Schlachtgedank' ersinnt?
Ist das, ihr ew'gen Mächte dort, die Liebe,
Die eurer Lippe stets entströmt, wenn ihr
Den Vater mir, den alten, trefflichen,
Mit Waffenklirren und lautem Namensruf,
Emporschreckt aus des Schlummers Arm, der eben
Auf eine Morgenstund' ihn eingewiegt?
Ihn, der, ihr wißt's, drei schweißerfüllte Nächte
Auf offnem Seuchenfelde zugebracht,
Verderben, wütendem, entgegenkämpfend,
Das ringsum ein von allen Seiten bricht! –
Traun! Dringendes, was es auch immer sei,
Führt euch hierher, und hören muß ich es;
Denn Männer eurer Art, sie geben doch
Stets was zu denken, wenn sie etwas tun.

Der Greis. Erhabne Guiskardstochter, du vergibst uns!
Wenn dieser Ausschuß hier, vom Volk begleitet,
Ein wenig überlaut dem Zelt genaht,
So straft es mein Gefühl: doch dies erwäge,
Wir glaubten Guiskard nicht im Schlummer mehr.
Die Sonne steht, blick' auf, dir hoch im Scheitel,
Und seit der Normann denkt, erstand sein Haupt
Um Stunden, weißt du, früher stets, als sie.
Not führt uns, länger nicht erträgliche,
Auf diesen Vorplatz her, und seine Knie,
Um Rettung jammernd, werden wir umfassen;
Doch wenn der Schlaf ihn jetzt noch, wie du sagst,
In Armen hält, ihn, den endlose Mühe
Entkräftet auf das Lager niederwarf:
So harren wir in Ehrfurcht lautlos hier,

Bis er das Licht begrüßet, mit Gebet
Die Zeit für seine Heiterkeit erfüllend.
Helena Wollt ihr nicht lieber wiederkehren, Freunde?
Ein Volk, in so viel Häuptern rings versammelt,
Bleibt einem Meere gleich, wenn es auch ruht,
Und immer rauschet seiner Wellen Schlag.
Stellt euch, so wie ihr seid, in Festlichkeit
Bei den Panieren eures Lagers auf:
Sowie des Vaters erste Wimper zuckt,
Den eignen Sohn send' ich, und meld' es euch.
Der Greis. Laß, laß uns, Teuerste! Wenn dich kein andrer
Verhaltner Grund bestimmt, uns fortzuschicken:
Für deines Vaters Ruhe sorge nicht.
Sieh, deines holden Angesichtes Strahl
Hat uns beschwichtiget: die See fortan,
Wenn rings der Winde muntre Schar entflohn,
Die Wimpel hängen von den Masten nieder,
Und an dem Schlepptau wird das Schiff geführt:
Sie ist dem Ohr vernehmlicher, als wir.
Vergönn' uns, hier auf diesem Platz zu harren,
Bis Guiskard aus dem Schlafe auferwacht.
Helena. Gut denn. Es sei, ihr Freund'. Und irr' ich nicht,
Hör' ich im Zelt auch seine Schritte schon. *(Ab.)*

## Vierter Auftritt

*Die Vorigen ohne Helena.*

Der Greis. Seltsam!
Der erste Krieger. Jetzt hört sie seinen Tritt im Zelte,
Und eben lag er noch im festen Schlaf.
Der zweite. Es schien, sie wünschte unsrer los zu sein.

Der dritte. Beim Himmel, ja; das sag' ich auch. Sie ging
Um diesen Wunsch herum, mit Worten wedelnd:
Mir fiel das Sprichwort ein vom heißen Brei.
Der Greis. – Und sonst schien es, sie wünschte, daß wir nahten.

## Fünfter Auftritt

*Ein Normann tritt auf. Die Vorigen.*

Der Normann *(dem Greise winkend).* Armin!
Der Greis. Gott grüß' dich, Franz! Was gibt's?
Der Normann *(dem ersten Krieger, ebenso).* Maria?
Der erste Krieger. Bringst du was Neues?
Der Normann. – Einen Gruß von Hause.
Ein Wandrer aus Kalabrien kam an.
Der Greis. So! Aus Neapel?
Der erste Krieger. – Was siehst du so verstört dich um?
Der Normann *(die beiden Männer bei der Hand fassend).* Verstört?
Ihr seid wohl toll? Ich bin vergnügt.
Der Greis. Mann! Deine Lipp' ist bleich. Was fehlt dir? Rede!
Der Normann *(nachdem er sich wieder umgesehen).* Hört.
Aber was ihr hört, auch nicht mit Mienen
Antwortet ihr, viel weniger mit Worten.
Der Greis. Mensch, du bist fürchterlich. Was ist geschehn?
Der Normann *(laut zu dem Volk, das ihn beobachtet).* Nun, wie auch steht's? Der Herzog kommt, ihr Freunde?
Einer *(aus dem Haufen).* Ja, wir erhoffen's.
Ein andrer. Die Kaiserin will ihn rufen.

Der Normann *(geheimnisvoll, indem er die beiden Männer vorführt).*
Da ich die Wache heut, um Mitternacht,
Am Eingang hier des Guiskardszeltes halte,
Fängt's plötzlich jammervoll zu stöhnen drin,
Zu ächzen an, als haucht' ein kranker Löwe
Die Seele von sich. Drauf sogleich beginnt
Ein ängstlich heftig Treiben, selber wecket
Die Herzogin sich einen Knecht, der schnell
Die Kerzenstöcke zündet, dann hinaus
Stürzt aus dem Zelt. Nun auf sein Rufen schießt
Die ganze Sippschaft wildverstört herbei:
Die Kaiserin, im Nachtgewand, die beiden
Reichsprinzen an der Hand; des Herzogs Neffe,
In einen Mantel flüchtig eingehüllt;
Der Sohn, im bloßen Hemde fast; zuletzt –
Der Knecht, mit einem eingemummten Dinge, das,
Auf meine Frag', sich einen Ritter nennt.
Nun zieht mir Weiberröcke an, so gleich'
Ich einer Jungfrau ebenso, und mehr;
Denn alles, Mantel, Stiefeln, Pickelhaube,
Hing an dem Kerl, wie an dem Nagelstift.
Drauf fass' ich, schon von Ahndungen beklemmt,
Beim Ärmel ihn, dreh' ihm das Angesicht
Ins Mondenlicht, und nun erkenn' ich – wen?
Des Herzogs Leibarzt, den Jeronimus.

Der Greis. Den Leibarzt, was!

Der erste Krieger. Ihr Ewigen!

Der Greis. Und nun
Meinst du, er sei unpäßlich, krank vielleicht –?

Der erste Krieger. Krank? Angesteckt –!

Der Greis *(indem er ihm den Mund zuhält).* Daß du verstummen müßtest!

Der Normann *(nach einer Pause voll Schrecken).* Ich sagt' es nicht. Ich geb's euch zu erwägen.

*(Robert und Abälard lassen sich, miteinander sprechend, im Eingang des Zeltes sehen.)*

Der erste Krieger. Das Zelt geht auf. Die beiden Prinzen kommen!

## Sechster Auftritt

*Robert und Abälard treten auf. Die Vorigen.*

Robert *(bis an den Rand des Hügels vorschreitend).* Wer an der Spitze stehet dieser Schar,
Als Wortesführer, trete vor.
Der Greis. – Ich bin's.
Robert. Du bist's! – Dein Geist ist jünger, als dein Haupt,
Und deine ganze Weisheit steckt im Haar!
Dein Alter steht, du Hundertjähr'ger, vor dir,
Du würdest sonst nicht ohne Züchtigung
Hinweg von deines Prinzen Antlitz gehn.
Denn eine Jünglingstat hast du getan,
Und scheinst, fürwahr! der wackre Hausfreund nicht,
Der einst die Wiege Guiskards hütete,
Wenn du als Führer dieser Schar dich beutst,
Die mit gezückten Waffen hellen Aufruhrs,
Wie mir die Schwester sagt, durchs Lager schweift,
Und mit lautdonnernden Verwünschungen,
Die aus dem Schlaf der Gruft ihn schrecken könnten,
Aus seinem Zelt hervor den Feldherrn fordert.
Ist's wahr? Was denk' ich? Was beschließ' ich? – Sprich!
Der Greis. Wahr ist's, daß wir den Feldherrn forderten;
Doch daß wir's donnernd, mit Verwünschungen,

Getan, hat dir die Schwester nicht gesagt,
Die gegen uns, solang' ich denken kann,
Wohlwollend war und wahrhaft gegen dich!
In meinem Alter wüßtest du es nicht,
Wie man den Feldherrn ehrt, wohl aber ich
Gewiß in deinem, was ein Krieger sei.
Geh hin zu deinem Vater, und horch' auf,
Wenn du willst wissen, wie man mit mir spricht;
Und ich, vergäß' ich redend ja, was ich
*Dir* schuldig, will danach schamrot bei meinen
Urenkeln mich erkundigen: denn die,
In Windeln haben sie's von mir gelernt.
Mit Demut haben wir, wie's längst, o Herr!
Im Heer des Normanns Brauch und Sitte war,
Gefleht, daß Guiskard uns erscheinen möge;
Und nicht das erste Mal wär's, wenn er uns
In Huld es zugestände, aber, traun!
Wenn er's uns, so wie du, verweigerte.

Robert. Ich höre dich, du grauer Tor, bestät'gen,
Was deine Rede widerlegen soll.
Denn eines Buben Keckheit würde nicht
Verwegner, als dein ungebändigtes
Gemüt, sich zeigen. Lernen muß du's doch
Noch, was gehorchen sei, und daß ich es
Dich lehren kann, das höre gleich. Du hättest
Auf meine Rüge, ohne Widerrede,
Die Schar sogleich vom Platze führen sollen;
Das war die Antwort einzig, die dir ziemte;
Und wenn ich jetzt befehle, daß du gehst,
So tust du's, hoff' ich, nach der eignen Lehre,
Tust's augenblicklich, lautlos, tust es gleich!

Abälard. Mit Zürnen seh ich dich und mit Befehlen
Freigebiger, als es dein Vater lehrt;
Und unbefremdet bin ich, nimmt die Schar

Kalt deine heißen Schmähungsworte auf;
Denn dem Geräusch des Tags vergleich' ich sie,
Das keiner hört, weil's stets sich hören läßt.
Noch, find' ich, ist nichts Tadelnswürdiges
Sogar geschehn, bis auf den Augenblick!
Daß kühn die Rede dieses Greises war,
Und daß sie stolz war, steht nicht übel ihm,
Denn zwei Geschlechter haben ihn geehrt,
Und eine Spanne von der Gruft soll nicht
Des dritten einer ihn beleidigen.
Wär' mein das kecke Volk, das dir mißfällt,
Ich möcht' es anders wahrlich nicht, als keck;
Denn seine Freiheit ist des Normanns Weib,
Und heilig wäre mir das Ehepaar,
Das mir den Ruhm im Bette zeugt der Schlacht.
Das weiß der Guiskard wohl, und mag es gern,
Wenn ihm der Krieger in den Mähnen spielt;
Allein der glatte Nacken seines Sohnes
Der schüttelt gleich sich, wenn ihm eins nur naht.
Meinst du, es könne dir die Normannskrone
Nicht fehlen, daß du dich so trotzig zeigst?
Durch Liebe, hör' es, mußt du sie erwerben,
Das Recht gibt sie dir nicht, die Liebe kann's!
Allein von Guiskard ruht kein Funk' auf dir,
Und diesen Namen* mind'stens erbst du nicht;
Denn in der Stunde, da es eben gilt,
Schlägst du sie schnöd' ins Angesicht, die jetzt
Dich auf des Ruhmes Gipfel heben könnten.
Doch ganz verlassen ist, wie du wohl wähnst,
Das Normannsheer, ganz ohne Freund noch nicht,

* Guiskard heißt *Schlaukopf*; ein Zuname, den die Normänner dem Herzog gaben.

Und bist du's nicht, wohlan, ich bin es gern.
Zu hören, was der Flehende begehrt,
Ist leicht, Erhörung nicht, das Hören ist's:
Und wenn dein Feldherrnwort die Schar vertreibt,
Meins will, daß sie noch bleib! – Ihr hört's, ihr Männer!
Ich will vor Guiskard es verantworten.

Robert *(mit Bedeutung, halblaut)*. Dich jetzt erkenn' ich, und ich danke dir,
Als meinen bösen Geist! – Doch ganz gewonnen
Ist, wie geschickt du's führst, noch nicht dein Spiel.
– Willst du ein Beispiel sehn, wie sicher meins,
Die Karten mögen liegen, wie sie wollen?

Abälard. Was willst du?

Robert. Nun, merk' nur auf. Du sollst's gleich fassen;

*(Er wendet sich zum Volk.)*

Ihr Guiskardssöhne, die mein Wort vertreibt,
Und seines schmeichlerisch hier fesseln soll,
Euch selber ruf' ich mir zu Richtern auf!
Entscheiden sollt ihr zwischen mir und ihm,
Und übertreten ein Gebot von zwein.
Und keinen Laut mehr feig' setz' ich hinzu:
Des Herrschers Sohn, durch Gottes Gunst, bin ich,
Ein Prinz der, von dem Zufall groß gezogen:
Das Unerhörte will ich bloß erprüfen,
Erprüfen, ob sein Wort gewichtiger
In eurer Seelen Wage fällt, als meins!

Abälard. Des Herrschers Sohn? – Der bin ich so wie du!
Mein Vater saß vor deinem auf dem Thron!
Er tat's mit seinem Ruhm, tat's mit mehr Recht:
Und näher noch verwandt ist mir das Volk,
Mir, Ottos Sohn, gekrönt vom Erbgesetz,
Als dir – dem Sohne meines Vormunds bloß,

Bestimmt von dem, mein Reich mir zu verwalten*! –
Und nun, wie du's begehrt, so ist's mir recht.
Entscheidet, Männer, zwischen mir und ihm.
Auf mein Geheiß zu bleiben, steht euch frei,
Und wollt ihr, sprecht, als wär' ich Otto selbst.

GREIS. Du zeigst, o Herr, dich deines Vaters wert,
Und jauchzen wahrlich, in der Todesstunde,
Würd' einst dein Oheim, unser hoher Fürst,
Wär' ihm ein Sohn geworden, so wie du.
Dein Anblick, sieh, verjüngt mich wunderbar;
Denn in Gestalt und Red' und Art dir gleich,
Wie du, ein Freund des Volks, jetzt vor uns stehst,
Stand Guiskard einst, als Otto hingegangen,
Des Volkes Abgott, herrlich vor uns da!
Nun jeder Segen schütte, der in Wolken
Die Tugenden umschwebt, sich auf dich nieder,
Und ziehe deines Glückes Pflanze groß!
Die Gunst des Oheims, laß sie, deine Sonne,
Nur immer, wie bis heute, dich bestrahlen:
Das, was der Grund vermag, auf dem sie steht,
Das, zweifle nicht, o Herr, das wird geschehn! –
Doch eines Düngers, mißlichen Geschlechts,
Bedarf es nicht, vergib, um sie zu treiben;
Der Acker, wenn es sein kann, bleibe rein.
In manchem andern Wettstreit siegest du,
In diesem Einen, Herr, stehst du ihm nach;

---

* Wilhelm von der Normandie, Stifter des Normännerstaats in Italien, hatte drei Brüder, die einander, in Ermangelung der Kinder, rechtmäßig in der Regierung folgten. Abälard, der Sohn des dritten, ein Kind, als derselbe starb, hätte nun zum Regenten ausgerufen werden sollen; doch Guiskard, der vierte Bruder, von dem dritten zum Vormund eingesetzt – sei es, weil die Folgereihe der Brüder für ihn sprach, sei es, weil das Volk ihn sehr liebte, ward gekrönt, und die Mittel, die angewendet wurden, dies zu bewerkstelligen, vergessen. – Kurz, Guiskard war seit dreißig Jahren als Herzog und Robert als Thronerbe anerkannt. – Diese Umstände liegen wenigstens hier zum Grunde.

Und weil dein Feldherrnwort erlaubend bloß,
Gebietend seins, so gibst du uns wohl zu,
Daß wir dem dringenderen hier gehorchen.
*(Zu Robert, kalt.)*
Wenn du befiehlst zu gehn, wir trotzen nicht.
Du bist der Guiskardssohn, das ist genug!
Sag', ob wir wiederkommen dürfen, sag'
Uns: wann, so führ' ich diese Schar zurück.

Robert *(seine Verlegenheit verbergend)*. Kehrt morgen wieder. –
Oder heut, ihr Freunde.
Vielleicht zu Mittag, wenn's die Zeit erlaubt. – –
– Ganz recht. So geht's. Ein ernst Geschäft hält eben
Den Guiskard nur auf eine Stunde fest;
Will er euch sprechen, wenn es abgetan,
Wohlan, so komm' ich selbst und ruf euch her.

Abälard. Tust du doch mit dem Herr, als wär's ein Weib,
Ein schwangeres, das niemand schrecken darf!
Warum hehlst du die Wahrheit? Fürchtest du
Die Niederkunft? – –
*(Zum Volk gewandt.)*
Der Guiskard fühlt sich krank.

Der Greis *(erschrocken)*. Beim großen Gott des Himmels und
der Erde,
Hat er die Pest?

Abälard. Das nicht. Das fürcht' ich nicht –
Obschon der Arzt Besorgnis äußert: ja.

Robert. Daß dir ein Wetterstrahl aus heitrer Luft
Die Zunge lähmte, du Verräter, du!
*(Ab ins Zelt.)*

## Siebenter Auftritt

*Die Vorigen ohne Robert.*

Eine Stimme *(aus dem Volk).* Ihr Himmelsscharen, ihr geflügelten,
So steht uns bei!
Eine andere. Verloren ist das Volk!
Eine dritte. Verloren ohne Guiskard rettungslos!
Eine vierte. Verloren rettungslos!
Eine fünfte. Errettungslos,
In diesem meerumgebnen Griechenland! –
Der Greis *(zu Abälard, mit erhobenen Händen).* Nein, sprich!
Ist's wahr? – – Du Bote des Verderbens!
Hat ihn die Seuche wirklich angesteckt? –
Abälard *(von dem Hügel herabsteigend).* Ich sagt' es euch, gewiß ist es noch nicht.
Denn weil's kein andres sichres Zeichen gibt,
Als nur den schnellen Tod, so leugnet er's,
Ihr kennt ihn, wird's im Tode leugnen noch.
Jedoch dem Arzt, der Mutter ist's, der Tochter,
Dem Sohne selbst, ihr seht's, unzweifelhaft. –
Der Greis. Fühlt er sich kraftlos, Herr? Das ist ein Zeichen.
Der erste Krieger. Fühlt er sein Innerstes erhitzt?
Der zweite. Und Durst?
Der Greis. Fühlt er sich kraftlos? Das erled'ge erst.
Abälard. – Noch eben, da er auf dem Teppich lag,
Trat ich zu ihm und sprach: Wie geht's dir, Guiskard?
Drauf er: »Ei nun«, erwidert' er, »erträglich! –
Obschon ich die Giganten rufen möchte,
Um diese kleine Hand hier zu bewegen.«
Er sprach: »Dem Ätna wedelst du, laß sein!«
Als ihm von fern, mit einer Reiherfeder,

Die Herzogin den Busen fächelte;
Und als die Kaiserin, mit feuchtem Blick,
Ihm einen Becher brachte, und ihn fragte,
Ob er auch trinken woll'? antwortet' er:
»Die Dardanellen, liebes Kind!« und trank.

Der Greis. Es ist entsetzlich!

Abälard. Doch das hindert nicht,
Daß er nicht stets nach jener Kaiserzinne,
Die dort erglänzt, wie ein gekrümmter Tiger,
Aus seinem offnen Zelt hinüberschaut.
Man sieht' ihn still, die Karte in der Hand,
Entschlüss' im Busen wälzen, ungeheure,
Als ob er heut das Leben erst beträte.
Nessus und Loxias, den Griechenfürsten,
– Gesonnen längst, ihr wißt, auf Einen Punkt,
Die Schlüssel heimlich ihm zu überliefern,
– Auf Einen Punkt, sag' ich, von ihm bis heut
Mit würdiger Hartnäckigkeit verweigert –
Heut einen Boten sandt' er ihnen zu,
Mit einer Schrift, die diesen Punkt* bewilligt.
Kurz, wenn die Nacht ihn lebend trifft, ihr Männer,
Das Rasende, ihr sollt es sehn, vollstreckt sich,
Und einen Hauptsturm ordnet er noch an;
Den Sohn schon fragt' er, den die Aussicht reizt,
Was er von solcher Unternehmung halte?

Der Greis. O möcht' er doch!

Der erste Krieger. O könnten wir ihm folgen!

Der zweite Krieger. O führt' er lang' uns noch, der teure Held,
In Kampf und Sieg und Tod!

Abälard. Das sag' ich auch!

---

* Dieser Punkt war (wie sich in der Folge ausgewiesen haben würde) die Forderung der Verräter in Konstantinopel: daß nicht die, von dem *Alexius Komnenes* vertriebene, Kaiserin von Griechenland, im Namen ihrer Kinder, sondern Guiskard selbst die Krone ergreifen solle.

Doch eh' wird Guiskards Stiefel rücken vor
Byzanz, eh' wird an ihre ehrnen Tore
Sein Handschuh klopfen, eh' die stolze Zinne
Vor seinem bloßen Hemde sich verneigen,
Als dieser *Sohn*, wenn Guiskard fehlt, die Krone
Alexius, dem Rebellen dort, entreißen!

## Achter Auftritt

*Robert aus dem Zelt zurück. Die Vorigen.*

Robert. Normänner, hört's. Es hat der Guiskard sein
Geschäft beendigt, gleich erscheint er jetzt!
Abälard *(erschrocken)*. Erscheint? Unmöglich ist's!
Robert. Dir, Heuchlerherz,
Deck' ich den Schlei'r jetzt von der Mißgestalt!
*(Wieder ab ins Zelt.)*

## Neunter Auftritt

*Die Vorigen ohne Robert.*

Der Greis. O Abälard! O was hast du getan?
Abälard *(mit einer fliegenden Blässe)*. Die Wahrheit sagt' ich
euch, und dieses Haupt
Verpfänd' ich kühn der Rache, täuscht' ich euch!
Als ich das Zelt verließ, lag hingestreckt
Der Guiskard, und nicht eines Gliedes schien
Er mächtig. Doch sein Geist bezwingt sich selbst
Und das Geschick, nichts Neues sag' ich euch!

Ein Knabe *(halb auf den Hügel gestiegen)*. Seht her, seht her!
Sie öffnen schon das Zelt!
Der Greis. O du geliebter Knabe, siehst du ihn?
Sprich, siehst du ihn?
Der Knabe. Wohl, Vater, seh' ich ihn!
Frei in des Zeltes Mitte seh' ich ihn!
Der hohen Brust legt er den Panzer um!
Dem breiten Schulternpaar das Gnadenkettlein!
Dem weitgewölbten Haupt drückt er, mit Kraft,
Den mächtig-wankend-hohen Helmbusch auf!
Jetzt seht, o seht doch her! – Da ist er selbst!

## Zehnter Auftritt

*Guiskard tritt auf. Die Herzogin, Helena, Robert, Gefolge hinter ihm. Die Vorigen.*

Das Volk *(jubelnd)*. Triumph! Er ist's! Der Guiskard ist's!
Leb' hoch!
*(Einige Mützen fliegen in die Höhe.)*
Der Greis *(noch während des Jubelgeschreis)*. O Guiskard!
Wir begrüßen dich, o Fürst!
Als stiegst du uns von Himmelshöhen nieder!
Denn in den Sternen glaubten wir dich schon – –!
Guiskard *(mit erhobener Hand)*. Wo ist der Prinz, mein Neffe?
*(Allgemeines Stillschweigen.)*
Tritt hinter mich.
*(Der Prinz, der sich unter das Volk gemischt hatte, steigt auf den Hügel, und stellt sich hinter Guiskard, während dieser ihn unverwandt mit den Augen verfolgt.)*
Hier bleibst du stehn, und lautlos. – Du verstehst mich?
– Ich sprech' nachher ein eignes Wort mit dir.

*(Er wendet sich zum Greise.)*
Du führst, Armin, das Wort für diese Schar?
DER GREIS. Ich führ's, mein Feldherr!
GUISKARD *(zum Ausschuß).* Seht, als ich das hörte,
Hat's lebhaft mich im Zelt bestürzt, ihr Leute!
Denn nicht die schlechtsten Männer seh ich vor mir,
Und nichts Bedeutungsloses bringt ihr mir,
Und nicht von einem dritten mag ich's hören,
Was euch so dringend mir vors Antlitz führt. –
Tu's schnell, du alter Knabe, tu mir's kund!
Ist' eine neue Not? Ist es ein Wunsch?
Und womit helf' ich? Oder tröst' ich? Sprich!
DER GREIS. Ein Wunsch, mein hoher Herzog, führt uns her. –
Jedoch nicht ihm gehört, wie du wohl wähnst,
Der Ungestüm, mit dem wir dein begehrt,
Und sehr beschämen würd' uns deine Milde,
Wenn du das glauben könntest von der Schar.
Der Jubel, als du aus dem Zelte tratst,
Von ganz was anderm, glaub' es, rührt er her:
Nicht von der Lust bloß, selbst dich zu erblicken;
Ach, von dem Wahn, du Angebeteter!
Wir würden nie dein Antlitz wiedersehn;
Von nichts Geringerm, als dem rasenden
Gerücht, daß ich's nur ganz dir anvertraue,
Du, Guiskard, seist vom Pesthauch angeweht –!
GUISKARD *(lachend).* Vom Pesthauch angeweht! Ihr seid wohl toll, ihr!
Ob ich wie einer ausseh', der die Pest hat?
Der ich in Lebensfüll' hier vor euch stehe?
Der seiner Glieder jegliches beherrscht?
Des reine Stimme aus der freien Brust,
Gleich dem Geläut der Glocken, euch umhallt?
Das läßt der Angesteckte bleiben, das!
Ihr wollt mich, traun! mich Blühenden, doch nicht

Hinschleppen zu den Faulenden aufs Feld?
Ei, was zum Henker, nein! Ich wehre mich –
Im Lager hier kriegt ihr mich nicht ins Grab:
In Stambul halt ich still und eher nicht!

Der Greis. O du geliebter Fürst! Dein heitres Wort
Gibt uns ein aufgegebnes Leben wieder!
Wenn keine Gruft doch wäre, die dich deckte!
Wärst du unsterblich doch, o Herr! unsterblich,
Unsterblich, wie es deine Taten sind!

Guiskard. – Zwar trifft sich's seltsam just, an diesem Tage,
Daß ich so *lebhaft* mich nicht fühl', als sonst:
Doch nicht unpäßlich möcht' ich nennen das,
Viel wen'ger pestkrank! Denn was weiter ist's,
Als nur ein Mißbehagen, nach der Qual
Der letzten Tage, um mein armes Heer.

Der Greis. So sagst du –?

Guiskard *(ihn unterbrechend)*. 's ist der Red' nicht wert, sag' ich!
Hier diesem alten Scheitel, wißt ihr selbst,
Hat seiner Haare keins noch wehgetan!
Mein Leib ward jeder Krankheit mächtig noch.
Und wär's die Pest auch, so versichr' ich euch:
An diesen Knochen nagt sie selbst sich krank!

Der Greis. Wenn du doch, mindestens von heute an,
Die Kranken *unsrer* Sorge lassen wolltest!
Nicht Einer ist, o Guiskard, unter ihnen,
Der hilflos nicht, verworfen lieber läge,
Jedwedem Übel sterbend ausgesetzt,
Als daß er Hilf' von dir, du Einziger,
Du Ewig-Unersetzlicher, empfinge,
In immer reger Furcht, den gräßlichsten
Der Tode dir zum Lohne hinzugeben.

Guiskard. Ich hab's, ihr Leut', euch schon so oft gesagt,
Seit wann denn gilt mein Guiskardswort nicht mehr?

Kein Leichtsinn ist's, wenn ich Berührung nicht
Der Kranken scheue, und kein Ohngefähr,
Wenn's ungestraft geschieht. Es hat damit
Sein eigenes Bewenden – kurz, zum Schluß:
Furcht meinetwegen spart! –
Zur Sache jetzt!
Was bringst du mir? sag' an! Sei kurz und bündig;
Geschäfte rufen mich ins Zelt zurück.

Der Greis *(nach einer kurzen Pause).* Du weißt's, o Herr, du fühlst, es so, wie wir –
Ach, auf wem ruht die Not so schwer, als dir?
In dem entscheidenden Moment, da schon – –

*(Guiskard sieht sich um, der Greis stockt.)*

Die Herzogin *(leise).* Willst du –?
Robert. Begehrst du –?
Abälard. Fehlt dir –?
Die Herzogin. Gott im Himmel!
Abälard. Was ist?
Robert. Was hast Du?
Die Herzogin. Guiskard! Sprich ein Wort!

*(Die Kaiserin zieht eine große Herrpauke herbei und schiebt sie hinter ihn.)*

Guiskard *(indem er sich sanft niederläßt, halblaut).* Mein liebes Kind! –
Was also gibt's, Armin?
Bring' deine Sache vor, und laß es frei
Hinströmen, bange Worte lieb' ich nicht!

*(Der Greis sieht gedankenvoll vor sich nieder.)*

Eine Stimme *(aus dem Volk).* Nun, was auch säumt er?
Eine andere. Alter, du! So sprich.
Der Greis *(gesammelt).* Du weißt's, o Herr – und wem ist's so bekannt?
Und auf wem ruht des Schicksals Hand so schwer?
Auf deinem Fluge rasch, die Brust voll Flammen,

Ins Bett der Braut, der du die Arme schon
Entgegenstreckst zu dem Vermählungsfest,
Tritt, o du Bräutigam der Siegesgöttin,
Die Seuche grauenvoll dir in den Weg –!
Zwar du bist, wie du sagst, noch unberührt;
Jedoch dein Volk ist, deiner Lenden Mark,
Vergiftet, keiner Taten fähig mehr,
Und täglich, wie vor Sturmwind Tannen, sinken
Die Häupter deiner Treuen in den Staub.
Der Hingestreckt' ist's auferstehungslos,
Und wo er hinsank, sank er in sein Grab.
Er sträubt, und wieder, mit unsäglicher
Anstrengung sich empor: es ist umsonst!
Die giftgeätzten Knochen brechen ihm,
Und wieder nieder sinkt er in sein Grab.
Ja, in des Sinns entsetzlicher Verwirrung,
Die ihn zuletzt befällt, sieht man ihn scheußlich
Die Zähne gegen Gott und Menschen fletschen,
Dem Freund, dem Bruder, Vater, Mutter, Kindern,
Der Braut selbst, die ihm naht, entgegenwütend.

Die Herzogin *(indem sie an der Tochter Brust niedersinkt).*
O Himmel!

Helena. Meine vielgeliebte Mutter!

Guiskard *(sich langsam umsehend).* Was fehlet ihr?

Helena *(zögernd).* Es scheint –

Guiskard. Bringt sie ins Zelt!

*(Helena führt die Herzogin ab.)*

Der Greis. Und weil du denn die kurzen Worte liebst:
O führ' uns fort aus diesem Jammertal!
Du Retter in der Not, der du so manchem
Schon halfst, versage deinem ganzen Heere
Den einz'gen Trank nicht, der ihm Heilung bringt,
Versag' uns nicht Italiens Himmelslüfte,
Führ' uns zurück, zurück, ins Vaterland!

# Amphitryon

## Ein Lustspiel nach Molière

## Personen:

*Jupiter,* in der Gestalt des Amphitryon.
*Merkur,* in der Gestalt des Sosias.
*Amphitryon,* Feldherr der Thebaner.
*Sosias,* sein Diener.
*Alkmene,* Gemahlin des Amphitryon.
*Charis,* Gemahlin des Sosias.
*Feldherren.*

Die Szene ist in Theben vor dem Schlosse des Amphitryon.

# Erster Akt.

## Erster Auftritt

*(Es ist Nacht.)*

SOSIAS *(tritt mit einer Laterne auf)*.
Heda! Wer schleicht da? Holla! – Wenn der Tag
Anbräche, wär' mir's lieb; die Nacht ist – Was?
Gut Freund, ihr Herrn! Wir gehen eine Straße –
Ihr habt den ehrlichsten Geselln getroffen,
Bei meiner Treu', auf den die Sonne scheint –
Vielmehr der Mond jetzt, wollt' ich sagen –
Spitzbuben sind's entweder, feige Schufte,
Die nicht das Herz, mich anzugreifen, haben:
Oder der Wind hat durch das Laub gerasselt.
Jedweder Schall hier heult in dem Gebirge. –
Vorsichtig! Langsam! – Aber wenn ich jetzt
Nicht bald mit meinem Hut an Theben stoße,
So will ich in den finstern Orkus fahren.
Ei, hol's der Henker! ob ich mutig bin,
Ein Mann von Herz, das hätte mein Gebieter
Auf anderm Wege auch erproben können.
Ruhm krönt ihn, spricht die ganze Welt, und Ehre,
Doch in der Mitternacht mich fortzuschicken,
Ist nicht viel besser, als ein schlechter Streich.
Ein wenig Rücksicht wär', und Nächstenliebe,
So lieb mir, als der Keil von Tugenden,
Mit welchem er des Feindes Reihen sprengt.
»Sosias,« sprach er, »rüste dich, mein Diener,
Du sollst in Theben meinen Sieg verkünden
Und meine zärtliche Gebieterin

Von meiner nahen Ankunft unterrichten.«
Doch hätte das nicht Zeit gehabt bis morgen,
Will ich ein Pferd sein, ein gesatteltes!
Doch sieh! Das zeigt sich, denk' ich, unser Haus!
Triumph, du bist nunmehr am Ziel, Sosias,
Und allen Feinden soll vergeben sein.
Jetzt, Freund, mußt du an deinen Auftrag denken;
Man wird dich feierlich zur Fürstin führen,
Alkmen', und den Bericht bist du ihr dann
Vollständig und mit Rednerkunst gesetzt,
Des Treffens schuldig, das Amphitryon
Siegreich fürs Vaterland geschlagen hat.
– Doch wie zum Teufel mach' ich das, da ich
Dabei nicht war? Verwünscht. Ich wollt': ich hätte
Zuweilen aus dem Zelt geguckt,
Als beide Heer' im Handgemenge waren.
Ei was! Vom Hauen sprech' ich dreist und Schießen,
Und werde schlechter nicht bestehn, als andre,
Die auch den Pfeil noch pfeifen nicht gehört. –
Doch wär' es gut, wenn du die Rolle übtest!
Gut! Gut bemerkt, Sosias! Prüfe dich,
Hier soll der Audienzsaal sein, und diese
Latern' Alkmene, die mich auf dem Thron erwartet.
*(Er setzt die Laterne auf den Boden.)*
Durchlauchtigste! mich schickt Amphitryon,
Mein hoher Herr und Euer edler Gatte,
Von seinem Siege über die Athener
Die frohe Zeitung Euch zu überbringen.
– Ein guter Anfang! – »Ach, wahrhaftig, liebster
Sosias, meine Freude mäß'g' ich nicht,
Da ich dich wiedersehe.« – Diese Güte,
Vortreffliche, beschämt mich, wenn sie stolz gleich
Gewiß jedweden andern machen würde.
– Sieh! das ist auch nicht übel! – »Und dem teuren

Geliebten meiner Seel' Amphitryon,
Wie geht's ihm?« – Gnäd'ge Frau, das fass' ich kurz:
Wie einem Mann von Herzen auf dem Feld' des Ruhms!
– Ein Blitzkerl! Seht die Suade! – »Wann denn kommt er?«
Gewiß nicht später, als sein Amt verstattet,
Wenn gleich vielleicht so früh nicht, als er wünscht.
– Potz, alle Welt! – »Und hat er sonst dir nichts
Für mich gesagt, Sosias?« – Er sagt wenig,
Tut viel, und es erbebt die Welt vor seinem Namen.
– Daß mich die Pest! Wo kömmt der Witz mir her?
»Sie weichen also, sagst du, die Athener?«
– Sie weichen, tot ist Labdakus, ihr Führer,
Erstürmt Pharissa, und wo Berge sind,
Da hallen sie von unserm Siegsgeschrei. –
»O teuerster Sosias! Sieh, das mußt du
Umständlich mir, auf jeden Zug, erzählen.«
– Ich bin zu Euern Diensten, gnäd'ge Frau.
Denn in der Tat kann ich von diesem Siege
Vollständ'ge Auskunft, schmeichl' ich mir, erteilen:
Stellt Euch, wenn Ihr die Güte haben wollt,
Auf dieser Seite hier –

*(Er bezeichnet die Örter auf seiner Hand.)*

Pharissa vor
– Was eine Stadt ist, wie Ihr wissen werdet,
So groß im Umfang, *praeter propter*,
Um nicht zu übertreiben, wenn nicht größer,
Als Theben! Hier geht der Fluß. Die Unsrigen
In Schlachtordnung auf einem Hügel hier;
Und dort im Tale haufenweis der Feind.
Nachdem er ein Gelübd' zum Himmel jetzt gesendet,
Daß Euch der Wolkenkreis erzitterte,
Stürzt', die Befehle treffend rings gegeben,
Er gleich den Strömen brausend auf uns ein.
Wir aber, minder tapfer nicht, wir zeigten

Den Rückweg ihm, – und Ihr sollt gleich sehn, wie?
Zuerst begegnet' er dem Vortrab hier;
Der wich. Dann stieß er auf die Bogenschützen dort;
Die zogen sich zurück. Jetzt dreist gemacht, rückt' er
Den Schleudrern auf den Leib; die räumten ihm das Feld.
Und als verwegen jetzt dem Hauptkorps er sich nahte,
Stürzt' dies – halt! Mit dem Hauptkorps ist's nicht richtig.
Ich höre ein Geräusch dort, wie mir deucht.

## Zweiter Auftritt

*Merkur tritt in der Gestalt des Sosias aus Amphitryons Haus. Sosias.*

Merkur *(für sich)*. Wenn ich den ungerufnen Schlingel dort
Beizeiten nicht von diesem Haus entferne,
So steht, beim Styx, das Glück mir auf dem Spiel,
Das in Alkmenens Armen zu genießen,
Heut in der Truggestalt Amphitryons
Zeus, der Olympische, zur Erde stieg.
Sosias *(ohne den Merkur zu sehn)*. Es ist zwar nichts und meine Furcht verschwindet,
Doch um den Abenteuern auszuweichen,
Will ich mich vollends jetzt zu Hause machen,
Und meines Auftrags mich entledigen.
Merkur *(für sich)*. Du überwindest den Merkur, Freund, oder
Dich werd' ich davon abzuhalten wissen.
Sosias. Doch diese Nacht ist von endloser Länge.
Wenn ich fünf Stunden unterwegs nicht bin,
Fünf Stunden nach der Sonnenuhr von Theben,
Will ich stückweise sie vom Turme schießen.
Entweder hat in Trunkenheit des Siegs

Mein Herr den Abend für den Morgen angesehn,
Oder der lockre Phöbus schlummert noch,
Weil er zu tief ins Fläschchen gestern guckte.

MERKUR. Mit welcher Unehrbietigkeit der Schuft
Dort von den Göttern spricht. Geduld ein wenig;
Hier dieser Arm bald wird Respekt ihm lehren.

SOSIAS *(erblickt den Merkur)*. Ach bei den Göttern der Nacht!
Ich bin verloren.
Da schleicht ein Strauchdieb um das Haus, den ich
Früh oder spät am Galgen sehen werde.
– Dreist muß ich tun, und keck und zuversichtlich. *(Er pfeift.)*

MERKUR *(laut)*. Wer denn ist jener Tölpel dort, der sich
Die Freiheit nimmt, als wär' er hier zu Hause,
Mit Pfeifen mir die Ohren vollzuleiern?
Soll hier mein Stock vielleicht ihm dazu tanzen?

SOSIAS. – Ein Freund nicht scheint er der Musik zu sein.

MERKUR. Seit der vergangnen Woche fand ich keinen,
Dem ich die Knochen hätte brechen können.
Mein Arm wird steif, empfind' ich, in der Ruhe,
Und einen Buckel von des deinen Breite,
Ihn such' ich just, mich wieder einzuüben.

SOSIAS. Wer, Teufel, hat den Kerl mir dort geboren?
Von Todesschrecken fühl' ich mich ergriffen,
Die mir den Atem stocken machen.
Hätt' ihn die Hölle ausgeworfen,
Es könnt' entgeisternder mir nicht sein Anblick sein.
– Jedoch vielleicht geht's dem Hanswurst wie mir,
Und er versucht den Eisenfresser bloß,
Um mich ins Bockshorn schüchternd einzujagen.
Halt, Kauz, das kann ich auch. Und überdies,
Ich bin allein, er auch; zwei Fäuste hab' ich,
Doch er nicht mehr; und will das Glück nicht wohl mir,
Bleibt mir ein sichrer Rückzug dort – Marsch also!

Merkur *(vertritt ihm den Weg.)*
Halt dort! Wer geht dort?
Sosias. Ich.
Merkur. Was für ein Ich?
Sosias. Meins, mit Verlaub. Und meines, denk' ich, geht
Hier unverzollt gleich andern. Mut, Sosias!
Merkur. Halt! mit so leichter Zech' entkommst du nicht.
Von welchem Stand bist du?
Sosias. Von welchem Stande?
Von einem auf zwei Füßen, wie Ihr seht.
Merkur. Ob Herr du bist, ob Diener, will ich wissen?
Sosias. Nachdem Ihr so mich, oder so betrachtet,
Bin ich ein Herr, bin ich ein Dienersmann.
Merkur. Gut. Du mißfällst mir.
Sosias. Ei, das tut mir leid.
Merkur. Mit einem Wort, Verräter, will ich wissen,
Nichtswürd'ger Gassentreter, Eckenwächter,
Wer du magst sein, woher du gehst, wohin,
Und das du hier herum zu zaudern hast?
Sosias. Darauf kann ich Euch nichts zur Antwort geben
Als dies: ich bin ein Mensch, dort komm' ich her,
Da geh' ich hin, und habe jetzt was vor,
Das anfängt, Langeweile mir zu machen.
Merkur. Ich seh' dich witzig, und du bist im Zuge,
Mich kurzhin abzufertigen. Mir aber kommt
Die Lust an, die Bekanntschaft fortzusetzen,
Und die Verwicklung einzuleiten, werd' ich
Mit dieser Hand hier hinters Ohr dir schlagen.
Sosias. Mir?
Merkur. Dir, und hier bist dessen du gewiß.
Was wirst du nun darauf beschließen?
Sosias. Wetter!
Ihr schlagt mir eine gute Faust, Gevatter.
Merkur. Ein Hieb von mittlerm Schrot. Zuweilen treff' ich
Noch besser.

Sosias. Wär' ich auch so aufgelegt,
Wir würden schön uns in die Haare kommen.
Merkur. Das wär' mir recht. Ich liebe solchen Umgang.
Sosias. Ich muß jedoch, Geschäfts halb', mich empfehlen.
*(Er will gehn.)*
Merkur *(tritt ihm in den Weg).* Wohin?
Sosias. Was geht's dich an, zum Teufel?
Merkur. Ich will wissen,
Sag' ich dir, wo du hingehst?
Sosias. Jene Pforte
Will ich mir öffnen lassen. Laß mich gehn.
Merkur. Wenn du die Unverschämtheit hast, dich jener
Schloßpforte dort zu nähern, sieh, so rasselt
Ein Ungewitter auf dich ein von Schlägen.
Sosias. Was? Soll ich nicht nach Hause gehen dürfen?
Merkur. Nach Hause? Sag' das noch einmal.
Sosias. Nun ja.
Nach Haus.
Merkur. Du sagst von diesem Hause dich?
Sosias. Warum nicht? Ist es nicht Amphitryons Haus?
Merkur. Ob dies Amphitryons Haus ist? Allerdings,
Halunk', ist dies das Haus Amphitryons,
Das Schloß des ersten Feldherrn der Thebaner.
Doch welch ein Schluß erfolgt? –
Sosias. Was für ein Schluß?
Daß ich hinein gehn werd'. Ich bin sein Diener.
Merkur. Sein Die –?
Sosias. Sein Diener.
Merkur. Du?
Sosias. Ich, ja.
Merkur. Amphitryons Diener?
Sosias. Amphitryons Diener, des Thebanerfeldherrn.
Merkur. – Dein Name ist?

Sosias. Sosias.
Merkur. So –?
Sosias. Sosias.
Merkur. Hör', dir zerschlag' ich alle Knochen.
Sosias. Bist du
Bei Sinnen?
Merkur. Wer gibt das Recht dir, Unverschämter,
Den Namen des Sosias anzunehmen?
Sosias. Gegeben wird er mir, ich nehm' ihn nicht.
Mag es mein Vater dir verantworten.
Merkur. Hat man von solcher Frechheit je gehört?
Du wagst mir schamlos ins Gesicht zu sagen,
Daß du Sosias bist?
Sosias. Ja, allerdings.
Und das aus dem gerechten Grunde, weil es
Die großen Götter wollen; weil es nicht
In meiner Macht steht, gegen sie zu kämpfen,
Ein andrer sein zu wollen als ich bin;
Weil ich muß Ich, Amphitryons Diener sein,
Wenn ich auch zehenmal Amphitryon,
Sein Vetter lieber, oder Schwager wäre.
Merkur. Nun, wart'! Ich will dich zu verwandeln suchen.
Sosias. Ihr Bürger! Ihr Thebaner! Mörder! Diebe!
Merkur. Wie, du Nichtswürdiger, du schreist noch?
Sosias. Was?
Ihr schlagt mich, und nicht schreien soll ich dürfen?
Merkur. Weiß du nicht, daß es Nacht ist, Schlafenszeit,
Und daß in diesem Schloß Alkmene hier,
Amphitryons Gemahlin, schläft?
Sosias. Hol' Euch der Henker!
Ich muß den Kürzern ziehen, weil Ihr seht,
Daß mir zur Hand kein Prügel ist, wie Euch.
Doch Schläg' erteilen, ohne zu bekommen,
Das ist kein Heldenstück. Das sag' ich Euch:

Schlecht ist es, wenn man Mut zeigt gegen Leute,
Die das Geschick zwingt, ihren zu verbergen.

Merkur. Zur Sach' also. Wer bist du?

Sosias *(für sich)*. Wenn ich dem
Entkomme, will ich eine Flasche Wein
Zur Hälfte opfernd auf die Erde schütten.

Merkur. Bist du Sosias noch?

Sosias. Ach laß mich gehn.
Dein Stock kann machen, daß ich nicht mehr bin;
Doch nicht, daß ich nicht *Ich* bin, weil ich bin.
Der einz'ge Unterschied ist, daß ich mich
Sosias jetzo, der geschlagne, fühle.

Merkur. Hund, sieh, so mach' ich kalt dich. *(Er droht.)*

Sosias. Laß! Laß!
Hör' auf, mir zuzusetzen.

Merkur. Eher nicht,
Als bis du aufhörst –

Sosias. Gut, ich höre auf.
Kein Wort entgegn' ich mehr, recht sollst du haben,
Und allem, was du aufstellst, sag' ich: ja.

Merkur. Bist du Sosias noch, Verräter?

Sosias. Ach!
Ich bin jetzt, was du willst. Befiehl, was ich
Soll sein, dein Stock macht dich zum Herren meines Lebens.

Merkur. Du sprachst, du hättest dich Sosias sonst genannt?

Sosias. Wahr ist's, daß ich bis diesen Augenblick gewähnt,
Die Sache hätte ihre Richtigkeit.
Doch das Gewicht hat deiner Gründe mich
Belehrt: ich sehe jetzt, daß ich mich irrte.

Merkur. Ich bin's, der sich Sosias nennt.

Sosias. Sosias –?
Du –?

Merkur. Ja, Sosias. Und wer Glossen macht,
Hat sich vor diesem Stock in acht zu nehmen.

SOSIAS *(für sich)*. Ihr ew'gen Götter dort! So muß ich auf
Mich selbst Verzicht jetzt leisten, mir von einem
Betrüger meinen Namen stehlen lassen?
MERKUR. Du murmelst in die Zähne, wie ich höre?
SOSIAS. Nichts, was dir in der Tat zu nahe träte,
Doch bei den Göttern allen Griechenlands
Beschwör' ich dich, die dich und mich regieren.
Vergönne mir, auf einen Augenblick,
Daß ich dir offenherz'ge Sprache führe.
MERKUR. Sprich.
SOSIAS. Doch dein Stock wird stumme Rolle spielen?
Nicht von der Unterhaltung sein. Versprich mir,
Wir schließen Waffenstillstand.
MERKUR. Gut, es sei.
Den Punkt bewill'g' ich.
SOSIAS. Nun, so sage mir,
Wie kommt der unerhörte Einfall dir,
Mir meinen Namen schamlos wegzugaunern?
Wär' es mein Mantel, wär's mein Abendessen;
Jedoch ein Nam'! Kannst du dich darin kleiden?
Ihn essen? trinken? oder ihn versetzen?
Was also nützet dieser Diebstahl dir?
MERKUR. Wie? Du – du unterstehst dich?
SOSIAS. Halt! halt! sag' ich.
Wir schlossen Waffenstillstand.
MERKUR. Unverschämter!
Nichtswürdiger!
SOSIAS. Dawider hab' ich nichts.
Schimpfwörter mag ich leiden, dabei kann ein
Gespräch bestehen.
MERKUR. Du nennst dich Sosias?
SOSIAS. Ja, ich gesteh's, ein unverbürgtes
Gerücht hat mir –

Merkur. Genug. Den Waffenstillstand
Brech ich, und dieses Wort hier nehm ich wieder.
Sosias. Fahr in die Höll'! Ich kann mich nicht vernichten,
Verwandeln nicht, aus meiner Haut nicht fahren,
Und meine Haut dir um die Schultern hängen.
Ward, seit die Welt besteht, so etwas erlebt?
Träum' ich etwa? Hab' ich zur Morgenstärkung
Heut mehr, als ich gewöhnlich pfleg', genossen?
Bin ich mich meiner völlig nicht bewußt?
Hat nicht Amphitryon mich hergeschickt,
Der Fürstin seine Rückkehr anzumelden?
Soll ich ihr nicht den Sieg, den er erfochten,
Und wie Pharissa überging, beschreiben?
Bin ich soeben nicht hier angelangt?
Halt ich nicht die Laterne? Fand ich dich
Vor dieses Hauses Tür herum nicht lungern,
Und als ich mich der Pforte nähern wollte,
Nahmst du den Stock zur Hand nicht, und zerbläutest
Auf das unmenschlichste den Rücken mir,
Mir ins Gesicht behauptend, daß nicht ich,
Wohl aber du Amphitryons Diener seist?
Das alles, fühl' ich, leider, ist zu wahr nur;
Gefiel's den Göttern doch, daß ich besessen wäre!
Merkur. Halunke, sieh, mein Zorn wird augenblicklich,
Wie Hagel, wieder auf dich niederregnen!
Was du gesagt hast, alles, Zug vor Zug,
Es gilt von mir: die Prügel ausgenommen.
Sosias. Von dir? – Hier die Laterne, bei den Göttern,
Ist Zeuge mir –
Merkur. Du lügst, sag' ich, Verräter.
Mich hat Amphitryon hierher geschickt.
Mir gab der Feldherr der Thebaner gestern,
Da er, vom Staub der Mordschlacht noch bedeckt,
Dem Temp'l enttrat, wo er dem Mars geopfert,

Gemeßnen Auftrag, seinen Sieg in Theben,
Und daß der Feinde Führer Labdakus
Von seiner Hand gefallen, anzukünd'gen;
Denn ich bin, sag' ich dir, Sosias,
Sein Diener, Sohn des Davus, wackern Schäfers
Aus dieser Gegend, Bruder Harpagons,
Der in der Fremde starb, Gemahl der Charis,
Die mich mit ihren Launen wütend macht;
Sosias, der im Türmchen saß, und dem man
Noch kürzlich funfzig auf den Hintern zählte,
Weil er zu weit die Redlichkeit getrieben.

Sosias *(für sich)*. Da hat er recht! Und ohne daß man selbst
Sosias ist, kann man von dem, was er
Zu wissen scheint, nicht unterrichtet sein.
Man muß, mein Seel', ein bißchen an ihn glauben.
Zudem, da ich ihn jetzt ins Auge fasse,
Hat er Gestalt von mir und Wuchs und Wesen
Und die spitzbüb'sche Miene, die mir eigen.
– Ich muß ihm ein paar Fragen tun, die mich
Aufs reine bringen. *(Laut.)* Von der Beute,
Die in des Feindes Lager ward gefunden,
Sagst du mir wohl, wie sich Amphitryon
Dabei bedacht, und was sein Anteil war?

Merkur. Das Diadem ward ihm des Labdakus,
Das man im Zelt desselben aufgefunden.

Sosias. Was nahm mit diesem Diadem man vor?

Merkur. Man grub den Namenszug Amphitryons
Auf seine goldne Stirne leuchtend ein.

Sosias. Vermutlich trägt er's selber jetzt –?

Merkur. Alkmenen
Ist es bestimmt. Sie wird zum Angedenken
Des Siegs den Schmuck um ihren Busen tragen.

Sosias. Und zugefertigt aus dem Lager wird
Ihr das Geschenk –?

Merkur. In einem goldnen Kästchen,
Auf das Amphitryon sein Wappen drückte.
Sosias *(für sich).* Er weiß um alles. – Alle Teufel jetzt!
Ich fang' im Ernst an mir zu zweifeln an.
Durch seine Unverschämtheit ward er schon,
Und seinen Stock, Sosias, und jetzt wird er,
Das fehlte nur, es auch aus Gründen noch.
Zwar wenn ich mich betaste, wollt' ich schwören,
Daß dieser Leib Sosias ist.
– Wie find' ich nun aus diesem Labyrinth? –
Was ich getan, da ich ganz einsam war,
Was niemand hat gesehn, kann niemand wissen,
Falls er nicht wirklich *Ich* ist, so wie ich.
– Gut, diese Frage wird mir Licht verschaffen.
Was gilt's? Dies fängt ihn – nun, wir werden sehn.
*(Laut.)* Als beide Heer' im Handgemenge waren,
Was machtest du, sag' an, in den Gezelten,
Wo du gewußt, geschickt dich hinzudrücken?
Merkur. Von einem Schinken –
Sosias *(für sich).* Hat den Kerl der Teufel –?
Merkur. Den ich im Winkel des Gezeltes fand,
Schnitt ich ein Kernstück mir, ein saftiges,
Und öffnete geschickt ein Flaschenfutter,
Um für die Schlacht, die draußen ward gefochten,
Ein wenig Munterkeit mir zu verschaffen.
Sosias *(für sich).* Nun ist es gut, nur wär's gleichviel, wenn mich
Die Erde gleich von diesem Platz verschlänge,
Denn aus dem Flaschenfutter trinkt man nicht,
Wenn man, wie ich, zufällig nicht im Sacke
Den Schlüssel, der gepaßt, gefunden hätte.
*(Laut.)* Ich sehe, alter Freund, nunmehr, daß du
Die ganze Portion Sosias bist,
Die man auf dieser Erde brauchen kann.

Ein Mehreres scheint überflüssig mir.
Fern sei mir, den Zudringlichen zu spielen,
Und gern tret' ich vor dir zurück. Nur habe die
Gefälligkeit für mich, und sage mir,
Da ich Sosias nicht bin, *wer* ich bin?
Denn *etwas*, gibst du zu, muß ich doch sein.

Merkur. Wenn ich nicht mehr Sosias werde sein,
Sei du's, es ist mir recht, ich will'ge drein.
Jedoch solang' ich's bin, wagst du den Hals,
Wenn dir der unverschämte Einfall kommt.

Sosias. Gut, gut. Mir fängt der Kopf zu schwirren an,
Ich sehe jetzt, mein Seel', wie sich's verhält,
Wenn ich's auch gleich noch völlig nicht begreife.
Jedoch – die Sache muß ein Ende nehmen;
Und das Gescheiteste, zum Schluß zu kommen,
Ist, daß ich meiner Wege geh'. – Leb' wohl!
*(Er geht dem Hause zu.)*

Merkur *(stößt ihn zurück)*. Wie, Galgenstrick! So muß ich alle Knochen
Dir lähmen? *(Er schlägt ihn.)*

Sosias. Ihr gerechten Götter!
Wo bleibt mir euer Schutz? Mein Rücken heilt
In Wochen nicht, wenn auch Amphitryon
Den Stock nicht rührt. Wohlan! Ich meide denn
Den Teufelskerl, und geh' zurück ins Lager,
So finster diese Höllennacht auch glotzt. –
Das war mir eine rühmliche Gesandtschaft!
Wie wird dein Herr, Sosias, dich empfangen? *(Ab.)*

## Dritter Auftritt

Merkur. Nun, endlich! Warum trolltest du nicht früher?
Du hättst dir böse Risse sparen können. –

Denn daß ihn eines Gottes Arm getroffen,
Die Ehre kümmert den Halunken nicht:
Ich traf ihn wie der beste Büttel auch.
Nun, mag es sein. Gesündigt hat er g'nug,
Verdient, wenn auch nicht eben heut, die Prügel;
Er mag auf Abschlag sie empfangen haben. –
Wenn mir der Schuft mit seinem Zeterschrei,
Als ob man ihn zum Braten spießen wollte,
Nur nicht die Liebenden geweckt! – So wahr ich lebe,
Zeus bricht schon auf. Er kommt, der Göttervater,
Und zärtlich gibt Alkmen', als wär's ihr teurer
Gemahl Amphitryon, ihm das Geleit.

## Vierter Auftritt

*Jupiter in der Gestalt Amphitryons. Alkmene. Charis. Merkur. Fakkeln.*

Jupiter. Laß, meine teuerste Alkmene, dort
Die Fackeln sich entfernen. Zwar sie leuchten
Dem schönsten Reiz, der auf der Erde blüht,
Und keiner der Olympier sah ihn schöner;
Jedoch – wie sag' ich? Sie verraten den,
Den dieser Reiz hierher gelockt, Geliebte,
Und besser wird es ein Geheimnis bleiben,
Daß dein Amphitryon in Theben war.
Sie sind dem Krieg geraubt, die Augenblicke,
Die ich der Liebe opfernd dargebracht;
Die Welt könnt' ihn mißdeuten, diesen Raub;
Und gern entbehrt' ich andre Zeugen seiner,
Als nur die Eine, die ihn mir verdankt.
Alkmene. Amphitryon! So willst du gehn? Ach, wie
So lästig ist so vieler Ruhm, Geliebter!

Wie gern gäb' ich das Diadem, das du
Erkämpft, für einen Strauß von Veilchen hin,
Um eine niedre Hütte eingesammelt.
Was brauchen wir, als nur uns selbst? Warum
Wird so viel Fremdes noch dir aufgedrungen,
Dir eine Krone und der Feldherrnstab?
Zwar wenn das Volk dir jauchzt, und sein Entzücken
In jedem großen Namen sich verschwendet,
Ist der Gedanke süß, daß du mir angehörst;
Doch dieser flücht'ge Reiz, kann er vergelten,
Was ich empfinde, wenn im wilden Treffen
Der Pfeil auf diesen teuern Busen zielt?
Wie öd' ist, ohne dich, dies Haus! Wie träge,
Bist du mir fern, der muntre Reihn der Stunden,
Wenn sie den Tag herauf mir führen sollen!
Ach was das Vaterland mir alles raubt,
Das fühl' ich, mein Amphitryon, erst seit heute,
Da ich zwei kurze Stunden dich besaß.

Jupiter. Geliebte! Wie du mich entzückst! Doch eine
Besorgnis auch erregst du mir, die ich,
So scherzhaft sie auch klingt, dir nennen muß.
Du weißt, daß ein Gesetz der Ehe ist,
Und eine Pflicht, und daß, wer Liebe nicht erwirbt,
Noch Liebe vor dem Richter fordern kann.
Sieh, dies Gesetz, es stört mein schönstes Glück.
*Dir* möcht' ich, deinem Herzen, Teuerste,
Jedwede Gunst verdanken, möchte gern
Nicht, daß du einer Förmlichkeit dich fügtest,
Zu der du dich vielleicht verbunden wähnst.
Wie leicht verscheuchst du diese kleinen Zweifel!
So öffne mir dein Innres denn, und sprich,
Ob den Gemahl du heut, dem du verlobst bist,
Ob den Geliebten du empfangen hast?

Alkmene. Geliebter und Gemahl! Was sprichst du da?

Ist es dies heilige Verhältnis nicht,
Das mich allein, dich zu empfahn, berechtigt?
Wie kann dich ein Gesetz der Welt nur quälen,
Das, weit entfernt, beschränkend hier zu sein,
Vielmehr den kühnsten Wünschen, die sich regen,
Jedwede Schranke glücklich niederreißt?

Jupiter. Was ich dir fühle, teuerste Alkmene,
Das überflügelt, sieh, um Sonnenferne,
Was ein Gemahl dir schuldig ist. Entwöhne,
Geliebte, von dem Gatten dich,
Und unterscheide zwischen mir und ihm.
Sie schmerzt mich, diese schmähliche Verwechslung,
Und der Gedanke ist mir unerträglich,
Daß du den Laffen bloß empfangen hast,
Der kalt ein Recht auf dich zu haben wähnt.
*Ich* möchte dir, mein süßes Licht,
Dies Wesen eigner Art erschienen sein,
Besieger dein, weil über dich zu siegen
Die Kunst die großen Götter mich gelehrt.
Wozu den eitlen Feldherrn der Thebaner
Einmischen hier, der für ein großes Haus
Jüngst eine reiche Fürstentochter freite?
Was sagst du? Sieh, ich möchte deine Tugend
Ihm, jenem öffentlichen Gecken, lassen,
Und mir, mir deine Liebe vorbehalten.

Alkmene. Amphitryon! Du scherzest. Wenn das Volk hier
Auf den Amphitryon dich schmähen hörte,
Es müßte doch dich einen andern wähnen,
Ich weiß nicht wen? Nicht, daß es mir entschlüpft
In dieser heitern Nacht, wie, vor dem Gatten,
Oft der Geliebte aus sich zeichnen kann;
Doch da die Götter eines und das andre
In dir mir einigten, verzeih' ich diesem
Von Herzen gern, was der vielleicht verbrach.

Jupiter. Versprich mir denn, daß dieses heitre Fest,
Das wir jetzt frohem Wiedersehn gefeiert,
Dir nicht aus dem Gedächtnis weichen soll;
Daß du den Göttertag, den wir durchlebt,
Geliebteste, mit deiner weitern Ehe
Gemeinem Taglauf nicht verwechseln willst.
Versprich, sag' ich, daß du an mich willst denken,
Wenn einst Amphitryon zurückekehrt –?
Alkmene. Nun ja. Was soll man dazu sagen?
Jupiter. Dank dir!
Es hat mehr Sinn und Deutung, als du glaubst.
Leb' wohl, mich ruft die Pflicht.
Alkmene. So willst du fort?
Nicht diese kurze Nacht bei mir, Geliebter,
Die mit zehntausend Schwingen fleucht, vollenden?
Jupiter. Schien diese Nacht dir kürzer als die andern?
Alkmene. Ach!
Jupiter. Süßes Kind! es konnte doch Aurora
Für unser Glück nicht mehr tun, als sie tat.
Leb' wohl. Ich sorge, daß die anderen
Nicht länger dauern, als die Erde braucht.
Alkmene. Er ist berauscht, glaub' ich. Ich bin es auch. *(Ab.)*

## Fünfter Auftritt

*Merkur. Charis.*

Charis *(für sich)*. Das nenn' ich Zärtlichkeit mir! Das mir Treue!
Das mir ein artig Fest, wenn Eheleute
Nach langer Trennung jetzt sich wiedersehn!
Doch jener Bauer dort, der mir verbunden,
Ein Klotz ist just so zärtlich auch, wie er.

Merkur *(für sich)*. Jetzt muß ich eilen und die Nacht erinnern,
Daß uns der Weltkreis nicht aus aller Ordnung kommt.
Die gute Göttin Kupplerin verweilte
Uns siebzehn Stunden über Theben heut;
Jetzt mag sie weiter ziehn, und ihren Schleier
Auch über andre Abenteuer werfen.
Charis *(laut)*. Jetzt seht den Unempfindlichen! da geht er.
Merkur. Nun, soll ich dem Amphitryon nicht folgen?
Ich werde doch, wenn er ins Lager geht,
Nicht auf die Bärenhaut mich legen sollen?
Charis. Man sagt doch was.
Merkur. Ei was! Dazu ist Zeit. –
Was du gefragt, das weißt du, damit basta.
In diesem Stücke bin ich ein Lakoner.
Charis. Ein Tölpel bist du. Gutes Weib, sagt man,
Behalt mich lieb, und tröst' dich, und was weiß ich?
Merkur. Was, Teufel, kommt dir in den Sinn? Soll ich
Mit dir zum Zeitvertreib hier Fratzen schneiden?
Eilf Eh'standsjahr' erschöpfen das Gespräch,
Und schon seit Olims Zeit sagt' ich dir alles.
Charis. Verräter, sieh Amphitryon, wie er,
Den schlechtsten Leuten gleich, sich zärtlich zeigt,
Und schäme dich, daß in Ergebenheit
Zu seiner Frau, und ehelicher Liebe
Ein Herr der großen Welt dich übertrifft.
Merkur. Er ist noch in den Flitterwochen, Kind.
Es gibt ein Alter, wo sich alles schickt.
Was diesem jungen Paare steht, das möcht' ich
Von weitem sehn, wenn wir's verüben wollten.
Es würd' uns lassen, wenn wir alten Esel
Mit süßen Brocken um uns werfen wollten.
Charis. Der Grobian! Was das für Reden sind.
Bin ich nicht mehr im Stand –?
Merkur. Das sag' ich nicht,

Dein offner Schaden läßt sich übersehen,
Wenn's finster ist, so bist du grau; doch hier
Auf offnem Markt würd's einen Auflauf geben,
Wenn mich der Teufel plagte, zu schwarwenzeln.
Charis. Ging ich nicht gleich, sowie du kamst, Verräter,
Zur Plumpe? Kämmt' ich dieses Haar mir nicht?
Legt' ich dies reingewaschne Kleid nicht an?
Und das, um ausgehunzt von dir zu werden.
Merkur. Ei was, ein reines Kleid! Wenn du das Kleid
Ausziehen könntest, das dir von Natur ward,
Ließ ich die schmutz'ge Schürze mir gefallen.
Charis. Als du mich freitest, da gefiel dir's doch.
Da hätt' es not getan, es in der Küche,
Beim Waschen und beim Heuen anzutun.
Kann ich dafür, wenn es die Zeit genutzt?
Merkur. Nein, liebstes Weib. Doch ich kann's auch nicht flik-
ken.
Charis. Halunke, du verdienst es nicht, daß eine
Frau dir von Ehr' und Reputation geworden.
Merkur. Wärst du ein wenig minder Frau von Ehre,
Und rissest mir dafür die Ohren nicht
Mit deinen ew'gen Zänkereien ab.
Charis. Was? so mißfällt's dir wohl, daß ich in Ehren
Mich stets erhielt, mir guten Ruf erwarb?
Merkur. Behüt' der Himmel mich. Pfleg' deiner Tugend,
Nur führe sie nicht, wie ein Schlittenpferd,
Stets durch die Straße läutend, und den Markt.
Charis. Dir wär' ein Weib gut, wie man sie in Theben
Verschmitzt und voller Ränke finden kann,
Ein Weib, das dich in süße Wort' ertränkte,
Damit du ihr den Hahnrei niederschluckst.
Merkur. Was das betrifft, mein Seel', da sag' ich dir:
Gedankenübel quälen nur die Narren,
Den Mann vielmehr beneid' ich, dem ein Freund

Den Sold der Ehe vorschießt; alt wird er,
Und lebt das Leben aller seiner Kinder.

Charis. Du wärst so schamlos, mich zu reizen? Wärst
So frech, mich förmlich aufzufordern, dir
Den freundlichen Thebaner, welcher abends
Mir auf der Fährte schleicht, zu adjungieren?

Merkur. Hol' mich der Teufel, ja. Wenn du mir nur
Ersparst, Bericht darüber anzuhören.
Bequeme Sünd' ist, find' ich, so viel wert,
Als läst'ge Tugend; und mein Wahlspruch ist:
Nicht so viel Ehr' in Theben, und mehr Ruhe. –
Fahr wohl jetzt, Charis, Schatzkind! Fort muß ich.
Amphitryon wird schon im Lager sein. *(Ab.)*

Charis. Warum, um diesen Niederträchtigen
Mit einer offenbaren Tat zu strafen,
Fehlt's an Entschlossenheit mir? O ihr Götter!
Wie ich es jetzt bereue, daß die Welt
Für eine ordentliche Frau mich hält!

## Zweiter Akt.

*(Es ist Tag.)*

### Erster Auftritt

*Amphitryon. Sosias.*

Amphitryon. Steh, Gaudieb, sag' ich, mir, vermaledeiter
Halunke! Weißt du, Taugenichts, daß dein
Geschwätz dich an den Galgen bringen wird?

Und daß, mit dir nach Würden zu verfahren,
Nur meinem Zorn ein tücht'ges Rohr gebricht?
SOSIAS. Wenn Ihr's aus diesem Ton nehmet, sag' ich nichts.
Befehlt, so träum' ich, oder bin betrunken.
AMPHITRYON. Mir solche Märchen schamlos aufzubürden!
Erzählungen, wie unsre Ammen sie
Den Kindern abends in die Ohren lullen. –
Meinst du, ich werde dir die Possen glauben?
SOSIAS. Behüt'! Ihr seid der Herr und ich der Diener,
Ihr werdet tun und lassen, was Ihr wollt.
AMPHITRYON. Es sei. Ich unterdrücke meinen Zorn,
Gewinne die Geduld mir ab, noch einmal
Vom Ei den ganzen Hergang anzuhören.
– Ich muß dies Teufelsrätsel mir entwirren,
Und nicht den Fuß eh'r setz' ich dort ins Haus.
– Nimm alle deine Sinne wohl zusammen,
Und steh mir Rede, pünktlich, Wort für Wort.
SOSIAS. Doch, Herr, aus Furcht, vergebt mir, anzustoßen,
Ersuch' ich Euch, eh' wir zur Sache schreiten,
Den Ton mir der Verhandlung anzugeben.
Soll ich nach meiner Überzeugung reden,
Ein ehrlicher Kerl, versteht mich, oder so,
Wie es bei Hofe üblich, mit Euch sprechen?
Sag' ich Euch dreist die Wahrheit, oder soll ich
Mich wie ein wohlgezogner Mensch betragen?
AMPHITRYON. Nichts von den Fratzen. Ich verpflichte dich,
Bericht mir unverhohlen abzustatten.
SOSIAS. Gut. Laßt mich machen jetzt. Ihr sollt bedient sein.
Ihr habt bloß mir die Fragen auszuwerfen.
AMPHITRYON. Auf den Befehl, den ich dir gab –?
SOSIAS. Ging ich
Durch eine Höllenfinsternis, als wäre
Der Tag zehntausend Klaftern tief versunken,
Euch allen Teufeln und den Auftrag gebend,
Den Weg nach Theben, und die Königsburg.

Amphitryon. Was, Schurke, sagst du?
Sosias. Herr, es ist die Wahrheit.
Amphitryon. Gut. Weiter. Während du den Weg verfolgtest –?
Sosias. Setzt' ich den Fuß stets einen vor den andern,
Und ließ die Spuren hinter mir zurück.
Amphitryon. Was! Ob dir was begegnet, will ich wissen!
Sosias. Nichts, Herr, als daß ich *salva venia*
Die Seele voll von Furcht und Schrecken hatte.
Amphitryon. Drauf eingetroffen hier –?
Sosias. Übt' ich ein wenig
Mich auf den Vortrag, den ich halten sollte,
Und stellte witzig die Laterne mir
Als Eure Gattin, die Prinzessin, vor.
Amphitryon. Dies abgemacht –?
Sosias. Ward ich gestört. Jetzt kömmt's.
Amphitryon. Gestört? Wodurch? Wer störte dich?
Sosias. Sosias.
Amphitryon. Wie soll ich das verstehn?
Sosias. Wie Ihr's verstehn sollt?
Mein Seel'! Da fragt Ihr mich zu viel,
Sosias störte mich, da ich mich übte.
Amphitryon. Sosias! Welch ein Sosias! Was für
Ein Galgenstrick, Halunke, von Sosias,
Der außer dir den Namen führt in Theben,
Hat dich gestört, da du dich eingeübt?
Sosias. Sosias! Der bei Euch in Diensten steht,
Den Ihr vom Lager gestern abgeschickt,
Im Schlosse Eure Ankunft anzumelden.
Amphitryon. Du? Was?
Sosias. Ich, ja. Ein Ich, das Wissenschaft
Von allen unsern Heimlichkeiten hat,
Das Kästchen und die Diamanten kennt,
Dem Ich vollkommen gleich, das mit Euch spricht.

AMPHITRYON. Was für Erzählungen!
SOSIAS. Wahrhaftige.
Ich will nicht leben, Herr, belüg' ich Euch.
Dies Ich war früher angelangt, als ich,
Und ich war hier, in diesem Fall, mein Seel',
Noch eh' ich angekommen war.
AMPHITRYON. Woher entspringt dies Irrgeschwätz? Der Wischwasch?
Ist's Träumerei? Ist es Betrunkenheit?
Gehirnverrückung? Oder soll's ein Scherz sein?
SOSIAS. Es ist mein völl'ger Ernst, Herr, und Ihr werdet,
Auf Ehrenwort, mit Euren Glauben schenken,
Wenn Ihr so gut sein wollt. Ich schwör's Euch zu,
Daß ich, der einfach aus dem Lager ging,
Ein Doppelter in Theben eingetroffen;
Daß ich mir glotzend hier begegnet bin;
Daß hier dies eine Ich, das vor Euch steht,
Vor Müdigkeit und Hunger ganz erschöpft,
Das andere, das aus dem Hause trat,
Frisch, einen Teufelskerl, gefunden hat;
Daß diese beiden Schufte, eifersüchtig
Jedweder, Euern Auftrag auszurichten,
Sofort in Streit gerieten, und daß ich
Mich wieder ab ins Lager trollen mußte,
Weil ich ein unvernünft'ger Schlingel war.
AMPHITRYON. Man muß von meiner Sanftmut sein, von meiner
Friedfertigkeit, von meiner Selbstverleugnung,
Um einem Diener solche Sprache zu gestatten.
SOSIAS. Herr, wenn ihr Euch ereifert, schweig' ich still
Wir wollen von was andern sprechen.
AMPHITRYON. Gut. Weiter denn. Du siehst, ich mäß'ge mich,
Ich will geduldig bis ans End' dich hören.
Doch sage mir auf dein Gewissen jetzt,

Ob das, was du für wahr mir geben willst,
Wahrscheinlich auch nur auf den Schatten ist.
Kann man's begreifen? reimen? Kann man's fassen?
Sosias. Behüte! Wer verlangt denn das von Euch?
Ins Tollhaus weis' ich den, der sagen kann,
Daß er von dieser Sache was begreift.
Es ist gehauen nicht und nicht gestochen,
Ein Vorfall, koboldartig, wie ein Märchen,
Und dennoch ist es, wie das Sonnenlicht.
Amphitryon. Falls man demnach fünf Sinne hat, wie glaubt man's?
Sosias. Mein Seel'! Es kostete die größte Pein mir,
So gut, wie Euch, eh' ich es glauben lernte.
Ich hielt mich für besessen, als ich mich
Hier aufgepflanzt fand lärmend auf dem Platze,
Und einen Gauner schalt ich lange mich.
Jedoch zuletzt erkannt' ich, mußt' ich mich
Ein Ich, so wie das andre, anerkennen.
Hier stand's, als wär' die Luft ein Spiegel, vor mir,
Ein Wesen völlig wie das meinige,
Von diesem Anstand, seht, und diesem Wuchse,
Zwei Tropfen Wasser sind nicht ähnlicher.
Ja, wär' es nur geselliger gewesen,
Kein solcher mürr'scher Grobian, ich könnte,
Auf Ehre, sehr damit zufrieden sein.
Amphitryon. Zu welcher Überwindung ich verdammt bin!
– Doch endlich, bist du nicht ins Haus gegangen?
Sosias. Ins Haus! Was! Ihr seid gut? Auf welche Weise?
Litt ich's? Hört' ich Vernunft an? Untersagt' ich
Nicht eigensinnig stets die Pforte mir?
Amphitryon. Wie? Was? Zum Teufel!
Sosias. Wie? Mit einem Stocke,
Von dem mein Rücken noch die Spuren trägt.
Amphitryon. So schlug man dich?
Sosias. Und tüchtig.

Amphitryon. Wer – wer schlug dich?
Wer unterstand sich das?
Sosias. Ich.
Amphitryon. Du? Dich schlagen?
Sosias. Mein Seel', ja, ich! Nicht dieses Ich von hier,
Doch das vermaledeite Ich vom Hause,
Das wie fünf Ruderknechte schlägt.
Amphitryon. Unglück verfolge dich, mit mir also zu reden!
Sosias. Ich kann's Euch dartun, Herr, wenn Ihr's begehrt.
Mein Zeuge, mein glaubwürdiger, ist der
Gefährte meines Mißgeschicks, mein Rücken.
– Das Ich, das mich von hier verjagte, stand
Zum Vorteil gegen mich; es hatte Mut
Und zwei geübte Arme, wie ein Fechter.
Amphitryon. Zum Schlusse. Hast du meine Frau gesprochen?
Sosias. Nein.
Amphitryon. Nicht! Warum nicht?
Sosias. Ei! Aus guten Gründen.
Amphitryon. Und wer hat dich, Verräter, deine Pflicht
Verfehlen lassen? Hund, Nichtswürdiger!
Sosias. Muß ich es zehn- und zehnmal wiederholen?
Ich, hab' ich Euch gesagt, dies Teufels-Ich,
Das sich der Türe dort bemächtigt hatte;
Das Ich, das das allein'ge Ich will sein;
Das Ich vom Hause dort, das Ich vom Stocke,
Das Ich, das mich halb tot geprügelt hat.
Amphitryon. Es muß die Bestie getrunken haben,
Sich vollends um das bißchen Hirn gebracht.
Sosias. Ich will des Teufels sein, wenn ich heut mehr
Als meine Portion getrunken habe.
Auf meinen Schwur, mein Seel', könnt Ihr mir glauben.
Amphitryon. – So hast du dich unmäß'gem Schlaf vielleicht
Ergeben? – Vielleicht daß dir ein böser Traum

Den aberwitz'gen Vorfall vorgespiegelt,
Den du mir hier für Wirklichkeit erzählst –?

Sosias. Nichts, nichts von dem. Ich schlief seit gestern nicht
Und hatt' im Wald' auch gar nicht Lust zu schlafen,
Ich war erwacht vollkommen, als ich eintraf,
Und sehr erwacht und munter war der andre
Sosias, als er mich so tüchtig walkte.

Amphitryon. Schweig. Was ermüd' ich mein Gehirn? Ich bin
Verrückt selbst, solchen Wischwasch anzuhören.
Unnützes, marklos-albernes Gewäsch,
In dem kein Menschensinn ist, und Verstand.
Folg' mir.

Sosias *(für sich)*. So ist's. Weil es aus meinem Munde kommt,
Ist's albern Zeug, nicht wert, daß man es höre.
Doch hätte sich ein Großer selbst zerwalkt,
So würde man Mirakel schrein.

Amphitryon. Laß mir die Pforte öffnen. – Doch was seh ich?
Alkmene kommt. Es wird sie überraschen,
Denn freilich jetzt erwartet *sie* mich nicht.

## Zweiter Auftritt

*Alkmene, Charis. Die Vorigen.*

Alkmene. Komm, meine Charis. Laß den Göttern uns
Ein Opfer dankbar auf den Altar legen.
Laß ihren großen, heil'gen Schutz noch ferner
Mich auf den besten Gatten niederflehn.

*(Da sie den Amphitryon erblickt.)*

O Gott! Amphitryon!

Amphitryon. Der Himmel gebe,
Daß meine Gattin nicht vor mir erschrickt!

Nicht fürcht' ich, daß nach dieser flücht'gen Trennung
Alkmene minder zärtlich mich empfängt,
Als ihr Amphitryon zurückekehrt.
Alkmene. So früh zurück –?
Amphitryon. Was! Dieser Ausruf,
Fürwahr, scheint ein zweideutig Zeichen mir,
Ob auch die Götter jenen Wunsch erhört.
Dies: »Schon so früh zurück!« ist der Empfang,
Beim Himmel, nein! der heißen Liebe nicht.
Ich Törichter! Ich stand im Wahn, daß mich
Der Krieg zu lange schon von hier entfernt;
Zu spät, war meine Rechnung, kehrt' ich wieder.
Doch du belehrst mich, daß ich mich geirrt,
Und mit Befremden nehm' ich wahr, daß ich
Ein Überläst'ger aus den Wolken falle.
Alkmene. Ich weiß nicht –
Amphitryon. Nein, Alkmene,
Verzeih. Mit diesem Worte hast du Wasser
Zu meiner Liebe Flammen hingetragen.
Du hast, seit ich dir fern, die Sonnenuhr
Nicht eines flücht'gen Blicks gewürdigt.
Hier ward kein Flügelschlag der Zeit vernommen,
Und unter rauschenden Vergnügen sind
In diesem Schloß fünf abgezählte Monden
Wie so viel Augenblicke hingeflohn.
Alkmene. Ich habe Müh', mein teurer Freund, zu fassen,
Worauf du diesen Vorwurf gründen magst.
Beklagst du über meine Kälte dich,
So siehst du mich verlegen, wie ich dich
Befried'gen soll. Ich denke, gestern, als
Du um die Abenddämmrung mir erschienst,
Trug ich die Schuld, an welche du mich mahnst,
Aus meinem warmen Busen reichlich ab.

Kannst du noch mehr dir wünschen, mehr begehren,
So muß ich meine Dürftigkeit gestehn:
Ich gab dir wirklich alles, was ich hatte.
Amphitryon. Wie?
Alkmene. Und du fragst noch! Flog ich gestern nicht,
Als du mich heimlich auf den Nacken küßtest,
– Ich spann, ins Zimmer warst du eingeschlichen –
Wie aus der Welt entrückt, dir an die Brust?
Kann man sich inn'ger des Geliebten freun?
Amphitryon. Was sagst du mir?
Alkmene. Was das für Fragen sind!
Du selber warst unmäß'ger Freude voll,
Dich so geliebt zu sehn; und als ich lachte,
Inzwischen mir die Träne floß, schwurst du
Mit seltsam schauerlichem Schwur mir zu,
Daß nie die Here so den Jupiter beglückt.
Amphitryon. Ihr ew'gen Götter!
Alkmene. Drauf als der Tag erglühte,
Hielt länger dich kein Flehn bei mir zurück.
Auch nicht die Sonne wolltest du erwarten.
Du gehst, ich werfe mich aufs Lager nieder,
Heiß ist der Morgen, schlummern kann ich nicht,
Ich bin bewegt, den Göttern will ich opfern,
Und auf des Hauses Vorplatz treff' ich dich!
Ich denke, Auskunft, traun, bist du mir schuldig,
Wenn deine Wiederkehr mich überrascht,
Bestürzt auch, wenn du willst; nicht aber ist
Ein Grund hier, mich zu schelten, mir zu zürnen.
Amphitryon. Hat mich etwa ein Traum bei dir verkündet,
Alkmene? Hast du mich vielleicht im Schlaf
Empfangen, daß du wähnst, du habest mir
Die Forderung der Liebe schon entrichtet?
Alkmene. Hat dir ein böser Dämon das Gedächtnis
Geraubt, Amphitryon? hat dir vielleicht

Ein Gott den heitern Sinn verwirrt, daß du
Die keusche Liebe deiner Gattin, höhnend,
Von allem Sittlichen entkleiden willst?

Amphitryon. Was? Mir wagst du zu sagen, daß ich gestern
Hier um die Dämmrung eingeschlichen bin?
Daß ich dir scherzend auf den Nacken – Teufel!

Alkmene. Was? Mir wagst du zu leugnen, daß du gestern
Hier um die Dämmrung eingeschlichen bist?
Daß du dir jede Freiheit hast erlaubt,
Die dem Gemahl mag zustehn über mich?

Amphitryon. – Du scherzest. Laß zum Ernst uns wiederkehren,
Denn nicht an seinem Platz ist dieser Scherz.

Alkmene. Du scherzest. Laß zum Ernst uns wiederkehren,
Denn roh ist und empfindlich dieser Scherz.

Amphitryon. – Ich hätte jede Freiheit mir erlaubt,
Die dem Gemahl mag zustehn über dich? –
War's nicht so? –

Alkmene. Geh, Unedelmütiger!

Amphitryon. O Himmel! Welch ein Schlag trifft mich! Sosias!
Mein Freund!

Sosias. Sie braucht fünf Grane Niesewurz;
In ihrem Oberstübchen ist's nicht richtig.

Amphitryon. Alkmene! Bei den Göttern! du bedenkst nicht,
Was dies Gespräch für Folgen haben kann.
Besinne dich. Versammle deine Geister.
Fortan werd' ich dir glauben, was du sagst.

Alkmene. Was auch daraus erfolgt, Amphitryon,
Ich will's, daß du mir glaubst, du sollst mich nicht
So unanständ'gen Scherzes fähig wähnen.
Sehr ruhig siehst du um den Ausgang mich.
Kannst du im Ernst ins Angesicht mir leugnen,
Daß du im Schlosse gestern dich gezeigt,

Falls nicht die Götter fürchterlich dich straften,
Gilt jeder andre schnöde Grund mir gleich.
Den innern Frieden kannst du mir nicht stören,
Und auch die Meinung, hoff' ich, nicht der Welt:
Den Riß bloß werd' ich in der Brust empfinden,
Daß mich der Liebste grausam kränken will.

Amphitryon. Unglückliche! Welch eine Sprach'! – Und auch
Schon die Beweise hast du dir gefunden?

Alkmene. Ist es erhört? Die ganze Dienerschaft
Ist, dieses Schlosses, Zeuge mir; es würden
Die Steine mir, die du betratst, die Bäume,
Die Hunde, die deine Knie umwedelten,
Von dir mir Zeugnis reden, wenn sie könnten.

Amphitryon. Die ganze Dienerschaft? Es ist nicht möglich!

Alkmene. Soll ich, du Unbegreiflicher, dir den
Beweis jetzt geben, den entscheidenden?
Von wem empfing ich diesen Gürtel hier?

Amphitryon. Was, einen Gürtel? Du? Bereits? Von mir?

Alkmene. Das Diadem, sprachst du, des Labdakus,
Den du gefällt hast in der letzten Schlacht.

Amphitryon. Verräter dort! Was soll ich davon denken?

Sosias. Laßt mich gewähren. Das sind schlechte Kniffe,
Das Diadem halt' ich mit meinen Händen.

Amphitryon. Wo?

Sosias. Hier. *(Er zieht ein Kästchen aus der Tasche.)*

Amphitryon. Das Siegel ist noch unverletzt!
*(Er betrachtet den Gürtel an Alkmenes Brust.)*
Und gleichwohl – – trügen mich nicht alle Sinne –
*(Zu Sosias.)*
Schnell, öffne mir das Schloß.

Sosias. Mein Seel', der Platz ist leer.
Der Teufel hat es wegstibitzt, es ist
Kein Diadem des Labdakus zu finden.

Amphitryon. O ihr allmächt'gen Götter, die die Welt
Regieren! Was habt ihr über mich verhängt?

Sosias. Was über Euch verhängt ist? Ihr seid doppelt,
Amphitryon vom Stock ist hier gewesen,
Und glücklich schätz' ich Euch, bei Gott –
Amphitryon. Schweig, Schlingel!
Alkmene *(zu Charis).* Was kann in aller Welt ihn so bewegen?
Warum ergreift Bestürzung ihn, Entgeisterung,
Bei dieses Steines Anblick, den er kennt?
Amphitryon. Ich habe sonst von Wundern schon gehört,
Von unnatürlichen Erscheinungen, die sich
Aus einer andern Welt hieher verlieren;
Doch heute knüpft der Faden sich von jenseits
An meine Ehre und erdrosselt sie.
Alkmene *(zu Amphitryon).* Nach diesem Zeugnis, sonderbarer Freund,
Wirst du noch leugnen, daß du mir erschienst
Und daß ich meine Schuld schon abgetragen?
Amphitryon. Nein; doch du wirst den Hergang mir erzählen.
Alkmene. Amphitryon!
Amphitryon. Du hörst, ich zweifle nicht.
Man kann dem Diadem nicht widersprechen.
Gewisse Gründe lassen bloß mich wünschen,
Daß du umständlich die Geschichte mir
Von meinem Aufenthalt im Schloß erzählst.
Alkmene. Mein Freund, du bist doch krank nicht?
Amphitryon. Krank – krank nicht.
Alkmene. Vielleicht daß eine Sorge dir des Krieges
Den Kopf beschwert, dir, die zudringliche,
Des Geistes heitre Tätigkeit befangen –?
Amphitryon. Wahr ist's. Ich fühle mir den Kopf benommen.
Alkmene. Komm, ruhe dich ein wenig aus.
Amphitryon. Laß mich.
Es drängt nicht. Wie gesagt, es ist mein Wunsch,
Eh' ich das Haus betrete, den Bericht
Von dieser Ankunft gestern – anzuhören.
Alkmene. Die Sach' ist kurz. Der Abend dämmerte,

Ich saß in meiner Klaus' und spann, und träumte
Bei dem Geräusch der Spindel mich ins Feld,
Mich unter Krieger, Waffen hin, als ich
Ein Jauchzen an der fernen Pforte hörte.

AMPHITRYON. Wer jauchzte?

ALKMENE. Unsre Leute.

AMPHITRYON. Nun?

ALKMENE. Es fiel
Mir wieder aus dem Sinn, auch nicht im Traume
Gedacht' ich noch, welch eine Freude mir
Die guten Götter aufgespart, und eben
Nahm in den Faden wieder auf, als es
jetzt zuckend mir durch alle Glieder fuhr.

AMPHITRYON. Ich weiß.

ALKMENE. Du weißt es schon.

AMPHITRYON. Darauf?

ALKMENE. Darauf
Ward viel geplaudert, viel gescherzt, und stets
Verfolgten sich und kreuzten sich die Fragen.
Wir setzten uns – und jetzt erzähltest du
Mit kriegerischer Rede mir, was bei
Pharissa jüngst geschehn, mir von dem Labdakus,
Und wie er in die ew'ge Nacht gesunken
– Und jeden blut'gen Auftritt des Gefechts.
Drauf – ward das prächt'ge Diadem mir zum
Geschenk, das einen Kuß mich kostete;
Viel bei dem Schein der Kerze ward's betrachtet
– Und einem Gürtel gleich verband ich es,
Den deine Hand mir um den Busen schlang.

AMPHITRYON *(für sich)*. Kann man, frag' ich, den Dolch lebhafter fühlen?

ALKMENE. Jetzt ward das Abendessen aufgetragen,
Doch weder du noch ich beschäftigten

Uns mit dem Ortolan, der vor uns stand,
Noch mit der Flasche viel; du sagtest scherzend,
Daß du von meiner Liebe Nektar lebtest,
Du seist ein Gott, und was die Luft dir sonst,
Die ausgelaßne, in den Mund dir legte.
AMPHITRYON. – Die ausgelaßne in den Mund mir legte!
ALKMENE. – Ja, in den Mund dir legte. Nun – hierauf –
Warum so finster, Freund?
AMPHITRYON. Hierauf jetzt –?
ALKMENE. Standen
Wir von der Tafel auf; und nun –
AMPHITRYON. Und nun?
ALKMENE. Nachdem wir von der Tafel aufgestanden –
AMPHITRYON. Nachdem ihr von der Tafel aufgestanden –
ALKMENE. So gingen –
AMPHITRYON. Ginget –
ALKMENE. Gingen wir – – – nun ja!
Warum steigt solche Röt' ins Antlitz dir?
AMPHITRYON. O dieser Dolch, er trifft das Leben mir!
Nein, nein, Verräterin, ich war es nicht!
Und wer sich gestern um die Dämmerung
Hier eingeschlichen als Amphitryon,
War der nichtswürdigste der Lotterbuben!
ALKMENE. Abscheulicher!
AMPHITRYON. Treulose! Undankbare! –
Fahr hin jetzt, Mäßigung, und du, die mir
Bisher der Ehre Forderung lähmtest, Liebe,
Erinnrung, fahrt, und Glück und Hoffnung, hin,
Fortan in Wut und Rache will ich schwelgen.
ALKMENE. Fahr hin auch du, unedelmüt'ger Gatte,
Es reißt das Herz sich blutend von dir los.
Abscheulich ist der Kunstgriff, er empört mich.
Wenn du dich einer andern zugewendet,
Bezwungen durch der Liebe Pfeil, es hätte

Dein Wunsch, mir würdig selbst vertraut, so schnell dich
Als diese feige List zum Ziel geführt.
Du siehst entschlossen mich das Band zu lösen,
Das deine wankelmüt'ge Seele drückt;
Und ehe noch der Abend sich verkündet,
Bist du befreit von allem, was dich bindet.

Amphitryon. Schmachvoll wie die Beleid'gung ist, die sich
Mir zugefügt, ist dies das mindeste,
Was meine Ehre blutend fordern kann.
Daß ein Betrug vorhanden ist, ist klar,
Wenn meine Sinn' auch das fluchwürdige
Gewebe noch nicht fassen. Zeugen doch
Jetzt ruf ich, die es mir zerreißen sollen.
Ich rufe deinen Bruder mir, die Feldherrn,
Das ganze Heer mir der Thebaner auf,
Aus deren Mitt' ich eher nicht gewichen,
Als mit des heut'gen Morgens Dämmerstrahl.
Dann werd' ich auf des Rätsels Grund gelangen,
Und Wehe! rufe ich, wer mich hintergangen!

Sosias. Herr, soll ich etwa –?

Amphitryon. Schweig, ich will nichts wissen.
Du bleibst, und harrst auf diesem Platze mein. *(Ab.)*

Charis. Befehlt Ihr, Fürstin?

Alkmene. Schweig, ich will nichts wissen,
Verfolg' mich nicht, ich will ganz einsam sein. *(Ab.)*

## Dritter Auftritt

*Charis, Sosias.*

Charis. Was das mir für ein Auftritt war! Er ist
Verrückt, wenn er behaupten kann, daß er
Im Lager die verfloßne Nacht geschlafen. –
Nun, wenn der Bruder kommt, so wird sich's zeigen.
Sosias. Dies ist ein harter Schlag für meinen Herrn.
– Ob mir wohl etwas Ähnliches beschert ist?
Ich muß ein wenig auf den Strauch ihr klopfen.
Charis *(für sich)*. Was gibt's? Er hat die Unverschämtheit dort,
Mir maulend noch den Rücken zuzukehren.
Sosias. Es läuft, mein Seel', mir übern Rücken, da ich
Den Punkt, den kitzlichen, berühren soll.
Ich möchte fast den Vorwitz bleiben lassen,
Zuletzt ist's doch so lang wie breit,
Wenn man's nur mit dem Licht nicht untersucht. –
Frisch auf, der Wurf soll gelten, wissen muß ich's!
– Helf dir der Himmel, Charis!
Charis. Was? du nahst mir noch,
Verräter? Was? du hast die Unverschämtheit,
Da ich dir zürne, keck mich anzureden?
Sosias. Nun, ihr gerechten Götter, sag', was hast denn du?
Man grüßt sich doch, wenn man sich wieder sieht.
Wie du gleich über nichts die Fletten sträubst!
Charis. Was nennst du über nichts? Was nennst du nichts?
Was nennst du über nichts? Unwürd'ger! Was?
Sosias. Ich nenne nichts, die Wahrheit dir zu sagen,
Was nichts in Prosa wie in Versen heißt,
Und nichts, du weißt, ist ohngefähr so viel,
Wie nichts, versteh' mich, oder nur sehr wenig. –
Charis. Wenn ich nur wüßte, was die Hände mir

Gebunden hält. Es kribbelt mir, daß ich's
Kaum mäß'ge, dir die Augen auszukratzen,
Und was ein wütend Weib ist, dir zu zeigen.
Sosias. Ei, so bewahr' der Himmel mich, was für ein Anfall!
Charis. Nichts also nennst du, nichts mir das Verfahren,
Das du dir schamlos gegen mich erlaubt?
Sosias. Was denn erlaubt' ich mir? Was ist geschehn?
Charis. Was mir geschehn? Ei seht! Den Unbefangenen!
Er wird mir jetzo, wie sein Herr, behaupten,
Daß er noch gar in Theben nicht gewesen.
Sosias. Was das betrifft, mein Seel'! da sag' ich dir,
Daß ich nicht den Geheimnisvollen spiele.
Wir haben einen Teufelswein getrunken,
Der die Gedanken rein uns weggespült.
Charis. Meinst du, mit diesem Pfiff mir zu entkommen?
Sosias. Nein, Charis. Auf mein Wort. Ich will ein Schuft sein,
Wenn ich nicht gestern schon hier angekommen.
Doch weiß ich nichts von allem, was geschehn,
Die ganze Welt war mir ein Dudelsack.
Charis. Du wüßtest nicht mehr, wie du mich behandelt,
Da gestern abend du ins Haus getreten?
Sosias. Der Henker hol' es! Nicht viel mehr, als nichts.
Erzähl's, ich bin ein gutes Haus, du weißt,
Ich werd' mich selbst verdammen, wenn ich fehlte.
Charis. Unwürdiger! Es war schon Mitternacht,
Und längst das junge Fürstenpaar zur Ruhe,
Als du noch immer in Amphitryons
Gemächern weiltest, deine Wohnung noch
Mit keinem Blick gesehn. Es muß zuletzt
Dein Weib sich selber auf die Strümpfe machen,
Dich aufzusuchen, und was find' ich jetzt?
Wo find' ich jetzt dich, Pflichtvergessener?
Hin auf ein Kissen find' ich dich gestreckt,
Als ob du, wie zu Haus', hier hingehörtest.

Auf meine zartbekümmerte Beschwerde,
Hat dies dein Herr, Amphitryon, befohlen,
Du sollst die Reisestunde nicht verschlafen,
Er denke früh von Theben aufzubrechen,
Und was dergleichen faule Fische mehr.
Kein Wort, kein freundliches, von deinen Lippen.
Und da ich jetzt mich niederbeuge, liebend,
Zu einem Kusse, wendest du, Halunke,
Der Wand dich zu, ich soll dich schlafen lassen.

Sosias. Brav, alter, ehrlicher Sosias.

Charis. Was?
Ich glaube gar, du lobst dich noch? Du lobst dich?

Sosias. Mein Seel', du mußt es mir zugute halten.
Ich hatte Meerrettich gegessen, Charis,
Und hatte recht, den Atem abzuwenden.

Charis. Ei was! Ich hätte nichts davon gespürt,
Wir hatten auch zu Mittag Meerrettich.

Sosias. Mein Seel'. Das wußt' ich nicht. Man merkt's dann nicht.

Charis. Du kömmst mit diesen Schlichen mir nicht durch.
Früh oder spät wird die Verachtung sich,
Mit der ich mich behandelt sehe, rächen.
Es wurmt mich, ich verwind' es nicht, was ich
Beim Anbruch hier des Tages hören mußte,
Und ich benutze dir die Freiheit noch,
Die du mir gabst, so wahr ich ehrlich bin.

Sosias. Welch eine Freiheit hab' ich dir gegeben?

Charis. Du sagtest mir, und warst sehr wohl bei Sinnen,
Daß dich ein Hörnerschmuck nicht kümmern würde,
Ja daß du sehr zufrieden wärst, wenn ich
Mit dem Thebaner, mir die Zeit vertriebe,
Der hier, du weißt's, mir auf der Fährte schleicht.
Wohlan, mein Freund, dein Wille soll geschehn.

Sosias. Das hat ein Esel dir gesagt, nicht ich.
Spaß hier beiseit'. Davon sag' ich mich los.
Du wirst in diesem Stück vernünftig sein.
Charis. Kann ich es gleichwohl über mich gewinnen?
Sosias. Still jetzt, Alkmene kommt, die Fürstin.

## Vierter Auftritt

*Alkmene. Die Vorigen.*

Alkmene. Charis!
Was ist mir, Unglücksel'gen, widerfahren?
Was ist geschehn mir, sprich? Sieh dieses Kleinod.
Charis. Was ist dies für ein Kleinod, meine Fürstin?
Alkmene. Das Diadem ist es, des Labdakus,
Das teure Prachtgeschenk Amphitryons,
Worauf sein Namenszug gegraben ist.
Charis. Dies? Dies das Diadem des Labdakus?
Hier ist kein Namenszug Amphitryons.
Alkmene. Unselige, so bist du sinnberaubt?
Hier stünde nicht, daß man's mit Fingern läse,
Mit großem, goldgegrabnen Zug ein A?
Charis. Gewiß nicht, beste Fürstin. Welch ein Wahn?
Hier steht ein andres fremdes Anfangszeichen.
Hier steht ein J.
Alkmene. Ein J?
Charis. Ein J. Man irrt nicht.
Alkmene. Weh mir sodann! Weh mir! Ich bin verloren.
Charis. Was ist's, erklärt mir, das Euch so bewegt?
Alkmene. Wie soll ich Worte finden, meine Charis,
Das Unerklärliche dir zu erklären?
Da ich bestürzt mein Zimmer wieder finde,

Nicht wissend, ob ich wache, ob ich träume,
Wenn sich die rasende Behauptung wagt,
Daß mir ein anderer erschienen sei;
Da ich gleichwohl den heißen Schmerz erwäg'
Amphitryons, und dies sein letztes Wort,
Er geh', den eignen Bruder, denke dir!
Den Bruder wider mich zum Zeugnis aufzurufen;
Da ich jetzt frage: hast du wohl geirrt?
Denn einen äfft der Irrtum doch von beiden,
Nicht ich, nicht er, sind einer Tücke fähig;
Und jener doppelsinn'ge Scherz mir jetzt
Durch das Gedächtnis zuckt, da der Geliebte,
Amphitryon, ich weiß nicht, ob du's hörtest,
Mir auf Amphitryon den Gatten schmähte,
Wie Schaudern jetzt, Entsetzen mich ergreift
Und alle Sinne treulos von mir weichen, –
Fass' ich, o du Geliebte, diesen Stein,
Das einzig unschätzbare, teure Pfand,
Das ganz untrüglich mir zum Zeugnis dient.
Jetzt fass' ich's, will den werten Namenszug,
Des lieben Lügners eignen Widersacher,
Bewegt an die entzückten Lippen drücken:
Und einen andern fremden Zug erblick' ich,
Und wie vom Blitz steh' ich gerührt – ein J!

CHARIS. Entsetzlich! Solltet Ihr getäuscht Euch haben?
ALKMENE. Ich mich getäuscht!
CHARIS. Hier in dem Zuge, mein' ich.
ALKMENE. Ja, in dem Zug meinst du – so scheint es fast.
CHARIS. Und also –?
ALKMENE. Was und also –?
CHARIS. Beruhigt Euch.
Es wird noch alles sich zum Guten wenden.
ALKMENE. O Charis! – Eh' will ich irren in mir selbst!

Eh' will ich dieses innerste Gefühl,
Das ich am Mutterbusen eingesogen,
Und das mir sagt, daß ich Alkmene bin,
Für einen Parther oder Perser halten.
Ist diese Hand mein? Diese Brust hier mein?
Gehört das Bild mir, das der Spiegel strahlt?
Er wäre fremder mir, als ich! Nimm mir
Das Aug', so hör' ich ihn; das Ohr, ich fühl' ihn;
Mir das Gefühl hinweg, ich atm' ihn noch;
Nimm Aug' und Ohr', Gefühl mir und Geruch,
Mir alle Sinn' und gönne mir das Herz:
So läßt du mir die Glocke, die ich brauche,
Aus einer Welt noch find' ich ihn heraus.

Charis. Gewiß! Wie konnt' ich auch nur zweifeln, Fürstin!
Wie könnt' ein Weib in solchem Falle irren?
Man nimmt ein falsches Kleid, ein Hausgerät,
Doch einen Mann greift man im Finstern.
Zudem, ist er uns allen nicht erschienen?
Empfing ihn freudig an der Pforte nicht
Das ganze Hofgesind', als er erschien?
Tag war es noch, hier müßten tausend Augen
Mit Mitternacht bedeckt gewesen sein.

Alkmene. Und gleichwohl dieser wunderliche Zug!
Warum fiel solch ein fremdes Zeichen mir,
Das kein verletzter Sinn verwechseln kann,
Warum nicht auf den ersten Blick mir auf?
Wenn ich zwei solche Namen, liebste Charis,
Nicht unterscheiden kann, sprich, können sie
Zwei Führern, ist es möglich, eigen sein,
Die leichter nicht zu unterscheiden wären?

Charis. Ihr seid doch sicher, hoff' ich, beste Fürstin? –

Alkmene. Wie meiner reinen Seele! Meiner Unschuld!
Du müßtest denn die Regung mir mißdeuten,
Daß ich ihn schöner niemals fand, als heut.

Ich hätte für sein Bild ihn halten können,
Für sein Gemälde, sieh, von Künstlershand,
Dem Leben treu, ins Göttliche verzeichnet.
Er stand, ich weiß nicht, vor mir, wie im Traum,
Und ein unsägliches Gefühl ergriff
Mich meines Glücks, wie ich es nie empfunden,
Als er mir strahlend, wie in Glorie, gestern
Der hohe Sieger von Pharissa, nahte.
Er war's, Amphitryon, der Göttersohn!
Nur schien er selber einer schon mir der
Verherrlichten, ich hätt' ihn fragen mögen,
Ob er mir aus den Sternen niederstiege.
Charis. Einbildung, Fürstin, das Gesicht der Liebe.
Alkmene. Ach, und der doppeldeut'ge Scherz, o Charis,
Der immer wiederkehrend zwischen ihm
Und dem Amphitryon mir unterschied.
War er's, dem ich zu eigen mich gegeben,
Warum stets den Geliebten nannt' er sich,
Den Dieb nur, welcher bei mir nascht? Fluch mir,
Die ich leichtsinnig diesem Scherz gelächelt,
Kam er mir aus des Gatten Munde nicht.
Charis. Quält Euch mit übereiltem Zweifel nicht.
Hat nicht Amphitryon den Zug selbst anerkannt,
Als Ihr ihm heut das Diadem gezeigt?
Gewiß, hier ist ein Irrtum, beste Fürstin.
Wenn dieses fremde Zeichen ihn nicht irrte,
So folgt, daß es dem Steine eigen ist,
Und Wahn hat *gestern* uns getäuscht, geblendet;
Doch *heut* ist alles, wie es soll.
Alkmene. Und wenn er's flüchtig nur betrachtet hätte,
Und jetzt mit allen Feldherrn wiederkehrte,
Und die Behauptung rasend wiederholte,
Daß er die Schwelle noch des Hauses nicht betrat!
Nicht nur entblößt bin ich von *jedem* Zeugnis,

Ein Zeugnis *wider mich* ist dieser Stein.
Was kann ich, ich Verwirrte, dem entgegnen?
Wohin rett' ich vor Schmerz mich, vor Vernichtung,
Wenn der Verdacht der Männer ihn geprüft?
Muß ich nicht eingestehn, daß dieser Zug
Der Namenszug nicht des Amphitryon?
Nicht eingestehn, daß ein Geschenk mir nicht
Mit fremdem Zeichen von ihm kommen kann?
Ja, schwör' ich auf den Altar gleich, daß er
Mir das Gestein selbst gestern überreicht,
Bin ich wohl sicher, sprich, daß ich auch gestern
Das *Zeichen*, das hier steht, von ihm empfing?

Charis. Faßt Euch. Hier ist er selbst. Jetzt wird sich's lösen.

## Fünfter Auftritt

*Jupiter. Die Vorigen.*

Alkmene. Mein Herr und mein Gemahl! Vergönne mir,
Daß ich dir knieend dieses Kleinod reiche.
Ich lege treu mein Leben dir zu Füßen;
Hast du mir diesen Stein, betracht' ihn wohl,
Mit eines fremden Namens Zug gegeben,
So küss' ich ihn vor Lust und wein' auf ihn;
Gabst du ihn nicht, und leugnest du ihn mir,
Verleugnest ihn, so sei der Tod mein Los
Und ew'ge Nacht begrabe meine Schmach.

Jupiter. Mein schönes Weib! Werd' ich den Stein ergreifen,
Da solch ein Wert vor mir im Staube liegt?
Erhebe dich. Was willst du? Fasse dich.

Alkmene. Mein zuversichtlich Wort hat dich beleidigt,
Ich fühlte damals schuldlos mich und stark.

Doch seit ich diesen fremden Zug erblickt,
Will ich dem innersten Gefühl mißtrauen:
Ich glaub's – daß mir – ein anderer – erschienen,
Wenn es dein Mund mir noch versichern kann.

Jupiter. Mein großes Weib! Wie sehr beschämst du mich.
Welch eine Lüg' ist deiner Lipp' entflohen?
Wie könnte dir ein anderer erscheinen?
Wer nahet dir, o du, vor deren Seele
Nur stets des Ein- und Ein'gen Züge stehn?
Du bist, du Heilige, vor jedem Zutritt
Mit diamantnem Gürtel angetan.
Auch selbst der Glückliche, den du empfängst,
Entläßt dich schuldlos noch und rein, und alles,
Was sich dir nahet, ist Amphitryon.

Alkmene. O mein Gemahl! Kannst du mir gütig sagen,
Warst du's, warst du es nicht? O sprich! du warst's!

Jupiter. Ich war's. Sei's wer es wolle. Sei – sei ruhig;
Was du gesehn, gefühlt, gedacht, empfunden,
War ich: wer wäre außer mir, Geliebte?
Wer deine Schwelle auch betreten hat,
Mich immer hast du, Teuerste, empfangen,
Und für jedwede Gunst, die du ihm schenktest,
Bin ich dein Schuldner, und ich danke dir.

Alkmene. Nein, mein Amphitryon, hier irrst du dich.
Jetzt lebe wohl auf ewig, du Geliebter
Auf diesen Fall war ich gefaßt.

Jupiter. Alkmene!

Alkmene. Leb' wohl! Leb' wohl!

Jupiter. Was denkst du?

Alkmene Fort, fort, fort –

Jupiter. Mein Augenstern!

Alkmene. Geh, sag' ich.

Jupiter. Höre mich.

Alkmene. Ich will nichts hören, leben will ich nicht,
Wenn nicht mein Busen mehr unsträflich ist.

Jupiter. Mein angebetet Weib, was sprichst du da?
Was könntest du, du Heilige, verbrechen?
Und wär' ein Teufel gestern dir erschienen,
Und hätt' er Schlamm der Sünd', durchgeiferten,
Aus Höllentiefen über dich geworfen,
Den Glanz von meines Weibes Busen nicht
Mit einem Makel fleckt er! Welch ein Wahn!
Alkmene. Ich Schändlich-hintergangene!
Jupiter. Er war
Der Hintergangene, mein Abgott. *Ihn*
Hat seine böse Kunst, nicht dich getäuscht,
Nicht dein unfehlbares Gefühl! Wenn er
In seinem Arm dich wähnte, lagst du an
Amphitryons geliebter Brust, wenn er
Von Küssen träumte, drücktest du die Lippe
Auf des Amphitryon geliebten Mund.
O einen Stachel trägt er, glaub' es mir,
Den aus dem liebeglühnden Busen ihm
Die ganze Götterkunst nicht reißen kann.
Alkmene. Daß ihn Zeus mir zu Füßen niederstürzte!
O Gott! Wir müssen uns auf ewig trennen.
Jupiter. Mich fester hat der Kuß, den du ihm schenktest,
Als alle Lieb' an dich, die je für mich
Aus deinem Busen loderte, geknüpft.
Und könnt' ich aus der Tage fliehndem Reigen
Den gestrigen, sieh, liebste Frau, so leicht
Wie eine Dohl' aus Lüften niederstürzen,
Nicht um olymp'sche Seligkeit wollt' ich,
Um Zeus' unsterblich Leben es nicht tun.
Alkmene. Und ich, zehn Toden reicht' ich meine Brust.
Geh! Nicht in deinem Haus siehst du mich wieder.
Du zeigst mich keiner Frau in Hellas mehr.
Jupiter. Dem ganzen Kreise der Olympischen,

Alkmene! – Welch ein Wort? Dich in die Schar
Glanzwerfend aller Götter führ' ich ein
Und wär' ich Zeus, wenn du dem Reigen nahtest,
Die ew'ge Here müßte vor dir aufstehn,
Und Artemis, die strenge, dich begrüßen.
Alkmene. Geh, deine Güt' erdrückt mich. Laß mich fliehn.
Jupiter. Alkmene!
Alkmene. Laß mich.
Jupiter. Meiner Seelen Weib!
Alkmene. Amphitryon, du hörst's! Ich will jetzt fort.
Jupiter. Meinst du, dich diesem Arme zu entwinden?
Alkmene. Amphitryon, ich will's, du sollst mich lassen.
Jupiter. Und flöhst du über ferne Länder hin,
Dem scheußlichen Geschlecht der Wüste zu,
Bis an den Strand des Meeres folgt' ich dir,
Ereilte dich, und küßte dich, und weinte,
Und höbe dich in Armen auf, und trüge
Dich im Triumph zu meinem Bett zurück.
Alkmene. Nun dann, weil du's so willst, so schwör' ich dir
Und rufe mir der Götter ganze Schar,
Des Meineids fürchterliche Rächer auf:
Eh' will ich meiner Gruft, als diesen Busen,
Solang' er atmet, deinem Bette nahn.
Jupiter. Den Eid, kraft angeborner Macht zerbrech' ich
Und seine Stücken werf' ich in die Lüfte.
Es war kein Sterblicher, der dir erschienen,
Zeus selbst, der Donnergott, hat dich besucht.
Alkmene. Wer?
Jupiter. Jupiter.
Alkmene. Wer, Rasender, sagst du?
Jupiter. Er, Jupiter, sag' ich.
Alkmene. Er, Jupiter?
Du wagst, Elender –?
Jupiter. Jupiter, sagt' ich,

Und wiederhol's. Kein anderer, als er,
Ist in verfloßner Nacht erschienen dir.
Alkmene. Du zeihst, du wagst es, die Olympischen
Des Frevels, Gottvergeßner, der verübt ward?
Jupiter. Ich zeihe Frevels die Olympischen?
Laß solch ein Wort nicht, Unbesonnene,
Aus deinem Mund mich wieder hören.
Alkmene. Ich solch ein Wort nicht mehr –? Nicht Frevel wär's –?
Jupiter. Schweig, sag' ich, ich befehl's.
Alkmene. Verlorner Mensch!
Jupiter. Wenn du empfindlich für den Ruhm nicht bist,
Zu den Unsterblichen die Staffel zu ersteigen,
Bin ich's: und du vergönnst mir, es zu sein.
Wenn du Kallisto nicht, die herrliche,
Europa auch und Leda nicht beneidest,
Wohlan, ich sag's, ich neide Tyndarus,
Und wünsche Söhne mir, wie Tyndariden.
Alkmene. Ob ich Kallisto auch beneid'? Europa?
Die Frauen, die verherrlichten, in Hellas?
Die hohen Auserwählten Jupiters?
Bewohnerinnen ew'gen Ätherreichs?
Jupiter. Gewiß! Was solltest du sie auch beneiden?
Du, die gesättigt völlig von dem Ruhm,
Den einen Sterblichen zu Füßen dir zu sehn.
Alkmene. Was das für unerhörte Reden sind!
Darf ich auch den Gedanken nur mir gönnen?
Würd' ich vor solchem Glanze nicht versinken?
Würd' ich, wär' er's gewesen, noch das Leben
In diesem warmen Busen freudig fühlen?
Ich, solcher Gnad' Unwürd'g? Ich, Sünderin?
Jupiter. Ob du der Gnade wert, ob nicht, kömmt nicht
Zu prüfen *dir* zu. Du wirst über dich,
Wie er dich würdiget, ergehen lassen.

Du unternimmst, Kurzsicht'ge, ihn zu meistern,
Ihn, der der Menschen Herzen kennt?
Alkmene. Gut, gut, Amphitryon. Ich verstehe dich,
Und deine Großmut rührt mich bis zu Tränen.
Du hast dies Wort, ich weiß es, hingeworfen,
Mich zu zerstreun – doch meine Seele kehrt
Zu ihrem Schmerzgedanken wiederum zurück.
Geh du, mein lieber Liebling, geh, mein Alles,
Und find' ein andres Weib dir, und sei glücklich,
Und laß des Lebens Tage mich durchweinen,
Daß ich dich nicht beglücken darf.
Jupiter. Mein teures Weib! Wie rührst du mich!
Sie doch den Stein, den du in Händen hältst.
Alkmene. Ihr Himmlischen, schützt mich vor Wahn!
Jupiter. Ist's nicht sein Nam'? Und war's nicht gestern meiner?
Ist hier nicht Wunder alles, was sich zeigt?
Hielt ich nicht heut dies Diadem noch in
Versiegeltem Behältnis eingeschlossen?
Und da ich's öffne, dir den Schmuck zu reichen,
Find' ich die leere Spur nicht in der Wolle?
Seh ich's nicht glänzend an der Brust dir schon?
Alkmene. So soll's die Seele denken? Jupiter?
Der Götter ew'ger, und der Menschen, Vater?
Jupiter. Wer könnte dir die augenblickliche
Goldwage der Empfindung so betrügen?
Wer so die Seele dir, die weibliche,
Die so vielgliedrig fühlend um sich greift,
So wie das Glockenspiel der Brust umgehn,
Das von dem Atem lispelnd schon erklingt?
Alkmene. Er selber! Er!
Jupiter. Nur die Allmächt'gen mögen
So dreist, wie dieser Fremdling, dich besuchen,
Und solcher Nebenbuhler triumphier' ich!
Gern mag ich sehn, wenn die Allwissenden

Den Weg zu deinem Herzen finden, gern,
Wenn die Allgegenwärtigen dir nahn:
Und müssen nicht sie selber noch, Geliebte,
Amphitryon sein, und seine Züge stehlen,
Wenn deine Seele sie empfangen soll?
Alkmene. Nun ja. *(Sie küßt ihn.)*
Jupiter. Du Himmlische!
Alkmene. Wie glücklich bin ich!
Und o wie gern, wie gern noch bin ich glücklich!
Wie gern will ich den Schmerz empfunden haben,
Den Jupiter mir zugefügt,
Bleibt mir nur alles freundlich, wie es war.
Jupiter. Soll ich dir sagen, was ich denke?
Alkmene. Nun?
Jupiter. Und was, wenn Offenbarung uns nicht wird,
Sogar geneigt zu glauben ich mich fühle?
Alkmene. Nun? Und? Du machst mir bang –
Jupiter. Wie, wenn du seinen
Unwillen – Du erschrickst dich nicht – gereizt?
Alkmene. Ihn? Ich? gereizt?
Jupiter. Ist er dir wohl vorhanden?
Nimmst du die Welt, sein großes Werk, wohl wahr?
Siehst du ihn in der Abendröte Schimmer,
Wenn sie durch schweigende Gebüsche fällt?
Hörst du ihn beim Gesäusel der Gewässer,
Und bei dem Schlag der üpp'gen Nachtigall?
Verkündet nicht umsonst der Berg ihn dir,
Getürmt gen Himmel, nicht umsonst ihn dir
Der felszerstiebten Katarakten Fall?
Wenn hoch die Sonn' in seinen Tempel strahlt
Und, von der Freude Pulsschlag eingeläutet,
Ihn alle Gattungen Erschaffner preisen,
Steigst du nicht in des Herzens Schacht hinab
Und betest deinen Götzen an?

Alkmene. Entsetzlicher! Was sprichst du da? Kann man
Ihn frömmer auch, und kindlicher, verehren?
Verglüht ein Tag, daß ich an seinem Altar
Nicht für mein Leben dankend, und dies Herz,
Für dich auch, du Geliebter, niedersänke?
Warf ich nicht jüngst noch in gestirnter Nacht
Das Antlitz tief, inbrünstig, vor ihm nieder,
Anbetung, glühnd, wie Opferdampf, gen Himmel
Aus dem Gebrodel des Gefühls entsendend?
Jupiter. Weshalb *warfst* du aufs Antlitz dich? – War's nicht,
Weil in des Blitzes zuckender Verzeichnung
Du einen wohlbekannten Zug erkannt?
Alkmene. Mensch! Schauerlicher! Woher weißt du das?
Jupiter. Wer ist's, dem du an seinem Altar betest?
Ist er's dir wohl, der über Wolken ist?
Kann dein befangner Sinn ihn wohl erfassen?
Kann dein Gefühl, an seinem Nest gewöhnt,
Zu solchem Fluge wohl die Schwingen wagen?
Ist's nicht Amphitryon, der Geliebte, stets,
Vor welchem du im Staube liegst?
Alkmene. Ach, ich Unsel'ge, wie verwirrst du mich.
Kann man auch Unwillkürliches verschulden?
Soll ich zur weißen Wand des Marmors beten?
Ich brauche Züge nun, um ihn zu denken.
Jupiter. Siehst du? Sagt' ich es nicht? Und meinst du nicht, daß solche
Abgötterei ihn kränkt? Wird er wohl gern
Dein schönes Herz entbehren? Nicht auch gern
Von dir sich innig angebetet fühlen?
Alkmene. Ach, freilich wird er das. Wo ist der Sünder,
Des Huld'gung nicht den Göttern angenehm?
Jupiter. Gewiß! Er kam, *wenn* er dir niederstieg,
Dir nur, um dich zu *zwingen* ihn zu denken,
Um sich an dir, Vergessenen, zu *rächen.*

Alkmene. Entsetzlich!
Jupiter. Fürchte nichts. Er straft nicht mehr dich,
Als du verdient. Doch künftig wirst du immer
Nur ihn, versteh, der dir zu Nacht erschien,
An seinem Altar denken, und nicht mich.
Alkmene. Wohlan! Ich schwör's dir heilig zu! Ich weiß
Auf jede Miene, wie er ausgesehn,
Und werd' ihn nicht mit dir verwechseln.
Jupiter. Das tu. Sonst wagst du, daß er wiederkömmt.
So oft du seinen Namenszug erblickst,
Dem Diadem verzeichnet, wirst du seiner
Erscheinung auf das Innigste gedenken;
Dich der Begebenheit auf jeden Zug erinnern;
Erinnern, wie vor dem Unsterblichen
Der Schreck am Rocken dich durchzuckt; wie du
Das Kleinod von ihm eingetauscht; wer dir
Beim Gürten hilfreich war, und was
Beim Ortolan geschehn. Und stört dein Gatte dich,
So bittest du ihn freundlich, daß er dich
Auf eine Stunde selbst dir überlasse.
Alkmene. Gut, gut, du sollst mit mir zufrieden sein.
Es soll in jeder ersten Morgenstunde
Auch kein Gedanke fürder an dich denken:
Jedoch nachher vergess' ich Jupiter.
Jupiter. Wenn also jetzt in seinem vollen Glanze,
Gerührt durch so viel Besserung,
Der ew'g' Erschütterer der Wolken sich dir zeigte,
Geliebte! sprich, wie würdest du dich fassen?
Alkmene. Ach, der furchtbare Augenblick! Hätt' ich
Doch immer ihn gedacht nur beim Altar,
Da er so wenig von dir unterschieden.
Jupiter. Du sahst noch sein unsterblich Antlitz nicht,
Alkmene. Ach, es wird das Herz vor ihm

In tausendfacher Seligkeit dir aufgehn.
Was du ihm fühlen wirst, wird Glut dir dünken,
Und Eis, was du Amphitryon empfindest.
Ja, wenn er deine Seele jetzt berührte,
Und zum Olymp nun scheidend wiederkehrt,
So wirst du das Unglaubliche erfahren,
Und weinen, daß du ihm nicht folgen darfst.

Alkmene. Nein, nein, das glaube nicht, Amphitryon.
Und könnt' ich einen Tag zurücke leben,
Und mich vor allen Göttern und Heroen
In meine Klause riegelfest verschließen,
So willigt' ich –

Jupiter. Wahrhaftig? tätst du das?

Alkmene. So willigt' ich von ganzem Herzen ein.

Jupiter *(für sich)*. Verflucht der Wahn, der mich hieher gelockt!

Alkmene. Was ist dir? Zürnst du? Kränkt' ich dich, Geliebter?

Jupiter. Du wolltest ihm, mein frommes Kind,
Sein ungeheures Dasein nicht versüßen?
Ihm deine Brust verweigern, wenn sein Haupt,
Das weltenordnende, sie sucht,
Auf seinen Flaumen auszuruhen? Ach Alkmene!
Auch der Olymp ist öde ohne Liebe.
Was gibt der Erdenvölker Anbetung,
Gestürzt in Staub, der Brust, der lechzenden?
Er will geliebt sein, nicht ihr Wahn von ihm.
In ew'ge Schleier eingehüllt,
Möcht' er sich selbst in einer Seele spiegeln,
Sich aus der Träne des Entzückens widerstrahlen.
Geliebte, sieh! So viele Freude schüttet
Er zwischen Erd' und Himmel endlos aus;
Wärst du vom Schicksal nun bestimmt,
So vieler Millionen Wesen Dank,
Ihm seine ganze Fordrung an die Schöpfung
In einem einz'gen Lächeln auszuzahlen,

Würdst du dich ihm wohl – ach! ich kann's nicht denken
Laß mich's nicht denken – laß –
ALKMENE. Fern sei von mir,
Der Götter großem Ratschluß mich zu sträuben.
Ward ich so heil'gem Amte auserkoren,
Er, der mich schuf, er walte über mich!
Doch –
JUPITER. Nun? –
ALKMENE. Läßt man die Wahl mir –
JUPITER. Läßt man dir –?
ALKMENE. Die Wahl, so bliebe meine Ehrfurcht ihm,
Und meine Liebe dir, Amphitryon.
JUPITER. Wenn ich nun dieser Gott dir wär' –?
ALKMENE. Wenn du
– Wie ist mir denn? Wenn du mir dieser Gott wärst
– – Ich weiß nicht, soll ich vor dir niederfallen,
Soll ich es nicht? Bist du's mir? Bist du's mir?
JUPITER. Entscheide du. Amphitryon bin ich.
ALKMENE. Amphitryon –
JUPITER. Amphitryon, dir ja.
Doch wenn ich, frag' ich, dieser Gott dir wäre,
Dir liebend vom Olymp herabgestiegen,
Wie würdest du dich dann zu fassen wissen?
ALKMENE. Wenn du mir, Liebster, dieser Gott wärst – ja,
So wüßt' ich nicht, wo mir Amphitryon wäre,
So würd' ich folgen dir, wohin du gehst,
Und wär's auch, wie Euridike, zum Orkus.
JUPITER. Wenn du nicht wüßtest, wo Amphitryon wäre.
Doch wie, wenn sich Amphitryon jetzt zeigte?
ALKMENE. Wenn sich Amphitryon mir – ach, du quälst mich.
Wie kann sich auch Amphitryon zeigen,
Da ich Amphitryon in Armen halte?
JUPITER. Und dennoch könntst du leicht den Gott in Armen halten,

Im Wahn, es sei Amphitryon.
Warum soll dein Gefühl dich überraschen?
Wenn ich, der Gott, dich hier umschlungen hielte,
Und jetzo dein Amphitryon sich zeigte,
Wie würd' dein Herz sich wohl erklären?

Alkmene. Wenn du, der Gott, mich hier umschlungen hieltest,
Und jetzo sich Amphitryon mir zeigte,
Ja – dann so traurig würd' ich sein, und wünschen,
Daß er der Gott mir wäre, und daß du
Amphitryon mir bliebst, wie du es bist.

Jupiter. Mein süßes, angebetetes Geschöpf!
In dem so selig ich mich, selig preise!
So urgemäß dem göttlichen Gedanken,
In Form und Maß, und Sait' und Klang,
Wie's meiner Hand Äonen nicht entschlüpfte!

Alkmene. Amphitryon!

Jupiter. Sei ruhig, ruhig, ruhig!
Es wird sich alles dir zum Siege lösen.
Es drängt den Gott Begier, sich dir zu zeigen,
Und ehe noch des Sternenheeres Reigen
Herauf durchs stille Nachtgefilde zieht,
Weiß deine Brust auch schon, wem sie erglüht.
Sosias!

Sosias. Herr!

Jupiter. Auf jetzt, mein treuer Diener,
Auf daß sich dieser Tag verherrliche!
Alkmene hat sich liebend mir versöhnt:
Und du, du gehst, und rufst zu einem Feste
Im Lager mir, wo du sie triffst, die Gäste.

*(Beide ab.)*

## Sechster Auftritt

*Charis. Sosias.*

Charis *(für sich).* Was hast du da gehört, Unselige?
Olymp'sche Götter wären es gewesen?
Und der sich für Sosias hier mir gibt,
Der wäre einer der Unsterblichen,
Apollon, Hermes, oder Ganymed?
Sosias *(für sich).* Der Blitzgott! Zeus soll es gewesen sein.
Charis *(für sich).* Pfui, schäme dich, wie du dich aufgeführt.
Sosias *(für sich).* Mein Seel', er war nicht schlecht bedient.
Ein Kerl, der seinen Mann stund, und sich
Für seinen Herrn schlug, wie ein Panthertier.
Charis *(für sich).* Wer weiß auch, irr' ich nicht. Ich muß ihn prüfen.
*(Laut.)* Komm, laß uns Frieden machen auch, Sosias.
Sosias. Ein andermal. Jetzt ist nicht Zeit dazu.
Charis. Wo gehst du hin?
Sosias. Ich soll die Feldherrn rufen.
Charis. Vergönne mir ein Wort vorher, mein Gatte.
Sosias. Dein Gatte –? O, recht gern.
Charis. Hast du gehört,
Daß in der Dämmerung zu meiner Fürstin gestern,
Und ihrer treuen Dienerin,
Zwei große Götter vom Olymp gestiegen,
Das Zeus, der Gott der Wolken, hier gewesen,
Und Phöbus ihn, der herrliche, begleitet?
Sosias. Ja wenn's noch wahr ist. Leider hört' ich's, Charis.
Dergleichen Heirat war mir stets zuwider.
Charis. Zuwider? Warum das? Ich wüßte nicht –
Sosias. Hm! Wenn ich dir die Wahrheit sagen soll,
Es ist wie Pferd und Esel.

Charis. Pferd und Esel!
Ein Gott und eine Fürstin! *(Für sich.)* Der auch kömmt
Wohl vom Olymp nicht. *(Laut.)* Du beliebst
Mit deiner schlechten Dienerin zu scherzen.
Solch ein Triumph, wie über uns gekommen,
Ward noch in Theben nicht erhört.
Sosias. Mir für mein Teil, schlecht ist er mir bekommen.
Und ein gemeßnes Maß von Schande wär' mir
So lieb, als die verteufelten Trophäen,
Die mir auf beiden Schultern prangen. –
Doch ich muß eilen.
Charis. Ja, was ich sagen wollte –
Wer träumte, solche Gäste zu empfangen?
Wer glaubte in der schlechten Menschen Leiber
Zwei der Unsterblichen auch eingehüllt?
Gewiß, wir hätten manche gute Seite,
Die unachtsam zu innerst blieb, mehr hin
Nach außen wenden können, als geschehn ist.
Sosias. Mein Seel', das hätt' ich brauchen können, Charis,
Denn du bist zärtlich gegen mich gewesen,
Wie eine wilde Katze. Beßre dich.
Charis. Ich wüßte nicht, daß ich dich just beleidigt?
Dir mehr getan als sich –
Sosias. Mich nicht beleidigt?
Ich will ein Schuft sein, wenn du heute morgen
Nicht Prügel, so gesalzene, verdient,
Als je herab sind auf ein Weib geregnet.
Charis. Nun was – Was ist geschehn denn?
Sosias. Was geschehn ist,
Maulaffe? Hast du nicht gesagt, du würdest
Dir den Thebaner holen, den ich jüngst
Schon, den Halunken, aus dem Hause warf?
Nicht mir ein Hörnerpaar versprochen? Nicht
Mich einen Hahnrei schamlos tituliert?

Charis. Ei, Scherz! Gewiß!
Sosias. Ja, Scherz! Kömmst du
Mit diesem Scherz mir wieder, prell' ich dir,
Hol' mich der Teufel, eins –!
Charis. O Himmel! Wie geschieht mir?
Sosias. Der Saupelz!
Charis. Blicke nicht so grimmig her!
Das Herz in Stücken fühl' ich mir zerspalten!
Sosias. Pfui, schäme dich, du Gotteslästerliche!
So deiner heil'gen Ehepflicht zu spotten!
Geh, mach' dich solcher Sünd' nicht mehr teilhaftig,
Das rat' ich dir – und wenn ich wieder komme,
Will ich gebratne Wurst mit Kohlköpf' essen.
Charis. Was du begehrst. Was säum' ich auch noch länger?
Was zaudr' ich noch? Ist er's nicht? Ist er's nicht?
Sosias. Ob ich es bin?
Charis. Sieh mich in Staub.
Sosias. Was fehlt dir?
Charis. Sieh mich zerknirscht vor dir im Staube liegen.
Sosias. Bist du von Sinnen?
Charis. Ach du bist's! du bist's!
Sosias. Wer bin ich?
Charis. Ach was leugnest du dich mir?
Sosias. Ist heute alles rasend toll?
Charis. Sah ich
Aus deines Auges Flammenzorne nicht
Den fernhintreffenden Apollon strahlen?
Sosias. Apollon, ich? Bist du des Teufels? – Der eine
Macht mich zum Hund, der andre mich zum Gott? –
Ich bin der alte, wohlbekannte Esel
Sosias! *(Ab.)*
Charis. Sosias? Was? Der alte,
Mir wohlbekannte Esel du, Sosias?
Halunke, gut, daß ich das weiß,
So wird die Bratwurst heute dir nicht heiß? *(Ab.)*

# Dritter Akt.

## Erster Auftritt

Amphitryon. Wie widerlich mir die Gesichter sind
Von diesen Feldherrn. Jeder hat mir Glückwunsch
Für das erfochtne Treffen abzustatten,
Und in die Arme schließen muß ich jeden,
Und in die Hölle jeden fluch' ich hin.
Nicht Einer, dem ein Herz geworden wäre,
Das meine, volle, darin auszuschütten.
Daß man ein Kleinod aus versiegeltem
Behältnis wegstiehlt ohne Siegellösung,
Sei's; Taschenspieler können uns von fern
Hinweg, was wir in Händen halten, gaunern.
Doch daß man einem Mann Gestalt und Art
Entwendet, und bei seiner Frau für voll bezahlt,
Das ist ein leid'ges Höllenstück des Satans.
In Zimmern, die vom Kerzenlicht erhellt,
Hat man bis heut mit fünf gesunden Sinnen
In seinen Freunden nicht geirret; Augen,
Aus ihren Höhlen auf den Tisch gelegt,
Vom Leib getrennte Glieder, Ohren, Finger,
Gepackt in Schachteln, hätten hingereicht,
Um einen Gatten zu erkennen. Jetzo wird man
Die Ehemänner brennen, Glocken ihnen,
Gleich Hämmeln, um die Hälse hängen müssen.
Zu argem Trug ist sie so fähig just,
Wie ihre Turteltaub'; eh' will ich an
Die Redlichkeit dem Strick entlaufner Schelme,
Als an die Tücke dieses Weibes glauben.
– Verrückt ist sie, und morgen, wenn der Tag graut,

Werd' ich gewiß nach Ärzten schicken müssen.
– Fänd' nur Gelegenheit sich, anzuknüpfen.

## Zweiter Auftritt

*Merkur auf dem Altan. Amphitryon.*

MERKUR *(für sich)*. Auf dies verliebte Erdenabenteuer
Dir, alter Vater Jupiter, zu folgen,
Es ist ein wahres Freundschaftsstück Merkurs.
Beim Styx! Mir macht's von Herzen Langeweile.
Denn jener Zofe Charis täuschender,
Als es vonnöten, den Gemahl zu spielen,
So groß in dieser Sach' ist nicht mein Eifer.
– Ich will mir hier ein Abenteuer suchen,
Und toll den eifersücht'gen Kauz dort machen.
AMPHITRYON. Warum verriegelt man am Tage denn dies Haus?
MERKUR. Holla! Geduld! Wer klopfet?
AMPHITRYON. Ich.
MERKUR. Wer? Ich!
AMPHITRYON. Ah! Öffne!
MERKUR. Öffne! Tölpel! Wer denn bist du,
Der solchen Lärm verführt, und so mir spricht?
AMPHITRYON. Ich glaub', du kennst mich nicht?
MERKUR. O ja;
Ich kenne jeden, der die Klinke drückt.
– Ob ich ihn kenne!
AMPHITRYON. Hat ganz Theben heut
Tollwurz gefressen, den Verstand verloren? –
Sosias! he! Sosias!
MERKUR. Ja, Sosias!
So heiß' ich. Schreit der Schuft nicht meinen Namen,
Als ob er sorgt', ich möcht' ihn sonst vergessen.

AMPHITRYON. Gerechte Götter! Mensch! Siehst du mich nicht?
MERKUR. Vollkommen.
Was gibt's?
AMPHITRYON. Halunke! Was es gibt!
MERKUR. Was gibt's denn nicht,
Zum Teufel? Sprich, soll man dir Rede stehn.
AMPHITRYON. Du Hundsfott, wart'! Mit einem Stock da oben
Lehr' ich dich, solche Sprache mit mir führen.
MERKUR. Ho, ho! Da unten ist ein ungeschliffner Riegel.
Nimm's nicht für ungut.
AMPHITRYON. Teufel!
MERKUR. Fasse dich.
AMPHITRYON. Heda! Ist niemand hier zu Hause?
MERKUR. Philippus! Charmion! Wo steckt ihr denn?
AMPHITRYON. Der Niederträchtige!
MERKUR. Man muß dich doch bedienen.
Doch harrst du in Geduld nicht, bis sie kommen,
Und rührst mir noch ein einzigs Mal
Den Klöpfel an, so schick' ich von hier oben
Dir eine sausende Gesandtschaft zu.
AMPHITRYON. Der Freche! Der Schamlose, der! Ein Kerl,
Den ich mit Füßen oft getreten; den ich,
Wenn mir die Lust kommt, kreuz'gen lassen könnte.
MERKUR. Nun? bist du fertig? Hast du mich besehen?
Hast du mit deinen stieren Augen bald
Mich ausgemessen? Wie er auf sie reißt!
Wenn man mit Blicken um sich beißen könnte,
Er hätte mich bereits zerrissen hier.
AMPHITRYON. Ich zittre selbst, Sosias, wenn ich denke,
Was du mit diesen Reden dir bereitest.
Wie viele Schläg' entsetzlich warten dein!
– Komm, steig herab, und öffne mir.
MERKUR. Nun endlich!

AMPHITRYON. Laß mich nicht länger warten, ich bin dringend.
MERKUR. Erfährt man doch, was dein Begehren ist.
Ich soll die Pforte unten öffnen?
AMPHITRYON. Ja.
MERKUR. Nun gut. Das kann man auch mit Gutem sagen.
Wen suchst du?
AMPHITRYON. Wen ich suche?
MERKUR. Wen du suchst,
Zum Teufel! Bist du taub? Wen willst du sprechen?
AMPHITRYON. Wen ich will sprechen? Hund! ich trete alle Knochen
Dir ein, wenn sich das Haus mir öffnet.
MERKUR. Freund, weißt du was? Ich rat' dir, daß du gehst.
Du reizest mir die Galle. Geh, geh, sag' ich.
AMPHITRYON. Du sollst, du Niederträchtiger, erfahren,
Wie man mit einem Knecht verfährt,
Der seines Herren spottet.
MERKUR. Seines Herrn?
Ich spotte meines Herrn? Du wärst mein Herr? –
AMPHITRYON. Jetzt hör' ich noch, daß er's mir leugnet.
MERKUR. Ich kenne
Nur einen, und das ist Amphitryon.
AMPHITRYON. Und wer ist außer mir Amphitryon,
Triefäug'ger Schuft, der Tag und Nacht verwechselt?
MERKUR. Amphitryon?
AMPHITRYON. Amphitryon, sag' ich.
MERKUR. Ha, ha! O ihr Thebaner, kommt doch her.
AMPHITRYON. Daß mich die Erd' entrafft'! Solch eine Schmach!
MERKUR. Hör', guter Freund dort! Nenn' mir doch die Kneipe,
Wo du selig dich gezecht!
AMPHITRYON. O Himmel!
MERKUR. War's junger oder alter Wein?

AMPHITRYON. Ihr Götter!
MERKUR. Warum nicht noch ein Gläschen mehr? Du hättest
Zum König von Ägypten dich getrunken!
AMPHITRYON. Jetzt ist es aus mit mir.
MERKUR. Geh, lieber Junge,
Du tust mir leid. Geh, lege dich aufs Ohr.
Hier wohnt Amphitryon, Thebanerfeldherr,
Geh, störe seine Ruhe nicht.
AMPHITRYON. Was? dort im Hause wär' Amphitryon?
MERKUR. Hier in dem Hause, ja, er und Alkmene.
Geh, sag' ich noch einmal, und hüte dich
Das Glück der beiden Liebenden zu stören,
Willst du nicht, daß er selber dir erscheine,
Und deine Unverschämtheit strafen soll. *(Ab.)*

## Dritter Auftritt

AMPHITRYON. Was für ein Schlag fällt dir, Unglücklicher!
Vernichtend ist er, es ist aus mit mir.
Begraben bin ich schon, und meine Witwe
Schon einem andern Ehgemahl verbunden.
Welch ein Entschluß ist jetzo zu ergreifen?
Soll ich die Schande, die mein Haus getroffen,
Der Welt erklären, soll ich sie verschweigen?
Was! Hier ist nichts zu schonen. Hier ist nichts
In dieser Ratsversammlung laut, als die
Empfindung nur, die glühende, der Rache,
Und meine einz'ge zarte Sorgfalt sei,
Daß der Verräter lebend nicht entkomme.

## Vierter Auftritt

*Sosias. Feldherren. Amphitryon.*

Sosias. Hier seht Ihr alles, Herr, was ich an Gästen
In solcher Eil' zusammenbringen konnte.
Mein Seel', speis' ich auch nicht an Eurer Tafel,
Das Essen hab' ich doch verdient.
Amphitryon. Ah sieh! da bist du.
Sosias. Nun?
Amphitryon. Hund! Jetzo stirbst du.
Sosias. Ich? Sterben?
Amphitryon. Jetzt erfährst du, wer ich bin.
Sosias. Zum Henker, weiß ich's nicht?
Amphitryon. Du wußtest es, Verräter?
*(Er legt die Hand an den Degen.)*
Sosias. Ihr Herren, nehmt euch meiner an, ich bitt' euch.
Erster Feldherr. Verzeiht! *(Er fällt ihm in den Arm.)*
Amphitryon. Laßt mich.
Sosias. Sagt nur, was ich verbrochen?
Amphitryon. Das fragst du noch? – Fort, sag' ich euch, laßt meiner
Gerechten Rache ein Genüge tun.
Sosias. Wenn man wen hängt, so sagt man ihm, warum?
Erster Feldherr. Seid so gefällig.
Zweiter Feldherr. Sagt, worin er fehlte.
Sosias. Halt't euch, ihr Herrn, wenn ihr so gut sein wollt.
Amphitryon. Was! Dieser weggeworfne Knecht soeben
Hielt vor dem Antlitz mir die Türe zu,
Schamlose Red' in Strömen auf mich sendend,
Jedwede wert, daß man ans Kreuz ihn nagle.
Stirb, Hund!
Sosias. Ich bin schon tot. *(Er sinkt in die Knie.)*

Erster Feldherr. Beruhigt Euch.
Sosias. Ihr Feldherrn! Ah!
Zweiter Feldherr. Was gibt's?
Sosias. Sticht er nach mir?
Amphitryon. Fort, sag' ich euch, und wieder! Ihm muß Lohn
Dort, vollgezählter, werden für die Schmach,
Die er zur Stunde jetzt mir zugefügt.
Sosias. Was kann ich aber jetzt verschuldet haben,
Da ich die letzten neun gemeßnen Stunden
Auf Eueren Befehl im Lager war?
Erster Feldherr. Wahr ist's. Er lud zu Eurer Tafel uns.
Zwei Stunden sind's, daß er im Lager war,
Und nicht aus unsern Augen kam.
Amphitryon. Wer gab dir den Befehl?
Sosias. Wer? Ihr! Ihr selbst!
Amphitryon. Wann? Ich!
Sosias. Nachdem Ihr mit Alkmenen Euch versöhnt.
Ihr wart voll Freud' und ordnetet sogleich
Ein Fest im ganzen Schlosse an.
Amphitryon. O Himmel! Jede Stunde, jeder Schritt
Führt tiefer mich ins Labyrinth hinein.
Was soll ich, meine Freunde, davon denken?
Habt ihr gehört, was hier sich zugetragen?
Erster Feldherr. Was hier uns dieser sagte, ist so wenig
Für das Begreifen noch gemacht, daß Eure Sorge
Für jetzt nur sein muß, dreisten Schrittes
Des Rätsels ganzes Trugnetz zu zerreißen.
Amphitryon. Wohlan, es sei! Und eure Hilfe brauch' ich.
Euch hat mein guter Stern mir zugeführt.
Mein Glück will ich, mein Lebensglück, versuchen.
O! hier im Busen brennt's, mich aufzuklären,
Und ach! ich fürcht' es, wie den Tod. *(Er klopft.)*

## Fünfter Auftritt

*Jupiter. Die Vorigen.*

Jupiter. Welch ein Geräusch zwingt mich, herabzusteigen?
Wer klopft ans Haus? Seid ihr es, meine Feldherrn?
Amphitryon. Wer bist du? Ihr allmächt'gen Götter!
Zweiter Feldherr. Was seh ich? Himmel! Zwei Amphitryonen!
Amphitryon. Starr ist vor Schrecken meine ganze Seele!
Weh' mir! Das Rätsel ist nunmehr gelöst.
Erster Feldherr. Wer von euch beiden ist Amphitryon?
Zweiter Feldherr. Fürwahr! Zwei so einander nachgeformte Wesen,
Kein menschlich Auge unterscheidet sie.
Sosias. Ihr Herrn, hier ist Amphitryon; der andre,
Ein Schubiak ist's, der Züchtigung verdient.
*(Er stellt sich auf Jupiters Seite.)*
Dritter Feldherr *(auf Amphitryon deutend)*. Unglaublich! Dieser ein Verfälscher hier?
Amphitryon. G'nug der unwürdigen Bezauberung!
Ich schließe das Geheimnis auf.
*(Er legt die Hand an den Degen.)*
Erster Feldherr. Halt!
Amphitryon. Laßt mich!
Zweiter Feldherr. Was beginnt Ihr?
Amphitryon. Strafen will ich
Den niederträchtigsten Betrug! Fort, sag' ich.
Jupiter. Fassung dort! Hier bedarf es nicht des Eifers,
Wer so besorgt um seinen Namen ist,
Wird schlechte Gründe haben, ihn zu führen.
Sosias. Das sag' ich auch. Er hat den Bauch
Sich ausgestopft, und das Gesicht bemalt,
Der Gauner, um dem Hausherrn gleich zu sehn.
Amphitryon. Verräter! Dein empörendes Geschwätz,

Dreihundert Peitschenhiebe strafen es,
Dir von drei Armen wechselnd zugeteilt.
Sosias. Ho, ho! Mein Herr ist Mann von Herz,
Der wird dich lehren seine Leute schlagen.
Amphitryon. Wehrt mir nicht länger, sag' ich, meine Schmach
In des Verräters Herzblut abzuwaschen.
Erster Feldherr. Verzeiht uns, Herr! Wir dulden diesen Kampf nicht,
Amphitryons mit dem Amphitryon.
Amphitryon. Was? Ihr – Ihr duldet nicht –?
Erster Feldherr. Ihr müßt Euch fassen.
Amphitryon. Ist das mir eure Freundschaft auch, ihr Feldherrn?
Das mir der Beistand, den ihr angelobt?
Statt meiner Ehre Rache selbst zu nehmen,
Ergreift ihr des Betrügers schnöde Sache,
Und hemmt des Racheschwerts gerechten Fall?
Erster Feldherr. Wär' Euer Urteil frei, wie es nicht ist,
Ihr würdet unsre Schritte billigen.
Wer von euch beiden ist Amphitryon?
Ihr seid es, gut; doch jener ist es auch.
Wo ist des Gottes Finger, der uns zeigte,
In welchem Busen, einer wie der andre,
Sich laurend das Verräterherz verbirgt?
Ist es erkannt, so haben wir, nicht zweifelt,
Das Ziel auch unsrer Rache aufgefunden.
Jedoch solang' des Schwertes Schneide hier
In blinder Wahl nur um sich wüten könnte,
Bleibt es gewiß noch besser in der Scheide.
Laßt uns in Ruh' die Sache untersuchen,
Und fühlt Ihr wirklich Euch Amphitryon,
Wie wir in diesem sonderbaren Falle
Zwar hoffen, aber auch bezweifeln müssen,
So wird es schwerer Euch, als ihm, nicht werden,
Uns diesen Umstand gültig zu beweisen.

Amphitryon. Ich euch den Umstand? –
Erster Feldherr. Und mit trifft'gen Gründen.
Eh' wird in dieser Sache nichts geschehn.
Jupiter. Recht hast du, Photidas; und diese Gleichheit,
Die zwischen uns sich angeordnet findet,
Entschuldigt dich, wenn mir dein Urteil wankt.
Ich zürne nicht, wenn zwischen mir und ihm
Hier die Vergleichung an sich stellen soll.
Nichts von des Schwerts feigherziger Entscheidung!
Ganz Theben denk' ich selber zu berufen,
Und in des Volks gedrängtester Versammlung,
Aus wessen Blut ich stamme, darzutun.
Er selber dort soll meines Hauses Adel,
Und daß ich Herr in Theben, anerkennen.
Vor mir in Staub das Antlitz soll er senken.
Mein soll er Thebens reiche Felder alle,
Mein alle Herden, die die Triften decken
Mein auch dies Haus, mein die Gebieterin,
Die still in seinen Räumen waltet, nennen.
Es soll der ganze Weltenkreis erfahren,
Daß keine Schmach Amphitryon getroffen.
Und den Verdacht, den jener Tor erregt,
Hier steht, wer ihn zu Schanden machen kann. –
Bald wird sich Theben hier zusammenfinden.
Indessen kommt und ehrt die Tafel gütigst,
Zu welcher euch Sosias eingeladen.
Sosias. Mein Seel', ich wußt' es wohl. – Dies Wort, ihr Herrn,
Streut allen weitern Zweifel in die Lüfte.
Der ist der wirkliche Amphitryon,
Bei dem zu Mittag jetzt gegessen wird.
Amphitryon. Ihr ew'gen und gerechten Götter!
Kann auch so tief ein Mensch erniedrigt werden?
Von dem verruchtesten Betrüger mir

Weib, Ehre, Herrschaft, Namen stehlen lassen!
Und Freunde binden mir die Hände?
ERSTER FELDHERR. Ihr müßt, wer Ihr auch seid, Euch noch gedulden.
In wenig Stunden wissen wir's. Alsdann
Wird ungesäumt die Rache sich vollstrecken,
Und Wehe! ruf ich, wen sie trifft.
AMPHITRYON. Geht, ihr Schwachherz'gen! Huldigt dem Verräter!
Mir bleiben noch der Freunde mehr, als ihr.
Es werden Männer noch in Theben mir begegnen,
Die meinen Schmerz im Busen mitempfinden,
Und nicht den Arm mir weigern, ihn zu rächen.
JUPITER. Wohlan! Du rufst sie. Ich erwarte sie.
AMPHITRYON. Marktschreierischer Schelm! Du wirst inzwischen
Dich durch die Hintertür zu Felde machen.
Doch meiner Rach' entfliehst du nicht!
JUPITER. Du gehst, und rufst, und bringst mir deine Freunde,
Nachher sag' ich zwei Worte, jetzo nichts.
AMPHITRYON. Beim Zeus, da sagst du wahr, dem Gott der Wolken!
Denn ist es mir bestimmt, dich aufzufinden,
Mehr als zwei Worte, Mordhund, sagst du nicht,
Und bis ans Heft füllt dir das Schwert den Rachen.
JUPITER. Du rufst mir deine Freund'; ich sag' auch nichts,
Ich sprech auch bloß mit Blicken, wenn du willst.
AMPHITRYON. Fort, jetzo, schleunig, eh' er mir entwischt!
Die Lust, ihr Götter, müßt ihr mir gewähren,
Ihn eurem Orkus heut noch zuzusenden!
Mit einer Schar von Freunden kehr' ich wieder,
Gewaffneter, die mir dies Haus umnetzen,
Und, einer Wespe gleich, drück' ich den Stachel
Ihm in die Brust, aussaugend, daß der Wind
Mit seinem trocknen Bein mir spielen soll. *(Ab.)*

## Sechster Auftritt

*Jupiter. Sosias. Die Feldherren.*

Jupiter. Auf denn, ihr Herrn, gefällt's euch! Ehrt dies Haus
Mit eurem Eintritt.
Erster Feldherr. Nun, bei meinem Eid!
Dies Abenteu'r macht meinen Witz zu Schanden.
Sosias. Jetzt schließt mit dem Erstaunen Waffenstillstand,
Und geht, und tischt, und pokuliert bis morgen.
*(Jupiter und die Feldherren ab.)*

## Siebenter Auftritt

Sosias. Wie ich mich jetzt auch auf den Stuhl will setzen!
Und wie ich tapfer,
Wenn man vom Kriege spricht, erzählen will.
Ich brenne, zu berichten, wie man bei
Pharissa eingehauen; und mein Lebtag
Hatt' ich noch so wolfmäß'gen Hunger nicht.

## Achter Auftritt

*Merkur. Sosias.*

Merkur. Wohin? Ich glaub', du steckst die Nase auch hierher?
Durchschnüffler, unverschämter, du, der Küchen?
Sosias. Nein! – Mit Erlaubnis!
Merkur. Fort! Hinweg dort, sag' ich!
Soll ich die Haube dir zurechte setzen?
Sosias. Wie? Was? Großmütiges und edles Ich,

Fass' dich. Verschon' ein wenig den Sosias,
Sosias! Wer wollte immer bitterlich
Erpicht sein, auf sich selber loszuschlagen?

Merkur. Du fällst in deine alten Tücken wieder?
Du nimmst, Nichtswürdiger, den Namen mir?
Den Namen des Sosias mir?

Sosias. Ei, was! Behüt' mich Gott, mein wackres Selbst,
Werd' ich so karg dir, so mißgünstig sein?
Nimm ihn, zur Hälfte, diesen Namen hin,
Nimm ihn, den Plunder, willst du's, nimm ihn ganz.
Und wär's der Name Kastor oder Pollux,
Was teilt' ich gern nicht mit dir, Bruderherz?
Ich dulde dich in meines Herren Hause,
Duld' auch du mich in brüderlicher Liebe,
Und während jene beiden eifersücht'gen
Amphitryonen sich die Hälse brechen,
Laß die Sosias einverständig beide
Zu Tische sitzen, und die Becher heiter
Zusammenstoßen, daß sie leben sollen!

Merkur. Nichts, nichts! – Der aberwitz'ge Vorschlag, der!
Soll ich inzwischen Hungerpfoten saugen?
Es ist für Einen nur gedeckt.

Sosias. Gleichviel! Ein mütterlicher Schoß hat uns
Geboren, Eine Hütte uns beschirmt,
In Einem Bette haben wir geschlafen,
Ein Kleid ward brüderlich, Ein Los uns beiden,
So laß uns auch aus Einer Schüssel essen.

Merkur. Von der Gemeinschaft weiß ich nichts. Ich bin
Von Jugend mutterseel' allein gewesen,
Und weder Bette hab' ich je, noch Kleid,
Noch einen Bissen Brot geteilt.

Sosias. Besinne dich. Wir sind zwei Zwillingsbrüder.
Du bist der ältre, ich bescheide mich.
Du wirst in jedem Stück voran mir gehen.

Den ersten nimmst du, und die ungeraden,
Den zweiten Löffel, und die graden, ich.
MERKUR. Nichts. Meine volle Portion gebrauch' ich,
Und was mir übrig bleibt, das heb ich auf.
Den wollt' ich lehren, bei den großen Göttern,
Der mit der Hand mir auf den Teller käme.
SOSIAS. So dulde mich als deinen Schatten mind'stens,
Der hintern Stuhl entlang fällt, wo du ißt.
MERKUR. Auch nicht als meine Spur im Sande! Fort!
SOSIAS. O du barbarisch Herz! Du Mensch von Erz,
Auf einem Amboß keilend ausgeprägt!
MERKUR. Was denkst du, soll ich wie ein wandernder
Geselle vor dem Tor ins Gras mich legen,
Und von der blauen Luft des Himmels leben?
Ein reichlich zugemeßnes Mahl hat heut
Bei Gott! kein Pferd so gut verdient, als ich.
Kam ich zu Nacht nicht aus dem Lager an?
Mußt' ich zurück nicht wieder mit dem Morgen,
Um Gäste für die Tafel aufzutreiben?
Hab' ich auf diesen Teufelsreisen mir
Nicht die geschäft'gen alten Beine fast
Bis auf die Hüften tretend abgelaufen?
Wurst gibt es heut, und aufgewärmten Kohl.
Und die just brauch' ich, um mich herzustellen.
SOSIAS. Da hast du recht. Und über die verfluchten
Kienwurzeln, die den ganzen Weg durchflechten,
Bricht man die Beine fast sich, und den Hals.
MERKUR. Nun also!
SOSIAS. Ich Verlaßner von den Göttern!
Wurst also hat die Charis –?
MERKUR. Frische, ja.
Doch nicht für dich. Man hat ein Schwein geschlachtet.
Und Charis hab' ich wieder gut gemacht.
SOSIAS. Gut, gut. Ich lege mich ins Grab. Und Kohl?

Merkur. Kohl, aufgewärmten, ja. Und wem das Wasser
Im Mund etwa zusammenläuft, der hat
Vor mir und Charis sich in acht zu nehmen.
Sosias. Vor mir freßt euren Kohl, daß ihr dran stickt.
Was brauch' ich eure Würste? Wer den Vögeln
Im Himmel Speisung reicht, wird auch, so denk' ich,
Den alten ehrlichen Sosias speisen.
Merkur. Du gibst, Verräter, dir den Namen noch?
Du wagst, Hund, niederträcht'ger –!
Sosias. Ei was! Ich sprach von mir nicht.
Ich sprach von einem alten Anverwandten
Sosias, der hier sonst in Diensten stand –
Und der die andern Diener sonst zerbleute,
Bis eines Tags ein Kerl, der wie aus Wolken fiel,
Ihn aus dem Haus warf, just zur Essenszeit.
Merkur. Nimm dich in acht, sag' ich, und weiter nichts.
Nimm dich in acht, rat' ich dir, willst du länger
Zur Zahl noch der Lebendigen dich zählen.
Sosias *(für sich)*. Wie ich dich schmeißen würde, hätt' ich Herz,
Du von der Bank gefallner Gauner, du,
Von zuviel Hochmut aufgebläht.
Merkur. Was sagst du?
Sosias. Was?
Merkur. Mir schien, du sagtest etwas –?
Sosias. Ich?
Merkur. Du.
Sosias. Ich muckste nicht.
Merkur. Ich hörte doch von schmeißen, irr' ich nicht –
Und von der Bank gefallnem Gauner reden?
Sosias. So wird's ein Papagei gewesen sein.
Wenn's Wetter gut ist, schwatzen sie.
Merkur. Es sei.
Du lebst jetzt wohl. Doch juckt der Rücken dir,
In diesem Haus hier kannst du mich erfragen. *(Ab.)*

## Neunter Auftritt

Sosias. Hochmüt'ger Satan! Möchtest du am Schwein
Den Tod dir holen, das man schlachtete!
– »Den lehrt' er, der ihm auf den Teller käme!« –
Ich möchte ehr mit einem Schäferhund
Halbpart, als ihm, aus einer Schüssel essen.
Sein Vater könnte Hungers vor ihm sterben,
Daß er ihm auch so viel nicht gönnt, als ihm
In hohlen Zähnen kauend stecken bleibt.
– Geh! Dir geschieht ganz recht, Abtrünniger.
Und hätt' ich Würst' in jeder Hand hier eine,
Ich wollte sie in meinen Mund nicht stecken.
So seinen armen, wackern Herrn verlassen,
Den Übermacht aus seinem Hause stieß!
– Dort naht er sich mit rüst'gen Freunden schon.
– – Und auch von hier strömt Volk herbei! Was gibt's?

## Zehnter Auftritt

*Amphitryon mit Obersten, von der einen Seite. Volk, von der andern.*

Amphitryon. Seid mir gegrüßt! Wer rief euch, meine Freunde?
Einer aus dem Volk. Herolde riefen durch die ganze Stadt,
Wir sollten uns vor Eurem Schloß versammeln.
Amphitryon. Herolde! Und zu welchem Zweck?
Derselbe. Wir sollten Zeugen sein, so sagte man,
Wie ein entscheidend Wort aus Eurem Munde
Das Rätsel lösen wird, das in Bestürzung
Die ganze Stadt gesetzt.
Amphitryon *(zu den Obersten)*. Der Übermüt'ge!
Kann man die Unverschämtheit weiter treiben?
Zweiter Oberster. Zuletzt erscheint er noch.

Amphitryon. Was gilt's Er tut's.

Erster Oberster. Sorgt nicht. Hier steht Argatiphontidas.
Hab' ich nur erst ins Auge ihn gefaßt,
So tanzt sein Leben auch auf dieses Schwertes Spitze.

Amphitryon *(zum Volk)*. Ihr Bürger Thebens, hört mich an!
Ich bin es nicht, der euch hieher gerufen,
Wenn eure strömende Versammlung gleich
Von Herzen mir willkommen ist. Er war's,
Der lügnerische Höllengeist, der mich
Aus Theben will, aus meiner Frauen Herzen,
Aus dem Gedächtnis mich der Welt, ja, könnt' er's,
Aus des Bewußtseins eigner Feste drängen.
Drum sammelt eure Sinne jetzt, und wärt
Ihr tausendäugig auch, ein Argus jeder,
Geschickt, zur Zeit der Mitternacht, ein Heimchen
Aus seiner Spur im Sande zu erkennen,
So reißet, laßt die Müh' euch nicht verdrießen,
Jetzt eure Augen auf, wie Maulwürfe,
Wenn sie zur Mittagszeit die Sonne suchen;
All' diese Blicke werft in einen Spiegel,
Und kehrt den ganzen vollen Strahl auf mich,
Von Kopf zu Fuß ihn auf und nieder führend,
Und sagt mir an, und sprecht, und steht mir Rede:
Wer bin ich?

Das Volk. Wer du bist? Amphitryon!

Amphitryon. Wohlan. Amphitryon. Es gilt. Wenn nunmehr
Dort jener Sohn der Finsternis erscheint,
Der ungeheure Mensch, auf dessen Haupte,
Jedwedes Haar sich, wie auf meinem, krümmt;
Wenn euren trugverwirrten Sinnen jetzt
Nicht so viel Merkmal wird, als Mütter brauchen,
Um ihre jüngsten Kinder zu erkennen;
Wenn ihr jetzt zwischen mir und ihm, wie zwischen
Zwei Wassertropfen, euch entscheiden müßt,

Der eine süß und rein und echt und silbern,
Gift, Trug, und List, und Mord, und Tod der andre:
Alsdann erinnert euch, daß ich Amphitryon,
Ihr Bürger Thebens, bin,
Der dieses Helmes Feder eingeknickt.

Volk. Oh! Oh! Was machst du? Laß die Feder ganz,
Solang' du blühend uns vor Augen stehst.

Zweiter Oberster. Meint Ihr, wir würden auch? –

Amphitryon. Laßt mich, ihr Freunde.
Bei Sinnen fühl' ich mich, weiß, was ich tue.

Erster Oberster. Tut, was Ihr wollt. Inzwischen werd' ich hoffen,
Daß Ihr die Possen nicht für mich gemacht.
Wenn Eure Feldherrn hier gezaudert haben,
Als jener Aff' erschien, so folgt ein Gleiches
Noch nicht für den Argatiphontidas.
Braucht uns ein Freund in einer Ehrensache,
So soll ins Auge man den Helm sich drücken,
Und auf den Leib dem Widersacher gehn.
Den Gegner lange schwadronieren hören,
Steht alten Weibern gut; ich, für mein Teil,
Bin für die kürzesten Prozesse stets;
In solchen Fällen fängt man damit an,
Dem Widersacher, ohne Federlesens,
Den Degen querhin durch den Leib zu jagen.
Argatiphontidas, mit einem Worte,
Wird heute Haare auf den Zähnen zeigen,
Und nicht von einer andern Hand, beim Ares,
Beißt dieser Schelm ins Gras, ihr seht's, als meiner.

Amphitryon. Auf denn!

Sosias. Hier leg' ich mich zu Euren Füßen,
Mein echter, edler und verfolgter Herr.
Gekommen bin ich völlig zur Erkenntnis.
Und warte jetzt auf meines Frevels Lohn.

Schlagt, ohrfeigt, prügelt, stoßt mich, tretet mich,
Gebt mir den Tod, mein Seel', ich muckse nicht.
Amphitryon. Steh auf. Was ist geschehn?
Sosias. Vom aufgetragnen Essen
Nicht den Geruch auch hat man mir gegönnt.
Das andre Ich, des andern Ihr Bedienter,
Vom Teufel wieder völlig war's besessen,
Und kurz, ich bin entsosiatisiert,
Wie man Euch entamphitryonisiert.
Amphitryon. Ihr hört's, ihr Bürger.
Sosias. Ja, ihr Bürger Thebens!
Hier ist der wirkliche Amphitryon;
Und jener, der bei Tische sitzt,
Ist wert, daß ihn die Raben selber fressen.
Auf! Stürmt das Haus jetzt, wenn ihr wollt so gut sein,
So finden wir den Kohl noch warm.
Amphitryon. Folgt mir.
Sosias. Doch seht! Da kommt er selbst schon. Er und sie.

## Elfter Auftritt

*Jupiter. Alkmene. Merkur. Charis. Feldherren. Die Vorigen.*

Alkmene. Entsetzlicher! Ein Sterblicher, sagst du,
Und schmachvoll willst du seinem Blick mich zeigen?
Volk. Ihr ew'gen Götter! Was erblicken wir!
Jupiter. Die ganze Welt, Geliebte, muß erfahren,
Daß *niemand* deiner Seele nahte,
Als nur dein Gatte, als Amphitryon.
Amphitryon. Herr meines Lebens! Die Unglückliche!
Alkmene. Niemand! Kannst ein gefallnes Los du ändern?
Die Obersten. All' ihr Olympischen! Amphitryon dort.

Jupiter. Du bist dir's, Teuerste, du bist mir's schuldig,
Du *mußt*, du wirst, mein Leben, dich bezwingen;
Komm, sammle dich, dein wartet ein Triumph!
Amphitryon. Blitz, Höll' und Teufel! Solch ein Auftritt mir?
Jupiter. Seid mir willkommen, Bürger dieser Stadt.
Amphitryon. Mordhund! Sie kamen dir den Tod zu geben.
Auf jetzt! *(Er zieht.)*
Zweiter Feldherr *(tritt ihm in den Weg).* Halt dort!
Amphitryon. Auf, ruf' ich, ihr Thebaner!
Erster Feldherr *(auf Amphitryon deutend).* Thebaner, greift ihn, ruf' ich, den Verräter!
Amphitryon. Argatiphontidas!
Erster Oberster. Bin ich behext?
Das Volk Kann sich ein menschlich Auge hier entscheiden?
Amphitryon. Tod! Teufel! Wut und keine Rache!
Vernichtung! *(Er fällt dem Sosias in die Arme.)*
Jupiter. Tor, der du bist, laß dir zwei Worte sagen.
Sosias. Mein Seel'! Er wird schlecht hören. Er ist tot.
Erster Oberster. Was hilft der eingeknickte Federbusch?
– »Reißt eure Augen auf, wie Maulwürfe!«
Der ist's, den seine eigne Frau erkennt.
Erster Feldherr. Hier steht, ihr Obersten, Amphitryon.
Amphitryon *(erwachend).* Wen kennt die eigne Frau hier?
Erster Oberster. Ihn erkennt sie,
Ihn an, mit dem sie aus dem Hause trat.
Um welchen, wie das Weinlaub, würd' sie ranken,
Wenn es ihr Stamm nicht ist, Amphitryon?
Amphitryon. Daß mir so viele Kraft noch wär; die Zung'
In Staub zu treten, die das sagt!
Sie anerkennt ihn nicht! *(Er erhebt sich wieder.)*
Erster Feldherr. Das lügst du dort!
Meinst du des Volkes Urteil zu verwirren,
Wo es mit eignen Augen sieht?
Amphitryon. Sie anerkennt ihn nicht, ich wiederhol's!

– Wenn sie als Gatten ihn erkennen kann,
So frag' ich nichts danach mehr, wer ich *bin*:
So will ich ihn Amphitryon begrüßen.

ERSTER FELDHERR. Es gilt. Sprecht jetzt.

ZWEITER FELDHERR. Erklärt Euch jetzo, Fürstin.

AMPHITRYON. Alkmene! Meine Braut! Erkläre dich:
Schenk' mir noch einmal deiner Augen Licht!
Sag', daß du jenen anerkennst, als Gatten,
Und so urschnell, als der Gedanke zuckt,
Befreit dies Schwert von meinem Anblick dich.

ERSTER FELDHERR. Wohlan! Das Urteil wird sogleich gefällt sein.

ZWEITER FELDHERR. Kennt Ihr ihn dort?

ERSTER FELDHERR. Kennt Ihr den Fremdling dort?

AMPHITRYON. Dir wäre dieser Busen unbekannt,
Von dem so oft dein Ohr dir lauschend sagte,
Wie viele Schläge liebend er dir klopft?
Du solltest diese Töne nicht erkennen,
Die du so oft, noch eh' sie laut geworden,
Mit Blicken schon mir von der Lippe stahlst?

ALKMENE. Daß ich zu ew'ger Nacht versinken könnte!

AMPHITRYON. Ich wußt' es wohl. Ihr seht's, ihr Bürger Thebens,
Eh' wird der rasche Peneus rückwärts fließen,
Eh' sich der Bosphorus auf Ida betten,
Eh' wird das Dromedar den Ozean durchwandeln,
Als sie dort jenen Fremdling anerkennen.

VOLK. Wär's möglich? Er Amphitryon? Sie zaudert.

ERSTER FELDHERR. Sprecht!

ZWEITER FELDHERR. Redet!

DRITTER FELDHERR. Sagt uns! –

ZWEITER FELDHERR. Fürstin, sprecht ein Wort! –

ERSTER FELDHERR. Wir sind verloren, wenn sie länger schweigt.

JUPITER. Gib, gib der Wahrheit deine Stimme, Kind.

Alkmene. Hier dieser ist Amphitryon, ihr Freunde.
Amphitryon. Er dort Amphitryon! Allmächt'ge Götter!
Erster Feldherr. Wohlan. Es fiel dein Los. Entferne dich.
Amphitryon. Alkmene!
Zweiter Feldherr. Fort, Verräter: willst du nicht,
Daß wir das Urteil dir vollstrecken sollen.
Amphitryon. Geliebte!
Alkmene. Nichtswürd'ger! Schändlicher!
Mit diesem Namen wagst du mich zu nennen?
Nicht vor des Gatten scheugebietendem
Antlitz bin ich vor deiner Wut gesichert?
Du Ungeheu'r! Mir scheußlicher,
Als es geschwollen in Morästen nistet!
Was tat ich dir, daß du mir nahen mußtest,
Von einer Höllennacht bedeckt,
Dein Gift mir auf den Fittig hinzugeifern?
Was mehr, als daß ich, o du Böser, dir
Still, wie ein Maienwurm, ins Auge glänzte?
Jetzt erst, was für ein Wahn mich täuscht', erblick' ich.
Der Sonne heller Lichtglanz war mir nötig,
Solch einen feilen Bau gemeiner Knechte
Vom Prachtwuchs dieser königlichen Glieder,
Den Farren von dem Hirsch zu unterscheiden!
Verflucht die Sinne, die so gröblichem
Betrug erliegen! O verflucht der Busen,
Der solche falschen Töne gibt!
Verflucht die Seele, die nicht soviel taugt,
Um ihren eigenen Geliebten sich zu merken!
Auf der Gebirge Gipfel will ich fliehen,
In tote Wildnis hin, wo auch die Eule
Mich nicht besucht, wenn mir kein Wächter ist,
Der in Unsträflichkeit den Busen mir bewahrt. –
Geh! Deine schnöde List ist dir geglückt,
Und meiner Seele Frieden eingeknickt.

Amphitryon. Du Unglückselige! Bin ich es denn,
Der dir in der verfloßnen Nacht erschienen?
Alkmene. Genug fortan! Entlaß mich, mein Gemahl.
Du wirst die bitterste der Lebensstunden
Jetzt gütig mir ein wenig kürzen.
Laß diesen tausend Blicken mich entfliehn,
Die mich, wie Keulen, kreuzend niederschlagen.
Jupiter. Du Göttliche! Glanzvoller als die Sonne!
Dein wartet ein Triumph, wie er in Theben
Noch keiner Fürstentochter ist geworden.
Und einen Augenblick verweilst du noch.
*(Zu Amphitryon.)*
Glaubst du nunmehr, daß ich Amphitryon?
Amphitryon. Ob ich nunmehr Amphitryon dich glaube?
Du Mensch, – entsetzlicher,
Als mir der Atem reicht, es auszusprechen! –
Erster Feldherr. Verräter! Was? du weigerst dich?
Zweiter Feldherr. Du leugnest?
Erster Feldherr. Wirst du jetzt etwa zu beweisen suchen,
Daß uns die Fürstin hinterging?
Amphitryon. O ihrer Worte jedes ist wahrhaftig,
Zehnfach geläutert Gold ist nicht so wahr.
Läs' ich mit Blitzen in die Nacht Geschriebnes,
Und riefe Stimme mir des Donners zu,
Nicht dem Orakel würd' ich so vertraun,
Als was ihr unverfälschter Mund gesagt.
Jetzt einen Eid selbst auf den Altar schwör' ich,
Und sterbe siebenfachen Todes gleich,
Des unerschüttlich erfaßten Glaubens,
Daß er Amphitryon ihr ist.
Jupiter. Wohlan! Du bist Amphitryon.
Amphitryon. Ich bin's! –
Und wer bist du, furchtbarer Geist?
Jupiter. Amphitryon. Ich glaubte, daß du's wüßtest.

Amphitryon. Amphitryon! Das faßt kein Sterblicher.
Sei uns verständlich.
Alkmene. Welche Reden das?
Jupiter. Amphitryon! Du Tor! Du zweifelst noch?
Argatiphontidas und Photidas,
Die Kadmusburg und Griechenland,
Das Licht, der Äther, und das Flüssige,
Das was da war, was ist, und was sein wird.
Amphitryon. Hier, meine Freunde, sammelt euch um mich,
Und laßt uns sehn, wie sich dies Rätsel löst.
Alkmene. Entsetzlich!
Die Feldherren. Was von diesem Auftritt denkt man?
Jupiter *(zu Alkmenen)*. Meinst du, dir sei Amphitryon erschienen?
Alkmene. Laß ewig in dem Irrtum mich, soll mir
Dein Licht die Seele ewig nicht umnachten.
Jupiter. O Fluch der Seligkeit, die du mir schenktest,
Müßt' ich dir ewig nicht vorhanden sein!
Amphitryon. Heraus jetzt mit der Sprache dort: Wer bist du?
*(Blitz und Donnerschlag. Die Szene verhüllt sich mit Wolken. Es schwebt ein Adler mit dem Donnerkeil aus den Wolken nieder.)*
Jupiter. Du willst es wissen?
*(Er ergreift den Donnerkeil; der Adler entflieht.)*
Volk. Götter!
Jupiter. Wer bin ich?
Die Feldherren und Obersten. Der Schreckliche! Er selbst ist's! Jupiter!
Alkmene. Schützt mich, ihr Himmlischen!
*(Sie fällt in Amphitryons Arme.)*
Amphitryon. Anbetung dir
In Staub. Du bist der große Donnerer!
Und dein ist alles, was ich habe.
Volk. Er ist's! In Staub! In Staub das Antlitz hin!
*(Alles wirft sich zur Erde außer Amphitryon.)*

Jupiter. Zeus hat in deinem Hause sich gefallen,
Amphitryon, und seiner göttlichen
Zufriedenheit soll dir ein Zeichen werden.
Laß deinen schwarzen Kummer jetzt entfliehen,
Und öffne dem Triumph dein Herz.
Was du, in mir, dir selbst getan, wird dir
Bei mir, dem, was ich ewig bin, nicht schaden.
Willst du in meiner Schuld den Lohn dir finden,
Wohlan, so grüß' ich freundlich dich, und scheide.
Es wird dein Ruhm fortan, wie meine Welt,
In den Gestirnen seine Grenze haben.
Bist du mit deinem Dank zufrieden nicht,
Auch gut: Dein liebster Wunsch soll sich erfüllen,
Und eine Zunge geb' ich ihm vor mir.
Amphitryon. Nein, Vater Zeus, zufrieden bin ich nicht!
Und meines Herzens Wunsche wächst die Zunge.
Was du dem Tyndarus getan, tust du
Auch dem Amphitryon: Schenk' einen Sohn
Groß, wie die Tyndariden, ihm.
Jupiter. Es sei. Dir wird ein Sohn geboren werden,
Dess' Name Herkules: es wird an Ruhm
Kein Heros sich, der Vorwelt, mit ihm messen,
Auch meine ew'gen Dioskuren nicht.
Zwölf ungeheure Werke wälzt er türmend
Ein unvergänglich Denkmal sich zusammen.
Und wenn die Pyramide jetzt, vollendet,
Den Scheitel bis zum Wolkensaum erhebt,
Steigt er auf ihren Stufen himmelan,
Und im Olymp empfang' ich dann den Gott.
Amphitryon. Dank dir! – Und diese hier nicht raubst du mir?
Sie atmet nicht. Sieh her.
Jupiter. Sie wird dir bleiben;
Doch laß sie ruhn, wenn sie dir bleiben soll! –
Hermes!

*(Er verliert sich in den Wolken, welche sich mittlerweile in der Höhe geöffnet haben, und den Gipfel des Olymps zeigen, auf welchem die Olympischen gelagert sind.)*

Alkmene. Amphitryon!

Merkur. Gleich folg' ich dir, du Göttlicher! –
Wenn ich erst jenem Kauze dort gesagt,
Daß ich sein häßliches Gesicht zu tragen
Nun müde bin, daß ich's mir mit Ambrosia jetzt
Von den olymp'schen Wangen waschen werde;
Daß er besingenswürd'ge Schläg' empfangen,
Und daß ich mehr und minder nicht, als Hermes,
Der Fußgeflügelte der Götter, bin! *(Ab.)*

Sosias. Daß du für immer unbesungen mich
Gelassen hättst! Mein Lebtag sah ich noch
Solch einen Teufelskerl, mit Prügeln, nicht.

Erster Feldherr. Fürwahr! Solch ein Triumph –

Zweiter Feldherr. So vieler Ruhm –

Erster Oberster. Du siehst durchdrungen uns –

Amphitryon. Alkmene!

Alkmene. Ach!

# Der zerbrochne Krug

## Ein Lustspiel

## Personen:

*Walter*, Gerichtsrat.
*Adam*, Dorfrichter.
*Licht*, Schreiber.
*Frau Marthe Rull.*
*Eve*, ihre Tochter.
*Veit Tümpel*, ein Bauer.
*Ruprecht*, sein Sohn
*Frau Brigitte.*

Ein Bedienter, Büttel, Mägde usw.

Die Handlung spielt in einem niederländischen Dorfe bei Utrecht.

*(Szene: Die Gerichtsstube.)*

## Erster Auftritt

*Adam sitzt und verbindet sich ein Bein. Licht tritt auf.*

LICHT. Ei, was zum Henker, sagt, Gevatter Adam!
Was ist mit Euch geschehn? Wie seht Ihr aus?
ADAM. Ja, seht. Zum Straucheln braucht's doch nichts, als Füße.
Auf diesem glatten Boden, ist ein Strauch hier?
Gestrauchelt bin ich hier; denn jeder trägt
Den leid'gen Stein zum Anstoß in sich selbst.
LICHT. Nein, sagt mir, Freund! Den Stein trüg' jeglicher –?
ADAM. Ja, in sich selbst!
LICHT. Verflucht das!
ADAM. Was beliebt?
LICHT. Ihr stammt von einem lockern Ältervater,
Der so beim Anbeginn der Dinge fiel,
Und wegen seines Falls berühmt geworden;
Ihr seid doch nicht –?
ADAM. Nun?
LICHT. Gleichfalls –?
ADAM. Ob ich –? Ich glaube –!
Hier bin ich hingefallen, sag' ich Euch.
LICHT. Unbildlich hingeschlagen?
ADAM. Ja, unbildlich.
Es mag ein schlechtes Bild gewesen sein.
LICHT. Wann trug sich die Begebenheit denn zu?
ADAM. Jetzt, in dem Augenblick, da ich dem Bett'
Entsteig'. Ich hatte noch das Morgenlied
Im Mund', da stolpr' ich in den Morgen schon,

Und eh' ich noch den Lauf des Tags beginne,
Renkt unser Herrgott mir den Fuß schon aus.
LICHT. Und wohl den linken obenein?
ADAM. Den linken?
LICHT. Hier, den gesetzten?
ADAM. Freilich!
LICHT. Allgerechter!
Der ohnhin schwer den Weg der Sünde wandelt?
ADAM. Der Fuß? Was? Schwer! Warum?
LICHT. Der Klumpfuß?
ADAM. Klumpfuß!
Ein Fuß ist, wie der andere, ein Klumpen.
LICHT. Erlaubt! Da tut Ihr Eurem rechten unrecht.
Der rechte kann sich dieser – Wucht nicht rühmen,
Und wagt sich eh'r aufs Schlüpfrige.
ADAM. Ach, was!
Wo sich der eine hinwagt, folgt der andre.
LICHT. Und was hat das Gesicht Euch so verrenkt?
ADAM. Mir das Gesicht?
LICHT. Wie? Davon wißt Ihr nichts?
ADAM. Ich müßt' ein Lügner sein – wie sieht's denn aus?
LICHT. Wie's aussieht?
ADAM. Ja, Gevatterchen.
LICHT. Abscheulich!
ADAM. Erklärt Euch deutlicher.
LICHT. Geschunden ist's,
Ein Greul zu sehn. Ein Stück fehlt von der Wange,
Wie groß? Nicht ohne Wage kann ich's schätzen.
ADAM. Der Teufel auch!
LICHT *(bringt einen Spiegel)*. Hier! Überzeugt Euch selbst!
Ein Schaf, das, eingehetzt von Hunden, sich
Durch Dornen drängt, läßt nicht mehr Wolle sitzen,
Als Ihr, Gott weiß wo? Fleisch habt sitzen lassen.
ADAM. Hm! Ja! 's ist wahr. Unlieblich sieht es aus.
Die Nas' hat auch gelitten.

Licht. Und das Auge.
Adam. Das Auge nicht, Gevatter.
Licht. Ei, hier liegt
Querfeld ein Schlag, blutrünstig, straf' mich Gott,
Als hätt' ein Großknecht wütend ihn geführt.
Adam. Das ist der Augenknochen. – Ja, nun seht,
Das alles hatt' ich nicht einmal gespürt.
Licht. Ja, ja! So geht's im Feuer des Gefechts.
Adam. Gefecht! Was? – Mit dem verfluchten Ziegenbock
Am Ofen focht ich, wenn Ihr wollt. Jetzt weiß ich's.
Da ich das Gleichgewicht verlier', und gleichsam
Ertrunken in den Lüften um mich greife,
Fass' ich die Hosen, die ich gestern abend
Durchnäßt an das Gestell des Ofens hing.
Nun fass' ich sie, versteht Ihr, denke mich,
Ich Tor, daran zu halten, und nun reißt
Der Bund; Bund jetzt und Hos' und ich, wir stürzen,
Und häuptlings mit dem Stirnblatt schmettr' ich auf
Den Ofen hin, just wo ein Ziegenbock
Die Nase an der Ecke vorgestreckt.
Licht *(lacht)*. Gut, gut.
Adam. Verdammt!
Licht. Der erste Adamsfall,
Den Ihr aus einem Bett hinaus getan.
Adam. Mein Seel'! – Doch, was ich sagen wollte, was gibt's Neues?
Licht. Ja, was es Neues gibt! Der Henker hol's,
Hätt' ich's doch bald vergessen.
Adam. Nun?
Licht. Macht Euch bereit auf unerwarteten
Besuch aus Utrecht.
Adam. So?
Licht. Der Herr Gerichtsrat kömmt.
Adam. Wer kömmt?

Licht. Der Herr Gerichtsrat Walter kömmt, aus Utrecht.
Er ist in Revisionsbereisung auf den Ämtern,
Und heut noch trifft er bei uns ein.
Adam. Noch heut! Seid Ihr bei Trost?
Licht. So wahr ich lebe.
Er war in Holla, auf dem Grenzdorf, gestern,
Hat das Justizamt dort schon revidiert.
Ein Bauer sah zur Fahrt nach Huisum schon
Die Vorspannpferde vor den Wagen schirren.
Adam. Heut noch, er, der Gerichtsrat, her, aus Utrecht!
Zur Revision, der wackre Mann, der selbst
Sein Schäfchen schiert, dergleichen Fratzen haßt.
Nach Huisum kommen, und uns kujonieren!
Licht. Kam er bis Holla, kommt er auch bis Huisum.
Nehmt Euch in acht.
Adam. Ach geht!
Licht. Ich sag' es Euch.
Adam. Geht mir mit Eurem Märchen, sag' ich Euch.
Licht. Der Bauer hat ihn selbst gesehn, zum Henker.
Adam. Wer weiß, wen der triefäugige Schuft gesehn,
Die Kerle unterscheiden ein Gesicht
Von einem Hinterkopf nicht, wenn er kahl ist.
Setzt einen Hut dreieckig auf mein Rohr,
Hängt ihm den Mantel um, zwei Stiefeln drunter,
So hält so'n Schubiak ihn für wen Ihr wollt.
Licht. Wohlan, so zweifelt fort, in's Teufels Namen,
Bis er zur Tür hier eintritt.
Adam. Er, eintreten! –
Ohn' uns ein Wort vorher gesteckt zu haben.
Licht. Der Unverstand! Als ob's der vorige
Revisor noch, der Rat Wachholder, wäre!
Es ist Rat Walter jetzt, der revidiert.
Adam. Wenngleich Rat Walter! Geht, laßt mich zufrieden.

Der Mann hat seinen Amtseid ja geschworen,
Und praktiziert, wie wir, nach den
Bestehenden Edikten und Gebräuchen.
Licht. Nun, ich versichr' Euch, der Gerichtsrat Walter
Erschien in Holla unvermutet gestern,
Vis'tierte Kassen und Registraturen,
Und suspendierte Richter dort und Schreiber,
Warum? ich weiß nicht, *ab officio*.
Adam. Den Teufel auch? Hat das der Bauer gesagt?
Licht. Dies und noch mehr –
Adam. So?
Licht. Wenn Ihr's wissen wollt.
Denn in der Frühe heut sucht man den Richter,
Dem man in seinem Haus Arrest gegeben,
Und findet hinten in der Scheuer ihn
Am Sparren hoch des Daches aufgehangen.
Adam. Was sagt Ihr?
Licht. Hilf' inzwischen kommt herbei,
Man löst ihn ab, man reibt ihn, und begießt ihn,
Ins nackte Leben bringt man ihn zurück.
Adam. So? Bringt man ihn?
Licht. Doch jetzo wird versiegelt,
In seinem Haus, vereidet und verschlossen,
Es ist, als wär' er eine Leiche schon,
Und auch sein Richteramt ist schon beerbt.
Adam. Ei, Henker, seht! – Ein liederlicher Hund war's –
Sonst eine ehrliche Haut, so wahr ich lebe,
Ein Kerl, mit dem sich's gut zusammen war;
Doch grausam liederlich, das muß ich sagen.
Wenn der Gerichtsrat heut in Holla war,
So ging's ihm schlecht, dem armen Kauz, das glaub' ich.
Licht. Und dieser Vorfall einzig, sprach der Bauer,
Sei schuld, daß der Gerichtsrat noch nicht hier;
Zu Mittag treff' er doch ohnfehlbar ein.

Adam. Zu Mittag! Gut, Gevatter! Jetzt gilt's Freundschaft.
Ihr wißt, wie sich zwei Hände waschen können.
Ihr wollt auch gern, ich weiß, Dorfrichter werden.
Und Ihr verdient's, bei Gott, so gut wie Einer.
Doch heut ist noch nicht die Gelegenheit,
Heut laßt Ihr noch den Kelch vorübergehn.
Licht. Dorfrichter, ich! Was denkt Ihr auch von mir?
Adam. Ihr seid ein Freund von wohlgesetzter Rede,
Und Euren Cicero habt Ihr studiert
Trotz Einem auf den Schul' in Amsterdam.
Drückt Euren Ehrgeiz heut hinunter, hört Ihr?
Es werden wohl sich Fälle noch ergeben,
Wo Ihr mit Eurer Kunst Euch zeigen könnt.
Licht. Wir zwei Gevatterleute! Geht mir fort.
Adam. Zu seiner Zeit, Ihr wißt's, schwieg auch der große
Demosthenes. Folgt hierin seinem Muster.
Und bin ich König nicht von Mazedonien,
Kann ich auf meine Art doch dankbar sein.
Licht. Geht mir mit Eurem Argwohn, sag' ich Euch.
Hab' ich jemals –?
Adam. Seht, ich, ich, für mein Teil,
Dem großen Griechen folg' ich auch. Es ließe
Von Depositionen sich und Zinsen
Zuletzt auch eine Rede ausarbeiten:
Wer wollte solche Perioden drehn?
Licht. Nun, also!
Adam. Von solchem Vorwurf bin ich rein,
Der Henker hol's! Und alles, was es gilt,
Ein Schwank ist's etwa, der, zur Nacht geboren,
Des Tags vorwitz'gen Lichtstrahl scheut.
Licht. Ich weiß.
Adam. Mein Seel'! Es ist kein Grund, warum ein Richter,
Wenn er nicht auf dem Richtstuhl sitzt,
Soll gravitätisch, wie ein Eisbär, sein.

Licht. Das sag' ich auch.
Adam. Nun denn, so kommt, Gevatter,
Folgt mir ein wenig zur Registratur;
Die Aktenstöße setz' ich auf, denn die,
Die liegen wie der Turm zu Babylon.

## Zweiter Auftritt

*Ein Bedienter tritt auf. Die Vorigen. – Nachher: Zwei Mägde.*

Der Bediente. Gott helf', Herr Richter! Der Gerichtsrat Walter
Läßt seinen Gruß vermelden, gleich wird er hier sein.
Adam. Ei, du gerechter Himmel! Ist er mit Holla
Schon fertig?
Der Bediente. Ja, er ist in Huisum schon.
Adam. He! Liese! Grete!
Licht. Ruhig, ruhig jetzt.
Adam. Gevatterchen!
Licht. Laßt Euern Dank vermelden.
Der Bediente. Und morgen reisen wir nach Hussahe.
Adam. Was tu' ich jetzt? Was lass' ich?
*(Er greift nach seinen Kleidern.)*
Erste Magd *(tritt auf)*. Hier bin ich, Herr.
Licht. Wollt Ihr die Hosen anziehn? Seid Ihr toll?
Zweite Magd *(tritt auf)*. Hier bin ich, Herr Dorfrichter.
Licht. Nehmt den Rock.
Adam. *(sieht sich um)*. Wer? Der Gerichtsrat?
Licht. Ach, die Magd ist es.
Adam. Die Bäffchen! Mantel! Kragen!
Erste Magd. Erst die Weste.
Adam. Was? – Rock aus! Hurtig!
Licht *(zum Bedienten)*. Der Herr Gerichtsrat werden

Hier sehr willkommen sein. Wir sind sogleich
Bereit ihn zu empfangen. Sagt ihm das.

Adam. Den Teufel auch! Der Richter Adam läßt sich
Entschuldigen.

Licht. Entschuldigen!

Adam. Entschuld'gen.
Ist er schon unterwegs etwa?

Der Bediente. Er ist
Im Wirtshaus noch. Er hat den Schmidt bestellt;
Der Wagen ging entzwei.

Adam. Gut. Mein Empfehl.
Der Schmidt ist faul. Ich ließe mich entschuld'gen.
Ich hätte Hals und Beine fast gebrochen,
Schaut selbst, 's ist ein Spektakel, wie ich ausseh';
Und jeder Schreck purgiert mich von Natur.
Ich wäre krank.

Licht. Seid Ihr bei Sinnen? –
Der Herr Gerichtsrat wär' sehr angenehm.
– Wollt Ihr?

Adam. Zum Henker!

Licht. Was?

Adam. Der Teufel soll mich holen,
Ist's nicht so gut, als hätt' ich schon ein Pulver!

Licht. Das fehlt noch, daß Ihr auf den Weg ihm leuchtet.

Adam. Margrete! he! Der Sack voll Knochen! Liese!

Die beiden Mägde. Hier sind wir ja. Was wollt Ihr?

Adam. Fort! sag' ich.
Kuhkäse, Schinken, Butter, Würste, Flaschen
Aus der Registratur geschafft! Und flink! –
Du nicht. Die andere. – Maulaffe! Du, ja!
– Gotts Blitz, Margrete! Liese soll, die Kuhmagd,
In die Registratur!

*(Die erste Magd geht ab.)*

Die zweite Magd. Sprecht, soll man Euch verstehn!

Adam. Halt's Maul jetzt, sag' ich –! Fort! schaff' mir die Perücke!
Marsch! Aus dem Bücherschrank! Geschwind! Pack' dich!
*(Die zweite Magd ab.)*
Licht *(zum Bedienten)*. Es ist dem Herrn Gerichtsrat, will ich hoffen,
Nichts Böses auf der Reise zugestoßen?
Der Bediente. Je, nun! Wir sind im Hohlweg umgeworfen.
Adam. Pest! Mein geschundner Fuß! Ich krieg' die Stiefeln –
Licht. Ei, du mein Himmel! Umgeworfen, sagt Ihr?
Doch keinen Schaden weiter –?
Der Bediente. Nichts von Bedeutung.
Der Herr verstauchte sich die Hand ein wenig.
Die Deichsel brach.
Adam. Daß er den Hals gebrochen!
Licht. Die Hand verstaucht! Ei, Herr Gott! Kam der Schmidt schon?
Der Bediente. Ja, für die Deichsel.
Licht. Was?
Adam. Ihr meint, der Doktor.
Licht. Was?
Der Bediente. Für die Deichsel?
Adam. Ach, was! Für die Hand.
Der Bediente. Adies, ihr Herrn. – Ich glaub', die Kerls sind toll. *(Ab.)*
Licht. Den Schmidt meint' ich.
Adam. Ihr gebt Euch bloß, Gevatter.
Licht. Wieso?
Adam. Ihr seid verlegen.
Licht. Was!
*Die erste Magd tritt auf.*
Adam. He! Liese!
Was hast du da?
Erste Magd. Braunschweiger Wurst, Herr Richter.

Adam. Das sind Pupillenakten.
Licht. Ich, verlegen!
Adam. Die kommen wieder zur Registratur.
Erste Magd. Die Würste?
Adam. Würste! Was! Der Einschlag hier.
Licht. Es war ein Mißverständnis.
Die zweite Magd *(tritt auf)*. Im Bücherschrank,
Herr Richter, find' ich die Perücke nicht.
Adam. Warum nicht?
Zweite Magd. Hm! Weil Ihr –
Adam. Nun?
Zweite Magd. Gestern abend –
Glock eilf –
Adam. Nun? Werd' ich's hören?
Zweite Magd. Ei, Ihr kamt ja,
Besinnt Euch, ohne die Perück' ins Haus.
Adam. Ich, ohne die Perücke?
Zweite Magd. In der Tat.
Da ist die Liese, die's bezeugen kann.
Und Eure andr' ist beim Perückenmacher.
Adam. Ich wär' –?
Erste Magd. Ja, meiner Treu, Herr Richter Adam!
Kahlköpfig wart Ihr, als Ihr wiederkamt;
Ihr spracht, Ihr wärt gefallen, wißt Ihr nicht?
Das Blut mußt' ich Euch noch vom Kopfe waschen.
Adam. Die Umverschämte!
Erste Magd. Ich will nicht ehrlich sein.
Adam. Halt's Maul, sag' ich, es ist kein wahres Wort.
Licht. Habt Ihr die Wund' seit gestern schon?
Adam. Nein, heut.
Die Wunde heut und gestern die Perücke.
Ich trug sie weiß gepudert auf dem Kopfe,
Und nahm sie mit dem Hut, auf Ehre, bloß,
Als ich ins Haus trat, aus Versehen ab.

Was die gewaschen hat, das weiß ich nicht.
– Scher' dich zum Satan, wo du hingehörst!
In die Registratur!

*(Erste Magd ab.)*

Geh, Margarete!
Gevatter Küster soll mir seine borgen;
In meine hätt' die Katze heute morgen
Gejungt, das Schwein! Sie läge eingesäuet
Mir unterm Bette da, ich weiß nun schon.

Licht. Die Katze? Was? Seid Ihr –?

Adam. So wahr ich lebe.
Fünf Junge, gelb und schwarz, und eins ist weiß.
Die schwarzen will ich in der Vecht ersäufen.
Was soll man machen? Wollt Ihr eine haben?

Licht. In die Perücke?

Adam. Der Teufel soll mich holen!
Ich hatte die Perücke aufgehängt,
Auf einen Stuhl, da ich zu Bette ging,
Den Stuhl berühr' ich in der Nacht, sie fällt –

Licht. Drauf nimmt die Katze sie ins Maul –

Adam. Mein Seel' –

Licht. Und trägt sie unters Bett und jungt darin.

Adam. Ins Maul? Nein –

Licht. Nicht? Wie sonst?

Adam. Die Katz'? Ach, was!

Licht. Nicht? Oder Ihr vielleicht?

Adam. Ins Maul! Ich glaube –!
Ich stieß sie mit dem Fuße heut hinunter,
Als ich es sah.

Licht. Gut, gut.

Adam. Kanaillen die!
Die balzen sich und jungen, wo ein Platz ist.

Zweite Magd *(kichernd)*. So soll ich hingehn?

Adam. Ja, und meinen Gruß

An Muhme Schwarzgewand, die Küsterin.
Ich schickt' ihr die Perücke unversehrt
Noch heut zurück – ihm brauchst du nichts zu sagen.
Verstehst du mich?
ZWEITE MAGD. Ich werd' es schon bestellen. *(Ab.)*

## Dritter Auftritt

*Adam und Licht.*

ADAM. Mir ahndet heut nichts Guts, Gevatter Licht.
LICHT. Warum?
ADAM. Es geht bunt alles über Ecke mir.
Ist nicht auch heut Gerichtstag?
LICHT. Allerdings.
Die Kläger stehen vor der Türe schon.
ADAM. Mir träumt', es hätt' ein Kläger mich ergriffen,
Und schleppte vor den Richtstuhl mich; und ich,
Ich säße gleichwohl auf dem Richtstuhl dort,
Und schält' und hunzt' und schlingelte mich herunter,
Und judiziert' den Hals ins Eisen mir.
LICHT. Wie? Ihr Euch selbst?
ADAM. So wahr ich ehrlich bin.
Drauf wurden beide wir zu eins, und flohn,
Und mußten in den Fichten übernachten.
LICHT. Nun? Und der Traum, meint Ihr –?
ADAM. Der Teufel hol's.
Wenn's auch der Traum nicht ist, ein Schabernack,
Sei's, wie es woll', ist wider mich im Werk!
LICHT. Die läpp'sche Furcht! Gebt Ihr nur vorschriftsmäßig,
Wenn der Gerichtsrat gegenwärtig ist,
Recht den Parteien auf dem Richterstuhle,

Damit der Traum vom ausgehunzten Richter
Auf andre Art nicht in Erfüllung geht.

## Vierter Auftritt

*Der Gerichtsrat Walter tritt auf. Die Vorigen.*

Walter. Gott grüß' Euch, Richter Adam.
Adam. Ei, willkommen!
Willkommen, gnäd'ger Herr, in unserm Huisum!
Wer konnte, du gerechter Gott, wer konnte
So freudigen Besuches sich gewärt'gen.
Kein Traum, der heute früh Glock achte noch
Zu solchem Glücke sich versteigen durfte.
Walter. Ich komm' ein wenig schnell, ich weiß; und muß
Auf dieser Reis', in unsrer Staaten Dienst,
Zufrieden sein, wenn meine Wirte mich
Mit wohlgemeintem Abschiedsgruß entlassen.
Inzwischen ist, was meinen Gruß betrifft,
Ich mein's von Herzen gut, schon wenn ich komme.
Das Obertribunal in Utrecht will
Die Rechtspfleg' auf dem platten Land verbessern,
Die mangelhaft von mancher Seite scheint,
Und strenge Weisung hat der Mißbrauch zu erwarten.
Doch *mein* Geschäft auf dieser Reis' ist noch
Ein strenges nicht, sehn soll ich bloß, nicht strafen,
Und find' ich gleich nicht alles, wie es soll,
Ich freue mich, wenn es erträglich ist.
Adam. Fürwahr, so edle Denkart muß man loben.
Ew. Gnaden werden hie und da, nicht zweifl' ich,
Den alten Brauch im Recht zu tadeln wissen;
Und wenn er in den Niederlanden gleich

Seit Kaiser Karl dem fünften schon besteht:
Was läßt sich in Gedanken nicht erfinden?
Die Welt, sagt unser Sprichwort, wird stets klüger,
Und alles liest, ich weiß, den Puffendorf;
Doch Huisum ist ein kleiner Teil der Welt,
Auf den nicht mehr, nicht minder, als sein Teil nur
Kann von der allgemeinen Klugheit kommen.
Klärt die Justiz in Huisum gütigst auf,
Und überzeugt Euch, gnäd'ger Herr, Ihr habt
Ihr noch sobald den Rücken nicht gekehrt,
Als sie auch völlig Euch befried'gen wird;
Doch fändet Ihr sie heut im Amte schon,
Wie Ihr sie wünscht, mein Seel', so wär's ein Wunder,
Da sie nur dunkel weiß noch, was Ihr wollt.

Walter. Es fehlt an Vorschriften, ganz recht. Vielmehr
Es sind zu viel, man wird sie sichten müssen.

Adam. Ja, durch ein großes Sieb. Viel Spreu! Viel Spreu!

Walter. Das ist dort der Herr Schreiber?

Licht. Der Schreiber Licht,
Zu Eurer hohen Gnaden Diensten. Pfingsten
Neun Jahre, daß ich im Justizamt bin.

Adam *(bringt einen Stuhl)*. Setzt Euch.

Walter. Laßt sein.

Adam. Ihr kommt von Holla schon.

Walter. Zwei kleine Meilen – Woher wißt Ihr das?

Adam. Woher? Ew. Gnaden Diener –

Licht. Ein Bauer sagt' es,
Der eben jetzt von Holla eingetroffen.

Walter. Ein Bauer?

Adam. Aufzuwarten.

Walter. – Ja! Es trug sich
Dort ein unangenehmer Vorfall zu,
Der mir die heitre Laune störte,
Die in Geschäften uns begleiten soll. –
Ihr werdet davon unterrichtet sein?

Adam. Wär's wahr, gestrenger Herr? Der Richter Pfaul,
Weil er Arrest in seinem Haus empfing,
Verzweiflung hätt' den Toren überrascht,
Er hing sich auf?
Walter. Und machte Übel ärger.
Was nur Unordnung schien, Verworrenheit,
Nimmt jetzt den Schein an der Veruntreuung,
Die das Gesetz, Ihr wißt's, nicht mehr verschont. –
Wie viele Kassen habt Ihr?
Adam. Fünf, zu dienen.
Walter. Wie, fünf! Ich stand im Wahn – Gefüllte Kassen?
Ich stand im Wahn, daß Ihr nur vier –
Adam. Verzeiht!
Mit der Rhein-Inundations-Kollekten-Kasse?
Walter. Mit der Inundations-Kollekten-Kasse!
Doch jetzo ist der Rhein nicht inundiert,
Und die Kollekten gehn mithin nicht ein.
– Sagt doch, Ihr habt ja wohl Gerichtstag heut?
Adam. Ob wir –?
Walter. Was?
Licht. Ja, den ersten in der Woche.
Walter. Und jene Schar von Leuten, die ich draußen
Auf Eurem Flure sah, sind das –?
Adam. Das werden –
Licht. Die Kläger sind's, die sich bereits versammeln.
Walter. Gut. Dieser Umstand ist mir lieb, ihr Herren.
Laßt diese Leute, wenn's beliebt, erscheinen.
Ich wohne dem Gerichtsgang bei; ich sehe,
Wie er in Eurem Huisum üblich ist.
Wir nehmen die Registratur, die Kassen
Nachher, wenn diese Sache abgetan.
Adam. Wie Ihr befehlt. – Der Büttel! He! Hanfriede!

## Fünfter Auftritt

*Die zweite Magd tritt auf. Die Vorigen.*

Zweite Magd. Gruß von Frau Küsterin, Herr Richter Adam;
So gern sie die Perück' Euch auch –
Adam. Wie? Nicht?
Zweite Magd. Sie sagt, es wäre Morgenpredigt heute;
Der Küster hätte selbst die eine auf,
Und seine andre wäre unbrauchbar,
Sie sollte heut zu dem Perückenmacher.
Adam. Verflucht!
Zweite Magd. Sobald der Küster wieder kömmt,
Wird sie jedoch sogleich Euch seine schicken.
Adam. Auf meine Ehre, gnäd'ger Herr –
Walter. Was gibt's?
Adam. Ein Zufall, ein verwünschter, hat um beide
Perücken mich gebracht. Und jetzt bleibt mir
Die dritte aus, die ich mir leihen wollte:
Ich muß kahlköpfig den Gerichtstag halten.
Walter. Kahlköpfig!
Adam. Ja, beim ew'gen Gott! So sehr
Ich ohne der Perücke Beistand um
Mein Richteransehn' auch verlegen bin.
– Ich müßt' es auf dem Vorwerk noch versuchen.
Ob mir vielleicht der Pächter –?
Walter. Auf dem Vorwerk!
Kann jemand anders hier im Orte nicht –?
Adam. Nein, in der Tat –
Walter. Der Prediger vielleicht.
Adam. Der Prediger? Der –
Walter. Oder Schulmeister.
Adam. Seit der Sackzehnde abgeschafft, Ew. Gnaden,

Wozu ich hier im Amte mitgewirkt,
Kann ich auf beider Dienste nicht mehr rechnen.

Walter. Nun, Herr Dorfrichter? Nun? Und der Gerichtstag?
Denkt Ihr zu warten, bis die Haar' Euch wachsen?

Adam. Ja, wenn Ihr mir erlaubt, schick' ich aufs Vorwerk.

Walter. – Wie weit ist's auf das Vorwerk?

Adam. Ei! Ein kleines
Halbstündchen.

Walter. Eine halbe Stunde, was!
Und Eurer Sitzung Stunde schlug bereits.
Macht fort! Ich muß noch heut nach Hussahe.

Adam. Macht fort! Ja –

Walter. Ei, so pudert Euch den Kopf ein!
Wo Teufel auch, wo ließt Ihr die Perücken?
– Helft Euch so gut Ihr könnt. Ich habe Eile.

Adam. Auch das.

Der Büttel *(tritt auf)*. Hier ist der Büttel!

Adam. Kann ich inzwischen
Mit einem guten Frühstück, Wurst aus Braunschweig,
Ein Gläschen Danziger etwa –

Walter. Danke sehr.

Adam. Ohn' Umständ'!

Walter. Dank', Ihr hört's, hab's schon genossen.
Geht Ihr, und nutzt die Zeit, ich brauche sie
In meinem Büchlein etwas mir zu merken.

Adam. Nun, wenn Ihr so befehlt – Komm, Margarete!

Walter. – Ihr seid ja bös' verletzt, Herr Richter Adam.
Seid Ihr gefallen?

Adam. – Hab' einen wahren Mordschlag
Heut früh, als ich dem Bett' entstieg, getan:
Seht, gnäd'ger Herr Gerichtsrat, einen Schlag
Ins Zimmer hin, ich glaubt', es wär' ins Grab.

Walter. Das tut mir leid. – Es wird doch weiter nicht
Von Folgen sein?

Adam. Ich denke nicht. Und auch
In meiner Pflicht soll's weiter mich nicht stören. –
Erlaubt!
Walter. Geht, geht!
Adam *(zum Büttel)*. Die Kläger rufst du – Marsch!
*(Adam, die Magd und der Büttel ab.)*

## Sechster Auftritt

*Frau Marthe, Eve, Veit und Ruprecht treten auf. – Walter und Licht im Hintergrunde.*

Frau Marthe. Ihr krugzertrümmerndes Gesindel, ihr!
Ihr sollt mir büßen, ihr!
Veit. Sei Sie nur ruhig,
Frau Marth'! Es wird sich alles hier entscheiden.
Frau Marthe. O ja. Entscheiden. Seht doch. Den Klugschwätzer.
Den Krug mir, den zerbrochenen, entscheiden.
Wer wird mir den geschiednen Krug entscheiden?
Hier wird entschieden werden, daß geschieden
Der Krug mir bleiben soll. Für so'n Schiedsurteil
Geb' ich noch die geschiednen Scherben nicht.
Veit. Wenn sie sich Recht erstreiten kann, Sie hört's,
Ersetz' ich ihn.
Frau Marthe. Er mir den Krug ersetzen.
Wenn ich mir Recht erstreiten kann, ersetzen.
Setz' Er den Krug mal hin, versuch' Er's mal,
Setz' Er'n mal hin auf das Gesims! Ersetzen!
Den Krug, der kein Gebein zum Stehen hat,
Zum Liegen oder Sitzen hat, ersetzen!
Veit. Sie hört's! Was geifert Sie? Kann man mehr tun?

Wenn einer Ihr von uns den Krug zerbrochen,
Soll Sie entschädigt werden.

FRAU MARTHE. Ich entschädigt!
Als ob ein Stück von meinem Hornvieh spräche.
Meint Er, daß die Justiz ein Töpfer ist?
Und kämen die Hochmögenden und bänden
Die Schürze vor, und trügen ihn zum Ofen,
Die könnten sonst was in den Krug mir tun,
Als ihn entschädigen. Entschädigen!

RUPRECHT. Laß Er sie, Vater. Folg' Er mir. Der Drache!
's ist der zerbrochne Krug nicht, der sie wurmt,
Die Hochzeit ist es, die ein Loch bekommen,
Und mit Gewalt hier denkt sie sie zu flicken.
Ich aber setze noch den Fuß eins drauf:
Verflucht bin ich, wenn ich die Metze nehme.

FRAU MARTHE. Der eitle Flaps! Die Hochzeit ich hier flicken!
Die Hochzeit, nicht des Flickdrahts, unzerbrochen,
Nicht Einen von des Kruges Scherben wert.
Und stünd' die Hochzeit blankgescheuert vor mir,
Wie noch der Krug auf dem Gesimse gestern,
So faßt' ich sie beim Griff jetzt mit den Händen,
Und schlüg' sie gellend ihm am Kopf entzwei,
Nicht aber hier die Scherben möcht' ich flicken!
Sie flicken!

EVE. Ruprecht!

RUPRECHT. Fort, du –!

EVE. Liebster Ruprecht!

RUPRECHT. Mir aus den Augen!

EVE. Ich beschwöre dich.

RUPRECHT. Die liederliche –! Ich mag nicht sagen, was.

EVE. Laß mich ein einz'ges Wort dir heimlich –

RUPRECHT. Nichts!

EVE. – Du gehst zum Regimente jetzt, o Ruprecht,
Wer weiß, wenn du erst die Muskete trägst,

Ob ich dich je im Leben wieder sehe.
Krieg ist's, bedenke, Krieg, in den zu ziehst:
Willst du mit solchem Grolle von mir scheiden?
Ruprecht. Groll? Nein, bewahr' mich Gott, das will ich nicht.
Gott schenk' dir so viel Wohlergehn, als er
Erübrigen kann. Doch kehrt' ich aus dem Kriege
Gesund, mit erzgegoßnem Leib zurück,
Und würd' in Huisum achtzig Jahre alt,
So sagt' ich noch im Tode zu dir: Metze!
Du willst's ja selber vor Gericht beschwören.
Frau Marthe *(zu Eve).* Hinweg! Was sagt' ich dir? Willst du dich noch
Beschimpfen lassen? Der Herr Korporal
Ist was für dich, der würd'ge Holzgebein,
Der seinen Stock im Militär geführt,
Und nicht dort der Maulaffe, der dem Stock
Jetzt seinen Rücken bieten wird. Heut ist
Verlobung, Hochzeit, wäre Taufe heute,
Es wär' mir recht, und mein Begräbnis leid' ich,
Wenn ich dem Hochmut erst den Kamm zertreten,
Der mir bis an die Krüge schwillet.
Eve. Mutter!
Laßt doch den Krug! Laßt mich doch in der Stadt versuchen,
Ob ein geschickter Handwerksmann die Scherben
Nicht wieder Euch zur Lust zusammenfügt.
Und wär's um ihn geschehn, nehmt meine ganze
Sparbüchse hin, und kauft Euch einen neuen.
Wer wollte doch um einen irdnen Krug,
Und stammt' er von Herodes' Zeiten her,
Solch einen Aufruhr, so viel Unheil stiften.
Frau Marthe. Du sprichst, wie du's verstehst. Willst du etwa
Die Fiedel tragen, Evchen, in der Kirche
Am nächsten Sonntag reuig Buße tun?

Dein guter Name lag in diesem Topfe,
Und vor der Welt mit ihm ward er zerstoßen,
Wenn auch vor Gott nicht, und vor mir und dir.
Der Richter ist mein Handwerksmann, der Scherge,
Der Block ist's, Peitschenhiebe, die es braucht,
Und auf den Scheiterhaufen das Gesindel,
Wenn's unsre Ehre weiß zu brennen gilt,
Und diesen Krug hier wieder zu glasieren.

## Siebenter Auftritt

*Adam im Ornat, doch ohne Perücke, tritt auf. Die Vorigen.*

Adam *(für sich).* Ei, Evchen. Sieh! Und der vierschröt'ge Schlingel,
Der Ruprecht! Ei, was Teufel, sieh! die ganze Sippschaft!
– Die werden mich doch nicht bei mir verklagen?
Eve. O liebste Mutter, folgt mir, ich beschwör' Euch,
Laßt diesem Unglückszimmer uns entfliehen!
Adam. Gevatter! Sagt mir doch, was bringen die?
Licht. Was weiß ich? Lärm um nichts; Lappalien.
Es ist ein Krug zerbrochen worden, hör' ich.
Adam. Ein Krug! So! Ei! – Ei, wer zerbrach den Krug?
Licht. Wer ihn zerbrochen?
Adam. Ja, Gevatterchen.
Licht. Mein Seel', setzt Euch: so werdet Ihr's erfahren.
Adam *(heimlich).* Evchen!
Eve *(gleichfalls).* Geh Er.
Adam. Ein Wort.
Eve. Ich will nichts wissen.
Adam. Was bringt ihr mir?
Eve. Ich sag' Ihm, Er soll gehn.

Adam. Evchen! Ich bitte dich! Was soll mir das bedeuten?
Eve. Wenn Er nicht gleich –! Ich sag's Ihm, laß Er mich.
Adam *(zu Licht)*. Gevatter, hört, mein Seel', ich halt's nicht aus.
Die Wund' am Schienbein macht mir Übelkeiten;
Führt Ihr die Sach', ich will zu Bette gehn.
Licht. Zu Bett –? Ihr wollt' –? Ich glaub', Ihr seid verrückt.
Adam. Der Henker hol's. Ich muß mich übergeben.
Licht. Ich glaub', Ihr rast, im Ernst. Soeben kommt Ihr –?
– Meinthalben. Sagt's dem Herrn Gerichtsrat dort.
Vielleicht erlaubt er's. – Ich weiß nicht, was Euch fehlt?
Adam *(wieder zu Even)*. Evchen! Ich flehe dich! Um alle Wunden!
Was ist's, das ihr mir bringt?
Eve. Er wird's schon hören.
Adam. Ist's nur der Krug dort, den die Mutter hält,
Den ich, soviel –?
Eve. Ja, der zerbrochne Krug nur.
Adam. Und weiter nichts?
Eve. Nichts weiter.
Adam. Nichts? Gewiß nichts?
Eve. Ich sag' Ihm, geh Er. Laß Er mich zufrieden.
Adam. Hör' du, bei Gott, sei klug, ich rat' es dir.
Eve. Er Unverschämter!
Adam. In dem Attest steht
Der Name jetzt, Frakturschrift, Ruprecht Tümpel.
Hier trag' ich's fix und fertig in der Tasche;
Hörst du es knackern, Evchen? Sieh, das kannst du,
Auf meine Ehr', heut übers Jahr dir holen,
Dir Trauerschürz' und Mieder zuzuschneiden,
Wenn's heißt: der Ruprecht in Batavia
Krepiert' – ich weiß, an welchem Fieber nicht,
War's gelb, war's scharlach, oder war es faul.
Walter. Sprecht nicht mit den Partein, Herr Richter Adam.
Vor der Session! Hier setzt Euch, und befragt sie.

Adam. Was sagt er? – Was befehlen Ew. Gnaden?
Walter. Was ich befehl'? – Ich sagte deutlich Euch,
Daß Ihr nicht heimlich vor der Sitzung sollt
Mit den Partein zweideut'ge Sprache führen.
Hier ist der Platz, der Eurem Amt gebührt,
Und öffentlich Verhör, was ich erwarte.
Adam *(für sich)*. Verflucht! Ich kann mich nicht dazu entschließen –!
– Es klirrte etwas, da ich Abschied nahm –
Licht *(ihn aufschreckend)*. Herr Richter! Seid Ihr –?
Adam. Ich? Auf Ehre nicht!
Ich hatte sie behutsam drauf gehängt,
Und müßt' ein Ochs gewesen sein –
Licht. Was?
Adam. Was?
Licht. Ich fragte –!
Adam. Ihr fragtet, ob ich –?
Licht. Ob Ihr taub seid, fragt' ich.
Dort Sr. Gnaden haben Euch gerufen.
Adam. Ich glaubte –! Wer ruft?
Licht. Der Herr Gerichtsrat dort.
Adam *(für sich)*. Ei! Hol's der Henker auch! Zwei Fälle gibt's,
Mein Seel', nicht mehr, und wenn's nicht biegt, so bricht's.
– Gleich! Gleich! Gleich! Was befehlen Ew. Gnaden?
Soll jetzt die Prozedur beginnen?
Walter. Ihr seid ja sonderbar zerstreut. Was fehlt Euch?
Adam. – Auf Ehr'! Verzeiht. Es hat ein Perlhuhn mir,
Das ich von einem Indienfahrer kaufte,
Den Pips: ich soll es nudeln, und versteh's nicht,
Und fragte dort die Jungfer bloß um Rat.
Ich bin ein Narr in solchen Dingen, seht,
Und meine Hühner nenn' ich meine Kinder.

Walter. Hier. Setzt Euch. Ruft den Kläger und vernehmt ihn.
Und Ihr, Herr Schreiber, führt das Protokoll.
Adam. Befehlen Ew. Gnaden den Prozeß
Nach den Formalitäten, oder so,
Wie er in Huisum üblich ist, zu halten?
Walter. Nach den gesetzlichen Formalitäten,
Wie er in Huisum üblich ist, nicht anders.
Adam. Gut, gut. Ich werd' Euch zu bedienen wissen.
Seid Ihr bereit, Herr Schreiber?
Licht. Zu Euren Diensten.
Adam. – So nimm, Gerechtigkeit, denn deinen Lauf!
Klägere trete vor.
Frau Marthe. Hier, Herr Dorfrichter!
Adam. Wer seid Ihr?
Frau Marthe. Wer –?
Adam. Ihr.
Frau Marthe. Wer ich –?
Adam. Wer Ihr seid!
Wes Namens, Standes, Wohnorts, und so weiter.
Frau Marthe. Ich glaub', Er spaßt, Herr Richter.
Adam. Spaßen, was?
Ich sitz' im Namen der Justiz, Frau Marthe,
Und die Justiz muß wissen, wer Ihr seid.
Licht *(halblaut)*. Laßt doch die sonderbare Frag' –
Frau Marthe. Ihr guckt
Mir alle Sonntag' in die Fenster ja,
Wenn Ihr aufs Vorwerk geht!
Walter. Kennt Ihr die Frau?
Adam. Sie wohnt hier um die Ecke, Ew. Gnaden,
Wenn man den Fußsteig durch die Hecken geht;
Witw' eines Kastellans, Hebamme jetzt,
Sonst eine ehrliche Frau, von gutem Rufe.
Walter. Wenn Ihr so unterrichtet seid, Herr Richter,

So sind dergleichen Fragen überflüssig.
Setzt ihren Namen in das Protokoll,
Und schreibt dabei: dem Amte wohlbekannt.
Adam. Auch das. Ihr seid nicht für Formalitäten.
Tut so, wie Sr. Gnaden anbefohlen.
Walter. Fragt nach dem Gegenstand der Klage jetzt.
Adam. Jetzt soll ich –?
Walter. Ja, den Gegenstand ermitteln!
Adam. Das ist gleichfalls ein Krug, verzeiht.
Walter. Wie? Gleichfalls!
Adam. Ein Krug. Ein bloßer Krug. Setzt einen Krug,
Und schreibt dabei: dem Amte wohlbekannt.
Licht. Auf meine hingeworfene Vermutung
Wollt Ihr, Herr Richter –?
Adam. Mein Seel', wenn ich's Euch sage,
So schreibt Ihr's hin. Ist's nicht ein Krug, Frau Marthe?
Frau Marthe. Ja, hier der Krug –
Adam. Da habt Ihr's.
Frau Marthe. Der zerbrochne –
Adam. Pedantische Bedenklichkeit.
Licht. Ich bitt' Euch –
Adam. Und wer zerbrach den Krug? Gewiß der Schlingel –?
Frau Marthe. Ja, er, der Schlingel dort –
Adam *(für sich)*. Mehr brauch' ich nicht.
Ruprecht. Das ist nicht wahr, Herr Richter.
Adam *(für sich)*. Auf, aufgelebt, du alter Adam!
Ruprecht. Das lügt sie in den Hals hinein –
Adam. Schweig, Maulaffe!
Du steckst den Hals noch früh genug ins Eisen.
– Setzt einen Krug, Herr Schreiber, wie gesagt,
Zusamt dem Namen des, der ihn zerschlagen.
Jetzt wird die Sache gleich ermittelt sein.
Walter. Herr Richter! Ei! Welch ein gewaltsames Verfahren.
Adam. Wieso?

Licht. Wollt Ihr nicht förmlich –?
Adam. Nein! sag' ich;
Ihr Gnaden lieben Förmlichkeiten nicht.
Walter. Wenn Ihr die Instruktion, Herr Richter Adam,
Nicht des Prozesses einzuleiten wißt,
Ist hier der Ort jetzt nicht, es Euch zu lehren.
Wenn Ihr Recht anders nicht, als so, könnt geben,
So tretet ab: vielleicht kann's Euer Schreiber.
Adam. Erlaubt! Ich gab's, wie's hier in Huisum üblich;
Ew. Gnaden haben's also mir befohlen.
Walter. Ich hätt' –?
Adam. Auf meine Ehre!
Walter. Ich befahl Euch,
Recht hier nach den Gesetzen zu erteilen;
Und hier in Huisum glaubt' ich die Gesetze,
Wie anderswo in den vereinten Staaten.
Adam. Da muß submiß ich um Verzeihung bitten!
Wir haben hier, mit Euerer Erlaubnis,
Statuten, eigentümliche, in Huisum,
Nicht aufgeschriebene, muß ich gestehn, doch durch
Bewährte Tradition uns überliefert.
Von dieser Form, getrau' ich mir zu hoffen,
Bin ich noch heut kein Jota abgewichen.
Doch auch in Eurer andern Form bin ich,
Wie sie im Reich mag üblich sein, zu Hause.
Verlangt Ihr den Beweis! Wohlan, befehlt!
Ich kann Recht so jetzt, jetzo so erteilen.
Walter. Ihr gebt mir schlechte Meinungen, Herr Richter.
Es sei. Ihr fangt von vorn die Sache an. –
Adam. Auf Ehr'! Gebt acht, Ihr sollt zufrieden sein.
– Frau Marthe Rull! Bringt Eure Klage vor.
Frau Marthe. Ich klag', Ihr wißt's, hier wegen dieses Krugs;
Jedoch vergönnt, daß ich, bevor ich melde,
Was diesem Krug geschehen, auch beschreibe,
Was er vorher mir war.

Adam. Das Reden ist an Euch.
Frau Marthe. Seht ihr den Krug, ihr wertgeschätzten Herren?
Seht ihr den Krug?
Adam. O ja, wir sehen ihn.
Frau Marthe. Nichts seht ihr, mit Verlaub, die Scherben seht ihr;
Der Krüge schönster ist entzwei geschlagen.
Hier grade auf dem Loch, wo jetzo nichts,
Sind die gesamten niederländischen Provinzen
Dem span'schen Philipp übergeben worden.
Hier im Ornat stand Kaiser Karl der fünfte:
Von dem seht ihr nur noch die Beine stehn.
Hier kniete Philipp, und empfing die Krone:
Der liegt im Topf, bis auf den Hinterteil,
Und auch noch der hat einen Stoß empfangen.
Dort wischten seine beiden Muhmen sich,
Der Franzen und der Ungarn Königinnen,
Gerührt die Augen aus; wenn man die eine
Die Hand noch mit dem Tuch empor sieht heben,
So ist's, als weinete sie über sich.
Hier im Gefolge stützt sich Philibert,
Für den den Stoß der Kaiser aufgefangen,
Noch auf das Schwert; doch jetzo müßt' er fallen,
So gut wie Maximilian: der Schlingel!
Die Schwerter unten jetzt sind weggeschlagen.
Hier in der Mitte, mit der heil'gen Mütze,
Sah man den Erzbischof von Arras stehn;
Den hat der Teufel ganz und gar geholt,
Sein Schatten nur fällt lang noch übers Pflaster.
Hier standen rings, im Grunde, Leibtrabanten,
Mit Hellebarden, dicht gedrängt, und Spießen,
Hier Häuser, seht, vom großen Markt zu Brüssel,
Hier guckt noch ein Neugier'ger aus dem Fenster:
Doch was er jetzo sieht, das weiß ich nicht.

Adam. Frau Marth'! Erlaßt uns das zerscherbte Paktum,
Wenn es zur Sache nicht gehört.
Uns geht das Loch – nichts die Provinzen an,
Die darauf übergeben worden sind.
Frau Marthe. Erlaubt! Wie schön der Krug, gehört zur Sache! –
Den Krug erbeutete sich Childerich,
Der Kesselflicker, als Oranien
Briel mit den Wassergeusen überrumpelte.
Ihn hatt' ein Spanier, gefüllt mit Wein,
Just an den Mund gesetzt, als Childerich
Den Spanier von hinten niederwarf,
Den Krug ergriff, ihn leert', und weiter ging.
Adam. Ein würd'ger Wassergeuse.
Frau Marthe. Hierauf vererbte
Der Krug auf Fürchtegott, den Totengräber;
Der trank zu dreimal nur, der Nüchterne,
Und stets vermischt mit Wasser aus dem Krug.
Das erste Mal, als er im Sechzigsten
Ein junges Weib sich nahm; drei Jahre drauf,
Als sie noch glücklich ihn zum Vater machte;
Und als sie jetzt noch funfzehn Kinder zeugte,
Trank er zum dritten Male, als sie starb.
Adam. Gut. Das ist auch nicht übel.
Frau Marthe. Drauf fiel der Krug
An den Zachäus, Schneider in Tirlemont,
Der meinem sel'gen Mann, was ich euch jetzt
Berichten will, mit eignem Mund erzählt.
Der warf, als die Franzosen plünderten,
Den Krug, samt allem Hausrat, aus dem Fenster,
Sprang selbst, und brach den Hals, der Ungeschickte,
Und dieser irdne Krug, der Krug von Ton,
Aufs Bein kam er zu stehen, und blieb ganz.

Adam. Zur Sache, wenn's beliebt, Frau Marthe Rull! Zur Sache!

Frau marthe. Drauf in der Feuersbrunst von sechsundsechzig,
Da hatt' ihn schon mein Mann, Gott hab' ihn selig –

Adam. Zum Teufel! Weib! So seid Ihr noch nicht fertig?

Frau Marthe. – Wenn ich nicht reden soll, Herr Richter Adam,
So bin ich unnütz hier, so will ich gehn,
Und ein Gericht mir suchen, das mich hört.

Walter. Ihr sollt hier reden: doch von Dingen nicht,
Die Eurer Klage fremd. Wenn Ihr uns sagt,
Das jener Krug Euch wert, so wissen wir
So viel, als wir zum Richten hier gebrauchen.

Frau Marthe. Wie viel ihr brauchen möget, hier zu richten,
Das weiß ich nicht, und untersuch' es nicht;
Das aber weiß ich, daß ich, um zu klagen,
Muß vor euch sagen dürfen, über was.

Walter. Gut denn. Zum Schluß jetzt. Was geschah dem Krug?
Was? – Was geschah dem Krug im Feuer
Von Anno sechsundsechzig? Wird man's hören?
Was ist dem Krug geschehn?

Frau Marthe. Was ihm geschehen?
Nichts ist dem Krug, ich bitt' euch sehr, ihr Herren,
Nichts Anno sechsundsechzig ihm geschehen.
Ganz blieb der Krug, ganz in der Flammen Mitte,
Und aus des Hauses Asche zog ich ihn
Hervor, glasiert, am andern Morgen, glänzend,
Als käm' er eben aus dem Töpferofen.

Walter. Nun gut. Nun kennen wir den Krug. Nun wissen
Wir alles, was dem Krug geschehn, was nicht.
Was gibt's jetzt weiter?

Frau Marthe. Nun, diesen Krug jetzt, seht – den Krug,
Zertrümmert einen Krug noch wert, den Krug

Für eines Fräuleins Mund, die Lippe selbst
Nicht der Frau Erbstatthalterin zu schlecht,
Den Krug, ihr hohen Herren Richter beide,
Den Krug hat jener Schlingel mir zerbrochen.
Adam. Wer?
Frau Marthe. Er, der Ruprecht dort.
Ruprecht. Das ist gelogen,
Herr Richter.
Adam. Schweig Er, bis man Ihn fragen wird.
Auch heut an Ihn noch wird die Reihe kommen.
– Habt Ihr's im Protokoll bemerkt?
Licht. O ja.
Adam. Erzählt den Hergang, würdige Frau Marthe.
Frau Marthe. Es war Uhr eilfe gestern –
Adam. Wann, sagt Ihr?
Frau Marthe. Uhr eilf.
Adam. Am Morgen?
Frau Marthe. Nein, verzeiht, am Abend –
Und schon die Lamp' im Bette wollt' ich löschen,
Als laute Männerstimmen, ein Tumult,
In meiner Tochter abgelegnen Kammer,
Als ob der Feind einbräche, mich erschreckt.
Geschwind die Trepp' eil' ich hinab, ich finde
Die Kammertür gewaltsam eingesprengt,
Schimpfreden schallen wütend mir entgegen,
Und da ich mir den Auftritt jetzt beleuchte,
Was find' ich jetzt, Herr Richter, was jetzt find' ich?
Den Krug find' ich zerscherbt im Zimmer liegen,
In jedem Winkel liegt ein Stück,
Das Mädchen ringt die Händ', und er, der Flaps dort,
Der trotzt, wie toll, Euch in des Zimmers Mitte.
Adam. Ei, Wetter!
Frau Marthe. Was!
Adam. Sieh da, Frau Marthe!

Frau Marthe. Ja! –
Drauf ist's, als ob, in so gerechtem Zorn,
Mir noch zehn Arme wüchsen, jeglichen
Fühl' ich mir wie ein Geier ausgerüstet.
Ihn stell' ich dort zur Rede, was er hier
In später Nacht zu suchen, mir die Krüge
Des Hauses tobend einzuschlagen habe:
Und er, zur Antwort gibt er mir, jetzt ratet?
Der Umverschämte! Der Halunke, der!
Aufs Rad will ich ihn sehen, oder mich
Nicht mehr geduldig auf den Rücken legen:
Er spricht, es hab' ein anderer den Krug
Vom Sims' gestürzt – ein anderer, ich bitt' Euch,
Der vor ihm aus der Kammer nur entwichen;
– Und überhäuft mit Schimpf mir da das Mädchen.
Adam. O! faule Fische – Hierauf?
Frau Marthe. Auf dies Wort
Seh' ich das Mädchen fragend an; die steht
Gleich einer Leiche da, ich sage: Eve! –
Sie setzt sich; ist's ein anderer gewesen,
Frag' ich? Und »Joseph und Maria,« ruft sie,
»Was denkt Ihr, Mutter, auch? –« So sprich! Wer war's?
»Wer sonst,« sagt sie, – und wer auch konnt' es anders?
Und schwört mir zu, daß er's gewesen ist.
Eve. Was schwor ich Euch? Was hab' ich Euch geschworen?
Nichts schwor ich, nichts Euch –
Frau Marthe. Eve!
Eve. Nein! Dies lügt Ihr –
Ruprecht. Da hört ihr's.
Adam. Hund, jetzt, verfluchter, schweig,
Soll hier die Faust den Rachen dir nicht stopfen!
Nachher ist Zeit für dich, nicht jetzt.
Frau Marthe. Du hättest nicht –?

Eve. Nein, Mutter! Dies verfälscht Ihr.
Seht, leid tut's in der Tat mir tief zur Seele,
Daß ich es öffentlich erklären muß:
Doch nichts schwor ich, nichts, nichts hab' ich geschworen.
Adam. Seid doch vernünftig, Kinder.
Licht. Das ist ja seltsam.
Frau Marthe. Du hättest mir, o Eve, nicht versichert –?
Nicht Joseph und Maria angerufen?
Eve. Beim Schwur nicht! Schwörend nicht! Seht, dies jetzt schwör' ich,
Und Joseph und Maria ruf' ich an.
Adam. Ei, Leutchen! Ei, Frau Marthe! Was auch macht Sie?
Wie schüchtert Sie das gute Kind auch ein!
Wenn sich die Jungfer wird besonnen haben,
Erinnert ruhig dessen, was geschehen,
– Ich sage, was geschehen *ist*, und was,
Spricht sie nicht, wie sie soll, geschehn noch *kann*:
Gebt acht, so sagt sie heut uns aus, wie gestern,
Gleichviel, ob sie's beschwören kann, ob nicht.
Laßt Joseph und Maria aus dem Spiele.
Walter. Nicht doch, Herr Richter, nicht! Wer wollte den
Parteien so zweideut'ge Lehren geben.
Frau Marthe. Wenn sie ins Angesicht mir sagen kann,
Schamlos, die liederliche Dirne, die
Daß es ein andrer, als der Ruprecht war,
So mag meintwegen sie – ich mag nicht sagen, was.
Ich aber, ich versichr' es Euch, Herr Richter,
Und kann ich gleich nicht, daß sie's schwor, behaupten,
Daß sie's gesagt hat gestern, das beschwör' *ich*,
Und Joseph und Maria ruf ich an.
Adam. Nun weiter will ja auch die Jungfer –
Walter. Herr Richter!
Adam. Ew. Gnaden? – Was sagt er? – Nicht, Herzens-Evchen?

Frau Marthe. Heraus damit! Hast du's mir nicht gesagt?
Hast du's mir gestern nicht, mir nicht gesagt?
Eve. Wer leugnet Euch, daß ich's gesagt –
Adam. Da habt ihr's.
Ruprecht. Die Metze, die!
Adam. Schreibt auf.
Veit. Pfui, schäm' Sie sich.
Walter. Von Eurer Aufführung, Herr Richter Adam,
Weiß ich nicht, was ich denken soll. Wenn Ihr selbst
Den Krug zerschlagen hättet, könntet Ihr
Von Euch ab den Verdacht nicht eifriger
Hinwälzen auf den jungen Mann, als jetzt. –
Ihr setzt nicht mehr ins Protokoll, Herr Schreiber,
Als nur der Jungfer Eingeständnis, hoff' ich,
Vom gestrigen Geständnis, nicht vom Fakto.
– Ist's an die Jungfer jetzt schon auszusagen?
Adam. Mein Seel', wenn's ihre Reihe noch nicht ist,
In solchen Dingen irrt der Mensch, Ew. Gnaden.
Wen hätt' ich fragen sollen jetzt? Beklagten?
Auf Ehr'! Ich nehme gute Lehre an.
Walter. Wie unbefangen! – Ja, fragt den Beklagten.
Fragt, macht ein Ende, fragt, ich bitt' Euch sehr:
Dies ist die letzte Sache, die Ihr führt.
Adam. Die letzte! Was! Ei freilich! Den Beklagten!
Wohin auch, alter Richter, dachtest du?
Verflucht das pips'ge Perlhuhn mir! Daß es
Krepiert wär' an der Pest in Indien!
Stets liegt der Kloß von Nudeln mir im Sinn.
Walter. Was liegt? Was für ein Kloß liegt Euch –?
Adam. Der Nudelkloß,
Verzeiht, den ich dem Huhne geben soll.
Schluckt mir das Aas die Pille nicht herunter,
Mein Seel', so weiß ich nicht, wie's werden wird.
Walter. Tut Eure Schuldigkeit, sag' ich, zum Henker!

Adam. Beklagter trete vor.
Ruprecht. Hier, Herr Dorfrichter.
Ruprecht, Veits des Kossäten Sohn, aus Huisum.
Adam. Vernahm Er dort, was vor Gericht soeben
Frau Marthe gegen Ihn hat angebracht?
Ruprecht. Ja, Herr Dorfrichter, das hab' ich.
Adam. Getraut Er sich,
Etwas dagegen aufzubringen, was?
Bekennt Er, oder unterfängt Er sich,
Hier wie ein gottvergeßner Mensch zu leugnen?
Ruprecht. Was ich dagegen aufzubringen habe,
Herr Richter? Ei! Mit Euerer Erlaubnis,
Daß sie kein wahres Wort gesprochen hat.
Adam. So? Und das denkt Er zu beweisen?
Ruprecht. O ja.
Adam. Die würdige Frau Marthe, die –
Beruhige Sie sich. Es wird sich finden.
Walter. Was geht Ihm die Frau Marthe an, Herr Richter?
Adam. Was mir –? Bei Gott! Soll ich als Christ –?
Walter. Bericht'
Er, was Er für sich anzuführen hat. –
Herr Schreiber, wißt Ihr den Prozeß zu führen?
Adam. Ach, was!
Licht. Ob ich – ei nun, wenn Ew. Gnaden –
Adam. Was glotzt Er da? Was hat Er aufzubringen?
Steht nicht der Esel, wie ein Ochse, da?
Was hat Er aufzubringen?
Ruprecht. Was ich aufzubringen?
Walter. Er, ja, Er soll den Hergang jetzt erzählen.
Ruprecht. Mein Seel', wenn man zu Wort mich kommen ließe.
Walter. 's ist in der Tat, Herr Richter, nicht zu dulden.
Ruprecht. Glock zehn Uhr mocht' es etwa sein zu Nacht, –
Und warm just diese Nacht des Januars

Wie Mai, – als ich zum Vater sage: Vater!
Ich will ein bissel noch zur Eve gehn.
Denn heuren wollt' ich sie, das müßt ihr wissen,
Ein rüstig Mädel ist's, ich hab's beim Ernten
Gesehn, wo alles von der Faust ihr ging,
Und ihr das Heu man flog, als wie gemaust.
Da sagt' ich: Willst du? Und sie sagte: »Ach!
Was du da gakelst.« Und nachher sagt' sie: »Ja.«

ADAM. Bleib Er bei seiner Sache, Gakeln! Was!
Ich sagte: Willst Du? Und sie sagte: Ja.

RUPRECHT. Ja, meiner Treu, Herr Richter.

WALTER. Weiter! Weiter!

RUPRECHT. Nun –
Da sagt' ich: Vater, hört Er? Laß Er mich.
Wir schwatzen noch am Fenster was zusammen.
»Na,« sagt er, »lauf; bleibst du auch draußen?« sagt er.
Ja, meiner Seel', sag' ich, das ist geschworen.
»Na,« sagt er, »lauf, um eilfe bist du hier.«

ADAM. Na, so sag' du, und gakle, und kein Ende.
Na, hat er bald sich ausgesagt?

RUPRECHT. Na, sag' ich,
Das ist ein Wort, und setz' die Mütze auf,
Und geh; und übern Steig will ich, und muß
Durchs Dorf zurückgehn, weil der Bach geschwollen.
Ei, alle Wetter, denk' ich, Ruprecht, Schlag!
Nun ist die Gartentür bei Marthens zu:
Denn bis um zehn läßt's Mädel sie nur offen,
Wenn ich um zehn nicht da bin, komm' ich nicht.

ADAM. Die liederliche Wirtschaft, die.

WALTER. Drauf weiter?

RUPRECHT. Drauf – wie ich übern Lindengang mich näh're,
Bei Marthens, wo die Reihen dicht gewölbt
Und dunkel, wie der Dom zu Utrecht, sind,
Hör' ich die Gartentüre fernher knarren.

Sieh da! Da ist die Eve noch! sag' ich,
Und schicke freudig Euch, von wo die Ohren
Mir Kundschaft brachten, meine Augen nach –
– Und schelte sie, da sie mir wiederkommen,
Für blind, und schicke auf der Stelle sie
Zum zweitenmal, sich besser umzusehen,
Und schimpfe sie nichtswürdige Verleumder,
Aufhetzer, niederträcht'ge Ohrenbläser,
Und schicke sie zum drittenmal, und denke,
Sie werden, weil sie ihre Pflicht getan,
Unwillig los sich aus dem Kopf mir reißen,
Und sich in einen andern Dienst begeben:
Die Eve ist's, am Latz erkenn' ich sie,
Und einer ist's noch obenein.

Adam. So? Einer noch? Und wer, Er Klugschwätzer?

Ruprecht. Wer? Ja, mein Seel', da fragt Ihr mich –

Adam. Nun also!
Und nicht gefangen, denk' ich, nicht gehangen.

Walter. Fort! Weiter in der Rede! Laßt ihn doch!
Was unterbrecht Ihr ihn, Herr Dorfrichter?

Ruprecht. Ich kann das Abendmahl darauf nicht nehmen,
Stockfinster war's, und alle Katzen grau.
Doch müßt Ihr wissen, daß der Flickschuster,
Der Lebrecht, den man kürzlich losgesprochen,
Dem Mädel längst mir auf die Fährte ging.
Ich sagte vor'gen Herbst schon: Eve, höre,
Der Schuft schleicht mir ums Haus, das mag ich nicht;
Sag' ihm, daß du kein Braten bist für ihn,
Mein Seel', sonst werf' ich ihn vom Hof herunter.
Die spricht: »Ich glaub', du schierst mich,« sagt ihm was,
Das ist nicht hin, nicht her, nicht Fisch, nicht Fleisch:
Drauf geh' ich hin und werf' den Schlingel herunter.

Adam. So? Lebrecht heißt der Kerl?

Ruprecht. Ja, Lebrecht.

Adam. Gut,
Das ist ein Nam'. Es wird sich alles finden.
– Habt Ihr's bemerkt im Protokoll, Herr Schreiber?
Licht. O ja, und alles andere, Herr Richter.
Adam. Sprich weiter, Ruprecht, jetzt, mein Sohn.
Ruprecht. Nun schießt,
Da ich Glock eilf das Pärchen hier begegne,
– Glock zehn Uhr zog ich immer ab – das Blatt mir.
Ich denke: halt, jetzt ist's noch Zeit, o Ruprecht,
Noch wachsen dir die Hirschgeweihe nicht: –
Hier mußt du sorgsam dir die Stirn befühlen,
Ob dir von fern hornartig etwas keimt.
Und drücke sacht mich durch die Gartenpforte,
Und berg' in einen Strauch von Taxus mich:
Und hör' Euch ein Gefispre hier, ein Scherzen,
Ein Zerren hin, Herr Richter, Zerren her,
Mein Seel', ich denk', ich soll vor Lust –
Eve. Du Bös'wicht!
Was das, o schändlich ist von dir!
Frau Marthe. Halunke!
Dir weis' ich noch einmal, wenn wir allein sind,
Die Zähne! Wart'! Du weißt noch nicht, wo mir
Die Haare wachsen! Du sollst's erfahren!
Ruprecht. Ein Viertelstündchen dauert's so; ich denke:
Was wird's doch werden, ist doch heut nicht Hochzeit?
Und eh' ich den Gedanken ausgedacht,
Husch! sind sie beid' ins Haus schon, vor dem Pastor.
Eve. Geht, Mutter, mag es werden, wie es will –
Adam. Schweig du mir dort, rat' ich, das Donnerwetter
Schlägt über dich ein, unberufne Schwätzerin!
Wart', bis ich auf zur Red' dich rufen werde.
Walter. Sehr sonderbar, bei Gott!
Ruprecht. Jetzt hebt, Herr Richter Adam,
Jetzt hebt sich's, wie ein Blutsturz, mir. Luft!

Da mir der Knopf am Brustlatz springt: Luft jetzt!
Und reiße mir den Latz auf: Luft jetzt, sag' ich!
Und geh, und drück', und tret' und donnere,
Da ich der Dirne Tür verriegelt finde,
Gestemmt, mit Macht, auf einen Tritt, sie ein.
Adam. Blitzjunge, du!
Ruprecht. Just da sie auf jetzt rasselt,
Stürzt dort der Krug vom Sims ins Zimmer hin,
Und husch! springt einer aus dem Fenster Euch:
Ich seh' die Schöße noch vom Rocke wehn.
Adam. War das der Lebrecht?
Ruprecht. Wer sonst, Herr Richter?
Das Mädchen steht, die werf' ich übern Haufen,
Zum Fenster eil' ich hin, und find' den Kerl
Noch in den Pfählen hangen, am Spalier,
Wo sich das Weinlaub aufrankt bis zum Dach.
Und da die Klinke in der Hand mir blieb,
Als ich die Tür eindonnerte, so reiß ich
Jetzt mit dem Stahl eins pfundschwer übern Detz ihm:
Den just, Herr Richter, konnt' ich noch erreichen.
Adam. War's eine Klinke?
Ruprecht. Was?
Adam. Ob's –
Ruprecht. Ja, die Türklinke.
Adam. Darum.
Licht. Ihr glaubtet wohl, es war ein Degen?
Adam. Ein Degen? Ich – wieso?
Ruprecht. Ein Degen!
Licht. Je nun!
Man kann sich wohl verhören. Eine Klinke
Hat sehr viel Ähnlichkeit mit einem Degen.
Adam. Ich glaub' –!
Licht. Bei meiner Treu! Der Stiel, Herr Richter?
Adam. Der Stiel!

Ruprecht. Der Stiel! Der war's nun aber nicht.
Der Klinke umgekehrtes Ende war's.
Adam. Das umgekehrte Ende war's der Klinke!
Licht. So! So!
Ruprecht. Doch auf dem Griffe lag ein Klumpen
Blei, wie ein Degengriff, das muß ich sagen.
Adam. Ja, wie ein Griff.
Licht. Gut. Wie ein Degengriff.
Doch irgend eine tück'sche Waffe mußt' es
Gewesen sein. Das wußt' ich wohl.
Walter. Zur Sache stets, ihr Herren, doch! Zur Sache!
Adam. Nichts als Allotrien, Herr Schreiber! – Er, weiter!
Ruprecht. Jetzt stürzt der Kerl, und ich schon will mich wenden
Als ich's im Dunkeln auf sich rappeln sehe.
Ich denke: lebst du noch? und steig aufs Fenster
Und will dem Kerl das Gehen unten legen:
Als jetzt, ihr Herrn, da ich zum Sprung just aushol',
Mir eine Handvoll grobgekörnten Sandes –
– Und Kerl und Nacht und Welt und Fensterbrett,
Worauf ich steh, denk' ich nicht, straf' mich Gott
Das alles fällt in einen Sack zusammen –
Wie Hagel, stiebend, in die Augen fliegt.
Adam. Verflucht! Sieh da! Wer tat das?
Ruprecht. Wer? Der Lebrecht.
Adam. Halunke!
Ruprecht. Meiner Treu! Wenn er's gewesen.
Adam. Wer sonst!
Ruprecht. Als stürzte mich ein Schloßenregen
Von eines Bergs zehn Klaftern hohem Abhang,
So schlag' ich jetzt vom Fenster Euch ins Zimmer:
Ich denk', ich schmettere den Boden ein.
Nun brech' ich mir den Hals doch nicht, auch nicht
Das Kreuz mir, Hüften, oder sonst, inzwischen

Konnt' ich des Kerls doch nicht mehr habhaft werden,
Und sitze auf, und wische mir die Augen.
Die kommt, und »ach, Herr Gott!« ruft sie, und »Ruprecht!
Was ist dir auch?« Mein Seel', ich hob den Fuß,
Gut war's, daß ich nicht sah, wohin ich stieß.

Adam. Kam das vom Sande noch?

Ruprecht. Vom Sandwurf, ja.

Adam. Verdammt! Der traf!

Ruprecht. Da ich jetzt aufersteh',
Was sollt' ich auch die Fäuste hier mir schänden?
So schimpf' ich sie, und sage: liederliche Metze,
Und denke, das ist gut genug für sie.
Doch Tränen, seht, ersticken mir die Sprache.
Denn da Frau Marthe jetzt ins Zimmer tritt,
Die Lampe hebt, und ich das Mädchen dort
jetzt schlotternd, zum Erbarmen, vor mir sehe,
Sie, die so herzhaft sonst wohl um sich sah,
So sag' ich zu mir: blind ist auch nicht übel.
Ich hätte meine Augen hingegeben,
Knippkügelchen, wer will, damit zu spielen.

Eve. Er ist nicht wert, der Bös'wicht –

Adam. Sie soll schweigen!

Ruprecht. Das Weitre wißt ihr.

Adam. Wie, das Weitere?

Ruprecht. Nun ja, Frau Marthe kam, und geiferte,
Und Ralf, der Nachbar, kam, und Hinz, der Nachbar,
Und Muhme Sus' und Muhme Liese kamen,
Und Knecht und Mägd' und Hund' und Katzen kamen,
s' war ein Spektakel, und Frau Marthe fragte
Die Jungfer dort, wer ihr den Krug zerschlagen,
Und die, die sprach, ihr wißt's, daß ich's gewesen.
Mein Seel', sie hat so unrecht nicht, ihr Herren.
Den Krug, den sie zu Wasser trug, zerschlug ich,
Und der Flickschuster hat im Kopf ein Loch. –

Adam. Frau Marthe! Was entgegnet Ihr der Rede?
Sagt an!
Frau Marthe. Was ich der Red' entgegene?
Daß sie, Herr Richter, wie der Marder einbricht,
Und Wahrheit wie ein gakelnd Huhn erwürgt.
Was Recht liebt, sollte zu den Keulen greifen,
Um dieses Ungetüm der Nacht zu tilgen.
Adam. Da wird Sie den Beweis uns führen müssen.
Frau Marthe. O ja, sehr gern. Hier ist mein Zeuge. – Rede!
Adam. Die Tochter? Nein, Frau Marthe.
Walter. Nein? Warum nicht?
Adam. Als Zeugin, gnäd'ger Herr? Steht im Gesetzbuch
Nicht *titulo*, ist's *quarto*? oder *quinto*?
Wenn Krüge oder sonst, was weiß ich?
Von jungen Bengeln sind zerschlagen worden,
So zeugen Töchter ihren Müttern nicht?
Walter. In Eurem Kopf liegt Wissenschaft und Irrtum
Geknetet, innig, wie ein Teig, zusammen;
Mit jedem Schnitte gebt Ihr mir von beidem.
Die Jungfer zeugt noch nicht, sie deklariert jetzt;
Ob, und für wen, sie zeugen will und kann,
Wird erst aus der Erklärung sich ergeben.
Adam. Ja, deklarieren. Gut. *Titulo sexto.*
Doch was sie sagt, das glaubt man nicht.
Walter. Tritt vor, mein junges Kind.
Adam. He! Lies'! – Erlaubt!
Die Zunge wird sehr trocken mir – Margrete!

## Achter Auftritt

*Eine Magd tritt auf. Die Vorigen.*

ADAM. Ein Glas mit Wasser! –
DIE MAGD. Gleich! *(Ab.)*
ADAM. Kann ich Euch gleichfalls –?
WALTER. Ich danke.
ADAM. Franz? oder Mos'ler? Was Ihr wollt.
*(Walter verneigt sich; die Magd bringt Wasser und entfernt sich.)*

## Neunter Auftritt

*Walter. Adam. Frau Marthe usw. ohne die Magd.*

ADAM. – Wenn ich freimütig reden darf, Ihr Gnaden,
Die Sache eignet gut sich zum Vergleich.
WALTER. Sich zum Vergleich? Das ist nicht klar, Herr Richter.
Vernünft'ge Leute können sich vergleichen;
Doch wie *Ihr* den Vergleich schon wollt bewirken,
Da noch durchaus die Sache nicht entworren,
Das hätt' ich wohl von Euch zu hören Lust.
Wie denkt Ihr's anzustellen, sagt mir an?
Habt Ihr ein Urteil schon gefaßt?
ADAM. Mein Seel'!
Wenn ich, da das Gesetz im Stich mich läßt,
Philosophie zu Hilfe nehmen soll,
So war's – der Leberecht –
WALTER. Wer?
ADAM. Oder Ruprecht –
WALTER. Wer?
ADAM. Oder Lebrecht, der den Krug zerschlug.

Walter. Wer also war's? Der Lebrecht oder Ruprecht?
Ihr greift, ich seh', mit Eurem Urteil ein,
Wie eine Hand in einen Sack voll Erbsen.
Adam. Erlaubt!
Walter. Schweigt, schweigt, ich bitt' Euch.
Adam. Wie Ihr wollt.
Auf meine Ehr', mir wär's vollkommen recht,
Wenn sie es alle beid' gewesen wären.
Walter. Fragt dort, so werdet Ihr's erfahren.
Adam. Sehr gern.
Doch wenn Ihr's heraus bekommt, bin ich ein Schuft.
– Habt Ihr das Protokoll da in Bereitschaft?
Licht. Vollkommen.
Adam. Gut.
Licht. Und brech' ein eignes Blatt mir,
Begierig, was darauf zu stehen kommt.
Adam. Ein eignes Blatt? Auch gut.
Walter. Sprich dort, mein Kind.
Adam. Sprich, Evchen, hörst du, spricht jetzt, Jungfer Evchen!
Gib Gotte, hörst du, Herzchen, gib, mein Seel',
Ihm und der Welt, gib ihm was von der Wahrheit.
Denk', daß du hier vor Gottes Richtstuhl bist,
Und daß du deinen Richter nicht mit Leugnen,
Und Plappern, was zur Sache nicht gehört,
Betrüben mußt. Ach, was! Du bist vernünftig.
Ein Richter immer, weißt du, ist ein Richter,
Und einer braucht ihn heut, und einer morgen.
Sagst du, daß es der Lebrecht war: nun gut;
Und sagst du, daß es Ruprecht war: auch gut!
Sprich so, sprich so, ich bin kein ehrlicher Kerl,
Es wird sich alles, wie du's wünschest, finden.
Willst du mir hier von einem andern trätschen,
Und dritten etwa, dumme Namen nennen:

Sieh, Kind, nimm dich in acht, ich sag' nichts weiter.
In Huisum, hol's der Henker, glaubt dir's keiner,
Und keiner, Evchen, in den Niederlanden;
Du weißt, die weißen Wände zeugen nicht,
Der auch wird zu verteidigen sich wissen:
Und deinen Ruprecht holt die Schwerenot!

Walter. Wenn Ihr doch Eure Reden lassen wolltet.
Geschwätz, gehauen nicht und nicht gestochen.

Adam. Verstehen's Ew. Gnaden nicht?

Walter. Macht fort!
Ihr habt zulängst hier auf dem Stuhl gesprochen.

Adam. Auf Ehr'! Ich habe nicht studiert, Ew. Gnaden.
Bin ich euch Herrn aus Utrecht nicht verständlich,
Mit diesem Volk vielleicht verhält sich's anders:
Die Jungfer weiß, ich wette, was ich will.

Frau Marthe. Was soll das? Dreist heraus jetzt mit der Sprache!

Eve. O liebste Mutter!

Frau Marthe. Du –! Ich rate dir!

Ruprecht. Mein Seel', ist schwer, Frau Marthe, dreist zu sprechen,
Wenn das Gewissen an der Kehl' uns sitzt.

Adam. Schweig Er jetzt, Nas'weis, mucks' Er nicht.

Frau Marthe. Wer war's?

Eve. O Jesus!

Frau Marthe. Maulaffe, der! Der niederträchtige!
O Jesus! Als ob sie eine Hure wäre.
War's der Herr Jesus?

Adam. Frau Marthe! Unvernunft!
Was das für –! Laß sie die Jungfer doch gewähren!
Das Kind einschrecken – Hure – Schafsgesicht!
So wird's uns nichts. Sie wird sich schon besinnen.

Ruprecht. O ja, besinnen.

Adam. Flaps dort, schweig Er jetzt.

RUPRECHT. Der Flickschuster wird ihr schon einfallen.
ADAM. Der Satan! Ruft den Büttel! He! Hanfriede!
RUPRECHT. Nun, nun! Ich schweig', Herr Richter, laßt's nur sein.
Sie wird Euch schon auf meinen Namen kommen.
FRAU MARTHE. Hör' du, mach' mir hier kein Spektakel, sag' ich.
Hör', neunundvierzig bin ich alt geworden
In Ehren: funfzig möcht' ich gern erleben.
Den dritten Februar ist mein Geburtstag;
Heut ist der erste. Mach' es kurz. Wer war's?
ADAM. Gut, meinethalben! Gut, Frau Marthe Rull!
FRAU MARTHE. Der Vater sprach, als er verschied: »Hör', Marthe,
Dem Mädel schaff' mir einen wackern Mann;
Und wird sie eine liederliche Metze,
So gib dem Totengräber einen Groschen,
Und laß mich wieder auf den Rücken legen:
Mein Seel', ich glaub', ich kehr' im Grab mich um.«
ADAM. Nun, das ist auch nicht übel.
FRAU MARTHE. Willst du Vater
Und Mutter jetzt, mein Evchen, nach dem vierten
Gebot hoch ehren, gut, so sprich: in meine Kammer
Ließ ich den Schuster, oder einen dritten,
Hörst du? Der Bräut'gam aber war es nicht.
RUPRECHT. Sie jammert mich. Laßt doch den Krug, ich bitt' Euch;
Ich will'n nach Utrecht tragen. Solch ein Krug –
Ich wollt', ich hätt' ihn nur entzwei geschlagen.
EVE. Unedelmüt'ger, du! Pfui, schäme dich,
Daß du nicht sagst: gut, ich zerschlug den Krug!
Pfui, Ruprecht, pfui, o schäme dich, daß du
Mir nicht in meiner Tat vertrauen kannst.
Gab ich die Hand dir nicht, und sagte: ja,

Als du mich fragtest: »Eve, willst du mich?«
Meinst du, daß du den Flickschuster nicht wert bist?
Und hättest du durchs Schlüsselloch mich mit
Dem Lebrecht aus dem Kruge trinken sehen,
Du hättest denken sollen: Ev' ist brav,
Es wird sich alles ihr zum Ruhme lösen,
Und ist's im Leben nicht, so ist es jenseits,
Und wenn wir auferstehn, ist auch ein Tag.
Ruprecht. Mein Seel', das dauert mir zu lange, Evchen.
Was ich mit Händen greife, glaub' ich gern.
Eve. Gesetzt, es wär' der Leberecht gewesen,
Warum – des Todes will ich ewig sterben,
Hätt' ich's dir Einzigem nicht gleich vertraut;
Jedoch warum vor Nachbarn, Knecht' und Mägden –
Gesetzt, ich hätte Grund, es zu verbergen,
Warum, o Ruprecht, sprich, warum nicht sollt' ich
Auf dein Vertraun hin sagen, daß du's warst?
Warum nicht sollt' ich's? Warum sollt' ich's nicht?
Ruprecht. Ei, so zum Henker, sag's, es ist mir recht,
Wenn du die Fiedel dir ersparen kannst.
Eve. O du Abscheulicher! Du Undankbarer!
Wert, daß ich mir die Fiedel spare! Wert,
Daß ich mit einem Wort zu Ehren mich,
Und dich in ewiges Verderben bringe.
Walter. Nun –? Und dies einz'ge Wort –? Halt uns nicht auf.
Der Ruprecht also war es nicht?
Eve. Nein, gnäd'ger Herr, weil er's denn selbst so will,
Um seinetwillen nur verschwieg ich es:
Den irdnen Krug zerschlug der Ruprecht nicht,
Wenn er's Euch selber leugnet, könnt Ihr's glauben.
Frau Marthe. Eve! Der Ruprecht nicht?
Eve. Nein, Mutter, nein!
Und wenn ich's gestern sagte, war's gelogen.

FRAU MARTHE. Hör', dir zerschlag' ich alle Knochen!
*(Sie setzt den Krug nieder.)*

EVE. Tut, was Ihr wollt.

WALTER *(drohend)*. Frau Marthe!

ADAM. He! Der Büttel! –
Schmeißt sie heraus dort, die verwünschte Vettel!
Warum soll's Ruprecht just gewesen sein?
Hat Sie das Licht dabei gehalten, was?
Die Jungfer, denk' ich, wird es wissen müssen:
Ich bin ein Schelm, wenn's nicht der Lebrecht war.

FRAU MARTHE. War es der Lebrecht etwa! War's der Lebrecht?

ADAM. Sprich, Evchen, war's der Lebrecht nicht, mein Herzchen?

EVE. Er Unverschämter, Er! Er Niederträcht'ger!
Wie kann Er sagen, daß es Lebrecht –

WALTER. Jungfer!
Was untersteht Sie sich? Ist das mir der
Respekt, den Sie dem Richter schuldig ist?

EVE. Ei, was! Der Richter dort! Wert, selbst vor dem
Gericht, ein armer Sünder, dazustehn –
– Er, der wohl besser weiß, wer es gewesen!
*(Sich zum Dorfrichter wendend.)*
Hat Er den Lebrecht in die Stadt nicht gestern
Geschickt nach Utrecht, vor die Kommission,
Mit dem Attest, die die Rekruten aushebt?
Wie kann Er sagen, daß es Lebrecht war,
Wenn Er wohl weiß, daß der in Utrecht ist?

ADAM. Nun wer denn sonst? Wenn's Lebrecht nicht, zum Henker –
Nicht Ruprecht ist, nicht Lebrecht ist – – Was machst du?

RUPRECHT. Mein Seel', Herr Richter Adam, laßt Euch sagen,
Hierin mag doch die Jungfer just nicht lügen,
Dem Lebrecht bin ich selbst begegnet gestern,
Als er nach Utrecht ging, früh war's Glock acht,

Und wenn er auf ein Fuhrwerk sich nicht lud,
Hat sich der Kerl, krummbeinig wie er ist,
Glock zehn Uhr nachts noch nicht zurück gehaspelt.
Es kann ein dritter wohl gewesen sein.
Adam. Ach, was! Krummbeinig! Schafsgesicht! Der Kerl
Geht seinen Stiefel, der, trotz Einem.
Ich will von ungespaltnem Leibe sein,
Wenn nicht ein Schäferhund von mäß'ger Größe
Muß seinen Trab gehn, mit ihm fortzukommen.
Walter. Erzähl' den Hergang uns.
Adam. Verzeihn Ew. Gnaden!
Hierauf wird Euch die Jungfer schwerlich dienen.
Walter. Nicht dienen? Mir nicht dienen? Und warum nicht?
Adam. Ein twatsches Kind. Ihr seht's. Gut, aber twatsch.
Blutjung, gefirmelt kaum; das schämt sich noch,
Wenn's einen Bart von weitem sieht. So'n Volk,
Im Finstern leiden sie's, und wenn es Tag wird,
So leugnen sie's vor ihrem Richter ab.
Walter. Ihr seid sehr nachsichtsvoll, Herr Richter Adam,
Sehr mild, in allem, was die Jungfer angeht.
Adam. Die Wahrheit Euch zu sagen, Herr Gerichtsrat,
Ihr Vater war ein guter Freund von mir.
Wollen Ew. Gnaden heute huldreich sein,
So tun wir hier nicht mehr, als unsre Pflicht,
Und lassen seine Tochter gehn.
Walter. Ich spüre große Lust in mir, Herr Richter,
Der Sache völlig auf den Grund zu kommen. –
Sei dreist, mein Kind; sag', wer den Krug zerschlagen.
Vor niemand stehst du, in dem Augenblick,
Der einen Fehltritt nicht verzeihen könnte.
Eve. Mein lieber, würdiger und gnäd'ger Herr,
Erlaßt mir, Euch den Hergang zu erzählen.
Von dieser Weigrung denkt uneben nicht.
Es ist des Himmels wunderbare Fügung,

Die mir den Mund in dieser Sache schließt.
Daß Ruprecht jenen Krug nicht traf, will ich
Mit einem Eid, wenn Ihr's verlangt,
Auf heiligem Altar bekräftigen.
Jedoch die gestrige Begebenheit,
Mit jedem andern Zuge, ist mein eigen,
Und nicht das ganze Garnstück kann die Mutter,
Um eines einz'gen Fadens willen, fordern,
Der, ihr gehörig, durchs Gewebe läuft.
Ich kann hier, wer den Krug zerschlug, nicht melden,
Geheimnisse, die nicht mein Eigentum,
Müßt' ich, dem Kruge völlig fremd, berühren.
Früh oder spät will ich's ihr anvertrauen,
Doch hier das Tribunal ist nicht der Ort,
Wo sie das Recht hat, mich danach zu fragen.

Adam. Nein, Rechtens nicht. Auf meine Ehre, nicht.
Die Jungfer weiß, wo unsre Zäume hängen.
Wenn sie den Eid hier vor Gericht will schwören,
So fällt der Mutter Klage weg:
Dagegen ist nichts weiter einzuwenden.

Walter. Was sagt zu der Erklärung Sie, Frau Marthe?

Frau Marthe. Wenn ich gleich was Erkleckliches nicht aufbring',
Gestrenger Herr, so glaubt, ich bitt' Euch sehr,
Daß mir der Schlag bloß jetzt die Zunge lähmte.
Beispiele gibt's, daß ein verlorner Mensch,
Um vor der Welt zu Ehren sich zu bringen,
Den Meineid vor dem Richterstuhle wagt; doch daß
Ein falscher Eid sich schwören kann, auf heil'gem
Altar, um an den Pranger hinzukommen,
Das heut erfährt die Welt zum erstenmal.
Wär', daß ein andrer, als der Ruprecht, sich
In ihre Kammer gestern schlich, gegründet,
Wär's überall nur möglich, gnäd'ger Herr,

Versteht mich wohl, – so säumt' ich hier nicht länger.
Den Stuhl setzt' ich, zur ersten Einrichtung,
Ihr vor die Tür', und sagte: geh, mein Kind,
Die Welt ist weit, da zahlst du keine Miete,
Und lange Haare hast du auch geerbt,
Woran du dich, kommt Zeit, kommt Rat, kannst hängen.

Walter. Ruhig, ruhig, Frau Marthe.

Frau Marthe. Da ich jedoch
Hier den Beweis noch anders führen kann,
Als bloß durch sie, die diesen Dienst mir weigert,
Und überzeugt bin völlig, daß nur er
Mir, und kein anderer, den Krug zerschlug,
So bringt die Lust, es kurzhin abzuschwören,
Mich noch auf einen schändlichen Verdacht.
Die Nacht von gestern birgt ein anderes
Verbrechen noch, als bloß die Krugverwüstung.
Ich muß Euch sagen, gnäd'ger Herr, daß Ruprecht
Zur Konskription gehört, in wenig Tagen
Soll er den Eid zur Fahn' in Utrecht schwören.
Die jungen Landessöhne reißen aus.
Gesetzt, er hätte gestern nacht gesagt:
»Was meinst du, Evchen? Komm. Die Welt ist groß.
Zu Kist' und Kasten hast du ja die Schlüssel« –
Und sie, sie hätt' ein wenig sich gesperrt:
So hätte ohngefähr, da ich sie störte,
– Beim ihm aus Rach', aus Liebe noch bei ihr –
Der Rest, so wie geschehn, erfolgen können.

Ruprecht. Das Rabenaas! Was das für Reden sind!
Zu Kist' und Kasten –

Walter. Still!

Eve. Er, austreten!

Walter. Zur Sache hier. Vom Krug ist hier die Rede. –
Beweis, Beweis, daß Ruprecht ihn zerbrach!

Frau Marthe. Gut, gnäd'ger Herr. Erst will ich hier beweisen,
Daß Ruprecht mir den Krug zerschlug,
Und dann will ich im Hause untersuchen. –
Seht, eine Zunge, die mir Zeugnis redet,
Bring' ich für jedes Wort auf, das er sagte,
Und hätt' in Reihen gleich sie aufgeführt,
Wenn ich von fern geahndet nur, daß diese
Die ihrige für mich nicht brauchen würde.
Doch wenn ihr Frau Brigitte jetzo ruft,
Die ihm die Muhm' ist, so genügt mir die,
Weil die den Hauptpunkt just bestreiten wird.
Denn die, die hat Glock halb auf eilf im Garten,
Merkt wohl, bevor der Krug zertrümmert worden,
Wortwechselnd mit der Ev' ihn schon getroffen;
Und wie die Fabel, die er aufgestellt,
Vom Kopf zu Fuß dadurch gespalten wird,
Durch diese einz'ge Zung', ihr hohen Richter:
Das überlass' ich selbst euch einzusehn.
Ruprecht. Wer hat mich –?
Veit. Schwester Briggy?
Ruprecht. Mich mit Ev'? Im Garten?
Frau Marthe. Ihn mit der Ev', im Garten, Glock halb eilf,
Bevor er noch, wie er geschwätzt, um eilf
Das Zimmer überrumpelnd eingesprengt:
Im Wortgewechsel, kosend bald, bald zerrend,
Als wollt' er sie zu etwas überreden.
Adam *(für sich)*. Verflucht! Der Teufel ist mir gut.
Walter. Schafft diese Frau herbei.
Ruprecht. Ihr Herrn, ich bitt' euch:
Das ist kein wahres Wort, das ist nicht möglich.
Adam. O wart', Halunke! – He! Der Büttel! Hanfried! –
Denn auf der Flucht zerschlagen sich die Krüge –
– Herr Schreiber, geht, schafft Frau Brigitt' herbei!

Veit. Hör', du verfluchter Schlingel, du, was machst du?
Dir brech' ich alle Knochen noch.
Ruprecht. Weshalb auch?
Veit. Warum verschwiegst du, daß du mit der Dirne
Glock halb auf eilf im Garten schon scharwenzt?
Warum verschwiegst du's?
Ruprecht. Warum ich's verschwieg?
Gott's Schlag und Donner, weil's nicht wahr ist, Vater!
Wenn das die Muhme Briggy zeugt, so hängt mich.
Und bei den Beinen sie meinthalb dazu.
Veit. *Wenn* aber sie's bezeugt – nimm dich in acht!
Du und die saubre Jungfer Eve dort,
Wie ihr auch vor Gericht euch stellt, ihr steckt
Doch unter einer Decke noch. 's ist irgend
Ein schändliches Geheimnis noch, von dem
Sie weiß, und nur aus Schonung hier nichts sagt.
Ruprecht. Geheimnis? Welches?
Veit. Warum hast du eingepackt?
He? Warum hast du gestern abend eingepackt?
Ruprecht. Die Sachen?
Veit. Röcke, Hosen, ja, und Wäsche;
Ein Bündel, wie's ein Reisender just auf
Die Schulter wirft?
Ruprecht. Weil ich nach Utrecht soll!
Weil ich zum Regiment soll! Himmel-Donner –!
Glaubt Er, daß ich –?
Veit. Nach Utrecht? Ja, nach Utrecht!
Du hast geeilt, nach Utrecht hinzukommen!
Vorgestern wußtest du noch nicht, ob du
Den fünften oder sechsten Tag wirst reisen.
Walter. Weiß Er zur Sache was zu melden, Vater?
Veit. – Gestrenger Herr, ich will noch nichts behaupten.
Ich war daheim, als sich der Krug zerschlug,
Und auch von einer andern Unternehmung

Hab' ich, die Wahrheit zu gestehn, noch nichts,
Wenn ich jedweden Umstand wohl erwäge,
Das meinen Sohn verdächtig macht, bemerkt.
Von seiner Unschuld völlig überzeugt,
Kam ich hierher, nach abgemachtem Streit
Sein ehelich Verlöbnis aufzulösen,
Und ihm das Silberkettlein einzufordern,
Zusamt dem Schaupfennig, den er der Jungfer
Beim dem Verlöbnis vor'gen Herbst verehrt.
Wenn jetzt von Flucht was, und Verräterei
An meinem grauen Haar zutage kommt,
So ist mir das so neu, ihr Herrn, als euch:
Doch dann der Teufel soll den Hals ihm brechen.

WALTER. Schafft Frau Brigitt' herbei, Herr Richter Adam.

ADAM. – Wird Ew. Gnaden diese Sache nicht
Ermüden? Sie zieht sich in die Länge.
Ew. Gnaden haben meine Kassen noch,
Und die Registratur – Was ist die Glocke?

LICHT. Es schlug soeben halb.

ADAM. Auf eilf?

LICHT. Verzeiht, auf zwölfe.

WALTER. Gleichviel.

ADAM. Ich glaub', die Zeit ist, oder Ihr verrückt.
*(Er sieht nach der Uhr.)*
Ich bin kein ehrlicher Mann – Ja, was befehlt Ihr?

WALTER. Ich bin der Meinung –

ADAM. Abzuschließen? Gut –!

WALTER. Erlaubt! Ich bin der Meinung, fortzufahren.

ADAM. Ihr seid der Meinung – Auch gut. Sonst würd' ich
Auf Ehre, morgen früh, Glock neun, die Sache
Zu Euerer Zufriedenheit beend'gen.

WALTER. Ihr wißt um meinen Willen.

ADAM. Wie Ihr befehlt.
Herr Schreiber, schickt die Büttel ab; sie sollen
Sogleich ins Amt die Frau Brigitte laden.

Walter. Und nehmt Euch – Zeit, die mir viel wert, zu sparen –
Gefälligst selbst der Sach' ein wenig an.
*(Licht ab.)*

## Zehnter Auftritt

*Die Vorigen ohne Licht. Späterhin einige Mägde.*

Adam *(aufstehend)*. Inzwischen könnte man, wenn's so gefällig,
Vom Sitze sich ein wenig lüften –?
Walter. Hm! O ja.
Was ich sagen wollt' –
Adam. Erlaubt Ihr gleichfalls,
Daß die Partein, bis Frau Brigitt' erscheint –?
Walter. Was? Die Partein?
Adam. Ja, vor die Tür, wenn Ihr –
Walter *(für sich)*. Verwünscht!
*(Laut.)* Herr Richter Adam, wißt Ihr was?
Gebt ein Glas Wein mir in der Zwischenzeit.
Adam. Von ganzem Herzen gern. He! Margarete!
Ihr macht mich glücklich, gnäd'ger Herr. – Margrete!
*Die Magd tritt auf.*
Die Magd. Hier.
Adam. Was befehlt Ihr? – Tretet ab, ihr Leute.
Franz? – Auf den Vorsaal draußen. – Oder Rhein?
Walter. Von unserm Rhein.
Adam. Gut. – Bis ich rufe. Marsch!
Walter. Wohin?
Adam. Geh, vom versiegelten, Margrete. –
Was? Auf den Flur bloß draußen. – Hier. – Der Schlüssel.
Walter. Hm! Bleibt.

Adam. Fort! Marsch, sag' ich! – Geh, Margarete!
Und Butter, frisch gestampft, Käs' auch aus Limburg,
Und von der fetten pommerschen Räuchergans.
Walter. Halt! Einen Augenblick! Macht nicht so viel
Umständ', ich bitt' Euch sehr, Herr Richter.
Adam. Schert
Zum Teufel euch, sag' ich! Tu, wie ich sagte.
Walter. Schickt Ihr die Leute fort, Herr Richter?
Adam. Ew. Gnaden?
Walter. Ob Ihr –?
Adam. Sie treten ab, wenn Ihr erlaubt.
Bloß ab, bis Frau Brigitt' erscheint.
Wie, oder soll's nicht etwa –?
Walter. Hm! Wie Ihr wollt.
Doch ob's der Mühe sich verlohnen wird?
Meint Ihr, daß es so lange Zeit wird währen,
Bis man im Ort sie trifft?
Adam. 's ist heute Holztag,
Gestrenger Herr. Die Weiber größtenteils
Sind in den Fichten, Sträucher einzusammeln.
Es könnte leicht –
Ruprecht. Die Muhme ist zu Hause.
Walter. Zu Haus'. Laßt sein.
Ruprecht. Die wird sogleich erscheinen.
Walter. Die wird uns gleich erscheinen. Schafft den Wein.
Adam *(für sich)*. Verflucht!
Walter. Macht fort. Doch nichts zum Imbiß, bitt' ich,
Als ein Stück trocknen Brotes nur, und Salz.
Adam *(für sich)*. Zwei Augenblicke mit der Dirn' allein –
*(Laut.)* Ach, trocknes Brot! Was! Salz! Geht doch.
Walter. Gewiß.
Adam. Ei, ein Stück Käs' aus Limburg mind'stens. – Käse
Macht erst geschickt die Zunge, Wein zu schmecken.
Walter. Gut. Ein Stück Käse denn, doch weiter nichts.

ADAM. So geh. Und weiß, von Damast, aufgedeckt.
Schlecht alles zwar, doch recht.
*(Die Magd ab.)*
Das ist der Vorteil
Von uns verrufnen hagestolzen Leuten,
Daß wir, was andre, knapp und kummervoll,
Mit Weib und Kindern täglich teilen müssen,
Mit einem Freunde, zur gelegnen Stunde,
Vollauf genießen.

WALTER. Was ich sagen wollte –
Wie kamt Ihr doch zu Eurer Wund', Herr Richter?
Das ist ein böses Loch, fürwahr, im Kopf, das!

ADAM. – Ich fiel.

WALTER. Ihr fielt. Hm! So. Wann? Gestern abend?

ADAM. Heut, Glock halb sechs, verzeiht, am Morgen, früh,
Da ich soeben aus dem Bette stieg.

WALTER. Worüber?

ADAM. Über – gnäd'ger Herr Gerichtsrat,
Die Wahrheit Euch zu sagen, über mich.
Ich schlug Euch häuptlings an den Ofen nieder,
Bis diese Stunde weiß ich nicht, warum?

WALTER. Von hinten?

ADAM. Wie? Von hinten –

WALTER. Oder vorn?
Ihr habt zwo Wunden, vorne ein' und hinten.

ADAM. Von vorn und hinten. – Margarete!

*(Die beiden Mägde mit Wein usw. Sie decken auf, und gehen wieder ab.)*

WALTER. Wie?

ADAM. Erst so, dann so. Erst auf die Ofenkante,
Die vorn die Stirn mir einstieß, und sodann
Vom Ofen rückwärts auf den Boden wieder,
Wo ich mir noch den Hinterkopf zerschlug.
*(Er schenkt ein.)*
Ist's Euch gefällig?

WALTER *(nimmt das Glas).* Hättet Ihr ein Weib,
So würd' ich wunderliche Dinge glauben,
Herr Richter.
ADAM. Wieso?
WALTER. Ja, bei meiner Treu,
So rings seh' ich zerkritzt Euch und zerkratzt.
ADAM *(lacht).* Nein, Gott sei Dank! Frau'nnägel sind es nicht.
WALTER. Glaub's. Auch ein Vorteil noch der Hagestolzen.
ADAM *(fortlachend).* Strauchwerk, für Seidenwürmer, das man trocknend
Mir an dem Ofenwinkel aufgesetzt. –
Auf Euer Wohlergehn!
*(Sie trinken.)*
WALTER. Und grad' auch heut
Noch die Perücke seltsam einzubüßen!
Die hätt' Euch Eure Wunden noch bedeckt.
ADAM. Ja, ja. Jedwedes Übel ist ein Zwilling. –
Hier – von dem fetten jetzt – kann ich –?
WALTER. Ein Stückchen.
Aus Limburg?
ADAM. Rect' aus Limburg, gnäd'ger Herr.
WALTER. – Wie Teufel aber, sagt mir, ging das zu?
ADAM. Was?
WALTER. Daß Ihr die Perücke eingebüßt.
ADAM. Ja, seht. Ich sitz' und lese gestern abend
Ein Aktenstück, und weil ich mir die Brille
Verlegt, duck' ich so tief mich in den Streit,
Daß bei der Kerze Flamme lichterloh
Mir die Perücke angeht. Ich, ich denke,
Feu'r fällt vom Himmel auf mein sündig Haupt,
Und greife sie, und will sie von mir werfen;
Doch eh' ich noch das Nackenband gelöst,
Brennt sie wie Sodom und Gomorra schon.
Kaum daß ich die drei Haare noch mir rette.

Walter. Verwünscht! Und Eure andr' ist in der Stadt?
Adam. Bei dem Perückenmacher. – Doch zur Sache.
Walter. Nicht allzurasch, ich bitt', Herr Richter Adam.
Adam. Ei, was! Die Stunde rollt. Ein Gläschen. Hier.
*(Er schenkt ein.)*
Walter. Der Lebrecht – wenn der Kauz dort wahr gesprochen –
Er auch hat einen bösen Fall getan.
Adam. Auf meine Ehr'. *(Er trinkt.)*
Walter. Wenn hier die Sache,
Wie ich fast fürchte, unentworren bleibt,
So werdet Ihr, in Eurem Ort, den Täter
Leicht noch aus seiner Wund' entdecken können.
*(Er trinkt.)*
Niersteiner?
Adam. Was?
Walter. Oder guter Oppenheimer?
Adam. Nierstein. Sieh da? Auf Ehre! Ihr versteht's.
Aus Nierstein, gnäd'ger Herr, als hätt' ich ihn geholt.
Walter. Ich prüft' ihn, vor drei Jahren, an der Kelter.
*(Adam schenkt wieder ein.)*
– Wie hoch ist Euer Fenster? – Dort! Frau Marthe!
Frau Marthe. Mein Fenster?
Walter. Das Fenster jener Kammer, ja,
Worin die Jungfer schläft?
Frau Marthe. Die Kammer zwar
Ist nur vom ersten Stock, ein Keller drunter,
Mehr als neun Fuß das Fenster nicht vom Boden;
Jedoch die ganze, wohlerwogene
Gelegenheit sehr ungeschickt zum Springen.
Denn auf zwei Fuß steht von der Wand ein Weinstock,
Der seine knot'gen Äste rankend hin
Durch ein Spalier treibt, längs der ganzen Wand:
Das Fenster selbst ist noch davon umstrickt.

Es würd' ein Eber, ein gewaffneter,
Müh' mit den Fängern haben, durchzubrechen.

ADAM. Es hing auch keiner drin. *(Er schenkt sich ein.)*

WALTER. Meint Ihr?

ADAM. Ach, geht!

*(Er trinkt.)*

WALTER *(zu Ruprecht)*. Wie traf Er denn den Sünder? Auf den Kopf?

ADAM. Hier.

WALTER. Laßt.

ADAM. Gebt her.

WALTER. 's ist halb noch voll.

ADAM. Will's füllen.

WALTER. Ihr hört's.

ADAM. Ei, für die gute Zahl.

WALTER. Ich bitt' Euch.

ADAM. Ach, was! Nach der Pythagoräer-Regel.

*(Er schenkt ihm ein.)*

WALTER *(wieder zu Ruprecht)*. Wie oft traf er dem Sünder denn den Kopf?

ADAM. Eins ist der Herr; Zwei ist das finstre Chaos;
Drei ist die Welt. Drei Gläser lob' ich mir.
Im dritten trinkt man mit den Tropfen Sonnen,
Und Firmamente mit den übrigen.

WALTER. Wie oftmals auf den Kopf traf Er den Sünder?
Er, Ruprecht, Ihn dort frag' ich!

ADAM. Wird man's hören?
Wie oft trafst du den Sündenbock? Na, heraus!
Gott's Blitz, seht, weiß der Kerl wohl selbst, ob er –
Vergaßt du's?

RUPRECHT. Mit der Klinke?

ADAM. Ja, was weiß ich.

WALTER. Vom Fenster, als Er nach ihm herunter hieb?

RUPRECHT. Zweimal, ihr Herrn.

ADAM. Halunke! Das behielt er!
*(Er trinkt.)*
WALTER. Zweimal! Er konnt' ihn mit zwei solchen Hieben
Erschlagen, weiß er –?
RUPRECHT. Hätt' ich ihn erschlagen,
So hätt' ich ihn. Es wär' mir grade recht.
Läg' er hier vor mir, tot, so könnt' ich sagen,
Der war's, ihr Herrn, ich hab' euch nicht belogen.
ADAM. Ja, tot! Das glaub' ich. Aber so –
*(Er schenkt ein.)*
WALTER. Konnt' Er ihn denn im Dunkeln nicht erkennen?
RUPRECHT. Nicht einen Stich, gestrenger Herr. Wie sollt' ich?
ADAM. Warum sperrtst du nicht die Augen auf? – Stoßt an!
RUPRECHT. Die Augen auf! Ich hatt' sie aufgesperrt.
Der Satan warf sie mir voll Sand.
ADAM *(in den Bart)*. Voll Sand, ja!
Warum sperrtst du deine großen Augen auf?
– Hier. Was wir lieben, gnäd'ger Herr! Stoßt an!
WALTER. – Was recht und gut und treu ist, Richter Adam!
*(Sie trinken.)*
ADAM. Nun denn, zum Schluß jetzt, wenn's gefällig ist.
*(Er schenkt ein.)*
WALTER. Ihr seid zuweilen bei Frau Marthe wohl,
Herr Richter Adam. Sagt mir doch,
Wer, außer Ruprecht, geht dort aus und ein?
ADAM. Nicht allzuoft, gestrenger Herr, verzeiht.
Wer aus und ein geht, kann ich Euch nicht sagen.
WALTER. Wie? Solltet Ihr die Witwe nicht zuweilen
Von Eurem sel'gen Freund besuchen?
ADAM. Nein, in der Tat, sehr selten nur.
WALTER. Frau Marthe!
Habt Ihr's mit Richter Adam hier verdorben?
Er sagt, er spräche nicht mehr bei Euch ein?

Frau Marthe. Hm! Gnäd'ger Herr, verdorben? Das just nicht.
Ich denk', er nennt mein guter Freund sich noch.
Doch daß ich oft in meinem Haus ihn sähe,
Das vom Herrn Vetter kann ich just nicht rühmen.
Neun Wochen sind's, daß er's zuletzt betrat,
Und auch nur da noch im Vorübergehn.
Walter. Wie sagt Ihr?
Frau Marthe. Was?
Walter. Neun Wochen wären's –?
Frau Marthe. Neun,
Ja – Donnerstag sind's zehn. Er bat sich Samen
Bei mir, von Nelken und Aurikeln, aus.
Walter. Und – Sonntags – wenn er auf das Vorwerk geht –?
Frau Marthe. Ja, da – da guckt er mir ins Fenster wohl,
Und saget guten Tag zu mir und meiner Tochter;
Doch dann so geht er wieder seiner Wege.
Walter *(für sich)*. Hm! Sollt' ich auch dem Mann wohl –
*(Er trinkt.)* Ich glaubte,
Weil Ihr die Jungfer Muhme dort zuweilen
In Eurer Wirtschaft braucht, so würdet Ihr
Zum Dank die Mutter dann und wann besuchen.
Adam. Wieso, gestrenger Herr?
Walter. Wieso? Ihr sagtet,
Die Jungfer helfe Euren Hühnern auf,
Die Euch im Hof erkranken. Hat sie nicht
Noch heut in dieser Sach' Euch Rat erteilt?
Frau Marthe. Ja, allerdings, gestrenger Herr, das tut sie.
Vorgestern schickt' er ihr ein krankes Perlhuhn
Ins Haus, das schon den Tod im Leibe hatte.
Vor'm Jahr rettete sie ihm eins vom Pips,
Und dies auch wird sie mit der Nudel heilen:
Jedoch zum Dank ist er noch nicht erschienen.

Walter *(verwirrt)* – Schenkt ein, Herr Richter Adam, seid so gut.
Schenkt gleich mir ein. Wir wollen eins noch trinken.
Adam. Zu Eurem Dienst. Ihr macht mich glücklich. Hier.
*(Er schenkt ein.)*
Walter. Auf Euer Wohlergehn! – Der Richter Adam,
Er wird früh oder spät schon kommen.
Frau Marthe. Meint Ihr? Ich zweifle.
Könnt' ich Niersteiner, solchen, wie Ihr trinkt,
Und wie mein sel'ger Mann, der Kastellan,
Wohl auch, von Zeit zu Zeit, im Keller hatte,
Vorsetzen dem Herrn Vetter, wär's was anders:
Doch so besitz' ich nichts, ich arme Witwe,
In meinem Hause, das ihn lockt.
Walter. Um so viel besser.

## Elfter Auftritt

*Licht, Frau Brigitte mit einer Perücke in der Hand, die Mägde treten auf. Die Vorigen.*

Licht. Hier, Frau Brigitt', herein.
Walter. Ist das die Frau, Herr Schreiber Licht?
Licht. Das ist die Frau Brigitte, Ew. Gnaden.
Walter. Nun denn, so laßt die Sach' uns jetzt beschließen.
Nehmt ab, ihr Mägde. Hier.
*(Die Mägde mit Gläsern usw. ab.)*
Adam *(während dessen).* Nun, Evchen, höre,
Dreh' du mir deine Pille ordentlich,
Wie sich's gehört, so sprech' ich heute abend
Auf ein Gericht Karauschen bei euch ein.
Dem Luder muß sie ganz jetzt durch die Gurgel,
Ist sie zu groß, so mag's den Tod dran fressen.

WALTER *(erblickt die Perücke).* Was bringt uns Frau Brigitte dort für eine
Perücke?
LICHT. Gnäd'ger Herr?
WALTER. Was jene Frau uns dort für eine
Perücke bringt?
LICHT. Hm!
WALTER. Was?
LICHT. Verzeiht –
WALTER. Werd' ich's erfahren?
LICHT. Wenn Ew. Gnaden gütigst
Die Frau, durch den Herrn Richter, fragen wollen,
So wird, wem die Perücke angehört,
Sich, und das Weitre, zweifl' ich nicht, ergeben.
WALTER. – Ich will nicht wissen, wem sie angehört.
Wie kam die Frau dazu? Wo fand sie sie?
LICHT. Die Frau fand die Perücke im Spalier
Bei Frau Margrete Rull. Sie hing gespießt,
Gleich einem Nest, im Kreuzgeflecht des Weinstocks,
Dicht unterm Fenster, wo die Jungfer schläft.
FRAU MARTHE. Was? Bei mir? Im Spalier?
WALTER *(heimlich).* Herr Richter Adam,
Habt Ihr mir etwas zu vertraun,
So bitt' ich, um die Ehre des Gerichtes,
Ihr seid so gut, und sagt mir's an.
ADAM. Ich Euch –?
WALTER. Nicht? Habt Ihr nicht –?
ADAM. Auf meine Ehre –
*(Er ergreift die Perücke.)*
WALTER. Hier die Perücke ist die Eure nicht?
ADAM. Hier die Perück', ihr Herren, ist die meine!
Das ist, Blitz-Element, die nämliche,
Die ich dem Burschen vor acht Tagen gab,
Nach Utrecht sie zum Meister Mehl zu bringen.

Walter. Wem? Was?
Licht. Dem Ruprecht?
Ruprecht. Mir?
Adam. Hab' ich Ihm Schlingel,
Als Er nach Utrecht vor acht Tagen ging,
Nicht die Perück' hier anvertraut, sie zum
Friseur, daß er sie renoviere, hinzutragen?
Ruprecht. Ob Er –? Nun ja. Er gab mir –
Adam. Warum hat Er
Nicht die Perück', Halunke, abgegeben?
Warum nicht hat Er sie, wie ich befohlen,
Beim Meister in der Werkstatt abgegeben?
Ruprecht. Warum ich sie –? Gott's Himmel-Donner-Schlag!
Ich hab' sie in der Werkstatt abgegeben.
Der Meister Mehl nahm sie –
Adam. Sie abgegeben?
Und jetzt hängt sie im Weinspalier bei Marthens?
O wart', Kanaille! So entkommst du nicht.
Dahinter steckt mir von Verkappung was,
Und Meuterei, was weiß ich? – Wollt Ihr erlauben
Daß ich sogleich die Frau nur inquiriere?
Walter. Ihr hättet die Perücke –?
Adam. Gnäd'ger Herr,
Als jener Bursche dort, vergangnen Dienstag,
Nach Utrecht fuhr mit seines Vaters Ochsen,
Kam er ins Amt, und sprach: »Herr Richter Adam,
Habt Ihr im Städtlein etwas zu bestellen?«
Mein Sohn, sag' ich, wenn du so gut willst sein,
So laß mir die Perück' hier auftoupieren –
Nicht aber sagt' ich ihm: geh und bewahre
Sie bei dir auf, verkappe dich darin,
Und laß sie im Spalier bei Marthens hängen.
Frau Brigitte. Ihr Herrn, der Ruprecht, mein' ich, halt zu Gnaden,

Der war's wohl nicht. Denn da ich gestern nacht
Hinaus aufs Vorwerk geh', zu meiner Muhme,
Die schwer im Kindbett liegt, hört' ich die Jungfer
Gedämpft, im Garten hinten, jemand schelten:
Wut scheint und Furcht die Stimme ihr zu rauben.
»Pfui, schäm' Er sich, Er Niederträchtiger,
Was macht Er? Fort! Ich werd' die Mutter rufen;«
Als ob die Spanier im Lande wären.
Drauf: Eve! durch den Zaun hin: Eve! ruf ich
Was hast du? Was auch gibt's? – Und still wird es:
Nun? Wirst du antworten? – »Was wollt Ihr, Muhme?«
Was hast du vor? frag' ich. – »Was werd' ich haben?«
Ist es der Ruprecht? – »Ei so ja, der Ruprecht.
Geht Euren Weg doch nur.« – So koch' dir Tee.
Das liebt sich, denk' ich, wie sich andre zanken.

Frau Marthe. Mithin –?

Ruprecht. Mithin –?

Walter. Schweigt! Laßt die Frau vollenden.

Frau Brigitte. Da ich vom Vorwerk nun zurückekehre,
Zur Zeit der Mitternacht etwa, und just,
Im Lindengang, bei Marthens Garten bin,
Huscht euch ein Kerl bei mir vorbei, kahlköpfig,
Mit einem Pferdefuß, und hinter ihm
Erstinkt's wie Dampf von Pech und Haar und Schwefel.
Ich sprech' ein Gottseibeiuns aus, und drehe,
Entsetzensvoll mich um, und seh', mein Seel',
Die Glatz', ihr Herren, im Verschwinden noch,
Wie faules Holz, den Lindengang durchleuchten.

Ruprecht. Was! Himmel – Tausend –!

Frau Marthe. Ist Sie toll, Frau Briggy?

Ruprecht. Der Teufel, meint Sie, wär's –?

Licht. Still! Still!

Frau Brigitte. Mein Seel'!
Ich weiß, was ich gesehen und gerochen.

WALTER *(ungeduldig)*. Frau, ob's der Teufel war, will ich nicht untersuchen,
Ihn aber, ihn denunziiert man nicht.
Kann Sie von einem andern melden, gut:
Doch mit dem Sünder da verschont Sie uns.
LICHT. Wollen Ew. Gnaden sie vollenden lassen.
WALTER. Blödsinnig Volk, das!
FRAU BRIGITTE. Gut, wie Ihr befehlt.
Doch der Herr Schreiber Licht sind mir ein Zeuge.
WALTER. Wie? Ihr ein Zeuge?
LICHT. Gewissermaßen, ja.
WALTER. Fürwahr, ich weiß nicht –
LICHT. Bitte ganz submiß,
Die Frau in dem Berichte nicht zu stören.
Daß es der Teufel war, behaupt' ich nicht;
Jedoch mit Pferdefuß, und kahler Glatze
Und hinten Dampf, wenn ich nicht sehr mich irre,
Hat's seine völl'ge Richtigkeit! – Fahrt fort!
FRAU BRIGITTE. Da ich nun mit Erstaunen heut vernehme,
Was bei Frau Marthe Rull geschehn, und ich,
Den Krugzertrümmrer auszuspionieren,
Der mir zu Nacht begegnet am Spalier,
Den Platz, wo er gesprungen, untersuche,
Find' ich im Schnee, ihr Herrn, euch eine Spur –
Was find' ich euch für eine Spur im Schnee?
Rechts sein und scharf und nett gekantet immer,
Ein ordentlicher Menschenfuß,
Und links unförmig grobhin eingetölpelt
Ein ungeheurer klotz'ger Pferdefuß.
WALTER *(ärgerlich)*. Geschwätz, wahnsinniges, verdammenswürd'ges –!
VEIT. Es ist nicht möglich, Frau!
FRAU BRIGITTE. Bei meiner Treu!
Erst am Spalier, da, wo der Sprung geschehen,

Seht, einen weiten, schneezerwühlten Kreis,
Als ob sich eine Sau darin gewälzt;
Und Menschenfuß und Pferdefuß von hier,
Und Menschenfuß und Pferdefuß, und Menschenfuß und Pferdefuß,
Quer durch den Garten, bis in alle Welt.

ADAM. Verflucht! – Hat sich der Schelm vielleicht erlaubt,
Verkappt des Teufels Art –?

RUPRECHT. Was! Ich!

LICHT. Schweigt! Schweigt!

FRAU BRIGITTE. Wer einen Dachs sucht, und die Fährt' entdeckt,
Der Weidmann, triumphiert nicht so, als ich.
Herr Schreiber Licht, sag' ich, denn eben seh' ich,
Von euch geschickt, den Würd'gen zu mir treten,
Herr Schreiber Licht, spart eure Session,
Den Krugzertrümmrer judiziert ihr nicht,
Der sitzt nicht schlechter euch, als in der Hölle:
Hier ist die Spur, die er gegangen ist.

WALTER. So habt Ihr selbst Euch überzeugt?

LICHT. Ew. Gnaden,
Mit dieser Spur hat's völl'ge Richtigkeit.

WALTER. Ein Pferdefuß?

LICHT. Fuß eines Menschen, bitte,
Doch *praeter propter* wie ein Pferdehuf.

ADAM. Mein Seel', ihr Herrn, die Sache scheint mir ernsthaft.
Man hat viel beißend abgefaßte Schriften,
Die, daß ein Gott sei, nicht gestehen wollen;
Jedoch den Teufel hat, soviel ich weiß,
Kein Atheist noch bündig wegbewiesen.
Der Fall, der vorliegt, scheint besonderer
Erörtrung wert. Ich trage darauf an,
Bevor wir ein Konklusum fassen,
Im Haag bei der Synode anzufragen,

Ob das Gericht befugt sei, anzunehmen,
Daß Belzebub den Krug zerbrochen hat.
WALTER. Ein Antrag, wie ich ihn von Euch erwartet.
Was wohl meint *Ihr*, Herr Schreiber?
LICHT. Ew. Gnaden werden
Nicht die Synode brauchen, um zu urteil'n.
Vollendet – mit Erlaubnis! – den Bericht,
Ihr Frau Brigitte, dort; so wird der Fall
Aus der Verbindung, hoff' ich, klar konstieren.
FRAU BRIGITTE. Hierauf: Herr Schreiber Licht, sag' ich, laßt uns
Die Spur ein wenig doch verfolgen, sehn,
Wohin der Teufel wohl entwischt mag sein.
»Gut,« sagt er, »Frau Brigitt', ein guter Einfall;
Vielleicht gehn wir uns nicht weit um,
Wenn wir zum Herrn Dorfrichter Adam gehn.«
WALTER. Nun? Und jetzt fand sich –?
FRAU BRIGITTE. Zuerst jetzt finden wir
Jenseits des Gartens, in dem Lindengange,
Den Platz, wo, Schwefeldämpfe von sich lassend,
Der Teufel bei mir angeprellt: ein Kreis,
Wie scheu ein Hund etwa zur Seite weicht,
Wenn sich die Katze prustend vor ihm setzt.
WALTER. Drauf weiter?
FRAU BRIGITTE. Nicht weit davon jetzt steht ein Denkmal seiner,
An einem Baum, daß ich davor erschrecke.
WALTER. Ein Denkmal? Wie?
FRAU BRIGITTE. Wie? Ja, da werdet Ihr –
ADAM *(für sich.)* Verflucht, mein Unterleib.
LICHT. Vorüber, bitte,
Vorüber hier, ich bitte, Frau Brigitte.
WALTER. Wohin die Spur Euch führte, will ich wissen!

Frau Brigitte. Wohin? Mein Treu, den nächsten Weg zu Euch,
Just wie Herr Schreiber Licht gesagt.
Walter. Zu uns? Hierher?
Frau Brigitte. Vom Lindengange, ja,
Aufs Schulzenfeld, den Karpfenteich entlang,
Den Steg, quer übern Gottesacker dann,
Hier, sag' ich, her, zum Herrn Dorfrichter Adam.
Walter. Zum Herrn Dorfrichter Adam?
Adam. Hier zu mir?
Frau Brigitte. Zu Euch, ja.
Ruprecht. Wird doch der Teufel nicht
In dem Gerichtshof wohnen?
Frau Brigitte. Mein Treu, ich weiß nicht,
Ob er in diesem Hause wohnt; doch hier,
Ich bin nicht ehrlich, ist er abgestiegen:
Die Spur geht hinten ein bis an die Schwelle.
Adam. Sollt' er vielleicht hier durchpassiert –?
Frau Brigitte. Ja, oder durchpassiert. Kann sein. Auch das.
Die Spur vornaus –
Walter. War eine Spur vornaus?
Licht. Vornaus, verzeihn Ew. Gnaden, keine Spur.
Frau Brigitte. Ja, vornaus war der Weg zertreten.
Adam. Zertreten. Durchpassiert. Ich bin ein Schuft.
Der Kerl, paßt auf, hat den Gesetzen hier
Was angehängt. Ich will nicht ehrlich sein,
Wenn es nicht stinkt in der Registratur.
Wenn meine Rechnungen, wie ich nicht zweifle,
Verwirrt befunden werden sollten,
Auf meine Ehr', ich stehe für nichts ein.
Walter. Ich auch nicht. *(Für sich.)* Hm! Ich weiß nicht, war's der Linke,
War es der Rechte? Seiner Füße einer –
Herr Richter! Eure Dose! – Seid so gefällig.

ADAM. Die Dose?
WALTER. Die Dose. Gebt! Hier!
ADAM *(zu Licht)*. Bringt dem Herrn Gerichtsrat.
WALTER. Wozu die Umständ'? Einen Schritt gebraucht's.
ADAM. Es ist schon abgemacht. Gebt Sr. Gnaden.
WALTER. Ich hätt' Euch was ins Ohr gesagt.
ADAM. Vielleicht, daß wir nachher Gelegenheit –
WALTER. Auch gut.

*(Nachdem sich Licht wieder gesetzt.)*

Sagt doch, ihr Herrn, ist jemand hier im Orte,
Der mißgeschaffne Füße hat?
LICHT. Hm! Allerdings ist jemand hier in Huisum –
WALTER. So? Wer?
LICHT. Wollen Ew. Gnaden den Herrn Richter fragen –
WALTER. Den Herrn Richter Adam?
ADAM. Ich weiß von nichts.
Zehn Jahre bin ich hier im Amt zu Huisum,
Soviel ich weiß, ist alles grad' gewachsen.
WALTER *(zu Licht)*. Nun? Wen hier meint Ihr?
FRAU MARTHE. Laß Er doch Seine Füße draußen!
Was steckt er untern Tisch verstört sie hin,
Daß man fast meint, Er wär' die Spur gegangen.
WALTER. Wer? Der Herr Richter Adam?
ADAM. Ich? die Spur?
Bin ich der Teufel? Ist das ein Pferdefuß?

*(Er zeigt seinen linken Fuß.)*

WALTER. Auf meine Ehr'. Der Fuß ist gut.

*(Heimlich.)*

Macht jetzt mit der Session sogleich ein Ende.
ADAM. Ein Fuß, wenn den der Teufel hätt',
So könnt' er auf die Bälle gehn und tanzen.
FRAU MARTHE. Das sag' ich auch. Wo wird der Herr Dorfrichter –

Adam. Ach, was! Ich!
Walter. Macht, sag' ich, gleich ein Ende.
Frau Brigitte. Den einz'gen Skrupel nur, ihr würd'gen Herrn,
Macht, dünkt mich, dieser feierliche Schmuck!
Adam. Was für ein feierlicher –?
Frau Brigitte. Hier, die Perücke!
Wer sah den Teufel je in solcher Tracht?
Ein Bau, getürmter, strotzender von Talg,
Als eines Domdechanten auf der Kanzel!
Adam. Wir wissen hier zu Land nur unvollkommen,
Was in der Hölle Mod' ist, Frau Brigitte!
Man sagt, gewöhnlich trägt er eignes Haar.
Doch auf der Erde, bin ich überzeugt,
Wirft er in die Perücke sich, um sich
Den Honoratioren beizumischen.
Walter. Nichtswürd'ger! Wert, vor allem Volk ihn schmachvoll
Vom Tribunal zu jagen! Was Euch schützt,
Ist einzig nur die Ehre des Gerichts.
Schließt Eure Session!
Adam. Ich will nicht hoffen –
Walter. Ihr hofft jetzt nichts. Ihr zieht Euch aus der Sache.
Adam. Glaubt Ihr, ich hätte, ich, der Richter, gestern,
Im Weinstock die Perücke eingebüßt?
Walter. Behüte Gott! Die Eur' ist ja im Feuer,
Wie Sodom und Gomorra, aufgegangen.
Licht. Vielmehr – vergebt mir, gnäd'ger Herr! die Katze
Hat gestern in die seinige gejungt.
Adam. Ihr Herrn, wenn hier der Anschein mich verdammt:
Ihr übereilt euch nicht, bitt' ich. Es gilt
Mir Ehre oder Prostitution.
Solang' die Jungfer schweigt, begreif' ich nicht,
Mit welchem Recht ihr mich beschuldiget.
Hier auf dem Richterstuhl von Huisum sitz' ich,

Und lege die Perücke auf den Tisch:
Den, der behauptet, daß sie mein gehört,
Fordr' ich vors Oberlandgericht in Utrecht.
Licht. Hm! Die Perücke paßt Euch doch, mein Seel',
Als wär' auf Euren Scheiteln sie gewachsen.
*(Er setzt sie ihm auf.)*
Adam. Verleumdung!
Licht. Nicht?
Adam. Als Mantel um die Schultern
Mir noch zu weit, wie viel mehr um den Kopf.
*(Er besieht sich im Spiegel.)*
Ruprecht. Ei, solch ein Donnerwetter-Kerl!
Walter. Still, Er!
Frau Marthe. Ei, solch ein blitz-verfluchter Richter, das!
Walter. Noch einmal, wollt *Ihr* gleich, soll *ich* die Sache enden?
Adam. Ja, was befehlt Ihr?
Ruprecht *(zu Eve)*. Eve, sprich, ist er's?
Walter. Was untersteht der Unverschämte sich?
Veit. Schweig du, sag' ich.
Adam. Wart', Bestie! Dich fass' ich.
Ruprecht. Ei, du Blitz-Pferdefuß!
Walter. Heda! der Büttel!
Veit. Halt's Maul, sag' ich.
Ruprecht. Wart'! Heute reich' ich dich.
Heut streust du keinen Sand mir in die Augen.
Walter. Habt Ihr nicht so viel Witz, Herr Richter –?
Adam. Ja, wenn Ew. Gnaden
Erlauben, fäll' ich jetzo die Sentenz.
Walter. Gut. Tut das. Fällt sie.
Adam. Die Sache jetzt konstiert,
Und Ruprecht dort, der Racker, ist der Täter.
Walter. Auch gut das. Weiter.
Adam. Den Hals erkenn' ich

Ins Eisen ihm, und weil er ungebührlich
Sich gegen seinen Richter hat betragen,
Schmeiß' ich ihn ins vergitterte Gefängnis.
Wie lange, werd' ich noch bestimmen.

Eve. Den Ruprecht –?

Ruprecht. Ins Gefängnis mich?

Eve. Ins Eisen?

Walter. Spart eure Sorgen, Kinder. – Seid Ihr fertig?

Adam. Den Krug meinthalb mag er ersetzen, oder nicht.

Walter. Gut denn. Geschlossen ist die Session.
Und Ruprecht appelliert an die Instanz zu Utrecht.

Eve. Er soll, er, erst nach Utrecht appellieren?

Ruprecht. Was? Ich –?

Walter. Zum Henker, ja! Und bis dahin –

Eve. Und bis dahin –?

Ruprecht. In das Gefängnis gehn?

Eve. Den Hals ins Eisen stecken? Seid ihr auch Richter?
Er dort, der Unverschämte, der dort sitzt,
Er selber war's –

Walter. Du hörst's, zum Teufel! Schweig!
Ihm bis dahin krümmt sich kein Haar –

Eve. Auf, Ruprecht!
Der Richter Adam hat den Krug zerbrochen!

Ruprecht. Ei, wart', du!

Frau Marthe. Er?

Frau Brigitte. Der dort?

Eve. Er, ja! Auf, Ruprecht!
Er war bei deiner Eve gestern!
Auf! Fass' ihn! Schmeiß ihn jetzo, wie du willst.

Walter *(steht auf)*. Halt dort! Wer hier Unordnungen –

Eve. Gleichviel!
Das Eisen ist verdient, geh, Ruprecht!
Geh, schmeiß ihn von dem Tribunal herunter.

Adam. Verzeiht, ihr Herrn. *(Läuft weg.)*

EVE. Hier! Auf!
RUPRECHT. Halt ihn!
EVE. Geschwind!
ADAM. Was?
RUPRECHT. Blitz-Hinketeufel!
EVE. Hast du ihn?
RUPRECHT. Gott's Schlag und Wetter!
Es ist sein Mantel bloß!
WALTER. Fort! Ruft den Büttel!
RUPRECHT *(schlägt den Mantel)*. Ratz! Das ist eins. Und Ratz!
Und Ratz! Noch eins.
Und noch eins! In Ermangelung des Buckels.
WALTER. Er ungezogner Mensch! – Schafft hier mir Ordnung!
– An ihm, wenn Er sogleich nicht ruhig ist,
Ihm wird der Spruch vom Eisen heut noch wahr.
VEIT. Sei ruhig, du vertrackter Schlingel!

## Zwölfter Auftritt

*Die Vorigen ohne Adam. – Sie begeben sich alle in den Vordergrund der Bühne.*

RUPRECHT. Ei, Evchen!
Wie hab' ich heute schändlich dich beleidigt!
Ei, Gott's Blitz, alle Wetter; und wie gestern!
Ei, du mein goldnes Mädchen, Herzensbraut!
Wirst du dein Lebtag mir vergeben können?
EVE *(wirft sich dem Gerichtsrat zu Füßen)*. Herr! Wenn Ihr jetzt nicht helft, sind wir verloren!
WALTER. Verloren? Warum das?
RUPRECHT. Herr Gott! Was gibt's?
EVE. Errettet Ruprecht von der Konskription!
Denn diese Konskription – der Richter Adam
Hat mir's als ein Geheimnis anvertraut,

Geht nach Ostindien; und von dort, Ihr wißt,
Kehrt von drei Männern Einer nur zurück!
Walter. Was! Nach Ostindien! Bist du bei Sinnen?
Eve. Nach Bantam, gnäd'ger Herr; verleugnet's nicht!
Hier ist der Brief, die stille heimliche
Instruktion, die Landmiliz betreffend,
Die die Regierung jüngst deshalb erließ:
Ihr seht, ich bin von allem unterrichtet.
Walter *(nimmt den Brief und liest ihn).* O unerhört-arglistiger Betrug! –
Der Brief ist falsch!
Eve. Falsch?
Walter. Falsch, so wahr ich lebe!
Herr Schreiber Licht, sagt selbst, ist das die Ordre,
Die man aus Utrecht jüngst an euch erließ?
Licht. Die Ordre! Was! Der Sünder, der! Ein Wisch,
Den er mit eignen Händen aufgesetzt! –
Die Truppen, die man anwarb, sind bestimmt
Zum Dienst im Landesinneren; kein Mensch
Denkt dran, sie nach Ostindien zu schicken!
Eve. Nein, nimmermehr, ihr Herrn?
Walter. Bei meiner Ehre!
Und zum Beweise meines Worts: den Ruprecht,
Wär's so, wie du mir sagst: ich kauf' ihn frei!
Eve *(steht auf).* O Himmel! Wie belog der Bös'wicht mich!
Denn mit der schrecklichen Besorgnis eben
Quält' er mein Herz, und kam, zur Zeit der Nacht,
Mir ein Attest für Ruprecht aufzudringen;
Bewies, wie ein erlognes Krankheitszeugnis
Von allem Kriegsdienst ihn befreien könnte;
Erklärte und versicherte und schlich,
Um es mir auszufert'gen, in mein Zimmer:
So Schändliches, ihr Herren, von mir fordernd,
Daß es kein Mädchenmund wagt auszusprechen!

Frau Brigitte. Ei, der nichtswürdig-schändliche Betrüger!
Ruprecht. Laß, laß den Pferdehuf, mein süßes Kind!
Sieh, hätt' ein Pferd bei dir den Krug zertrümmert,
Ich wär' so eifersüchtig just, als jetzt!
*(Sie küssen sich.)*
Veit. Das sag' ich auch! Küßt und versöhnt und liebt euch;
Und Pfingsten, wenn ihr wollt, mag Hochzeit sein!
Licht *(am Fenster)*. Seht, wie der Richter Adam, bitt' ich euch,
Berg auf, Berg ab, als flöh' er Rad und Galgen,
Das aufgepflügte Winterfeld durchstampft!
Walter. Was? Ist das Richter Adam?
Licht. Allerdings!
Mehrere. Jetzt kommt er auf die Straße. Seht! seht!
Wie die Perücke ihm den Rücken peitscht!
Walter. Geschwind, Herr Schreiber, fort! Holt ihn zurück!
Daß er nicht Übel rettend ärger mache.
Von seinem Amt zwar ist er suspendiert,
Und Euch bestell' ich, bis auf weitere
Verfügung, hier im Ort es zu verwalten;
Doch sind die Kassen richtig, wie ich hoffe,
Zur Desertion ihn zwingen will ich nicht.
Fort! Tut mir den Gefallen, holt ihn wieder!
*(Licht ab.)*

## Letzter Auftritt

*Die Vorigen ohne Licht.*

Frau Marthe. Sagt doch, gestrenger Herr, wo find' ich auch
Den Sitz in Utrecht der Regierung?
Walter. Weshalb, Frau Marthe?
Frau Marthe *(empfindlich)*. Hm! Weshalb? Ich weiß nicht –
Soll hier dem Kruge nicht sein Recht geschehn?

WALTER. Verzeiht mir! Allerdings. Am großen Markt,
Und Dienstag ist und Freitag Session.
FRAU MARTHE. Gut! Auf die Woche stell' ich dort mich ein.

*(Alle ab.)*

*Ende.*

# Penthesilea

## Ein Trauerspiel

Personen:

*Penthesilea*, Königin
*Prothoe*,
*Meroe*, Fürstinnen der Amazonen.
*Asteria*,

*Die Oberpriesterin der Diana.*

*Achilles*,
*Odysseus*,
*Diomedes*, Könige des Griechenvolks
*Antilochus*,

*Griechen* und *Amazonen.*

Szene: Schlachtfeld bei Troja.

## Erster Auftritt

*Odysseus und Diomedes von der einen Seite, Antilochus von der andern, Gefolge treten auf.*

ANTILOCHUS. Seid mir gegrüßt, ihr Könige! Wie geht's,
Seit wir zuletzt bei Troja uns gesehn?
ODYSSEUS. Schlecht, Antiloch. Du siehst auf diesen Feldern
Der Griechen und der Amazonen Heer,
Wie zwei erboste Wölfe, sich umkämpfen:
Beim Jupiter! sie wissen nicht warum?
Wenn Mars entrüstet, oder Delius,
Den Stecken nicht ergreift, der Wolkenrüttler
Mit Donnerkeilen nicht dazwischen wettert:
Tot sinken die Verbißnen heut noch nieder,
Des einen Zahn im Schlund des anderen. –
Schafft einen Helm mit Wasser!
ANTILOCHUS. Element!
Was wollen diese Amazonen uns?
ODYSSEUS. Wir zogen aus, auf des Atriden Rat,
Mit der gesamten Schar der Myrmidonen,
Achill und ich: Penthesilea, hieß es,
Sei in den skyth'schen Wäldern aufgestanden,
Und führ' ein Heer, bedeckt mit Schlangenhäuten,
Von Amazonen, heißer Kampflust voll,
Durch der Gebirge Windungen heran,
Den Priamus in Troja zu entsetzen.
Am Ufer des Skamandros hören wir,
Deiphobus auch, der Priamide, sei
Aus Ilium mit einer Schar gezogen,
Die Königin, die ihm mit Hülfe naht,
Nach Freundesart zu grüßen. Wir verschlingen
Die Straße jetzt, uns zwischen dieser Gegner

Heillosem Bündnis wehrend aufzupflanzen;
Die ganze Nacht durch windet sich der Zug.
Doch, bei des Morgens erster Dämmerröte,
Welch ein Erstaunen faßt uns, Antiloch,
Da wir, in einem weiten Tal vor uns,
Mit des Deiphobus Iliern im Kampf
Die Amazonen sehn! Penthesilea,
Wie Sturmwind ein zerrissenes Gewölk,
Weht der Trojaner Reihen vor sich her,
Als gält' es übern Hellespont hinaus,
Hinweg vom Rund der Erde sie zu blasen.
Antilochus. Seltsam, bei unserm Gott!
Odysseus. Wir sammeln uns,
Der Trojer Flucht, die wetternd auf uns ein,
Gleich einem Anfall, keilt, zu widerstehen,
Und dicht zur Mauer drängen wir die Spieße.
Auf diesen Anblick stutzt der Priamide:
Und wir, im kurzen Rat, beschließen gleich,
Die Amazonenfürstin zu begrüßen;
Sie auch hat ihren Siegeslauf gehemmt.
War je ein Rat einfältiger und besser?
Hätt' ihn Athene, wenn ich sie befragt,
Ins Ohr verständiger mir flüstern können?
Sie muß, beim Hades! diese Jungfrau, doch,
Die wie vom Himmel plötzlich, kampfgerüstet,
In unsern Streit fällt, sich darin zu mischen,
Sie muß zu einer der Partein sich schlagen;
Und uns die Freundin müssen wir sie glauben,
Da sie sich Teukrischen die Feindin zeigt.
Antilochus. Was sonst, beim Styx! Nichts anders gibt's.
Odysseus. Nun gut.
Wir finden sie, die Heldin Skythiens,
Achill und ich – in kriegerischer Feier
An ihrer Jungfraun Spitze aufgepflanzt,

Geschürzt, der Helmbusch wallt ihr von der Scheitel,
Und seine Gold- und Purpurtroddeln regend,
Zerstampft ihr Zelter unter ihr den Grund.
Gedankenvoll, auf einen Augenblick,
Sieht sie in unsre Schar, von Ausdruck leer,
Als ob in Stein gehaun wir vor ihr stünden;
Hier diese flache Hand, versichr' ich dich,
Ist ausdrucksvoller als ihr Angesicht:
Bis jetzt ihr Aug' auf den Peliden trifft:
Und Glut ihr plötzlich, bis zum Hals hinab,
Das Antlitz färbt, als schlüge ringsum ihr
Die Welt in helle Flammenlohe auf.
Sie schwingt, mit einer zuckenden Bewegung,
– Und einen finstern Blick wirft sie auf ihn –
Vom Rücken sich des Pferds herab, und fragt,
Die Zügel einer Dienrin überliefernd,
Was uns, in solchem Prachtzug, zu ihr führe.
Ich jetzt: wie wir Argiver hoch erfreut,
Auf eine Feindin des Dardanervolks zu stoßen;
Was für ein Haß den Priamiden längst
Entbrannt sei in der Griechen Brust, wie nützlich,
So ihr, wie uns, ein Bündnis würde sein;
Und was der Augenblick noch sonst mir beut:
Doch mit Erstaunen, in dem Fluß der Rede,
Bemerk' ich, daß sie mich nicht hört. Sie wendet,
Mit einem Ausdruck der Verwunderung,
Gleich einem sechzehnjähr'gen Mädchen plötzlich,
Das von olymp'schen Spielen wiederkehrt,
Zu einer Freundin, ihr zur Seite, sich,
Und ruft: »solch einem Mann, o Prothoe, ist
Otrere, meine Mutter, nie begegnet!«
Die Freundin, auf dies Wort betreten, schweigt,
Achill und ich, wir sehn uns lächelnd an,
Sie ruht, sie selbst, mit trunknem Blick schon wieder

Auf des Äginers schimmernder Gestalt:
Bis jen' ihr schüchtern naht, und sie erinnert,
Daß sie mir noch die Antwort schuldig sei.
Drauf mit der Wangen Rot, war's Wut, war's Scham,
Die Rüstung wieder bis zum Gurt sich färbend,
Verwirrt und stolz und wild zugleich: sie sei
Penthesilea, kehrt sie sich zu mir,
Der Amazonen Königin, und werde
Aus Köchern mir die Antwort übersenden!

Antilochus. So, Wort für Wort, der Bote, den du sandtest;
Doch keiner in dem ganzen Griechenlager,
Der ihn begriff.

Odysseus. Hierauf unwissend jetzt,
Was wir von diesem Auftritt denken sollen,
In grimmiger Beschämung gehn wir heim,
Und sehn die Teukrischen, die unsre Schmach
Von fern her, die hohnlächelnden, erraten,
Wie im Triumph sich sammeln. Sie beschließen
Im Wahn, sie seien die Begünstigten,
Und nur ein Irrtum, der sich lösen müsse,
Sei an dem Zorn der Amazone schuld,
Schnell ihr, durch einen Herold, Herz und Hand,
Die sie verschmäht, von neuem anzutragen.
Doch eh' der Bote, den sie senden wollen,
Den Staub noch von der Rüstung abgeschüttelt,
Stürzt die Kentaurin, mit verhängtem Zügel,
Auf sie und uns schon, Griech' und Trojer, ein,
Mit eines Waldstroms wütendem Erguß
Die einen, wie die andern, niederbrausend.

Antilochus. Ganz unerhört, ihr Danaer!

Odysseus. Jetzt hebt
Ein Kampf an, wie er, seit die Furien walten,
Noch nicht gekämpft ward auf der Erde Rücken.
Soviel ich weiß, gibt es in der Natur

Kraft bloß und ihren Widerstand, nichts Drittes.
Was Glut des Feuers löscht, löst Wasser siedend
Zu Dampf nicht auf, und umgekehrt. Doch hier
Zeigt ein ergrimmter Feind von beiden sich,
Bei dessen Eintritt nicht das Feuer weiß,
Ob's mit dem Wasser rieseln soll, das Wasser,
Ob's mit dem Feuer himmelan soll lecken.
Der Trojer wirft, gedrängt von Amazonen,
Sich hinter eines Griechen Schild, der Grieche
Befreit ihn von der Jungfrau, die ihn drängte,
Und Griech' und Trojer müssen jetzt sich fast,
Dem Raub der Helena zum Trotz, vereinen,
Um dem gemeinen Feinde zu begegnen.

*(Ein Grieche bringt ihm Wasser.)*

Dank! Meine Zunge lechzt.

Diomedes. Seit jenem Tage
Grollt über dieser Ebne unverrückt
Die Schlacht, mit immer reger Wut, wie ein
Gewitter, zwischen waldgekrönter Felsen Gipfeln
Geklemmt. Als ich mit den Ätoliern gestern
Erschien, der Unsern Reihen zu verstärken,
Schlug sie mit Donnerkrachen eben ein,
Als wollte sie den ganzen Griechenstamm
Bis auf den Grund, die Wütende, zerspalten.
Der Krone ganze Blüte liegt, Ariston,
Astyanax, vom Sturm herabgerüttelt,
Menandros, auf dem Schlachtfeld da, den Lorbeer
Mit ihren jungen, schönen Leibern groß,
Für diese kühne Tochter Ares', düngend.
Mehr der Gefangnen siegreich nahm sie schon,
Als sie uns Augen, sie zu missen, Arme,
Sie wieder zu befrein, uns übrig ließ.

Antilochus. Und niemand kann, was sie uns will, ergründen?

Diomedes. Kein Mensch, das eben ist's: wohin wir spähend

Auch des Gedankens Senkblei fallen lassen.
– Oft, aus der sonderbaren Wut zu schließen,
Mit welcher sie, im Kampfgewühl, den Sohn
Der Thetis sucht, scheint's uns, als ob ein Haß
Persönlich wider ihn die Brust ihr füllte.
So folgt, so hungerheiß, die Wölfin nicht,
Durch Wälder, die der Schnee bedeckt, der Beute,
Die sich ihr Auge grimmig auserkor,
Als sie, durch unsre Schlachtreihn, dem Achill.
Doch jüngst, in einem Augenblick, da schon
Sein Leben war in ihre Macht gegeben,
Gab sie es lächelnd, ein Geschenk, ihm wieder:
Er stieg zum Orkus, wenn sie ihn nicht hielt.
Antilochus. Wie? Wenn ihn wer? Die Königin?
Diomedes. Sie selbst!
Denn als sie, um die Abenddämmrung gestern,
Im Kampf, Penthesilea und Achill,
Einander trafen, stürmt Deiphobus her,
Und auf der Jungfrau Seite hingestellt,
Der Teukrische, trifft er dem Peleïden
Mit einem tück'schen Schlag die Rüstung prasselnd,
Daß rings der Ormen Wipfel widerhallten.
Die Königin, entfärbt, läßt zwei Minuten
Die Arme sinken: und die Locken dann
Entrüstet um entflammte Wangen schüttelnd,
Hebt sie vom Pferdesrücken hoch sich auf,
Und senkt, wie aus dem Firmament geholt,
Das Schwert ihm wetterstrahlend in den Hals,
Daß er zu Füßen hin, der Unberufne,
Dem Sohn, dem göttlichen, der Thetis rollt.
Er jetzt, zum Dank, will ihr, der Peleïde,
Ein Gleiches tun; doch sie bis auf den Hals
Gebückt, den mähnumflossenen, des Schecken,
Der, in den Goldzaum beißend, sich herumwirft,

Weicht seinem Mordhieb aus, und schießt die Zügel,
Und sieht sich um, und lächelt, und ist fort.
Antilochus. Ganz wunderbar!
Odysseus. Was bringst du uns von Troja?
Antilochus. Mich sendet Agamemnon her, und fragt dich,
Ob Klugheit nicht, bei so gewandelten
Verhältnissen, den Rückzug dir gebiete.
Uns gelt' es Iliums Mauern einzustürzen,
Nicht einer freien Fürstin Heereszug,
Nach einem uns gleichgült'gen Ziel, zu stören.
Falls du daher Gewißheit dir verschafft,
Daß nicht mit Hilfe der Dardanerburg
Penthesilea naht, woll' er, daß ihr
Sogleich, um welchen Preis gleichviel, euch wieder
In die argivische Verschanzung werft.
Verfolgt sie euch, so werd' er, der Atride,
Dann an des Heeres Spitze selber sehn,
Wozu sich diese rätselhafte Sphinx
Im Angesicht von Troja wird entscheiden.
Odysseus. Beim Jupiter! Der Meinung bin ich auch.
Meint ihr, daß der Laertiade sich
In diesem sinnentblößten Kampf gefällt?
Schafft den Peliden weg von diesem Platze:
Denn wie die Dogg', entkoppelt, mit Geheul
In das Geweih des Hirsches fällt: der Jäger,
Erfüllt von Sorge, lockt und ruft sie ab;
Jedoch verbissen in des Prachttiers Nacken,
Tanzt sie durch Berge neben ihm, und Ströme,
Fern in des Waldes Nacht hinein: so er,
Der Rasende, seit in der Forst des Krieges
Dies Wild sich, von so seltner Art, ihm zeigte.
Durchbohrt mit einem Pfeilschuß, ihn zu fesseln,
Die Schenkel ihm: er weicht, so schwört er, eher
Von dieser Amazone Ferse nicht,

Bis er bei ihren seidnen Haaren sie
Von dem gefleckten Tigerpferd gerissen.
Versuch's, o Antiloch, wenn's dir beliebt,
Und sieh, was deine rednerische Kunst,
Wenn seine Lippe schäumt, bei ihm vermag.
DIOMEDES. Laßt uns vereint, ihr Könige, noch einmal
Vernunft keilförmig, mit Gelassenheit,
Auf seine rasende Entschließung setzen.
Du wirst, erfindungsreicher Larissäer,
Den Riß schon, den er beut, zu finden wissen.
Weicht er dir nicht, wohlan, so will ich ihn
Mit zwei Ätoliern auf den Rücken nehmen,
Und einem Klotz gleich, weil der Sinn ihm fehlt,
In dem Argiverlager niederwerfen.
ODYSSEUS. Folgt mir!
ANTILOCHUS. Nun? Wer auch eilt uns dort heran?
DIOMEDES. Es ist Adrast. So bleich und so verstört.

## Zweiter Auftritt

*Die Vorigen. Ein Hauptmann tritt auf.*

ODYSSEUS. Was bringst du?
DIOMEDES. Botschaft?
DER HAUPTMANN. Euch die ödeste,
Die euer Ohr noch je vernahm.
DIOMEDES. Wie?
ODYSSEUS. Rede!
DER HAUPTMANN. Achill – ist in der Amazonen Hände,
Und Pergams Mauern fallen jetzt nicht um.
DIOMEDES. Ihr Götter, ihr olymp'schen!
ODYSSEUS. Unglücksbote!

Antilochus. Wann trug, wo, das Entsetzliche sich zu?
Der Hauptmann. Ein neuer Anfall, heiß, wie Wetterstrahl,
Schmolz, dieser wuterfüllten Mavorstöchter,
Rings der Ätolier wackre Reihen hin,
Auf uns, wie Wassersturz, hernieder sie,
Die unbesiegten Myrmidonier, gießend.
Vergebens drängen wir dem Fluchtgewog'
Entgegen uns: in wilder Überschwemmung
Reißt's uns vom Kampfplatz strudelnd mit sich fort:
Und eher nicht vermögen wir den Fuß,
Als fern von dem Peliden, fest zu setzen.
Erst jetzo wickelt er, umstarrt von Spießen,
Sich aus der Nacht des Kampfes los, er rollt
Von eines Hügels Spitze scheu herab,
Auf uns kehrt glücklich sich sein Lauf, wir senden
Aufjauchzend ihm den Rettungsgruß schon zu:
Doch es erstirbt der Laut im Busen uns,
Da plötzlich jetzt sein Viergespann zurück
Vor einem Abgrund stutzt, und hoch aus Wolken
In grause Tiefe bäumend niederschaut.
Vergebens jetzt, in der er Meister ist,
Des Isthmus ganze vielgeübte Kunst:
Das Roßgeschwader wendet, das erschrockne,
Die Häupter rückwärts in die Geißelhiebe,
Und im verworrenen Geschirre fallend,
Zum Chaos, Pferd' und Wagen, eingestürzt,
Liegt unser Göttersohn, mit seinem Fuhrwerk,
Wie in der Schlinge eingefangen da.
Antilochus. Der Rasende! Wohin treibt ihn –?
Der Hauptmann. Es stürzt
Automedon, des Fahrzeugs rüst'ger Lenker,
In die Verwirrung hurtig sich der Rosse:
Er hilft dem Viergekoppel wieder auf.
Doch eh' er noch aus allen Knoten rings

Die Schenkel, die verwickelten, gelöst,
Sprengt schon die Königin, mit einem Schwarm
Siegreicher Amazonen, ins Geklüft,
Jedweden Weg zur Rettung ihm versperrend.
Antilochus. Ihr Himmlischen!
Der Hauptmann. Sie hemmt, Staub rings umqualmt sie,
Des Zelters flücht'gen Lauf, und hoch zum Gipfel
Das Angesicht, das funkelnde, gekehrt,
Mißt sie, auf einen Augenblick, die Wand:
Der Helmbusch selbst, als ob er sich entsetzte,
Reißt bei der Scheitel sie von hinten nieder.
Drauf plötzlich jetzt legt sie die Zügel weg:
Man sieht, gleich einer Schwindelnden, sie hastig
Die Stirn, von einer Lockenflut umwallt,
In ihre beiden kleinen Hände drücken.
Bestürzt, bei diesem sonderbaren Anblick,
Umwimmeln alle Jungfraun sie, mit heiß
Eindringlicher Gebärde sie beschwörend;
Die eine, die zunächst verwandt ihr scheint,
Schlingt ihren Arm um sie, indes die andre,
Entschloßner noch, des Pferdes Zügel greift:
Man will den Fortschritt mit Gewalt ihr wehren,
Doch sie –
Diomedes. Wie? Wagt sie es?
Antilochus. Nein, sprich!
Der Hauptmann. Ihr hört's.
Umsonst sind die Versuche, sie zu halten,
Sie drängt mit sanfter Macht von beiden Seiten
Die Fraun hinweg, und im unruh'gen Trabe
An dem Geklüfte auf und nieder streifend,
Sucht sie, ob nicht ein schmaler Pfad sich biete
Für einen Wunsch, der keine Flügel hat;
Drauf jetzt, gleich einer Rasenden, sieht man
Empor sie an des Felsens Wände klimmen,

Jetzt hier, in glühender Begier, jetzt dort,
Unsinn'ger Hoffnung voll, auf diesem Wege
Die Beute, die im Garn liegt, zu erhaschen.
Jetzt hat sie jeden sanftern Riß versucht,
Den sich im Fels der Regen ausgewaschen;
Der Absturz ist, sie sieht es, unersteiglich;
Doch, wie beraubt des Urteils, kehrt sie um,
Und fängt, als wär's von vorn, zu klettern an.
Und schwingt, die Unverdrossene, sich wirklich
Auf Pfaden, die des Wandrers Fußtritt scheut,
Schwingt sich des Gipfels höchstem Rande näher
Um einer Orme Höh'; und da sie jetzt auf einem
Granitblock steht, von nicht mehr Flächenraum,
Als eine Gemse sich zu halten braucht;
Von ragendem Geklüfte rings geschreckt,
Den Schritt nicht vorwärts mehr, nicht rückwärts wagt;
Der Weiber Angstgeschrei durchkreischt die Luft:
Stürzt sie urplötzlich, Roß und Reuterin,
Von los sich lösendem Gestein umprasselt,
Als ob sie in den Orkus führe, schmetternd
Bis an des Felsens tiefsten Fuß zurück,
Und bricht den Hals sich nicht und lernt auch nichts:
Sie rafft sich bloß zu neuem Klimmen auf.

Antilochus. Seht die Hyäne, die blind-wütende!
Odysseus. Nun? Und Automedon?
Der Hauptmann. Er endlich schwingt,
– Das Fahrzeug steht, die Rosse auch, geordnet –
– Hephästos hätt' in so viel Zeit fast neu
Den ganzen erznen Wagen schmieden können –
Er schwingt dem Sitz sich zu, und greift die Zügel:
Ein Stein fällt uns Argivern von der Brust.
Doch eben jetzt, da er die Pferde wendet,
Erspähn die Amazonen einen Pfad,
Dem Gipfel sanfthin zugeführt, und rufen,

Das Tal rings mit Geschrei des Jubels füllend,
Die Königin dahin, die sinnberaubte,
Die immer noch des Felsens Sturz versucht.
Sie, auf dies Wort, das Roß zurücke werfend,
Rasch einen Blick den Pfad schickt sie hinan;
Und dem gestreckten Parder gleich, folgt sie
Dem Blick auch auf dem Fuß: er, der Pelide
Entwich zwar mit den Rossen, rückwärts strebend;
Doch in den Gründen bald verschwand er mir,
Und was aus ihm geworden, weiß ich nicht.

Antilochus. Verloren ist er!

Diomedes. Auf! Was tun wir, Freunde?

Odysseus. Was unser Herz, ihr Könige, gebeut!
Auf! laßt uns ihn der Königin entreißen!
Gilt's einen Kampf um ihn auf Tod und Leben:
Den Kampf bei den Atriden fecht' ich aus.

*(Odysseus, Diomedes, Antilochus ab.)*

## Dritter Auftritt

*Der Hauptmann. Eine Schar von Griechen, welche während dessen einen Hügel bestiegen haben.*

Ein Myrmidonier *(in die Gegend schauend)*. Seht! Steigt dort, über jenes Berges Rücken,
Ein Haupt nicht, ein bewaffnetes, empor?
Ein Helm, von Federbüschen überschattet?
Der Nacken schon, der mächt'ge, der es trägt?
Die Schultern auch, die Arme, stahlumglänzt?
Das ganze Brustgebild, o seht doch, Freunde,
Bis wo den Leib der goldne Gurt umschließt?

Der Hauptmann. Ha! Wessen?

Der Myrmidonier. Wessen! Träum' ich, ihr Argiver?

Die Häupter sieht man schon, geschmückt mit Blessen,
Des Roßgespanns! Nur noch die Schenkel sind,
Die Hufe, von der Höhe Rand bedeckt!
Jetzt, auf dem Horizonte, steht das ganze
Kriegsfahrzeug da! So geht die Sonne prachtvoll
An einem heitern Frühlingstage auf!

Die Griechen. Triumph! Achilleus ist's! Der Göttersohn!
Selbst die Quadriga führet er heran!
Er ist gerettet!

Der Hauptmann. Ihr Olympischen!
So sei euch ew'ger Ruhm gegönnt! – Odysseus!
– Flieg einer den argol'schen Fürsten nach!
*(Ein Grieche schnell ab.)*
Naht er sich uns, ihr Danaer?

Der Myrmidonier. O sieh!

Der Hauptmann. Was gibt's!

Der Myrmidonier. O mir vergeht der Atem, Hauptmann!

Der Hauptmann. So rede, sprich!

Der Myrmidonier. O, wie er mit der Linken
*Vor* über seiner Rosse Rücken geht!
Wie er die Geißel umschwingt über sie!
Wie sie, von ihrem bloßen Klang erregt,
Der Erde Grund, die göttlichen, zerstampfen!
Am Zügel ziehn sie, beim Lebendigen,
Mit ihrer Schlünde Dampf, das Fahrzeug fort!
Gehetzter Hirsche Flug ist schneller nicht!
Der Blick drängt unzerknickt sich durch die Räder,
Zur Scheibe fliegend eingedreht, nicht hin!

Ein Ätolier. Doch hinter ihm –

Der Hauptmann. Was?

Der Myrmidonier. An des Berges Saum –

Der Ätolier. Staub –

Der Myrmidonier. Staub aufqualmend, wie Gewitterwolken:
Und, wie der Blitz vorzuckt –

Der Ätolier. Ihr ew'gen Götter!
Der Myrmidonier. Penthesilea!
Der Hauptmann. Wer?
Der Ätolier. Die Königin! –
Ihm auf dem Fuß, dem Peleïden, schon
Mit ihrem ganzen Troß von Weibern folgend.
Der Hauptmann. Die rasende Megär'!
Die Griechen *(rufend)*. Hieher den Lauf!
Hieher den Lauf, du Göttlicher, gerichtet!
Auf uns den Lauf!
Der Ätolier. Seht! wie sie mit den Schenkeln
Des Tigers Leib inbrünstiglich umarmt!
Wie sie, bis auf die Mähn' herabgebeugt,
Hinweg die Luft trinkt lechzend, die sie hemmt!
Sie fliegt, wie von der Senne abgeschossen:
Numid'sche Pfeile sind nicht hurtiger!
Das Heer bleibt keuchend, hinter ihr, wie Köter,
Wenn sich ganz aus die Dogge streckt, zurück!
Kaum daß ihr Federbusch ihr folgen kann!
Der Hauptmann. So naht sie ihm?
Ein Doloper. Naht ihm!
Der Myrmidonier. Naht ihm noch nicht!
Der Doloper. Naht ihm, ihr Danaer! Mit jedem Hufschlag,
Schlingt sie, wie hungerheiß, ein Stück des Weges,
Der sie von dem Peliden trennt, hinunter!
Der Myrmidonier. Bei allen hohen Göttern, die uns schützen!
Sie wächst zu seiner Größe schon heran!
Sie atmet schon, zurückgeführt vom Winde,
Den Staub, den säumend seine Fahrt erregt!
Der rasche Zelter wirft, auf dem sie reitet,
Erdschollen, aufgewühlt von seiner Flucht,
Schon in die Muschel seines Wagens hin!
Der Ätolier. Und jetzt – der Übermüt'ge! Rasende!
Er lenkt im Bogen spielend noch! Gib acht:

Die Amazone wird die Sehne nehmen.
Siehst du? Sie schneidet ihm den Lauf –
Der Myrmidonier. Hilf! Zeus!
An seiner Seite fliegt sie schon! Ihr Schatten,
Groß, wie ein Riese, in der Morgensonne,
Erschlägt ihn schon!
Der Ätolier. Doch jetzt urplötzlich reißt er –
Der Doloper. Das ganze Roßgeschwader reißt er plötzlich
Zur Seit' herum!
Der Ätolier. Zu uns her fliegt er wieder!
Die Myrmidonier. Ha! Der Verschlagne! Er betrog sie –
Der Doloper. Hui!
Wie sie, die Unaufhaltsame, vorbei
Schießt an dem Fuhrwerk –
Der Myrmidonier. Prellt, im Sattel fliegt,
Und stolpert –
Der Doloper. Stürzt!
Der Hauptmann. Was?
Der Myrmidonier. Stürzt, die Königin!
Und eine Jungfrau blindhin über sie –
Der Doloper. Und eine noch –
Der Myrmidonier. Und wieder –
Der Doloper. Und noch eine –
Der Hauptmann. Ha! Stürzen, Freunde?
Der Doloper. Stürzen –
Der Myrmidonier. Stürzen, Hauptmann,
Wie in der Feueresse eingeschmelzt,
Zum Haufen, Roß und Reutrinnen, zusammen!
Der Hauptmann. Daß sie zu Asche würden!
Der Doloper. Staub ringsum,
Vom Glanz der Rüstungen durchzuckt und Waffen:
Das Aug' erkennt nichts mehr, wie scharf es sieht.
Ein Knäuel, ein verworrener, von Jungfraun,
Durchwebt von Rossen bunt: das Chaos war,
Das erst', aus dem die Welt sprang, deutlicher.

Der Ätolier. Doch jetzt – ein Wind erhebt sich; Tag wird es,
Und eine der Gestürzten rafft sich auf.
Der Doloper. Ha! Wie sich das Gewimmel lustig regt!
Wie sie die Spieße sich, die Helme, suchen,
Die weithin auf das Feld geschleuderten!
Der Myrmidonier. Drei Rosse noch, und eine Reutrin, liegen
Gestreckt wie tot –
Der Hauptmann. Ist das die Königin?
Der Ätolier. Penthesilea, fragst du?
Der Myrmidonier. Ob's die Königin?
– Daß mir den Dienst die Augen weigerten.
Dort steht sie!
Der Doloper. Wo?
Der Hauptmann. Nein, sprich!
Der Myrmidonier. Dort, beim Kroniden,
Wo sie gestürzt: in jener Eiche Schatten!
An ihres Pferdes Nacken hält sie sich,
Das Haupt entblößt – seht ihr den Helm am Boden?
Die Locken schwachhin mit der Rechten greifend,
Wischt sie, ist's Staub, ist's Blut, sich von der Stirn.
Der Doloper. Bei Gott, sie ist's!
Der Hauptmann. Die Unverwüstliche!
Der Ätolier. Die Katze, die so stürzt, verreckt; nicht sie!
Der Hauptmann. Und der Pelid'?
Der Doloper. Ihn schützen alle Götter
Um drei Pfeilschüsse flog er fort und drüber!
Kaum mehr mit Blicken kann sie ihn erreichen,
Und der Gedanke selbst, der strebende,
Macht ihr im atemlosen Busen halt!
Der Myrmidonier. Triumph! Dort tritt Odysseus jetzt hervor!
Das ganze Griechenheer, im Strahl der Sonne,
Tritt plötzlich aus des Waldes Nacht hervor!
Der Hauptmann. Odyß? Und Diomed auch? O ihr Götter!
– Wie weit noch in dem Feld ist er zurück?

DER DOLOPER. Kaum einen Steinwurf, Hauptmann! Sein Gespann
Fliegt auf die Höhen am Skamandros schon,
Wo sich das Heer raschhin am Rande ordnet.
Die Reihn schon wettert er entlang –
STIMMEN *(aus der Ferne).* Heil dir!
DER DOLOPER. Sie rufen, die Argiver, ihm –
STIMMEN. Heil dir!
Achill! Heil dir, Pelide! Göttersohn!
Heil dir! Heil dir! Heil dir!
DER DOLOPER. Er hemmt den Lauf!
Vor den versammelten Argiverfürsten
Hemmt er den Lauf! Odysseus naht sich ihm!
Vom Sitz springt er, der Staubbedeckte, nieder!
Die Zügel gibt er weg! Er wendet sich?
Er nimmt den Helm ab, der sein Haupt beschwert!
Und alle Könige umringen ihn!
Die Griechen reißen ihn, die jauchzenden,
Um seine Kniee wimmelnd, mit sich fort:
Indes Automedon die Rosse schrittweis,
Die dampfenden, an seiner Seite führt!
Hier wälzt der ganze Jubelzug sich schon
Auf uns heran! Heil dir! du Göttlicher!
O seht doch her, seht her – Da ist er schon!

## Vierter Auftritt

*Achilles, ihm folgen Odysseus, Diomedes, Antilochus, Automedon mit der Quadriga ihm zur Seite, das Heer der Griechen.*

ODYSSEUS. Sei mir, Äginerheld, aus heißer Brust
Gegrüßt! Du Sieger auch noch in der Flucht!

Beim Jupiter! Wenn hinter deinem Rücken,
Durch deines Geistes Obmacht über ihren,
In Staub die Feindin stürzt, was wird geschehn,
Wenn's dir gelingt, du Göttlicher, sie einst
Von Angesicht zu Angesicht zu fassen!

Achilles.
*(Er hält den Helm in der Hand und wischt sich den Schweiß von der Stirn. Zwei Griechen ergreifen, ihm unbewußt, einen seiner Arme, der verwundet ist, und verbinden ihn.)*
Was ist? Was gibt's?

Antilochus. Du hast in einem Kampf
Wetteifernder Geschwindigkeit bestanden,
Neridensohn, wie losgelassene
Gewitterstürm', am Himmelsplane brausend,
Noch der erstaunten Welt ihn nicht gezeigt.
Bei den Erinnyen! Meiner Reue würd' ich
Mit deinem flüchtigen Gespann entfliehn,
Hätt' ich, des Lebens Gleise schwer durchknarrend,
Die Sünden von der ganzen Trojerburg
Der Muschel meiner Brust auch aufgeladen.

Achilles *(zu den zwei Griechen, welche ihn mit ihrem Geschäft zu belästigen scheinen).* Die Narren.

Ein Griechenfürst. Wer?

Achilles. Was neckt ihr –?

Der erste Grieche *(der ihm den Arm verbindet).* Halt! Du blutest!

Achilles. Nun ja.

Der zweite Grieche. So steh!

Der erste. So laß dich auch verbinden.

Der zweite. Gleich ist's geschehn.

Diomedes. – Es hieß zu Anfang hier,
Der Rückzug meiner Völker habe dich
In diese Flucht gestürzt; beschäftiget
Mit dem Ulyß, den Antiloch zu hören,

Der Botschaft uns von den Atriden brachte,
War ich selbst auf dem Platz nicht gegenwärtig.
Doch alles, was ich sehe, überzeugt mich,
Daß dieser meisterhaften Fahrt ein freier
Entwurf zum Grunde lag. Man könnte fragen,
Ob du bei Tagesanbruch, da wir zum
Gefecht noch allererst uns rüsteten,
Den Feldstein schon gedacht dir, über welchen
Die Königin zusammenstürzen sollte:
So sichern Schrittes, bei den ewigen Göttern,
Hast du zu diesem Stein sie hingeführt.

Odysseus. Doch jetzt, Doloperheld, wirst du gefällig,
Wenn dich ein anderes nicht besser dünkt,
Mit uns dich ins Argiverlager werfen.
Die Söhne Atreus' rufen uns zurück.
Wir werden mit verstelltem Rückzug sie
In das Skamandrostal zu locken suchen,
Wo Agamemnon aus dem Hinterhalt
In einer Hauptschlacht sie empfangen wird.
Beim Gott des Donners! Nirgends, oder dort
Kühlst du die Brunst dir ab, die, rastlos drängend,
Gleich einem jungen Spießer, dich verfolgt:
Und meinen besten Segen schenk' ich dir.
Denn mir ein Greul auch, in den Tod verhaßt,
Schweift die Megäre, unsre Taten störend,
Auf diesem Feld herum, und gern möcht' ich,
Gesteh' ich dir, die Spur von deinem Fußtritt
Auf ihrer rosenblütnen Wange sehn.

Achilles. *(Sein Blick fällt auf die Pferde.)* Sie schwitzen.

Antilochus. Wer?

Automedon *(indem er ihre Hälse mit der Hand prüft)*. Wie Blei.

Achilles. Gut. Führe sie.
Und wenn die Luft sie abgekühlt, so wasche
Brüst' ihnen und der Schenkel Paar mit Wein.

Automedon. Man bringt die Schläuche schon.
Diomedes. – Hier siehst du wohl,
Vortrefflicher, daß wir im Nachteil kämpfen.
Bedeckt, so weit das schärfste Auge reicht,
Sind alle Hügel von der Weiber Haufen;
Heuschrecken lassen dichtgeschloßner nicht
Auf eine reife Saatenflur sich nieder.
Wem noch gelang ein Sieg, wie er ihn wünschte?
Ist einer, außer dir, der sagen kann,
Er hab' auch die Kentaurin nur gesehn?
Umsonst, daß wir, in goldnen Rüstungen,
Hervor uns drängen, unsern Fürstenstand
Lautschmetternd durch Trompeten ihr verkünden:
Sie rückt nicht aus dem Hintergrund hervor;
Und wer auch fern, vom Windzug hergeführt,
Nur ihre Silberstimme hören wollte,
Müßt' eine Schlacht, unrühmlich, zweifelhaft,
Vorher mit losem Kriegsgesindel kämpfen,
Das sie, den Höllenhunden gleich, bewacht.
Achilles *(in die Ferne hinausschauend)*. Steht sie noch da?
Diomedes. Du fragst? –
Antilochus. Die Königin?
Der Hauptmann. Man sieht nichts – Platz! Die Federbüsch' hinweg!
Der Grieche *(der ihm den Arm verbindet)*. Halt! Einen Augenblick.
Ein Griechenfürst. Dort, allerdings!
Diomedes. Wo?
Der Griechenfürst. Bei der Eiche, unter der sie fiel.
Der Helmbusch wallt schon wieder ihr vom Haupte,
Und ihr Mißschicksal scheint verschmerzt. –
Der erste Grieche. Nun endlich!
Der zweite. Den Arm jetzt magst du, wie du willst, gebrauchen.

Der erste. Jetzt kannst du gehn.
*(Die Griechen verknüpfen noch einen Knoten und lassen seinen Arm fahren.)*
Odysseus. Hast du gehört, Pelide,
Was wir dir vorgestellt?
Achilles. Mir vorgestellt?
Nein, nichts. Was war's? Was wollt ihr?
Odysseus. Was wir wollen?
Seltsam. – Wir unterrichteten von den Befehlen
Dich der Atriden! Agamemnon will,
Daß wir sogleich ins Griechenlager kehren;
Den Antiloch sandt' er, wenn du ihn siehst,
Mit diesem Schluß des Feldherrnrats uns ab.
Der Kriegsplan ist, die Amazonen-Königin
Herab nach der Dardanerburg zu locken,
Wo sie, in beider Heere Mitte nun,
Von treibenden Verhältnissen gedrängt,
Sich muß, wem sie die Freundin sei, erklären
Und wir dann, sie erwähle, was sie wolle,
Wir werden wissen mindstens, was zu tun.
Ich traue deiner Klugheit zu, Pelide,
Du folgst der Weisheit dieser Anordnung.
Denn Wahnsinn wär's, bei den Olympischen,
Da dringend uns der Krieg nach Troja ruft,
Mit diesen Jungfraun hier uns einzulassen,
Bevor wir wissen, *was* sie von uns wollen,
Noch überhaupt nur, ob sie uns was wollen?
Achilles *(indem er sich den Helm wieder aufsetzt).* Kämpft ihr,
wie die Verschnittnen, wenn ihr wollt;
Mich einen Mann fühl' ich, und diesen Weibern,
Wenn keiner sonst im Heere, will ich stehn!
Ob ihr hier länger, unter kühlen Fichten,
Ohnmächtiger Lust voll, sie umschweift, ob nicht,
Vom Bette fern der Schlacht, die sie umwogt,

Gilt mir gleichviel: beim Styx, ich will'ge drein,
Daß ihr nach Ilium zurückekehrt.
Was *mir* die Göttliche begehrt, das weiß ich;
Brautwerber schickt sie mir, gefiederte,
Genug in Lüften zu, die ihre Wünsche
Mit Todgeflüster in das Ohr mir raunen.
Im Leben keiner Schönen war ich spröd;
Seit mir der Bart gekeimt, ihr lieben Freunde,
Ihr wißt's, zu Willen jeder war ich gern:
Und wenn ich dieser mich gesperrt bis heute,
Beim Zeus, des Donners Gott, geschah's, weil ich
Das Plätzchen unter Büschen noch nicht fand,
Die ungestört, ganz wie ihr Herz es wünscht,
Auf Küssen heiß von Erz im Arm zu nehmen.
Kurz, geht: ins Griechenlager folg' ich euch;
Die Schäferstunde bleibt nicht lang mehr aus:
Doch müßt' ich auch durch ganze Monden noch,
Und Jahre, um sie frein: den Wagen dort
Nicht eh'r zu meinen Freunden will ich lenken,
Ich schwör's, und Pergamos nicht wiedersehn,
Als bis ich sie zu meiner Braut gemacht,
Und sie, die Stirn bekränzt mit Todeswunden,
Kann durch die Straßen häuptlings mit mir schleifen.
Folgt mir!

Ein Grieche *(tritt auf)*. Penthesilea naht sich dir, Pelide!

Achilles. Ich auch. Bestieg sie schon den Perser wieder?

Der Grieche. Noch nicht. Zu Fuße schreitet sie heran,
Doch ihr zur Seite stampft der Perser schon.

Achilles. Wohlan! So schafft mir auch ein Roß, ihr Freunde! –
Folgt, meine tapfern Myrmidonier, mir.

*(Das Heer bricht auf.)*

Antilochus. Der Rasende!

Odysseus. Nun, so versuche doch
Jetzt deine Rednerkunst, o Antiloch!

Antilochus. Laßt mit Gewalt uns ihn –
Diomedes. Fort ist er schon!
Odysseus. Verwünscht sei dieser Amazonenkrieg!
*(Alle ab.)*

## Fünfter Auftritt

*Penthesilea. Prothoe, Meroe, Asteria. Gefolge.*
*Das Amazonenheer.*

Die Amazonen. Heil dir, du Siegrin! Überwinderin!
Des Rosenfestes Königin! Triumph dir!
Penthesilea. Nichts vom Triumph mir! Nichts vom Rosenfeste!
Es ruft die Schlacht noch einmal mich ins Feld.
Den jungen trotz'gen Kriegsgott bänd'g' ich mir,
Gefährtinnen, zehntausend Sonnen dünken,
Zu einem Glutball eingeschmelzt, so glanzvoll
Nicht, als ein Sieg, ein Sieg mir über ihn.
Prothoe. Geliebte, ich beschwöre dich –
Penthesilea. Laß mich!
Du hörst, was ich beschloß, eh' würdest du
Den Strom, wenn er herab von Bergen schießt,
Als meiner Seele Donnersturz regieren.
Ich will zu meiner Füße Staub ihn sehen,
Den Übermütigen, der mir an diesem
Glorwürd'gen Schlachtentag, wie keiner noch,
Das kriegerische Hochgefühl verwirrt.
Ist das die Siegerin, die schreckliche,
Der Amazonen stolze Königin,
Die seines Busens erzne Rüstung mir,
Wenn sich mein Fuß ihm naht, zurückespiegelt?
Fühl' ich, mit aller Götter Fluch Beladne,

Da rings das Herr der Griechen vor mir flieht,
Bei dieses einz'gen Helden Anblick mich
Gelähmt nicht, in dem Innersten getroffen,
Mich, *mich* die Überwundene, Besiegte?
Wo ist der Sitz mir, der kein Busen ward,
Auch des Gefühls, das mich zu Boden wirft?
Ins Schlachtgetümmel stürzen will ich mich,
Wo der Hohnlächelnde mein harrt, und ihn
Mir überwinden, oder leben nicht!

Prothoe. Wenn du dein Haupt doch, teure Königin,
An diesem treuen Busen ruhen wolltest.
Der Sturz, der dir die Brust gewaltsam traf,
Hat dir das Blut entflammt, den Sinn empört:
An allen jungen Gliedern zitterst du!
Beschließe nichts, wir alle flehen dich,
Bis heitrer dir der Geist zurückgekehrt.
Komm, ruhe dich bei mir ein wenig aus.

Penthesilea. Warum? Weshalb? Was ist geschehn? Was sagt' ich?
Hab' ich? – Was hab' ich denn –?

Prothoe. Um eines Siegs,
Der deine junge Seele flüchtig reizt,
Willst du das Spiel der Schlachten neu beginnen?
Weil unerfüllt ein Wunsch, ich weiß nicht welcher,
Dir im geheimen Herzen blieb, den Segen,
Gleich einem übellaun'gen Kind, hinweg,
Der deines Volks Gebete krönte, werfen?

Penthesilea. Ha, sieh! Verwünscht das Los mir dieses Tages!
Wie mit dem Schicksal heut, dem tückischen,
Sich meiner Seele liebste Freundinnen
Verbünden, mir zu schaden, mich zu kränken!
Wo sich die Hand, die lüsterne, nur regt,
Den Ruhm, wenn er bei mir vorüberfleucht,
Bei seinem goldnen Lockenhaar zu fassen,

Tritt eine Macht mir hämisch in den Weg –
– Und Trotz ist, Widerspruch, die Seele mir!
Hinweg!

PROTHOE *(für sich).* Ihr Himmlischen, beschützet sie!

PENTHESILEA. Denk' ich bloß *mich*, sind's *meine* Wünsche bloß,
Die mich zurück aufs Feld der Schlachten rufen?
Ist es das Volk, ist's das Verderben nicht,
Das in des Siegs wahnsinniger Berauschung,
Hörbaren Flügelschlags, von fern ihm naht?
Was ist geschehn, daß wir zur Vesper schon,
Wie nach vollbrachter Arbeit, ruhen wollen?
Gemäht liegt uns, zu Garben eingebunden,
Der Ernte üpp'ger Schatz, in Scheuern hoch,
Die in den Himmel ragen, aufgetürmt:
Jedoch die Wolke heillos überschwebt ihn,
Und den Vernichtungsstrahl droht sie herab.
Die Jünglingsschar, die überwundene,
Ihr werdet sie, bekränzt mit Blumen, nicht,
Bei der Posaunen und der Zimbeln Klang,
Zu euren duft'gen Heimatstälern führen.
Aus jedem tück'schen Hinterhalt hervor,
Der sich ihm beut, seh' ich den Peleïden
Auf euren frohen Jubelzug sich stürzen;
Euch, und dem Trosse der Gefangenen,
Bis zu den Mauern Themiscyras folgen;
Ja in der Artemis geweihtem Tempel
Die Ketten noch, die rosenblütenen,
Von ihren Gliedern reißen und die unsern
Mit erzgegoßner Fessel Last bewuchten.
Soll ich von seiner Fers', ich Rasende,
Die nun fünf schweißerfüllte Sonnen schon
An seinem Sturze rüttelte, entweichen:
Da er vom Windzug eines Streiches muß,

Getroffen, unter meines Rosses Huf,
Wie eine reife Südfrucht, niederfallen?
Nein, eh' ich, was so herrlich mir begonnen
So groß, nicht endige, eh' ich nicht völlig
Den Kranz, der mir die Stirn umrauscht', erfasse
Eh' ich Mars' Töchter nicht, wie ich versprach,
Jetzt auf des Glückes Gipfel jauchzend führe,
Eh' möge seine Pyramide schmetternd
Zusammenbrechen über mich und sie:
Verflucht das Herz, das sich nicht mäß'gen kann.

Prothoe. Dein Aug', o Herrscherin, erglüht ganz fremd,
Ganz unbegreiflich, und Gedanken wälzen,
So finster, wie der ew'gen Nacht entstiegen,
In meinem ahndungsvollen Busen sich.
Die Schar, die deine Seele seltsam fürchtet,
Entfloh rings vor dir her, wie Spreu vor Winden;
Kaum daß ein Speer sich noch erblicken läßt.
Achill, sowie du mit dem Heer dich stelltest,
Von dem Skamandros ist er abgeschnitten;
Reiz' ihn nicht mehr, aus seinem Blick nur weiche:
Den ersten Schritt, beim Jupiter, ich schwör's,
In seine Danaerschanze setzt er hin.
Ich will, ich, dir des Heeres Schweif beschirmen.
Sieh, bei den Göttern des Olymps, nicht einen
Gefangenen entreißt er dir! Es soll
Der Glanz, auch meilenfernhin, seiner Waffen
Dein Heer nicht schrecken, seiner Rosse ferner Tritt
Dir kein Gelächter einer Jungfrau stören:
Mit meinem Haupt steh' ich dir dafür ein!

Penthesilea *(indem sie sich plötzlich zu Asteria wendet).* Kann
das geschehn, Asteria?

Asteria. Herrscherin –

Penthesilea. Kann ich das Heer, wie Prothoe verlangt,
Nach Themiscyra wohl zurücke führen?

Asteria. Vergib, wenn ich in meinem Fall, o Fürstin –

Penthesilea. Sprich dreist. Du hörst.
Prothoe *(schüchtern)*. Wenn du den Rat willst gütig
Versammelt aller Fürstinnen befragen,
So wird –
Penthesilea. Den Rat hier *dieser* will ich wissen!
– Was bin ich denn seit einer Handvoll Stunden?
*(Pause, in welcher sie sich sammelt.)*
– – Kann ich das Heer, du sprichst, Asteria,
Kann ich es wohl zurück zur Heimat führen?
Asteria. Wenn du so willst, o Herrscherin, so laß
Mich dir gestehn, wie ich des Schauspiels staune,
Das mir in die ungläub'gen Sinne fällt.
Vom Kaukasus, mit meinem Völkerstamm,
Um eine Sonne später aufgebrochen,
Konnt' ich dem Zuge deines Heeres nicht,
Der reißend wie ein Strom dahinschoß, folgen.
Erst heute, weißt du, mit der Dämmerung,
Auf diesen Platz schlagfertig treff' ich ein;
Und jauchzend schallt aus tausend Kehlen mir
Die Nachricht zu: Der Sieg, er sei erkämpft,
Beschlossen schon, auf jede Forderung,
Der ganze Amazonenkrieg. Erfreut,
Versichr' ich dich, daß das Gebet des Volks sich dir
So leicht, und unbedürftig mein, erfüllt,
Ordn' ich zur Rückkehr alles wieder an;
Neugierde treibt mich doch, die Schar zu sehen,
Die man mir als des Sieges Beute rühmt;
Und eine Handvoll Knechte, bleich und zitternd,
Erblickt mein Auge, der Argiver Auswurf,
Auf Schildern, die sie fliehend weggeworfen,
Von deinem Kriegstroß schwärmend aufgelesen.
Vor Trojas stolzen Mauern steht das ganze
Hellenenheer, steht Agamemnon noch,
Stehn Menelaus, Ajax, Palamed;

Ulysses, Diomedes, Antilochus,
Sie wagen dir ins Angesicht zu trotzen:
Ja jener junge Nereïdensohn,
Den deine Hand mit Rosen schmücken sollte,
Die Stirn beut er, der Übermüt'ge, dir;
Den Fußtritt will er, und erklärt es laut,
Auf deinen königlichen Nacken setzen:
Und meine große Arestochter fragt mich,
Ob sie den Siegesheimzug feiern darf?

Prothoe *(leidenschaftlich)*. Der Königin, du Falsche, sanken Helden,
An Hoheit, Mut und Schöne –

Penthesilea. Schweig, Verhaßte!
Asteria fühlt, wie ich, es ist nur einer
Hier mir zu sinken wert: und dieser eine,
Dort steht er noch im Feld der Schlacht und trotzt!

Prothoe. Nicht von der Leidenschaft, o Herrscherin,
Wirst du dich –

Penthesilea. Natter! Deine Zunge nimm gefangen!
– Willst du den Zorn nicht deiner Kön'gin wagen!
Hinweg!

Prothoe. So wag' ich meiner Kön'gin Zorn!
Eh' will ich nie dein Antlitz wiedersehen,
Als feig', in diesem Augenblick, dir eine
Verräterin schmeichlerisch zur Seite stehn.
Du bist, in Flammen wie du loderst, nicht
Geschickt, den Krieg der Jungfraun fortzuführen;
So wenig, wie, sich mit dem Spieß zu messen,
Der Löwe, wenn er von dem Gift getrunken,
Das ihm der Jäger tückisch vorgesetzt.
Nicht den Peliden, bei den ew'gen Göttern,
Wirst du in dieser Stimmung dir gewinnen:
Vielmehr, noch eh' die Sonne sinkt, versprech' ich,
Die Jünglinge, die unser Arm bezwungen,

So vieler unschätzbaren Mühen Preis,
Uns bloß, in deiner Raserei, verlieren.
PENTHESILEA. Das ist ja sonderbar und unbegreiflich!
Was macht dich plötzlich denn so feig?
PROTHOE. Was mich? –
PENTHESILEA. Wen überwandst du, sag' mir an?
PROTHOE. Lykaon,
Den jungen Fürsten der Arkadier.
Mich dünkt, du sahst ihn.
PENTHESILEA. So, so. War es jener,
Der zitternd stand, mit eingeknicktem Helmbusch,
Als ich mich den Gefangnen gestern –
PROTHOE. Zitternd!
Er stand so fest, wie je dir der Pelide!
Im Kampf von meinen Pfeilen heiß getroffen,
Sank er zu Füßen mir, stolz werd' ich ihn,
An jenem Fest der Rosen, stolz, wie eine,
Zu unserm heil'gen Tempel führen können.
PENTHESILEA. Wahrhaftig? Wie du so begeistert bist. –
Nun denn – er soll dir nicht entrissen werden!
– Führt aus der Schar ihn der Gefangenen,
Lykaon, den Arkadier, herbei!
– Nimm, du unkriegerische Jungfrau, ihn,
Entfleuch, daß er dir nicht verloren gehe,
Aus dem Geräusch der Schlacht mit ihm, bergt euch
In Hecken von süß' duftendem Holunder,
In der Gebirge fernsten Kluft, wo ihr
Wollüstig Lied die Nachtigall dir flötet,
Und feir' es gleich, du Lüsterne, das Fest,
Das deine Seele nicht erwarten kann.
Doch aus dem Angesicht sei ewig mir,
Sei aus der Hauptstadt mir verbannt, laß den
Geliebten dich, und seine Küsse, trösten,
Wenn alles, Ruhm dir, Vaterland und Liebe,

Die Königin, die Freundin untergeht.
Geh und befreie – geh! ich will nichts wissen!
Von deinem hassenswürd'gen Anblick mich!

Meroe. O, Königin!

Eine andere Fürstin *(aus ihrem Gefolge).* Welch ein Wort sprachst du!

Penthesilea. Schweigt, sag' ich!
Der Rache weih' ich den, der für sie fleht!

Eine Amazone *(tritt auf).* Achilles nahet dir, o Herrscherin!

Penthesilea. Er naht – Wohlauf, ihr Jungfraun, denn zur Schlacht! –
Reicht mir der Spieße treffendsten, o reicht
Der Schwerter wetterflammendstes mir her!
Die Luft, ihr Götter, müßt ihr mir gewähren.
Den einen heißersehnten Jüngling siegreich
Zum Staub mir noch der Füße hinzuwerfen.
Das ganze Maß von Glück erlass' ich euch,
Das meinem Leben zugemessen ist. –
Asteria! Du wirst die Scharen führen.
Beschäftige den Griechentroß und sorge,
Daß sich des Kampfes Inbrust mir nicht störe.
Der Jungfraun keine, wer sie immer sei,
Trifft den Peliden selbst! Dem ist ein Pfeil
Geschärft des Todes, der sein Haupt, was sag' ich?
Der seiner Locken eine mir berührt!
Ich nur, ich weiß den Göttersohn zu fällen.
Hier dieses Eisen soll, Gefährtinnen,
Soll mir der sanftesten Umarmung ihn
(Weil ich mit Eisen ihn umarmen muß!)
An meinen Busen schmerzlos niederziehn.
Hebt euch, ihr Frühlingsblumen, seinem Fall,
Daß seiner Glieder keines sich verletze.
Blut meines Herzens mißt' ich ehr, als seines.
Nicht eher ruhn will ich, bis ich aus Lüften,

Gleich einem schöngefärbten Vogel, ihn
Zu mir herabgestürzt: doch liegt er jetzt
Mit eingeknickten Fittichen, ihr Jungfraun,
Zu Füßen mir, kein Purpurstäubchen missend,
Nun dann, so mögen alle Seligen
Daniedersteigen, unsern Sieg zu feiern,
Zur Heimat geht der Jubelzug, dann bin ich
Die Königin des Rosenfestes euch! –
Jetzt kommt! –

*(Indem sie abgehen will, erblickt sie die weinende Prothoe, und wendet sich unruhig. Darauf plötzlich, indem sie ihr um den Hals fällt.)*

Prothoe! Meiner Seelen Schwester!
Willst du mir folgen?

Prothoe *(mit gebrochener Stimme).* In den Orkus dir!
Ging' ich auch zu den Seligen ohne dich?

Penthesilea. Du Bessere, als Menschen sind! Du willst es?
Wohlan, wir kämpfen, siegen miteinander.
Wir *beide* oder *keine*, und die Losung
Ist: Rosen für die Scheitel unsrer Helden,
Oder Zypressen für die unsrigen.

*(Alle ab.)*

## Sechster Auftritt

*Die Oberpriesterin der Diana mit ihren Priesterinnen treten auf. Ihnen folgen eine Schar junger Mädchen mit Rosen in Körben auf den Köpfen, und die Gefangenen, geführt von einigen bewaffneten Amazonen.*

Die Oberpriesterin. Nun, ihr geliebten, kleinen Rosenjungfraun,
Laßt jetzt die Frucht mich eurer Wandrung sehn.
Hier, wo die Felsenquelle einsam schäumt,
Beschattet von der Pinie, sind wir sicher:
Hier schüttet eure Ernte vor mir aus.
Ein junges Mädchen *(ihren Korb ausschüttend)*. Sieh, diese Rosen pflückt' ich, heil'ge Mutter!
Ein anderes *(ebenso)*. Hier diesen Schoß voll ich!
Ein drittes. Und diesen ich!
Ein viertes. Und diesen ganzen üpp'gen Frühling ich!
*(Die andern jungen Mädchen folgen.)*
Die Oberpriesterin. Das blüht ja wie der Gipfel von Hymetta!
Nun solch ein Tag des Segens, o Diana!
Ging deinem Volke herrlich noch nicht auf.
Die Mütter bringen mir, die Töchter, Gaben;
Nicht, von der Pracht, der doppelten, geblendet,
Weiß ich, wem schönrer Dank gebühren mag. –
Doch ist dies euer ganzer Vorrat, Kinder?
Das erste Mädchen. Mehr nicht, als du hier siehst, war aufzufinden.
Die Oberpriesterin. So waren eure Mütter fleißiger.
Das zweite Mädchen. Auf diesen Feldern, heil'ge Priesterin ernten
Gefangne leichter auch, als Rosen, sich.

Wenn dichtgedrängt, auf allen Hügeln rings,
Die Saat der jungen Griechen steht, die Sichel
Nur einer muntern Schnitterin erwartend,
So blüht so sparsam in den Tälern rings,
Und so verschanzt, versichr' ich dich, die Rose,
Daß man durch Pfeile sich und Lanzen lieber,
Als ihr Geflecht der Dornen schlagen möchte.
– Sieh nur die Finger an, ich bitte dich.

Das dritte Mädchen. Auf eines Felsens Vorsprung wagt' ich mich,
Um eine einz'ge Rose dir zu pflücken.
Und blaß nur, durch des Kelches Dunkelgrün,
Erschimmerte sie noch, ein Knösplein nur,
Für volle Liebe noch nicht aufgeblüht.
Doch greif' ich sie, und strauchl' und sinke plötzlich
In einen Abgrund hin, der Nacht des Todes
Glaubt' ich, Verlorne, in den Schoß zu sinken.
Mein Glück doch war's, denn eine Rosenpracht
Stand hier im Flor, daß wir zehn Siege noch
Der Amazonen hätten feiern können.

Das vierte Mädchen. Ich pflückte dir, du heil'ge Priesterin,
Dir pflückt' ich eine Rose nur, nur *eine;*
Doch eine Rose ist's, hier diese, sieh!
Um eines Königs Scheitel zu bekränzen:
Nicht schöner wünscht Penthesilea sie,
Wenn sie Achill, den Göttersohn, sich fällt.

Die Oberpriesterin. Wohlan, wenn ihn Penthesilea fällt,
Sollst du die königliche Ros' ihr reichen.
Verwahre sie nur sorgsam, bis sie kömmt.

Das erste Mädchen. Zukünftig, wenn, beim Zimbelnschlag, von neuem
Das Amazonenheer ins Schlachtfeld rückt,
Ziehn wir zwar mit, doch nicht mehr, das versprichst du,
Durch Rosenpflücken bloß und Kränzewinden

Den Sieg der Mütter zu verherrlichen.
Sieh, dieser Arm, er schwingt den Wurfspieß schon,
Und sausend trifft die Schleuder mir das Ziel:
Was gilt's? Mir selbst schon blüht ein Kranz zusammen,
– Und tapfer im Gedräng' schon mag er kämpfen,
Der Jüngling, dem sich diese Sehne strafft.

DIE OBERPRIESTERIN. Meinst du? – Nun freilich wohl, du mußt es wissen,
– Hast du die Rosen schon drauf angesehn?
– Den nächsten Lenz, sobald sie wieder reif,
Sollst du den Jüngling, im Gedräng', dir suchen.
Doch jetzt, der Mütter frohe Herzen drängen:
Die Rosen schnell zu Kränzen eingewunden!

DIE MÄDCHEN *(durcheinander).* Fort zum Geschäft! Wie greifen wir es an?

DAS ERSTE MÄDCHEN *(zum zweiten).* Komm her, Glaukothoe!

DAS DRITTE *(zum vierten).* Komm, Charmion!

*(Sie setzen sich paarweise.)*

DAS ERSTE MÄDCHEN. Wir – der Ornythia winden wir den Kranz,
Die sich Alcest mit hohen Büschen fällte.

DAS DRITTE. Und wir – Parthenion, Schwester: Athenäus,
Mit der Medus' im Schilde, soll sie fesseln.

DIE OBERPRIESTERIN *(zu den bewaffneten Amazonen).* Nun?
Wollt ihr eure Gäste nicht erheitern?
– Steht ihr nicht unbehilflich da, ihr Jungfraun,
Als müßt' ich das Geschäft der Lieb' euch lehren! –
Wollt ihr das Wort nicht freundlich ihnen wagen?
Nicht hören, was die Schlachtermüdeten,
Was sie begehren? Wünschen? Was sie brauchen?

DIE ERSTE AMAZONE. Sie sagen, sie bedürfen nichts, Ehrwürd'ge.

DIE ZWEITE. Bös' sind sie uns.

DIE DRITTE. Wenn man sich ihnen nahet,
So wenden sich die Trotzigen schmähnd hinweg.

Die Oberpriesterin. Ei, wenn sie bös' euch sind, bei unsrer Göttin,
So macht sie wieder gut! Warum auch habt ihr
So heftig sie im Kampfgewühl getroffen?
Sagt ihnen, was geschehn wird, sie zu trösten:
So werden sie nicht unerbittlich sein.

Die erste Amazone *(zu einem gefangenen Griechen).* Willst du auf weichen Teppichen, o Jüngling,
Die Glieder ruhn? Soll ich von Frühlingsblumen,
Denn müde scheinst du sehr, ein Lager dir,
Im Schatten jenes Lorbeerbaums, bereiten?

Die zweite *(ebenso).* Soll ich das duftendste der Perseröle
In Wasser mischen, frisch dem Quell entschöpft,
Und dir den staubbedeckten Fuß erquicken?

Die dritte. Doch der Orange Saft verschmähst du nicht,
Mit eigner Hand dir liebend dargebracht?

Die drei Amazonen. Sprecht! Redet! Womit dient man euch?

Ein Grieche. Mit nichts!

Die erste Amazone. Ihr sonderbaren Fremdlinge! Was härmt euch?
Was ist's, da uns der Pfeil im Köcher ruht,
Daß ihr vor unserm Anblick euch entsetzt?
Ist es die Löwenhaut, die euch erschreckt? –
Du, mit dem Gürtel, sprich! Was fürchtest du?

Der Grieche *(nachdem er sie scharf angesehn).* Wem winden jene Kränze sich? Sagt an!

Die erste Amazone. Wem? Euch! Wem sonst?

Der Grieche. Uns! Und das sagt ihr noch,
Unmenschliche! Wollt ihr, geschmückt mit Blumen,
Gleich Opfertieren, uns zur Schlachtbank führen?

Die erste Amazone. Zum Tempel euch der Artemis! Was denkt ihr?
In ihren dunkeln Eichenhain, wo eurer
Entzücken ohne Maß und Ordnung wartet!

Der Grieche *(erstaunt, mit unterdrückter Stimme, zu den andern Gefangenen.)*
War je ein Traum so bunt, als was hier wahr ist?

## Siebenter Auftritt

*Eine Hauptmännin tritt auf. Die Vorigen.*

Die Hauptmännin. Auf diesem Platz, Hochwürd'ge, find' ich dich!
– Inzwischen sich, auf eines Steinwurfs Nähe,
Das Heer zur blutigen Entscheidung rüstet!
Die Oberpriesterin. Das Heer! Unmöglich! Wo?
Die Hauptmännin. In jenen Gründen,
Die der Skamandros ausgeleckt. Wenn du
Dem Wind, der von den Bergen weht, willst horchen,
Kannst du den Donnerruf der Königin,
Gezückter Waffen Klirren, Rosse Wiehern,
Drommeten, Tuben, Zimbeln und Posaunen,
Des Krieges ganze ehrne Stimme hören.
Eine Priesterin. Wer rasch erfleucht den Hügel dort?
Die Mädchen. Ich! Ich!
*(Sie ersteigen den Hügel.)*
Die Oberpriesterin. Der Königin! – Nein, sprich! Es ist unglaublich –
– Warum, wenn noch die Schlacht nicht ausgewütet,
Das Fest der Rosen ordnete sie an?
Die Hauptmännin. Das Rosenfest – Gab sie Befehl denn wem?
Die Oberpriesterin. Mir! Mir!
Die Hauptmännin. Wo? Wann?
Die Oberpriesterin. Vor wenigen Minuten
In jenes Obelisken Schatten stand ich,

Als der Pelid', und sie, auf seiner Ferse,
Den Winden gleich, an mir vorüberrauschten.
Und ich: wie geht's? fragt' ich die Eilende.
»Zum Fest der Rosen«, rief sie, »wie du siehst!«
Und flog an mir vorbei und jauchzte noch:
»Laß es an Blüten nicht, du Heil'ge, fehlen!«

DIE ERSTE PRIESTERIN *(zu den Mädchen)*. Seht ihr sie? Sprecht!

DAS ERSTE MÄDCHEN *(auf dem Hügel)*. Nichts, gar nichts sehen wir!
Es läßt kein Federbusch sich unterscheiden.
Ein Schatten überfleucht von Wetterwolken
Das weite Feld ringsher, das Drängen nur
Verwirrter Kriegerhaufen nimmt sich wahr,
Die im Gefild' des Tods einander suchen.

DIE ZWEITE PRIESTERIN. Sie wird des Heeres Rückzug decken wollen.

DIE ERSTE. Das denk' ich auch. –

DIE HAUPTMÄNNIN. Zum Kampf steht sie gerüstet,
Ich sag's euch, dem Peliden gegenüber,
Die Königin, frisch, wie das Perserroß,
Das in die Luft hoch aufgebäumt sie trägt,
Den Wimpern heißre Blick', als je, entsendend,
Mit Atemzügen, freien, jauchzenden,
Als ob ihr junger kriegerischer Busen
Jetzt in die erste Luft der Schlachten käme.

DIE OBERPRIESTERIN. Was denn, bei den Olympischen, erstrebt sie?
Was ist's, da rings, zu Tausenden, uns die
Gefangenen in allen Wäldern wimmeln,
Das ihr noch zu erringen übrig bleibt?

DIE HAUPTMÄNNIN. Was ihr noch zu erringen übrig bleibt?

DIE MÄDCHEN *(auf dem Hügel)*. Ihr Götter!

DIE ERSTE PRIESTERIN. Nun? Was gibt's? Entwich der Schatten?

Das erste Mädchen. O ihr Hochheiligen, kommt doch her!
Die zweite Priesterin. So sprecht!
Die Hauptmännin. Was ihr noch zu erringen übrig bleibt?
Das erste Mädchen. Seht, seht, wie durch der Wetterwolken Riß,
Mit einer Masse Licht, die Sonne eben
Auf des Peliden Scheitel niederfällt!
Die Oberpriesterin. Auf wessen?
Das erste Mädchen. *Seine*, sagt' ich! Wessen sonst?
Auf einem Hügel leuchtend steht er da,
In Stahl geschient sein Roß und er; der Saphir,
Der Chrysolith, wirft solche Strahlen nicht!
Die Erde rings, die bunte, blühende,
In Schwärze der Gewitternacht gehüllt,
Nichts als ein dunkler Grund nur, eine Folie,
Die Funkenpracht des *einzigen* zu heben!
Die Oberpriesterin. Was geht dem Volke der Pelide an?
– Ziemt's einer Tochter Ares', Königin,
Im Kampf auf einen Namen sich zu stellen?
*(Zu einer Amazone.)*
Fleuch gleich, Arsinoe, vor ihr Antlitz hin,
Und sag' in meiner Göttin Namen ihr,
Mars habe seinen Bräuten sich gestellt:
Ich forderte, bei ihrem Zorn, sie auf,
Den Gott bekränzt zur Heimat jetzt zu führen,
Und unverzüglich ihm, in ihrem Tempel,
Das heil'ge Fest der Rosen zu eröffnen!
*(Die Amazone ab.)*
Ward solch ein Wahnsinn jemals noch erhört!
Die erste Priesterin. Ihr Kinder! Seht ihr noch die Königin nicht?
Das erste Mädchen *(auf dem Hügel)*. Wohl, wohl! Das ganze Feld erglänzt – da ist sie!
Die erste Priesterin. Wo zeigt sie sich?

Das Mädchen. An aller Jungfraun Spitze!
Seht, wie sie, in dem goldnen Kriegsschmuck funkelnd,
Voll Kampflust ihm entgegen tanzt! Ist's nicht,
Als ob sie, heiß von Eifersucht gespornt,
Die Sonn' im Fluge übereilen wollte,
Die seine jungen Scheitel küßt! O seht!
Wenn sie zum Himmel auf sich schwingen wollte,
Der hohen Nebenbuhlrin gleich zu sein,
Der Perser könnte, ihren Wünschen frönend,
Geflügelter sich in die Luft nicht heben!
Die Oberpriesterin *(zur Hauptmännin)*. War keine unter allen Jungfraun denn,
Die sie gewarnt, die sie zurückgehalten?
Die Hauptmännin Es warf ihr ganzes fürstliches Gefolge
Sich in den Weg ihr: hier auf diesem Platze
Hat Prothoe ihr Äußerstes getan.
Jedwede Kunst der Rede ward erschöpft,
Nach Themiscyra sie zurückzuführen.
Doch taub schien sie der Stimme der Vernunft:
Vom giftigsten der Pfeile Amors sei,
Heißt es, ihr jugendliches Herz getroffen.
Die Oberpriesterin. Was sagst du?
Das erste Mädchen *(auf dem Hügel)*. Ha, jetzt treffen sie einander!
Ihr Götter! Haltet eure Erde fest –
Jetzt, eben jetzt, da ich dies sage, schmettern
Sie, wie zwei Sterne, auf einander ein!
Die Oberpriesterin *(zur Hauptmännin)*. Die Königin, sagst du? Unmöglich, Freundin!
Von Amors Pfeil getroffen – wann? Und wo?
Die Führerin des Diamantengürtels?
Die Tochter Mars', der selbst der Busen fehlt,
Das Ziel der giftgefiederten Geschosse?
Die Hauptmännin. So sagt des Volkes Stimme mindestens,

Und Meroe hat es eben mir vertraut.
Die Oberpriesterin. Es ist entsetzlich!
*(Die Amazone kehrt wieder zurück.)*
Die erste Priesterin. Nun! was bringst du? Rede!
Die Oberpriesterin. Ist es bestellt? Sprachst du die Königin?
Die Amazone. Es war zu spät, Hochheilige, vergib.
Ich konnte sie, die, von dem Troß der Frauen
Umschwärmt, bald hier, bald dort erschien, nicht treffen.
Wohl aber Prothoe, auf einen Augenblick,
Traf ich, und sagt' ihr, was dein Wille sei;
Doch sie entgegnete – ein Wort, nicht weiß ich,
Ob ich in der Verwirrung recht gehört.
Die Oberpriesterin. Nun, welch ein Wort?
Die Amazone. Sie hielt, auf ihrem Pferde,
Und sah, es schien, mit tränenvollen Augen,
Der Kön'gin zu. Und als ich ihr gesagt,
Wie du entrüstet, daß die Sinnberaubte
Den Kampf noch um ein einzeln Haupt verlängre,
Sprach sie: »geh hin zu deiner Priesterin,
Und heiße sie daniederknien und beten,
Daß ihr dies eine Haupt im Kampf noch falle;
Sonst keine Rettung gibt's, für sie und uns.«
Die Oberpriesterin. O sie geht steil-bergab den Pfad zum Orkus!
Und nicht dem Gegner, wenn sie auf ihn trifft,
Dem Feind' in ihrem Busen wird sie sinken.
Uns alle reißt sie in den Abgrund hin;
Den Kiel seh' ich, der uns Gefesselte
Nach Hellas trägt, geschmückt mit Bändern, höhnend,
Im Geiste schon den Hellespont durchschäumen.
Die erste Priesterin. Was gilt's? Dort naht die Unheilskunde schon.

## Achter Auftritt

*Eine Oberste tritt auf. Die Vorigen.*

Die Oberste. Flieh! Rette die Gefangnen, Priesterin!
Das ganze Herr der Griechen stürzt heran.
Die Oberpriesterin. Ihr Götter des Olymps! Was ist geschehn?
Die erste Priesterin. Wo ist die Königin?
Die Oberste. Im Kampf gefallen,
Das ganze Amazonenheer zerstreut.
Die Oberpriesterin. Du Rasende! Was für ein Wort sprachst du?
Die erste Priesterin *(zu den bewaffneten Amazonen)*. Bringt die Gefangenen fort!

*(Die Gefangenen werden abgeführt.)*

Die Oberpriesterin. Sag' an: wo? wann?
Die Oberste. Laß kurz das Ungeheuerste dir melden!
Achill und sie, mit vorgelegten Lanzen,
Begegnen beide sich, zween Donnerkeile,
Die aus Gewölken ineinander fahren;
Die Lanzen, schwächer als die Brüste, splittern:
Er, der Pelide, steht, Penthesilea,
Sie sinkt, die Todumschattete, vom Pferd.
Und da sie jetzt, der Rache preisgegeben,
Im Staub sich vor ihm wälzt, denkt jeglicher,
Zum Orkus völlig stürzen wird er sie;
Doch bleich selbst steht der Unbegreifliche,
Ein Todesschatten, da, »ihr Götter!« ruft er,
»Was für ein Blick der Sterbenden traf mich!«
Vom Pferde schwingt er eilig sich herab;
Und während, von Entsetzen noch gefesselt,

Die Jungfraun stehn, des Wortes eingedenk
Der Königin, kein Schwert zu rühren wagen,
Dreist der Erblaßten naht er sich, er beugt
Sich über sie, »Penthesilea!« ruft er,
In seinen Armen hebt er sie empor,
Und laut die Tat, die er vollbracht, verfluchend,
Lockt er ins Leben jammernd sie zurück!

Die Oberpriesterin. Er – was? Er selbst?

Die Oberste. »Hinweg, Verhaßter!« donnert
Das ganze Heer ihm zu; »dankt mit dem Tod' ihm«,
Ruft Prothoe, »wenn er vom Platz nicht weicht:
Den treffendsten der Pfeile über ihn!«
Und mit des Pferdes Huftritt ihn verdrängend,
Reißt sie die Königin ihm aus dem Arm.
Indes erwacht die Unglückselige,
Man führt sie röchelnd, mit zerrißner Brust,
Das Haar verstört vom Scheitel niederflatternd,
Den hintern Reih'n zu, wo sie sich erholt;
Doch er, der unbegriffne Doloper –
Ein Gott hat, in der erzgekeilten Brust,
Das Herz in Liebe plötzlich ihm geschmelzt –
Er ruft: »verweilet, meine Freundinnen!
Achilles grüßt mit ew'gem Frieden euch!«
Und wirft das Schwert hinweg, das Schild hinweg,
Die Rüstung reißt er von der Brust sich nieder,
Und folgt – mit Keulen könnte man, mit Händen ihn,
Wenn man ihn treffen dürfte, niederreißen –
Der Kön'gin unerschrocknen Schrittes nach:
Als wüßt' er schon, der Rasende, Verwegne,
Daß unserm Pfeil sein Leben heilig ist.

Die Oberpriesterin. Und wer gab den wahnsinnigen Befehl?

Die Oberste. Die Königin! Wer sonst?

Die Oberpriesterin. Es ist entsetzlich!

Die erste Priesterin. Seht, seht! Da wankt, geführt von Prothoe,
Sie selbst, das Bild des Jammers, schon heran!
Die zweite. Ihr ew'gen Himmelsgötter! Welch ein Anblick!

## Neunter Auftritt

*Penthesilea, geführt von Prothoe und Meroe, Gefolge treten auf.*

Penthesilea *(mit schwacher Stimme).* Hetzt alle Hund' auf ihn! Mit Feuerbränden
Die Elefanten peitschet auf ihn los!
Mit Sichelwagen schmettert auf ihn ein,
Und mähet seine üpp'gen Glieder nieder!
Prothoe. Geliebte! Wir beschwören dich –
Meroe. Hör' uns!
Prothoe. Er folgt dir auf dem Fuße, der Pelide;
Wenn dir dein Leben irgend lieb, so flieh!
Penthesilea. Mir diesen Busen zu zerschmettern, Prothoe!
– Ist's nicht, als ob ich eine Leier zürnend
Zertreten wollte, weil sie still für sich,
Im Zug des Nachtwinds, meinen Namen flüstert?
Dem Bären kauert' ich zu Füßen mich,
Und streichelte das Panthertier, das mir
In solcher Regung nahte, wie ich ihm.
Meroe. So willst du nicht entweichen?
Prothoe. Willst nicht fliehen?
Meroe. Willst dich nicht retten?
Prothoe. Was kein Name nennt,
Auf diesem Platz hier soll es sich vollbringen?
Penthesilea. Ist's meine Schuld, daß ich im Feld der Schlacht
Um sein Gefühl mich kämpfend muß bewerben?
Was will ich denn, wenn ich das Schwert ihm zücke?

Will ich ihn denn zum Orkus niederschleudern?
Ich will ihn ja, ihr ew'gen Götter, nur
An diese Brust will ich ihn niederziehn!
Prothoe. Sie rast –
Die Oberpriesterin. Unglückliche!
Prothoe. Sie ist von Sinnen!
Die Oberpriesterin. Sie denkt nichts, als den Einen nur.
Prothoe. Der Sturz
Hat völlig ums Bewußtsein sie gebracht.
Penthesilea *(mit erzwungener Fassung)*. Gut. Wie ihr wollt.
Sei's drum. Ich will mich fassen.
Dies Herz, weil es sein muß, bezwingen will ich's,
Und tun mit Grazie, was die Not erheischt.
Recht habt ihr auch. Warum auch wie ein Kind gleich,
Weil sich ein flücht'ger Wunsch mir nicht gewährt,
Mit meinen Göttern brechen? Kommt hinweg.
Das Glück, gesteh' ich, wär' mir lieb gewesen;
Doch fällt es mir aus Wolken nicht herab,
Den Himmel drum erstürmen will ich nicht.
Helft mir nur fort von hier, schafft mir ein Pferd,
So will ich euch zurück zur Heimat führen.
Prothoe. Gesegnet sei, o Herrscherin, dreimal
Ein Wort, so würdig königlich, als dies.
Komm, alles steht zur Flucht bereit –
Penthesilea *(da sie die Rosenkränze in der Kinder Händen erblickt, mit plötzlich aufflammendem Gesicht)*. Ha, sieh!
Wer gab Befehl, die Rosen einzupflücken?
Das erste Mädchen. Das fragst du noch, Vergessene? Wer sonst,
Als nur –
Penthesilea. Als wer?
Die Oberpriesterin. – Das Siegsfest sollte sich,
Das heißersehnte, deiner Jungfraun feiern!
War's nicht dein eigner Mund, der's so befahl?

Penthesilea. Verflucht mir diese schnöde Ungeduld!
Verflucht, im blutumschäumten Mordgetümmel,
Mir der Gedanke an die Orgien!
Verflucht, im Busen keuscher Arestöchter,
Begierden, die, wie losgelaßne Hunde,
Mir der Drommete erzne Lunge bellend,
Und aller Feldherrn Rufen, überschrein! –
Der Sieg, ist er erkämpft mir schon, daß mit
Der Hölle Hohn schon der Triumph mir naht?
– Mir aus den Augen! *(Sie zerhaut die Rosenkränze.)*
Das erste Mädchen. Herrscherin! Was tust du?
Die zweite *(die Rosen wieder aufsuchend)*. Der Frühling bringt dir rings, auf Meilenferne,
Nichts für das Fest mehr –
Penthesilea. Daß der ganze Frühling
Verdorrte! Daß der Stern, auf dem wir atmen,
Geknickt, gleich dieser Rosen einer, läge!
Daß ich den ganzen Kranz der Welten so,
Wie dies Geflecht der Blumen, lösen könnte!
– O Aphrodite!
Die Oberpriesterin. Die Unselige!
Die erste Priesterin. Verloren ist sie!
Die zweite. Den Erinnyen
Zum Raub ist ihre Seele hingegeben!
Eine Priesterin *(auf dem Hügel)*. Der Peleïd', ihr Jungfraun, ich beschwör' euch,
Im Schuß der Pfeile naht er schon heran!
Prothoe. So fleh' ich dich auf Knieen – rette dich!
Penthesilea. Ach, meine Seel' ist matt bis in den Tod!
*(Sie setzt sich.)*
Prothoe. Entsetzliche! Was tust du?
Penthesilea. Flieht, wenn ihr wollt.
Prothoe. Du willst –?
Meroe. Du säumst –?

PROTHOE. Du willst –?
PENTHESILEA. Ich will hier bleiben.
PROTHOE. Wie, Rasende!
PENTHESILEA. Ihr hört's. Ich kann nicht stehen.
Soll das Gebein mir brechen? Laßt mich sein.
PROTHOE. Verlorenste der Fraun! Und der Pelide,
Er naht, du hörst, im Pfeilschuß –
PENTHESILEA. Laßt ihn kommen.
Laßt ihn den Fuß gestählt, es ist mir recht,
Auf diesen Nacken setzen. Wozu auch sollen
Zwei Wangen länger, blühnd wie diese, sich
Vom Kot, aus dem sie stammen, unterscheiden?
Laßt ihn mit Pferden häuptlings heim mich schleifen,
Und diesen Leib hier, frischen Lebens voll,
Auf offnem Felde schmachvoll hingeworfen,
Den Hunden mag er ihn zur Morgenspeise,
Dem scheußlichen Geschlecht der Vögel, bieten.
Staub lieber, als ein Weib sein, das nicht reizt.
PROTHOE. O Königin!
PENTHESILEA *(indem sie sich den Halsschmuck abreißt)*. Weg, ihr verdammten Flittern!
PROTHOE. Ihr ew'gen Götter dort! Ist das die Fassung,
Die mir dein Mund soeben angelobt?
PENTHESILEA. Vom Haupt, ihr auch – was nickt ihr? Seid verflucht mir,
Hilflosere, als Pfeil und Wangen, noch!
– Die Hand verwünsch' ich, die zur Schlacht mich heut
Geschmückt, und das verräterische Wort,
Das mir gesagt, es sei zum Sieg, dazu.
Wie sie mit Spiegeln mich, die Gleißnerinnen,
Umstanden, rechts und links, der schlanken Glieder
In Erz gepreßte Götterbildung preisend. –
Die Pest in eure wilden Höllenkünste!

GRIECHEN *(außerhalb der Szene).* Vorwärts, Pelide, vorwärts!
Sei getrost!
Nur wenig Schritte noch, so hast du sie.
DIE PRIESTERIN *(auf dem Hügel).* Diana! Königin! Du bist verloren,
Wenn du nicht weichst!
PROTHOE. Mein Schwesterherz! Mein Leben!
Du willst nicht fliehn? nicht gehn?

*(Penthesilea. Die Tränen stürzen ihr aus den Augen, sie lehnt sich an einen Baum.)*

PROTHOE. *(plötzlich gerührt, indem sie sich neben ihr niedersetzt).* Nun, wie du willst.
Wenn du nicht kannst, nicht willst – sei's! Weine nicht.
Ich bleibe bei dir. Was nicht möglich ist,
Nicht ist, in deiner Kräfte Kreis nicht liegt,
Was du nicht leisten *kannst*: die Götter hüten,
Daß ich es von dir fordre! Geht, ihr Jungfraun,
Geht; kehrt in eure Heimatsflur zurück:
Die Königin und ich, wir bleiben hier.
DIE OBERPRIESTERIN. Wie, du Unsel'ge? Du bestärkst sie noch?
MEROE. Unmöglich wär's ihr, zu entfliehn?
DIE OBERPRIESTERIN. Unmöglich,
Da nichts von außen sie, kein Schicksal, hält,
Nichts als ihr töricht Herz –
PROTHOE. Das ist ihr Schicksal!
Dir scheinen Eisenbanden unzerreißbar,
Nicht wahr? Nun sieh: sie bräche sie vielleicht,
Und das Gefühl doch nicht, das du verspottest.
Was in ihr walten mag, das weiß nur sie,
Und jeder Busen ist, der fühlt, ein Rätsel.
Des Lebens höchstes Gut erstrebte sie,
Sie streift', ergriff es schon: die Hand versagt ihr,
Nach einem andern noch sich auszustrecken. –

Komm, magst du's jetzt an meiner Brust vollenden.
– Was fehlt dir? Warum weinst du?
PENTHESILEA. Schmerzen, Schmerzen –
PROTHOE. Wo?
PENTHESILEA. Hier.
PROTHOE. Kann ich dir Lindrung –?
PENTHESILEA. Nichts, nichts, nichts.
PROTHOE. Nun, fasse dich; in kurzem ist's vollbracht.
DIE OBERPRIESTERIN *(halblaut)*. Ihr Rasenden zusamt –!
PROTHOE *(ebenso)*. Schweig, bitt' ich dich.
PENTHESILEA. Wenn ich zur Flucht mich noch – wenn ich es täte:
Wie, sag', wie faßt' ich mich?
PROTHOE. Du gingst nach Pharsos.
Dort fändest du, denn dorthin wies ich es,
Dein ganzes Heer, das jetzt zerstreut, zusammen.
Du ruhtest dich, du pflegtest deiner Wunden,
Und mit des nächsten Tages Strahl, gefiel's dir,
Nähmst du den Krieg der Jungfraun wieder auf.
PENTHESILEA. *Wenn* es mir möglich wär' –! *Wenn* ich's vermöchte –!
Das Äußerste, das Menschenkräfte leisten,
Hab' ich getan – Unmögliches versucht –
Mein Alles hab' ich an den Wurf gesetzt;
Der Würfel, der entscheidet, liegt, er liegt:
Begreifen muß ich's – und daß ich verlor.
PROTHOE. Nicht, nicht, mein süßes Herz! Das glaube nicht.
So niedrig schlägst du deine Kraft nicht an.
So schlecht von jenem Preis nicht wirst du denken,
Um den du spielst, als daß du wähnen solltest,
Das, was er wert, sei schon für ihn geschehn.
Ist diese Schnur von Perlen, weiß und rot,
Die dir vom Nacken rollt, der ganze Reichtum,
Den deine Seele aufzubieten hat?

Wieviel, woran du gar nicht denkst, in Pharsos,
Endlos für deinen Zweck noch ist zu tun!
Doch freilich wohl – jetzt ist es fast zu spät.

PENTHESILEA *(nach einer unruhigen Bewegung).* Wenn ich rasch
wäre – – Ach, es macht mich rasend!
– Wo steht die Sonne?

PROTHOE. Dort, dir grad' im Scheitel;
Noch eh' die Nacht sinkt, träfest du dort ein.
Wir schlössen Bündnis, unbewußt den Griechen,
Mit den Dardanischen, erreichten still
Die Bucht des Meers, wo jener Schiffe liegen;
Zur Nachtzeit, auf ein Merkmal, lodern sie
In Flammen auf, das Lager wird erstürmt,
Das Heer, gedrängt zugleich von vorn und hinten,
Zerrissen, aufgelöst, ins Land zerstreut,
Verfolgt, gesucht, gegriffen und bekränzet
Jedwedes Haupt, das unsrer Lust gefiel.
O selig wär' ich, wenn ich dies erlebte!
Nicht ruhn wollt' ich, an deiner Seite kämpfen,
Der Tage Glut nicht scheuen, unermüdlich,
Müßt' ich an allen Gliedern mich verzehren,
Bis meiner lieben Schwester Wunsch erfüllt,
Und der Pelid' ihr doch, nach so viel Mühen,
Besiegt zuletzt zu Füßen niedersank.

PENTHESILEA *(die während dessen unverwandt in die Sonne gesehen).*
Daß ich mit Flügeln, weit gespreizt und rauschend,
Die Luft zerteilte –!

PROTHOE. Wie?

MEROE. – Was sagte sie?

PROTHOE. Was siehst du, Fürstin –?

MEROE. Worauf heftet sich –?

PROTHOE. Geliebte, sprich!

PENTHESILEA. Zu hoch, ich weiß, zu hoch –

Er spielt in ewig fernen Flammenkreisen
Mir um den sehnsuchtsvollen Busen hin.

Prothoe. Wer, meine beste Königin?

Penthesilea. Gut, gut.
– Wo geht der Weg? *(Sie sammelt sich und steht auf).*

Meroe. So willst du dich entschließen?

Prothoe. So hebst du dich empor? – Nun, meine Fürstin,
So sei's auch wie ein Riese! Sinke nicht,
Und wenn der ganze Orkus auf dich drückte!
Steh, stehe fest, wie das Gewölbe steht,
Weil seiner Blöcke jeder stürzen will!
Beut deine Scheitel, einem Schlußstein gleich,
Der Götter Blitzen dar, und rufe: trefft!
Und laß dich bis zum Fuß herab zerspalten,
Nicht aber wanke in dir selber mehr,
Solang ein Atem Mörtel und Gestein.
In dieser jungen Brust, zusammenhält.
Komm. Gib mir deine Hand.

Penthesilea. Geht's hier, geht's dort?

Prothoe. Du kannst den Felsen dort, der sichrer ist,
Du kannst auch das bequemre Tal hier wählen. –
Wozu entschließen wirst du dich?

Penthesilea. Den Felsen!
Da komm' ich ihm um soviel näher. Folgt mir.

Prothoe. Wem, meine Königin?

Penthesilea. Euren Arm, ihr Lieben.

Prothoe. Sobald du jenen Hügel dort erstiegen,
Bist du in Sicherheit.

Meroe. Komm fort.

Penthesilea *(indem sie plötzlich, auf eine Brücke gekommen, stehen bleibt).*
Doch höre:
Eins, eh' ich weiche, bleibt mir übrig noch.

Prothoe. Dir übrig noch?

Meroe. Und was?
Prothoe. Unglückliche!
Penthesilea. Eins noch, ihr Freundinnen, und rasend wär' ich,
Das müßt ihr selbst gestehn, wenn ich im ganzen
Gebiet der Möglichkeit mich nicht versuchte.
Prothoe *(unwillig)*. Nun denn, so wollt' ich, daß wir gleich versänken!
Denn Rettung gibt's nicht mehr.
Penthesilea *(erschrocken)*. Was ist? Was fehlt dir?
Was hab' ich ihr getan, ihr Jungfraun, sprecht!
Die Oberpriesterin. Du denkst –?
Meroe. Du willst auf diesem Platze noch –?
Penthesilea. Nichts, nichts, gar nichts, was sie erzürnen sollte. –
Den Ida will ich auf den Ossa wälzen,
Und auf die Spitze ruhig bloß mich stellen.
Die Oberpriesterin. Den Ida wälzen –?
Meroe. Wälzen auf den Ossa –?
Prothoe *(mit einer Wendung)*. Schützt, all' ihr Götter, sie!
Die Oberpriesterin. Verlorene!
Meroe *(schüchtern)*. Dies Werk ist der Giganten, meine Königin!
Penthesilea. Nun ja, nun ja: worin denn weich' ich ihnen?
Meroe. Worin du ihnen –?
Prothoe. Himmel!
Die Oberpriesterin. Doch gesetzt –?
Meroe. Gesetzt nun, du vollbrächtest dieses Werk –?
prothoe. Gesetzt, was würdest du –?
Penthesilea. Blödsinnige!
Bei seinen goldnen Flammenhaaren zög' ich
Zu mir hernieder ihn –
Prothoe. Wen?
Penthesilea. Helios,
Wenn er am Scheitel mir vorüberfleucht!

*(Die Fürstinnen sehn sprachlos und mit Entsetzen einander an.)*
Die Oberpriesterin. Reißt mit Gewalt sie fort!
Penthesilea *(schaut in den Fluß nieder).* Ich Rasende!
Da liegt er mir zu Füßen ja! Nimm mich –
*(Sie will in den Fluß sinken, Prothoe und Meroe halten sie.)*
Prothoe. Die Unglückselige!
Meroe. Da fällt sie leblos,
Wie ein Gewand, in unsrer Hand zusammen.
Die Priesterin *(auf dem Hügel).* Achill erscheint, ihr Fürstinnen! Es kann
Die ganze Schar der Jungfraun ihn nicht halten!
Eine Amazone. Ihr Götter! Rettet! Schützet vor dem Frechen
Die Königin der Jungfraun!
Die Oberpriesterin *(zu den Priesterinnen).* Fort! Hinweg!
Nicht im Gewühl des Kampfs ist unser Platz.
*(Die Oberpriesterin mit den Priesterinnen und den Rosenmädchen ab.)*

## Zehnter Auftritt

*Eine Schar von Amazonen tritt mit Bogen in den Händen auf. Die Vorigen.*

Die erste Amazone *(in die Szene rufend).* Zurück, Verwegener!
Die zweite. Er hört uns nicht.
Die dritte. Ihr Fürstinnen, wenn wir nicht treffen dürfen,
So hemmt sich sein wahnsinniger Fortschritt nicht!
Die zweite. Was ist zu tun? Sprich, Prothoe!
Prothoe *(mit der Königin beschäftigt).* So sendet
Zehntausend Pfeile über ihn! –
Meroe *(zu dem Gefolge).* Schafft Wasser!
Prothoe. Doch sorget, daß ihr ihn nicht tödlich trefft! –

Meroe. Schafft einen Helm voll Wasser, sag' ich!
Eine Fürstin *(aus dem Gefolge der Königin).* Hier!
*(Sie schöpft und bringt.)*
Die dritte Amazone *(zur Prothoe).* Sei ruhig! Fürchte nichts!
Die erste. Hier ordnet euch!
Die Wangen streift ihm, sengt die Locken ihm,
Den Kuß des Todes flüchtig laßt ihn schmecken!
*(Sie bereiten ihre Bögen.)*

## Eilfter Auftritt

*Achilles ohne Helm, Rüstung und Waffen, im Gefolge einiger Griechen. Die Vorigen.*

Achilles. Nun? Wem auch gelten diese Pfeil', ihr Jungfraun?
Doch diesem unbeschützten Busen nicht?
Soll ich den seidnen Latz noch niederreißen,
Daß ihr das Herz mir harmlos schlagen seht?
Die erste Amazone. Herunter, wenn du willst, damit!
Die zweite. Es braucht's nicht!
Die dritte. Den Pfeil genau, wo er die Hand jetzt hält!
Die erste. Daß er das Herz gespießt ihm, wie ein Blatt,
Fort mit sich reiß' im Flug –
Mehrere. Schlagt! Trefft!
*(Sie schießen über sein Haupt hin.)*
Achilles. Laßt, laßt!
Mit euren Augen trefft ihr sicherer.
Bei den Olympischen, ich scherze nicht,
Ich fühle mich im Innersten getroffen,
Und ein Entwaffneter, in jedem Sinne,
Leg' ich zu euren kleinen Füßen mich.

DIE FÜNFTE AMAZONE *(von einem Spieß hinter der Szene hervor getroffen).*
Ihr guten Götter! *(Sie sinkt).*
DIE SECHSTE *(ebenso).* Weh mir! *(Sie sinkt.)*
DIE SIEBENTE *(ebenso).* Artemis! *(Sie sinkt).*
DIE ERSTE. Der Rasende! } zugleich
MEROE. *(mit der Königin beschäftigt).* Die Unglückselige! } zugleich
DIE ZWEITE AMAZONE. Entwaffnet nennt er sich! } zugleich
PROTHOE *(ebenso).* Entseelt ist sie. } zugleich
DIE DRITTE AMAZONE. Indessen uns die Seinen nieder werfen! } zugleich
MEROE. Indessen rings umher die Jungfraun sinken! Was ist zu tun? } zugleich
DIE ERSTE AMAZONE. Den Sichelwagen her!
DIE ZWEITE. Die Doggen über ihn!
DIE DRITTE. Mit Steinen ihn
Hochher, vom Elefantenturm, begraben!
EINE AMAZONENFÜRSTIN *(die Königin plötzlich verlassend).* Wohlan, so will ich das Geschoß versuchen.
*(Sie wirft den Bogen von der Schulter und spannt ihn.)*
ACHILLES *(bald zu dieser, bald zu jener Amazone sich wendend).*
Ich kann's nicht glauben: süß, wie Silberklang,
Straft eure Stimme eure Reden Lügen,
Du mit den blauen Augen bist es nicht,
Die mir die Doggen reißend schickt, noch du,
Die mit der seidenweichen Locke prangt.
Seht, wenn, auf euer übereiltes Wort,
Jetzt heulend die entkoppelten mir nahten,
So würft ihr noch, mit euern eignen Leibern,
Euch zwischen sie und mich, dies Männerherz,
Dies euch in Lieb' erglühende, zu schirmen.
DIE ERSTE AMAZONE. Der Übermüt'ge!
DIE ZWEITE. Hört, wie er sich brüstet!
DIE ERSTE. Er meint mit Schmeichelworten uns –
DIE DRITTE *(die erste geheimnisvoll rufend).* Oterpe!

Die erste *(sich umwendend).* Ha, sieh! Die Meisterin des Bogens jetzt! –
Still öffnet euren Kreis, ihr Fraun!
Die fünfte. Was gibt's?
Die Vierte. Frag nicht! Du wirst es sehn.
Die achte. Hier! Nimm den Pfeil!
Die Amazonenfürstin *(indem sie den Pfeil auf den Bogen legt).*
Die Schenkel will ich ihm zusammenheften.
Achilles *(zu einem Griechen, der, neben ihm, schon den Bogen angelegt hat).*
Triff sie!
Die Amazonenfürstin. Ihr Himmlischen! *(Sie sinkt.)*
Die erste Amazone. Der Schreckliche!
Die zweite. Getroffen sinkt sie selbst!
Die dritte. Ihr ewigen Götter!
Und dort naht uns ein neuer Griechenhaufen!

## Zwölfter Auftritt

*Diomedes mit den Ätoliern treten von der andern Seite auf. Bald darauf auch Odysseus von der Seite Achills mit dem Heer.*

Diomedes. Hier, meine wackeren Ätolier,
Heran! *(Er führt sie über die Brücke.)*
Prothoe. O, Artemis! Du Heil'ge! Rette!
Jetzt ist's um uns geschehn!
*(Sie trägt die Königin, mit Hilfe der Amazonen, wieder auf den Vorgrund der Szene.)*
Die Amazonen *(in Verwirrung).* Wir sind gefangen!
Wir sind umzingelt! Wir sind abgeschnitten!
Fort! Rette sich, wer retten kann!
Diomedes *(zu Prothoe).* Ergebt euch!

Meroe *(zu den flüchtigen Amazonen).* Ihr Rasenden! Was tut
ihr? Wollt ihr stehn! –
Prothoe! Sieh her!
Prothoe *(immer bei der Königin).* Hinweg! Verfolge sie,
Und wenn du kannst, so mach' uns wieder frei.
*(Die Amazonen zerstreuen sich. Meroe folgt ihnen.)*
Achilles. Auf jetzt, wo ragt sie mit dem Haupte!
Ein Grieche. Dort!
Achilles. Dem Diomed will ich zehn Kronen schenken.
Diomedes. Ergebt euch, sag' ich noch einmal!
Prothoe. Dem Sieger
Ergeb' ich sie, nicht dir! Was willst du auch?
Der Peleïd' ist's, dem sie angehört!
Diomedes. So werft sie nieder!
Ein Ätolier. Auf!
Achilles *(den Ätolier zurückstoßend).* Der weicht ein Schatten
Vom Platz, der mir die Königin berührt! –
Mein ist sie! Fort! Was habt ihr hier zu suchen –
Diomedes. So! Dein! Ei sieh, bei Zeus', des Donnrers, Lok-
ken,
Aus welchen Gründen auch? Mit welchem Rechte?
Achilles. Aus einem Grund, der rechts, und einer links. –
Gib.
Prothoe. Hier. Von deiner Großmut fürcht' ich nichts.
Achilles *(indem er die Königin in seine Arme nimmt).*
Nichts, nichts. –
*(Zu Diomedes.)*
Du gehst und folgst und schlägst die Frauen;
Ich bleib' auf einen Augenblick zurück.
– Fort! Mir zulieb'- Erwidre nichts, Dem Hades
Stünd' ich im Kampf um sie, vielmehr denn dir!
*(Er legt sie an die Wurzel einer Eiche nieder.)*
Diomedes. Es sei! Folgt mir!

Odysseus *(mit dem Heer über die Bühne ziehend).* Glück auf, Achill! Glück auf!
Soll ich dir die Quadriga rasselnd schicken?
Achilles *(über die Königin geneigt).* Es braucht's nicht. Laß noch sein.
Odysseus. Gut. Wie du willst. –
Folgt mir! Eh' sich die Weiber wieder sammeln.
*(Odysseus und Diomedes mit dem Heer von der Seite der Amazonen ab.)*

## Dreizehnter Auftritt

*Penthesilea. Prothoe. Achilles. Gefolge von Griechen und Amazonen.*

Achilles *(indem er der Königin die Rüstung öffnet).* Sie lebt nicht mehr.
Prothoe. O möcht' ihr Auge sich
Für immer diesem öden Licht verschließen!
Ich fürchte nur zu sehr, daß sie erwacht.
Achilles. Wo traf ich sie?
Prothoe. Sie raffte von dem Stoß sich,
Der ihr die Brust zerriß, gewaltsam auf;
Hier führten wir die Wankende heran,
Und diesen Fels just wollten wir erklimmen.
Doch sei's der Glieder, der verwundeten,
Sei's der verletzten Seele Schmerz; sie konnte,
Daß sie im Kampf gesunken dir, nicht tragen;
Der Fuß versagte brechend ihr den Dienst,
Und Irrgeschwätz von bleichen Lippen sendend,
Fiel sie zum zweitenmal mir in den Arm.
Achilles. Sie zuckte – sahst du es?

Prothoe. Ihr Himmlischen!
So hat sie noch den Kelch nicht ausgeleert!
Seht, o die Jammervolle, seht –
Achilles. Sie atmet.
Prothoe. Pelide! Wenn du das Erbarmen kennst,
Wenn ein Gefühl den Busen dir bewegt,
Wenn du sie töten nicht, in Wahnsinn völlig
Die Leichtgereizte nicht verstricken willst,
So gönne eine Bitte mir.
Achilles. Sprich rasch!
Prothoe. Entferne dich! Tritt, du Vortrefflicher,
Tritt aus dem Antlitz ihr, wenn sie erwacht.
Entrück' ihr gleich die Schar, die dich umsteht,
Und laß, bevor die Sonne sich erneut,
Fern auf der Berge Duft, ihr niemand nahn,
Der sie begrüßte, mit dem Todeswort:
Du bist die Kriegsgefangene Achills.
Achilles. So haßt sie mich?
Prothoe. O frage nicht, Großherz'ger! –
Wenn sie jetzt freudig an der Hoffnung Hand
Ins Leben wiederkehrt, so sei der Sieger
Das Erste nicht, das freudlos ihr begegnet.
Wie manches regt sich in der Brust der Frauen,
Das für das Licht des Tages nicht gemacht.
Muß sie zuletzt, wie ihr Verhängnis will,
Als die Gefangne schmerzlich dich begrüßen,
So fordr' es früher nicht, beschwör' ich dich,
Als bis ihr Geist dazu gerüstet steht.
Achilles. Mein Will' ist, ihr zu tun, muß ich dir sagen,
Wie ich dem stolzen Sohn des Priam tat.
Prothoe. Wie, du Entsetzlicher!
Achilles. – Fürchtet sie dies?
Prothoe. Du willst das Namenlos' an ihr vollstrecken?
Hier diesen jungen Leib, du Mensch voll Greuel,

Geschmückt mit Reizen, wie ein Kind mit Blumen,
Du willst ihn schändlich, einer Leiche gleich –?
Achilles. Sag' ihr, daß ich sie liebe.
Prothoe. Wie? – Was war das?
Achilles. Beim Himmel, wie! Wie Männer Weiber lieben;
Keusch, und das Herz voll Sehnsucht doch, in Unschuld,
Und mit der Lust doch, sie darum zu bringen.
Ich will zu meiner Königin sie machen.
Prothoe. Ihr ew'gen Götter, sag' das noch einmal.
– Du willst?
Achilles. Kann ich nun bleiben?
Prothoe. O so laß
Mich deine Füße küssen, Göttlicher!
O jetzt, wärst du nicht hier, jetzt sucht' ich dich,
Und müßt's an Herkuls Säulen sein, Pelide! –
Doch sieh: sie schlägt die Augen auf –
Achilles. Sie regt sich –
Prothoe. Jetzt gilt's! Ihr Männer, fort von hier; und du
Rasch hinter diese Eiche berge dich!
Achilles. Fort, meine Freunde! Tretet ab.
*(Das Gefolge des Achills ab.)*
Prothoe *(zu Achilln, der sich hinter die Eiche stellt)*. Noch tiefer!
Und eher nicht, beschwör' ich dich, erscheine,
Als bis mein Wort dich ruft. Versprichst du mir? –
Es läßt sich ihre Seele nicht berechnen.
Achilles. Es soll geschehn.
Prothoe. Nun denn, so merk' jetzt auf!

## Vierzehnter Auftritt

*Penthesilea. Prothoe. Achilles. Gefolge von Amazonen.*

Prothoe. Penthesilea! O du Träumerin!
In welchen fernen Glanzgefilden schweift
Dein Geist umher, mit unruhvollem Flattern,
Als ob sein eigner Sitz ihm nicht gefiele,
Indes das Glück, gleich einem jungen Fürsten,
In deinen Busen einkehrt, und, verwundert
Die liebliche Behausung leer zu finden,
Sich wieder wendet und zum Himmel schon
Die Schritte wieder flüchtig setzen will?
Willst du den Gast nicht fesseln, o du Törin? –
Komm, hebe dich an meine Brust.
penthesilea. Wo bin ich?
Prothoe. – Kennst du die Stimme deiner Schwester nicht?
Führt jener Fels dich, dieser Brückenpfad,
Die ganze blühnde Landschaft nicht zurück?
– Sieh diese Jungfraun, welche dich umringen:
Wie an den Pforten einer schönren Welt,
Stehn sie, und rufen dir: willkommen! zu.
– Du seufzest. Was beängstigt dich?
Penthesilea. Ach, Prothoe!
Welch einen Traum entsetzensvoll träumt' ich –
Wie süß ist es, ich möchte Tränen weinen,
Dies mattgequälte Herz, da ich erwache,
An deinem Schwesterherzen schlagen fühlen –
– Mir war, als ob, im heftigen Getümmel,
Mich des Peliden Lanze traf: umrasselt
Von meiner erznen Rüstung, schmettr' ich nieder;
Der Boden widerhallte meinem Sturz.
Und während das erschrockne Heer entweicht,

Umstrickt an allen Gliedern lieg' ich noch,
Da schwingt er sich vom Pferde schon herab,
Mit Schritten des Triumphes naht er mir,
Und er ergreift die Hingesunkene,
In starken Armen hebt er mich empor,
Und jeder Griff nach diesem Dolch versagt mir,
Gefangen bin ich und mit Hohngelächter
Zu seinen Zelten werd' ich abgeführt.
PROTHOE. Nicht, meine beste Königin! Der Hohn
Ist seiner großmutsvollen Seele fremd.
*Wär'* es, was dir im Traum erschien: glaub' mir,
Ein sel'ger Augenblick wär' dir beschieden,
Und in den Staub vielleicht, dir huldigend,
Sähst du den Sohn der Götter niederfallen.
PENTHESILEA. Fluch mir, wenn ich die Schmach erlebte, Freundin!
Fluch mir, empfing' ich jemals einen Mann,
Den mir das Schwert nicht würdig zugeführt.
PROTHOE. Sei ruhig, meine Königin.
PENTHESILEA. Wie! Ruhig –
PROTHOE. Liegst du an meinem treuen Busen nicht?
Welch ein Geschick auch über dich verhängt sei,
Wir tragen es, wir beide: fasse dich.
PENTHESILEA. Ich war so ruhig, Prothoe, wie das Meer,
Das in der Bucht der Felsen liegt; nicht ein
Gefühl, das sich in Wellen mir erhob.
Dies Wort: sei ruhig! jagt mich plötzlich jetzt,
Wie Wind die offnen Weltgewässer, auf.
Was ist es denn, das Ruh' hier nötig macht? –
Ihr steht so seltsam um mich, so verstört –
– Und sendet Blicke, bei den ew'gen Göttern,
In meinen Rücken hin, als stünd' ein Unhold,
Mit wildem Antlitz dräuend, hinter mir.
– Du hörst's, es war ja nur ein Traum, es *ist* nicht –

Wie! Oder ist es? Ist's? Wär's wirklich? Rede! –
– Wo ist denn Meroe? Megaris?
*(Sie sieht sich um und erblickt den Achilles.)*
Entsetzlich!
Da steht der Fürchterliche hinter mir.
Jetzt meine freie Hand – *(Sie zieht den Dolch.)*

PROTHOE. Unglückliche!

PENTHESILEA. O die Nichtswürdige, sie wehret mir –

PROTHOE. Achilles! Rette sie.

PENTHESILEA. O Rasende!
Er soll den Fuß auf meinen Nacken setzen!

PROTHOE. Den Fuß, Wahnsinnige –

PENTHESILEA. Hinweg, sag' ich! –

PROTHOE. So sieh ihn doch nur an, Verlorene –!
Steht er nicht ohne Waffen hinter dir?

PENTHESILEA. Wie? Was?

PROTHOE. Nun ja! Bereit, wenn du's verlangst,
Selbst deinem Fesselkranz sich darzubieten.

PENTHESILEA. Nein, sprich.

PROTHOE. Achill! Sie glaubt mir nicht. Sprich du!

PENTHESILEA. Er wär' gefangen mir?

PROTHOE. Wie sonst? Ist's nicht?

ACHILLES *(währendessen vorgetreten)*. In jedem schönren Sinn, erhabne Königin!
Gewillt, mein ganzes Leben fürderhin
In deiner Blicke Fesseln zu verflattern.
*(Penthesilea drückt ihre Hände vors Gesicht.)*

PROTHOE. Nun denn, da hörtest du's aus seinem Mund.
– Er sank, wie du, als ihr euch traft, in Staub;
Und während du entseelt am Boden lagst,
Ward er entwaffnet – nicht?

ACHILLES. Ich ward entwaffnet!
Man führte mich zu deinen Füßen her.
*(Er beugt ein Knie vor ihr.)*

Penthesilea *(nach einer kurzen Pause).* Nun denn, so sei mir, frischer Lebensreiz,
Du junger, rosenwang'ger Gott, gegrüßt!
Hinweg jetzt, o mein Herz, mit diesem Blute,
Das aufgehäuft, wie seiner Ankunft harrend,
In beiden Kammern dieser Brüste liegt.
Ihr Boten, ihr geflügelten, der Lust,
Ihr Säfte meiner Jugend, macht euch auf,
Durch meine Adern fleucht, ihr jauchzenden,
Und laßt es, einer roten Fahne gleich,
Von allen Reichen dieser Wangen wehn:
Der junge Nereïdensohn ist mein!
*(Sie steht auf.)*

Prothoe. O meine teure Königin, mäß'ge dich.

Penthesilea *(indem sie vorschreitet).* Heran, ihr sieggekrönten Jungfraun jetzt,
Ihr Töchter Mars', vom Wirbel bis zur Sohle
Vom Staub der Schlacht noch überdeckt, heran,
Mit dem Argiverjüngling jegliche,
Den sie sich überwunden, an der Hand!
Ihr Mädchen, naht euch, mit den Rosenkörben:
Wo sind für soviel Scheitel Kränze mir?
Hinaus mir über die Gefilde, sag' ich,
Und mir die Rosen, die der Lenz verweigert,
Mit eurem Atem aus der Flur gehaucht!
An euer Amt, ihr Priestrinnen der Diana:
Daß eures Tempels Pforten rasselnd auf,
Des glanzerfüllten, weihrauchduftenden,
Mir, wie des Paradieses Tore, fliegen!
Zuerst den Stier, den feisten, kurzgehörnten,
Mir an den Altar hin; das Eisen stürz' ihn,
Das blinkende, an heil'ger Stätte lautlos,
Daß das Gebäu erschüttere, darnieder.
Ihr Dienrinnen, ihr rüstigen, des Tempels,

Das Blut, wo seid ihr? rasch, ihr Emsigen,
Mit Perserölen, von der Kohle zischend,
Von des Getäfels Plan hinweggewaschen!
Und all ihr flatternden Gewänder, schürzt euch,
Ihr goldenen Pokale, füllt euch an,
Ihr Tuben, schmettert, donnert, ihr Posaunen,
Der Jubel mache, der melodische,
Den festen Bau des Firmamentes beben! –
O Prothoe! Hilf jauchzen mir, frohlocken,
Erfinde, Freundin, Schwesterherz, erdenke,
Wie ich ein Fest jetzt göttlicher, als der
Olymp durchjubelte, verherrliche,
Das Hochzeitsfest der krieggeworbnen Bräute,
Der Inachiden und der Kinder Mars'! –
O Meroe, wo bist du? Megaris?

PROTHOE *(mit unterdrückter Rührung).* Freud' ist und Schmerz dir, seh' ich, gleich verderblich,
Und gleich zum Wahnsinn reißt dich beides hin.
Du wähnst, wähnst dich in Themiscyra schon,
Und wenn du so die Grenzen überschwärmst,
Fühl' ich gereizt mich, dir das Wort zu nennen,
Das dir den Fittich plötzlich wieder lähmt.
Blick' um dich her, Betrogene, wo bist du?
Wo ist das Volk? Wo sind die Priesterinnen?
Asteria? Meroe? Megaris? Wo sind sie?

PENTHESILEA *(an ihrem Busen).* O laß mich, Prothoe! O laß dies Herz
Zwei Augenblick' in diesem Strom der Lust,
Wie ein besudelt Kind, sich untertauchen;
Mit jedem Schlag in seine üpp'gen Wellen
Wäscht sich ein Makel mir vom Busen weg.
Die Eumeniden fliehn, die schrecklichen,
Es weht, wie Nahn der Götter, um mich her,
Ich möchte gleich in ihren Chor mich mischen,

Zum Tode war ich nie so reif als jetzt.
Doch jetzt vor allem: du vergibst mir doch?

PROTHOE. O meine Herrscherin!

PENTHESILEA. Ich weiß, ich weiß –
Nun, meines Blutes beßre Hälft' ist dein.
– Das Unglück, sagt man, läutert die Gemüter.
Ich, du Geliebte, ich empfand es nicht;
Erbittert hat es, Göttern mich und Menschen
In unbegriffner Leidenschaft empört.
Wie seltsam war, auf jedem Antlitz, mir,
Wo ich sie traf, der Freude Spur verhaßt;
Das Kind, das in der Mutter Schoße spielte,
Schien mir verschworen wider meinen Schmerz.
Wie möcht' ich alles jetzt, was mich umringt,
Zufrieden gern und glücklich sehn! Ach, Freundin!
Der Mensch kann groß, ein Held, im Leiden sein,
Doch göttlich ist er, wenn er selig ist!
– Doch rasch zur Sache jetzt. Es soll das Heer
Zur Rückkehr schleunig jede Anstalt treffen;
Sobald die Scharen ruhten, Tier' und Menschen,
Bricht auch der Zug, mit den Gefangenen,
Nach unsern heimatlichen Fluren auf. –
– Wo ist Lykaon?

PROTHOE. Wer?

PENTHESILEA *(mit zärtlichem Unwillen)*. Wer, fragst du noch?
Er, jener blühende Arkadierheld,
Den dir das Schwert erwarb. Was hält ihn fern?

PROTHOE *(verwirrt)*. Er weilt noch in den Wäldern, meine Königin!
Wo man die übrigen Gefangnen hält.
Vergönne, daß er, dem Gesetz gemäß,
Eh' nicht, als in der Heimat mir erscheine.

PENTHESILEA. Man ruf' ihn mir! – Er weilt noch in den Wäldern!
– Zu meiner Prothoe Füßen ist sein Platz!

– – Ich bitte dich, Geliebte, ruf ihn her,
Du stehst mir, wie ein Maienfrost, zur Seite,
Und hemmst der Freude junges Leben mir.

Prothoe *(für sich)*. Die Unglückselige! – Wohlan, so geht,
Und tut, wie euch die Königin befohlen.

*(Sie winkt einer Amazone; diese geht ab.)*

Penthesilea. Wer schafft mir jetzt die Rosenmädchen her?

*(Sie erblickt Rosen auf dem Boden.)*

Sieh! Kelche finden, und wie duftende,
Auf diesem Platz sich –!

*(Sie fährt sich mit der Hand über die Stirne.)*

Ach, mein böser Traum!

*(Zu Prothoe.)*

War denn der Diana Oberpriestrin hier?

Prothoe. Nicht, daß ich wüßte, meine Königin –

Penthesilea. Wie kommen denn die Rosen her?

Prothoe *(rasch)*. Sieh da!
Die Mädchen, die die Fluren plünderten,
Sie ließen einen Korbvoll hier zurück.
Nun, diesen Zufall wahrlich nenn' ich günstig.
Hier, diese duft'gen Blüten raff' ich auf,
Und winde den Pelidenkranz dir. Soll ich?

*(Sie setzt sich an der Eiche nieder.)*

Penthesilea. Du Liebe! Treffliche! Wie du mich rührst. –
Wohlan! Und diese hundertblättrigen
Ich dir zum Siegerkranz Lykaons. Komm.

*(Sie rafft gleichfalls einige Rosen auf, und setzt sich neben Prothoe nieder.)*

Musik, ihr Fraun, Musik! Ich bin nicht ruhig.
Laßt den Gesang erschallen! Macht mich still.

Eine Jungfrau *(aus ihrem Gefolge)*. Was wünschest du?

Eine andere. Den Siegsgesang?

Penthesilea. — Die Hymne.

Die Jungfrau. Es sei. – O die Betrogene! – Singt! Spielt!

CHOR DER JUNGFRAUN *(mit Musik).* Ares entweicht!
Seht, wie sein weißes Gespann
Fernhin dampfend zum Orkus niedereilt!
Die Eumeniden öffnen, die scheußlichen:
Sie schließen die Tore wieder hinter ihm zu.
EINE JUNGFRAU. Hymen! Wo weilst du!
Zünde die Fackel an, und leuchte! leuchte!
Hymen! wo weilst du?
CHOR. Ares entweicht! *usw.*

ACHILLES *(nähert sich während des Gesanges der Prothoe heimlich).*

Sprich! Wohin führt mich dies? Ich will es wissen!
PROTHOE. Noch einen Augenblick, Großherziger,
Fleh' ich dich um Geduld – du wirst es sehn.

*(Wenn die Kränze gewunden sind, wechselt Penthesilea den ihrigen gegen den Kranz der Prothoe, sie umarmen sich und betrachten die Windungen. Die Musik schweigt.)*

*(Die Amazone kehrt zurück.)*

PENTHESILEA. Hast du's bestellt?
DIE AMAZONE. Lykaon wird sogleich,
Der junge Prinz Arkadiens, erscheinen.

## Fünfzehnter Auftritt

*Penthesilea. Prothoe. Achilles. Amazonen.*

PENTHESILEA. Komm jetzt, du süßer Nereïdensohn,
Komm, lege dich zu Füßen mir – Ganz her!
Nur dreist heran! – – Du fürchtest mich doch nicht?
– Verhaßt nicht, weil ich siegte, bin ich dir?
Sprich! Fürchtest du, die dich in Staub gelegt?
ACHILLES *(zu ihren Füßen).* Wie Blumen Sonnenschein.

PENTHESILEA. Gut, gut gesagt!
So sieh mich auch wie deine Sonne an. –
Diana, meine Herrscherin, er ist
Verletzt!
ACHILLES. Geritzt am Arm, du siehst, nichts weiter.
PENTHESILEA. Ich bitte dich, Pelide, glaube nicht,
Daß ich jemals nach deinem Leben zielte.
Zwar gern mit diesem Arm hier traf ich dich;
Doch als du niedersankst, beneidete
Hier diese Brust den Staub, der dich empfing.
ACHILLES. Wenn du mich liebst, so sprichst du nicht davon.
Du siehst, es heilt schon.
PENTHESILEA. So verzeihst du mir?
ACHILLES. Von ganzem Herzen. –
PENTHESILEA. Jetzt – kannst du mir sagen,
Wie es die Liebe macht, der Flügelknabe,
Wenn sie den störr'gen Leun in Fesseln schlägt?
ACHILLES. Sie streichelt, denk' ich, seine rauhen Wangen,
So hält er still.
PENTHESILEA. Nun denn, so wirst du dich
Nicht mehr als eine junge Taube regen,
Um deren Hals ein Mädchen Schlingen legt.
Denn die Gefühle dieser Brust, o Jüngling,
Wie Hände sind sie, und sie streicheln dich.
*(Sie umschlingt ihn mit Kränzen.)*
ACHILLES. Wer bist du, wunderbares Weib?
PENTHESILEA. Gib her. –
Ich sagte: still! Du wirst es schon erfahren,
– Hier diese leichte Rosenwindung nur
Um deine Scheitel, deinen Nacken hin –
Zu deinen Armen, Händen, Füßen nieder –
Und wieder auf zum Haupt – – so ist's geschehn.
– Was atmest du?
ACHILLES. Duft deiner süßen Lippen.

Penthesilea *(indem sie sich zurückbeugt).* Es sind die Rosen, die Gerüche streun.
– Nichts, nichts!
Achilles. Ich wollte sie am Stock versuchen.
Penthesilea. Sobald sie reif sind, Liebster, pflückst du sie.
*(Sie setzt ihm noch einen Kranz auf die Scheitel und läßt ihn gehn.)*
Jetzt ist's geschehn. – O sieh, ich bitte dich,
Wie der zerfloßne Rosenglanz ihm steht!
Wie sein gewitterdunkles Antlitz schimmert!
Der junge Tag, wahrhaftig, liebste Freundin,
Wenn ihn die Horen von den Bergen führen,
Demanten Perlen unter seinen Tritten:
Er sieht so weich und mild nicht drein, als er. –
Sprich! Dünkt's dich nicht, als ob sein Auge glänzte? –
Fürwahr! Man möchte, wenn er so erscheint, fast zweifeln,
Daß er es sei.
Prothoe. Wer, meinst du?
Penthesilea. Der Pelide! –
Sprich, wer den Größesten der Priamiden
Vor Trojas Mauern fällte, warst das du?
Hast du ihm wirklich, du, mit diesen Händen
Den flücht'gen Fuß durchkeilt, an deiner Achse
Ihn häuptlings um die Vaterstadt geschleift! –
Sprich! Rede! Was bewegt dich so? Was fehlt dir?
Achilles. Ich bin's.
Penthesilea *(nachdem sie ihn scharf angesehen).* Er sagt, er sei's.
Prothoe. Er ist es, Königin;
An diesem Schmuck hier kannst du ihn erkennen.
Penthesilea. Woher?
Prothoe. Es ist die Rüstung, sieh nur her,
Die Thetis ihm, die hohe Göttermutter,
Bei dem Hephäst, des Feuers Gott, erschmeichelt.
Penthesilea. Nun denn, so grüß' ich dich mit diesem Kuß,

Unbändigster der Menschen, mein! Ich bin's,
Du junger Kriegsgott, der du angehörst;
Wenn man im Volk dich fragt, so nennst du *mich*.
Achilles. O du, die eine Glanzerscheinung mir,
Als hätte sich das Ätherreich eröffnet,
Herabsteigst, Unbegreifliche, wer bist du?
Wie nenn' ich dich, wenn meine eigne Seele
Sich, die entzückte, fragt, wem sie gehört?
Penthesilea. Wenn sie dich fragt, so nenne diese Züge,
Das sei der Nam', in welchem du mich denkst. –
Zwar diesen goldnen Ring hier schenk' ich dir,
Mit jedem Merkmal, das dich sicher stellt;
Und zeigst du ihn, so weist man dich zu mir.
Jedoch ein Ring vermißt sich, Namen schwinden;
Wenn dir der Nam' entschwänd', der Ring sich mißte:
Fänd'st du mein Bild in dir wohl wieder aus?
Kannst du's wohl mit geschloßnen Augen denken?
Achilles. Es steht so fest, wie Züg' in Diamanten.
Penthesilea. Ich bin die Königin der Amazonen,
Er nennt sich Mars-erzeugt, mein Völkerstamm,
Otrere war die große Mutter mir,
Und mich begrüßt das Volk: Penthesilea.
Achilles. Penthesilea.
Penthesilea. Ja, so sagt' ich dir.
Achilles. Mein Schwan singt noch im Tod': Penthesilea.
Penthesilea. Die Freiheit schenk' ich dir, du kannst den Fuß
Im Heer der Jungfraun setzen, wie du willst.
Denn eine andre Kette denk' ich noch,
Wie Blumen leicht, und fester doch, als Erz,
Die dich mir fest verknüpft, ums Herz zu schlagen.
Doch bis sie zärtlich, Ring um Ring, geprägt,
In der Gefühle Glut, und ausgeschmiedet,
Der Zeit nicht, und dem Zufall, mehr zerstörbar,
Kehrst du, weil es die Pflicht erheischt, mir wieder,

Mir, junger Freund, versteh mich, die für jedes,
Sei's ein Bedürfnis, sei's ein Wunsch, dir sorgt.
Willst du das tun, sag' an?
ACHILLES. Wie junge Rosse
Zum Duft der Krippe, die ihr Leben nährt.
PENTHESILEA. Gut. Ich verlass' mich drauf. Wir treten jetzt
Die Reise gleich nach Themiscyra an;
Mein ganzer Harras bis dahin ist dein.
Man wird dir purpurne Gezelte bringen,
Und auch an Sklaven nicht, dich zu bedienen,
Wird's deinem königlichen Willen fehlen.
Doch weil mich, auf dem Zuge, du begreifst,
So manche Sorge fesselt, wirst du dich
Noch zu den übrigen Gefangnen halten:
In Themiscyra erst, Neridensohn,
Kann ich mich ganz, aus voller Brust, dir weihn.
ACHILLES. Es soll geschehn.
PENTHESILEA *(zu Prothoe)*. Nun aber sage mir,
Wo weilt auch dein Arkadier?
PROTHOE. Meine Fürstin –
PENTHESILEA. So gern von deiner Hand, geliebte Prothoe,
Möcht' ich bekränzt ihn sehn.
PROTHOE. Er wird schon kommen. –
Der Kranz hier soll ihm nicht verloren gehn.
PENTHESILEA *(aufbrechend)*. Nun denn – mich rufen mancherlei Geschäfte,
So laßt mich gehn.
ACHILLES. Wie?
PENTHESILEA. Laß mich aufstehn, Freund.
ACHILLES. Du fliehst? Du weichst? Du lässest mich zurück?
Noch eh' du meiner sehnsuchtsvollen Brust
So vieler Wunder Aufschluß gabst, Geliebte?
PENTHESILEA. In Themiscyra, Freund.
ACHILLES. Hier, meine Königin!

Penthesilea. In Themiscyra, Freund, in Themiscyra –
Laß mich!
Prothoe *(sie zurückhaltend, unruhig).* Wie? Meine Königin!
Wo willst du hin?
Penthesilea *(befremdet).* Die Scharen will ich mustern – sonderbar!
Mit Meroe will ich sprechen, Megaris.
Hab' ich, beim Styx, jetzt nichts zu tun, als plaudern?
Prothoe. Das Heer verfolgt die flücht'gen Griechen noch. –
Laß Meroe, die die Spitze führt, die Sorge;
Du brauchst der Ruhe noch. – Sobald der Feind
Nur völlig über den Skamandros setzte,
Wird dir das Heer hier siegreich vorgeführt.
Penthesilea *(erwägend).* So! – – Hier auf dieses Feld? Ist das gewiß?
Prothoe. Gewiß. Verlaß dich drauf. –
Penthesilea *(zum Achill).* Nun sei so kurz.
Achilles. Was ist's, du wunderbares Weib, daß du,
Athene gleich, an eines Kriegsheers Spitze,
Wie aus den Wolken nieder, unbeleidigt,
In unsern Streit vor Troja plötzlich fällst?
Was treibt, vom Kopf zu Fuß in Erz gerüstet,
So unbegriffner Wut voll, Furien ähnlich,
Dich gegen das Geschlecht der Griechen an;
Du, die sich bloß in ihrer Schöne ruhig
Zu zeigen brauchte, Liebliche, das ganze
Geschlecht der Männer dir im Staub zu sehn?
Penthesilea. Ach, Nereïdensohn! – Sie ist mir nicht,
Die Kunst vergönnt, die sanftere, der Frauen!
Nicht bei dem Fest, wie deines Landes Töchter,
Wenn zu wetteifernd frohen Übungen
Die ganze Jugendpracht zusammenströmt,
Darf ich mir den Geliebten ausersehn;
Nicht mit dem Strauß, so oder so gestellt,

Und dem verschämten Blick, ihn zu mir locken;
Nicht in dem Nachtigall-durchschmetterten
Granatwald, wenn der Morgen glüht, ihm sagen,
An seine Brust gesunken, daß er's sei.
Im blut'gen Feld der Schlacht muß ich ihn suchen,
Den Jüngling, den mein Herz sich auserkor,
Und ihn mit ehrnen Armen mir ergreifen,
Den diese weiche Brust empfangen soll.

Achilles. Und woher quillt, von wannen ein Gesetz,
Unweiblich, du vergibst mir, unnatürlich.
Dem übrigen Geschlecht der Menschen fremd?

Penthesilea. Fern aus der Urne alles Heiligen,
O Jüngling: von der Zeiten Gipfeln nieder,
Den unbetretnen, die der Himmel ewig
In Wolkenduft geheimnisvoll verhüllt.
Der ersten Mütter Wort entschied es also,
Und dem verstummen wir, Neridensohn,
Wie deiner ersten Väter Worten du.

Achilles. Sei deutlicher.

Penthesilea. Wohlan! So höre mich. –
Wo jetzt das Volk der Amazonen herrschet,
Da lebte sonst, den Göttern untertan,
Ein Stamm der Skythen, frei und kriegerisch,
Jedwedem andern Volk der Erde gleich.
Durch Reih'n schon nannt' er von Jahrhunderten
Den Kaukasus, den fruchtumblühten, sein:
Als Vexoris, der Äthioper König,
An seinem Fuß erschien, die Männer rasch,
Die kampfverbundnen, vor sich niederwarf.
Sich durch die Täler goß, und Greis' und Knaben,
Wo sein gezückter Strahl sie traf, erschlug:
Das ganze Prachtgeschlecht der Welt ging aus.
Die Sieger bürgerten, barbarenartig,
In unsre Hütten frech sich ein, ernährten

Von unsrer reichen Felder Früchten sich,
Und voll der Schande Maß uns zuzumessen,
Ertrotzten sie der Liebe Gruß sich noch:
Sie rissen von den Gräbern ihrer Männer
Die Fraun zu ihren schnöden Betten hin.
Achilles. Vernichtend war das Schicksal, Königin,
Das deinem Frauenstaat das Leben gab.
Penthesilea. Doch alles schüttelt, was ihm unerträglich,
Der Mensch von seinen Schultern sträubend ab;
Den Druck nur mäß'ger Leiden duldet er.
Durch ganze Nächte lagen, still und heimlich,
Die Fraun im Tempel Mars', und höhlten weinend
Die Stufen mit Gebet um Rettung aus.
Die Betten füllten, die entweihten, sich
Mit blankgeschliffnen Dolchen an, gekeilt
Aus Schmuckgeräten, bei des Herdes Flamme,
Aus Senkeln, Ringen, Spangen: nur die Hochzeit
Ward des Äthioper-Königs Vexoris
Mit Tanaïs, der Königin, erharrt,
Der Gäste Brust zusamt damit zu küssen.
Und als das Hochzeitsfest erschienen war,
Stieß ihm die Kön'gin ihren in das Herz;
Mars, an des Schnöden statt, vollzug die Ehe,
Und das gesamte Mordgeschlecht, mit Dolchen,
In einer Nacht, ward es zu Tod gekitzelt.
Achilles. Solch eine Tat der Weiber läßt sich denken.
Penthesilea. Und dies jetzt ward im Rat des Volks beschlossen:
Frei, wie der Wind auf offnem Blachfeld, sind
Die Fraun, die solche Heldentat vollbracht,
Und dem Geschlecht der Männer nicht mehr dienstbar.
Ein Staat, ein mündiger, sei aufgestellt,
Ein Frauenstaat, den fürder keine andre
Herrschsücht'ge Männerstimme mehr durchtrotzt,

Der das Gesetz sich würdig selber gebe,
Sich selbst gehorche, selber auch beschütze:
Und Tanaïs sei seine Königin!
Der Mann, des Auge diesen Staat erschaut,
Der soll das Auge gleich auf ewig schließen;
Und wo ein Knabe noch geboren wird,
Von der Tyrannen Kuß, da folg' er gleich
Zum Orkus noch den wilden Vätern nach.
Der Tempel Ares' füllte sich sogleich
Gedrängt mit Volk, die große Tanaïs
Zu solcher Satzung Schirmerin zu krönen.
Gerad' als sie, im festlichsten Moment,
Die Altarstuf' erstieg, um dort den Bogen,
Den großen, goldenen, des Skythenreichs,
Den sonst die Könige geführt, zu greifen
Von der geschmückten Oberpriestrin Hand,
Ließ eine Stimme also sich vernehmen:
»Den Spott der Männer werd' er reizen nur,
Ein Staat, wie der, und gleich dem ersten Anfall
Des kriegerischen Nachbarvolks erliegen:
Weil doch die Kraft des Bogens nimmermehr,
Von schwachen Fraun, beengt durch volle Brüste,
Leicht, wie von Männern, sich regieren würde.«
Die Königin stand einen Augenblick,
Und harrte still auf solcher Rede Glück;
Doch als die feige Regung um sich griff,
Riß sie die rechte Brust sich ab, und taufte
Die Frauen, die den Bogen spannen würden,
Und fiel zusammen, eh' sie noch vollendet:
Die Amazonen oder Busenlosen! –
Hierauf ward ihr die Krone aufgesetzt.

Achilles. Nun denn, beim Zeus, die brauchte keine Brüste!
Die hätt' ein Männervolk beherrschen können,
Und meine ganze Seele beugt sich ihr.

PENTHESILEA. Still auch auf diese Tat ward's, Peleïde,
Nichts als der Bogen ließ sich schwirrend hören,
Der aus den Händen, leichenbleich und starr,
Der Oberpriesterin daniederfiel.
Er stürzt', der große, goldene, des Reichs,
Und klirrte von der Marmorstufe dreimal,
Mit dem Gedröhn der Glocken, auf, und legte,
Stumm wie der Tod, zu ihren Füßen sich. –
ACHILLES. Man folgt' ihr, hoff' ich, doch, im Staat der Frauen,
In diesem Beispiel nicht?
PENTHESILEA. Nicht – allerdings!
Man ging so lebhaft nicht zu Werk als sie.
ACHILLES *(mit Erstaunen)*. Wie! Also doch –? Unmöglich!
PENTHESILEA. Was sagst du?
ACHILLES. – Die ungeheure Sage wäre wahr?
Und alle diese blühenden Gestalten,
Die dich umstehn, die Zierden des Geschlechts,
Vollständig, einem Altar gleich, jedwede
Geschmückt, in Liebe davor hinzuknien,
Sie sind beraubt, unmenschlich, frevelhaft –?
PENTHESILEA. Hast du das nicht gewußt?
ACHILLES *(indem er sein Gesicht an ihre Brust drückt)*. O Königin!
Der Sitz der jungen, lieblichen Gefühle,
Um eines Wahns, barbarisch –
PENTHESILEA. Sei ganz ruhig.
Sie retteten in diese Linke sich,
Wo sie dem Herzen um so näher wohnen.
Du wirst mir, hoff' ich, deren keins vermissen. –
ACHILLES. Fürwahr! Ein Traum, geträumt in Morgenstunden,
Scheint mir wahrhaft'ger, als der Augenblick.
– Doch weiter.
PENTHESILEA. Wie?
ACHILLES. – Du bist den Schluß noch schuldig.
Denn dieser überstolze Frauenstaat,

Der ohn' der Männer Hilf' entstand, wie pflanzt er
Doch ohne Hilfe sich der Männer fort?
Wirft euch Deukalion, von Zeit zu Zeit,
Noch seiner Schollen eine häuptlings zu?

PENTHESILEA. So oft, nach jährlichen Berechnungen,
Die Königin dem Staat ersetzen will,
Was ihr der Tod entrafft, ruft sie die blühendsten
Der Frauen – *(Stockt und sieht ihn an).* Warum lächelst du?

ACHILLES. Wer? Ich?

PENTHESILEA. Mich dünkt, du lächelst, Lieber.

ACHILLES. – Deiner Schöne.
Ich war zerstreut. Vergib. Ich dachte eben,
Ob du mir aus dem Monde niederstiegst? –

PENTHESILEA *(nach einer Pause).* So oft, nach jährlichen Berechnungen,
Die Königin, was ihr der Tod entrafft,
Dem Staat ersetzen will, ruft sie die blühendsten
Der Fraun, von allen Enden ihres Reichs,
Nach Themiscyra hin, und fleht, im Tempel
Der Artemis, auf ihre jungen Schöße
Den Segen keuscher Marsbefruchtung nieder.
Ein solches Fest heißt, still und weich gefeiert,
Der blühnden Jungfraun Fest, wir warten stets,
Bis – wenn das Schneegewand zerhaucht, der Frühling
Den Kuß drückt auf den Busen der Natur.
Dianas heil'ge Priesterin verfügt,
Auf dies Gesuch, sich in den Tempel Mars',
Und trägt, am Altar hingestreckt, dem Gott
Den Wunsch der weisen Völkermutter vor.
Der Gott dann, wenn er sie erhören will,
– Denn oft verweigert er's, die Berge geben,
Die schneeigen, der Nahrung nicht zu viel –
Der Gott zeigt uns, durch seine Priesterin,
Ein Volk an, keusch und herrlich, das, statt seiner,

Als Stellvertreter, uns erscheinen soll.
Des Volkes Nam' und Wohnsitz ausgesprochen,
Ergeht ein Jubel nun durch Stadt und Land.
Marsbräute werden sie begrüßt, die Jungfraun,
Beschenkt mit Waffen, von der Mütter Hand,
Mit Pfeil' und Dolch, und allen Gliedern fliegt,
Von ems'gen Händen jauchzend rings bedient,
Das erzene Gewand der Hochzeit an.
Der frohe Tag der Reise wird bestimmt,
Gedämpfter Tuben Klang ertönt, es schwingt
Die Schar der Mädchen flüsternd sich zu Pferd,
Und still und heimlich, wie auf wollnen Sohlen,
Geht's in der Nächte Glanz, durch Tal und Wald,
Zum Lager fern der Auserwählten hin.
Das Land erreicht, ruhn wir, an seiner Pforte,
Uns noch zwei Tage, Tier' und Menschen, aus:
Und wie die feuerrote Windsbraut brechen
Wir plötzlich in den Wald der Männer ein,
Und wehn die Reifsten derer, die da fallen,
Wie Samen, wenn die Wipfel sich zerschlagen,
In unsre heimatlichen Fluren hin.
Hier pflegen wir, im Tempel Dianas, ihrer,
Durch heil'ger Feste Reih'n, von denen mir
Bekannt nichts, als der Name: Rosenfest –
Und denen sich, bei Todesstrafe, niemand,
Als nur die Schar der Bräute nahen darf –
Bis uns die Saat selbst blühend aufgegangen;
Beschenken sie, wie Könige, zusamt;
Und schicken sie, am Fest der reifen Mütter,
Auf stolzen Prachtgeschirren wieder heim.
Dies Fest dann freilich ist das frohste nicht,
Neridensohn – denn viele Tränen fließen,
Und manches Herz, von düsterm Gram ergriffen,
Begreift nicht, wie die große Tanaïs

In jedem ersten Wort zu preisen sei. –
Was träumest du?
Achilles. Ich?
Penthesilea. Du.
Achilles *(zerstreut)*. Geliebte, mehr,
Als ich in Worte eben fassen kann.
– – Und auch mich denkst du also zu entlassen?
Penthesilea. Ich weiß nicht, Lieber. Frag' mich nicht. –
Achilles. Traun! Seltsam. –
*(Er versinkt in Nachdenken.)*
– Doch einen Aufschluß noch gewährst du mir.
Penthesilea. Sehr gern, mein Freund. Sei dreist.
Achilles. Wie fass' ich es,
Daß du gerade *mich* so heiß verfolgtest?
Es schien, ich sei bekannt dir.
Penthesilea. Allerdings.
Achilles. Wodurch?
Penthesilea. Willst du der Törichten nicht lächeln?
Achilles *(lächelnd)*. Ich weiß nicht, sag' ich jetzt, wie du.
Penthesilea. – Nun denn,
Du sollst's erfahren. – Sieh, ich hatte schon
Das heitre Fest der Rosen zwanzigmal
Erlebt und drei, und immer nur von fern,
Wo aus dem Eichenwald der Tempel ragt,
Den frohen Jubelschall gehört, als Ares,
Bei der Otrere, meiner Mutter, Tod,
Zu seiner Braut mich auserkor. Denn die
Prinzessinnen, aus meinem Königshaus,
Sie mischen nie, aus eigener Bewegung,
Sich in der blühnden Jungfraun Fest; der Gott,
Begehrt er ihrer, ruft sie würdig auf,
Durch seiner großen Oberpriesterin Mund.
Die Mutter lag, die bleiche, scheidende,
Mir in den Armen eben, als die Sendung

Des Mars mir feierlich im Palast erschien,
Und mich berief, nach Troja aufzubrechen,
Um ihn von dort bekränzt heranzuführen.
Es traf sich, daß kein Stellvertreter je
Ernannt noch ward, willkommener den Bräuten,
Als die Hellenenstämme, die sich dort umkämpften.
An allen Ecken hörte man erjauchzend,
Auf allen Märkten, hohe Lieder schallen,
Die des Hero'nkriegs Taten feierten;
Vom Paris-Apfel, dem Helenenraub,
Von den geschwaderführenden Atriden,
Vom Streit um Briseis, der Schiffe Brand,
Auch von Patroklus' Tod, und welche Pracht
Du des Triumphes rächend ihm gefeiert;
Und jedem großen Auftritt dieser Zeit. –
In Tränen schwamm ich Jammervolle, hörte
Mit halbem Ohr nur, was die Botschaft mir,
In der Otrere Todesstunde, brachte;
»Laß mich dir bleiben,« rief ich, »meine Mutter,
Dein Ansehn, brauch' es heut zum letztenmal,
Und heiße diese Frauen wieder gehn.«
Doch sie, die würd'ge Königin, die längst
Mich schon ins Feld gewünscht – denn ohne Erben
War, wenn sie starb, der Thron und eines andern
Ehrgeiz'gen Nebenstammes Augenmerk –
Sie sagte: »Geh, mein süßes Kind! Mars ruft dich!
Du wirst den Peleïden dir bekränzen:
Werd' eine Mutter, stolz und froh, wie ich –«
Und drückte sanft die Hand mir, und verschied.

Prothoe. So nannte sie den Namen dir, Otrere?

Penthesilea. – Sie nannt' ihn, Prothoe, wie's einer Mutter
Wohl im Vertraun zu ihrer Tochter ziemt.

Achilles. Warum? Weshalb? Verbeut dies das Gesetz?

Penthesilea. Es schickt sich nicht, daß eine Tochter Mars'

Sich ihren Gegner sucht, den soll sie wählen,
Den ihr der Gott im Kampf erscheinen läßt. –
Doch wohl ihr, zeigt die Strebende sich da,
Wo ihr die Herrlichsten entgegenstehn.
– Nicht, Prothoe?

Prothoe. So ist's.

Achilles. Nun –?

Penthesilea. – Lange weint' ich,
Durch einen ganzen kummervollen Mond,
An der Verblichnen Grab, die Krone selbst,
Die herrenlos am Rande lag, nicht greifend,
Bis mich zuletzt der wiederholte Ruf
Des Volks, das den Palast mir ungeduldig,
Bereit zum Kriegeszug, umlagerte,
Gewaltsam auf den Thron riß. Ich erschien,
Wehmütig strebender Gefühle voll,
Im Tempel Mars'; den Bogen gab man mir,
Den klirrenden, des Amazonenreichs;
Mir war, als ob die Mutter mich umschwebte,
Da ich ihn griff, nichts schien mir heiliger,
Als ihren letzten Willen zu erfüllen.
Und da ich Blumen noch, die duftigsten,
Auf ihren Sarkophag gestreut, brach ich
Jetzt mit dem Heer der Amazonen auf,
Nach der Dardanerburg – Mars weniger,
Dem großen Gott, der mich dahin gerufen,
Als der Otrere Schatten, zu gefallen.

Achilles. Wehmut um die Verblichne lähmte flüchtig
Die Kraft, die deine junge Brust sonst ziert.

Penthesilea. Ich liebte sie.

Achilles. Nun? Hierauf?

Penthesilea. In dem Maße,
Als ich mich dem Skamandros näherte,
Und alle Täler rings, die ich durchrauschte,

Von dem Trojanerstreite widerhallten,
Schwand mir der Schmerz, und meiner Seele ging
Die große Welt des heitern Krieges auf.
Ich dachte so: wenn sie sich allzusamt,
Die großen Augenblicke der Geschichte,
Mir wiederholten, wenn die ganze Schar
Der Helden, die die hohen Lieder feiern,
Herab mir aus den Sternen stieg', ich fände
Doch keinen Trefflichern, den ich mit Rosen
Bekränzt', als ihn, den mir die Mutter ausersehn –
Den Lieben, Wilden, Süßen, Schrecklichen,
Den Überwinder Hektors! O Pelide!
Mein ewiger Gedanke, wenn ich wachte,
Mein ew'ger Traum warst du! Die ganze Welt
Lag wie ein ausgespanntes Musternetz
Vor mir; in jeder Masche, weit und groß,
War deiner Taten eine eingeschürzt,
Und in mein Herz, wie Seide weiß und rein,
Mit Flammenfarben jede brannt' ich ein.
Bald sah ich dich, wie du ihn niederschlugst,
Vor Ilium, den flücht'gen Priamiden;
Wie du, entflammt von hoher Siegerlust,
Das Antlitz wandtest, während er die Scheitel,
Die blutigen, auf nackter Erde schleifte;
Wie Priam flehnd in deinem Zelt erschien –
Und heiße Tränen weint' ich, wenn ich dachte,
Daß ein Gefühl doch, Unerbittlicher,
Den marmorharten Busen dir durchzuckt.

ACHILLES. Geliebte Königin!

PENTHESILEA. Wie aber ward mir,
O Freund, als ich dich selbst erblickte –!
Als du mir im Skamandros-Tal erschienst,
Von den Heroen deines Volks umringt,
Ein Tagsstern unter bleichen Nachtgestirnen!

So müßt' es mir gewesen sein, wenn er
Unmittelbar, mit seinen weißen Rossen,
Von dem Olymp herabgedonnert wäre,
Mars selbst, der Kriegsgott, seine Braut zu grüßen!
Geblendet stand ich, als du jetzt entwichen,
Von der Erscheinung da – wie wenn zur Nachtzeit
Der Blitz vor einen Wandrer fällt, die Pforten
Elysiums, des glanzerfüllten, rasselnd,
Vor einem Geist sich öffnen und verschließen.
Im Augenblick, Pelid', erriet ich es,
Von wo mir das Gefühl zum Busen rauschte;
Der Gott der Liebe hatte mich ereilt,
Doch von zwei Dingen schnell beschloß ich Eines,
Dich zu gewinnen, oder umzukommen:
Und jetzt ist mir das Süßere erreicht.
– Was blickst du?

*(Man hört ein Waffengeräusch in der Ferne.)*

Prothoe *(heimlich)*. Göttersohn! Ich bitte dich.
Du mußt dich augenblicklich ihr erklären.

Penthesilea *(aufbrechend)*. Argiver nahn, ihr Fraun! Erhebt euch!

Achilles *(sie haltend)*. Ruhig!
Es sind Gefangne, meine Königin.

Penthesilea. Gefangene?

Prothoe *(heimlich zum Achilles)*. Es ist Ulyß, beim Styx!
Die Deinen, heiß gedrängt von Meroe, weichen!

Achilles *(in den Bart murmelnd)*. Daß sie zu Felsen starrten!

Penthesilea. Sagt! Was gibt's?

Achilles *(mit erzwungener Heiterkeit)*. Du sollst den Gott der Erde mir gebären!
Prometheus soll von seinem Sitz erstehn,
Und dem Geschlecht der Welt verkündigen:
Hier ward ein Mensch, so hab' ich ihn gewollt!
Doch nicht nach Themiscyra folg' ich dir,

Vielmehr du, nach der blühnden Phtia, mir:
Denn dort, wenn meines Volkes Krieg beschlossen,
Führ' ich dich jauchzend hin, und setze dich,
Ich Seliger, auf meiner Väter Thron.

*(Das Geräusch dauert fort.)*

Penthesilea. Wie? Was? Kein Wort begreif' ich –
Die Frauen *(unruhig)*. All ihr Götter!
Prothoe. Neridensohn! Willst du –?
Penthesilea. Was ist's! Was gibt's denn?
Achilles. Nichts, nichts, erschrick nicht, meine Königin,
Du siehst, es drängt die Zeit, wenn du nun hörst,
Was über dich der Götter Schar verhängt.
Zwar durch die Macht der Liebe bin ich dein,
Und ewig diese Banden trag' ich fort;
Doch durch der Waffen Glück gehörst du mir;
Bist mir zu Füßen, Treffliche, gesunken,
Als wir im Kampf uns trafen, nicht ich dir.
Penthesilea *(sich aufraffend)*. Entsetzlicher!
Achilles. Ich bitte dich, Geliebte!
Kronion selbst nicht ändert, was geschehn.
Beherrsche dich, und höre, wie ein Felsen,
Den Boten an, der dort, wenn ich nicht irre,
Mit irgendeinem Unheilswort mir naht.
Denn dir, begreifst du wohl, dir bringt er nichts,
Dein Schicksal ist auf ewig abgeschlossen
Gefangen bist du mir, ein Höllenhund
Bewacht dich minder grimmig, als ich dich.
Penthesilea. Ich die Gefangne dir?
Prothoe. So ist es, Königin!
Penthesilea *(die Hände aufhebend)*. Ihr ewigen Himmelsmächt'! Euch ruf' ich auf!

## Sechzehnter Auftritt

*Ein Hauptmann tritt auf, das Gefolge des Achilles mit seiner Rüstung. Die Vorigen.*

Achilles. Was bringst du mir?
Der Hauptmann. Entferne dich, Pelide!
Das Schlachtglück lockt, das wetterwendische,
Die Amazonen siegreich wieder vor.
Auf diesen Platz hier stürzen sie heran,
Und ihre Losung ist: Penthesilea!
Achilles *(steht auf und reißt sich die Kränze ab)*. Die Waffen mir herbei! Die Pferde vor!
Mit meinem Wagen rädern will ich sie!
Penthesilea *(mit zitternder Lippe)*. Nein, sieh den Schrecklichen! Ist das derselbe –?
Achilles *(wild)*. Sind sie noch weit von hier?
Der Hauptmann. Hier in dem Tal
Erblickst du ihren goldnen Halbmond schon.
Achilles *(indem er sich rüstet)*. Bringt sie hinweg!
Ein Grieche. Wohin?
Achilles. Ins Griechenlager,
In wenig Augenblicken folg' ich euch.
Der Grieche *(zu Penthesilea)*. Erhebe dich.
Prothoe. O meine Königin!
Penthesilea *(außer sich)*. Mir keinen Blitz, Zeus, sendest du herab?

## Siebzehnter Auftritt

*Odysseus und Diomedes mit dem Heer. Die Vorigen.*

Diomedes *(über die Bühne ziehend).* Vom Platz hier fort, Doloperheld! Vom Platze!
Den einz'gen Weg, der dir noch offen bleibt,
Den schneiden dir die Frauen eben ab.
Hinweg! *(Ab.)*
Odysseus. Schafft diese Kön'gin fort, ihr Griechen.
Achilles *(zum Hauptmann).* Alexis! Tu mir den Gefallen, Hilf ihr.
Der Grieche *(zum Hauptmann).* Sie regt sich nicht.
Achilles *(zu den Griechen, die ihn bedienen).* Den Schild mir her! Den Spieß!
*(Aufrufend, da sich die Königin sträubt.)*
Penthesilea!
Penthesilea. O Neridensohn!
Du willst mir nicht nach Themiscyra folgen?
Du willst mir nicht zu jenem Tempel folgen,
Der aus den fernen Eichenwipfeln ragt?
Komm her, ich sagte dir noch alles nicht –
Achilles *(nun völlig gerüstet, tritt vor sie und reicht ihr die Hand).*
Nach Phtia, Kön'gin.
Penthesilea. O! – Nach Themiscyra!
O! Freund! Nach Themiscyra, sag' ich dir,
Wo Dianas Tempel aus den Eichen ragt!
Und wenn der Sel'gen Sitz in Phtia wäre,
Doch, doch, o Freund! nach Themiscyra noch,
Wo Dianas Tempel aus den Wipfeln ragt!
Achilles *(indem er sie aufhebt).* So mußt du mir vergeben, Teuerste;
Ich bau' dir solchen Tempel bei mir auf.

## Achtzehnter Auftritt

*Meroe, Asteria mit dem Heer der Amazonen treten auf. Die Vorigen.*

Meroe. Schlagt ihn zu Boden!
Achilles *(läßt die Königin fahren und wendet sich)*. Reiten sie auf Stürmen?
Die Amazonen *(sich zwischen Penthesilea und Achilles eindrängend)*.
Befreit die Königin!
Achilles. Bei dieser Rechten, sag' ich!
*(Er will die Königin mit sich fortziehen.)*
Penthesilea *(ihn nach sich ziehend)*. Du folgst mir nicht? Folgst nicht?
*(Die Amazonen spannen ihre Bogen.)*
Odysseus. Fort! Rasender!
Hier ist der Ort nicht mehr, zu trotzen. – Folgt!
*(Er reißt den Achill hinweg. Alle ab.)*

## Neunzehnter Auftritt

*Die Oberpriesterin der Diana mit ihren Priesterinnen. Die Vorigen ohne die Griechen.*

Die Amazonen. Triumph! Triumph! Triumph! Sie ist gerettet!
Penthesilea *(nach einer Pause)*. Verflucht sei dieser schändliche Triumph mir!
Verflucht jedwede Zunge, die ihn feiert,
Die Luft verflucht mir, die ihn weiter trägt!
War ich, nach jeder würd'gen Rittersitte,
Nicht durch das Glück der Schlacht ihm zugefallen?

Wenn das Geschlecht der Menschen unter *sich,*
Mit Wolf und Tiger nicht, im Streite liegt:
Gibt's ein Gesetz, frag' ich, in solchem Kriege,
Das den Gefangenen, der sich ergeben,
Aus seines Siegers Banden lösen kann?
– Neridensohn!

DIE AMAZONEN. Ihr Götter, hört' ich recht?

MEROE. Ehrwürd'ge Priesterin der Artemis,
Tritt näher vor, ich bitte dich. –

ASTERIA. Sie zürnt,
Weil wir sie aus der Knechtschaft Schmach befreiten!

DIE OBERPRIESTERIN *(aus dem Gewühl der Frauen hervortretend).*
Nun denn, du setzest würdig, Königin,
Mit diesem Schmähungswort, muß ich gestehn,
Den Taten dieses Tags die Krone auf.
Nicht bloß, daß du, die Sitte wenig achtend,
Den Gegner dir im Feld der Schlacht gesucht,
Nicht bloß, daß du, statt ihn in Staub zu werfen,
Ihm selbst im Kampf erliegst, nicht bloß, daß du
Zum Lohn dafür ihn noch mit Rosen kränzest:
Du zürnst auch deinem treuen Volke noch,
Das deine Ketten bricht, du wendest dich,
Und rufst den Überwinder dir zurück.
Wohlan, denn, große Tochter Tanaïs,
So bitt' ich – ein Versehn war's, weiter nichts –
Für diese rasche Tat dich um Verzeihung.
Das Blut, das sie gekostet, reut mich jetzt,
Und die Gefangnen, eingebüßt um dich,
Wünsch' ich von ganzer Seele mir zurück.
Frei, in des Volkes Namen, sprech' ich dich;
Du kannst den Fuß jetzt wenden, wie du willst,
Kannst ihn mit flatterndem Gewand ereilen,
Der dich in Fesseln schlug, und ihm den Riß,
Da, wo wir sie zersprengten, überreichen:

Also ja will's das heil'ge Kriegsgesetz!
Uns aber, uns vergönnst du, Königin,
Den Krieg jetzt aufzugeben, und den Fuß
Nach Themiscyra wieder heimzusetzen;
Wir mindestens, wir können jene Griechen,
Die dort entfliehn, nicht *bitten*, stillzustehn,
Nicht, so wie du, den Siegskranz in der Hand,
Zu unsrer Füße Staub sie nieder*flehn.*

*(Pause.)*

Penthesilea *(wankend)*. Prothoe!
Prothoe. Mein Schwesterherz!
Penthesilea. Ich bitte dich, bleib bei mir.
Prothoe. Im Tod, du weißt – – Was bebst du, meine Königin?
Penthesilea. Nichts, es ist nichts, ich werde gleich mich sammeln.
Prothoe. Ein großer Schmerz traf dich. Begegn' ihm groß.
Penthesilea. Sie sind verloren?
Prothoe. Meine Königin?
Penthesilea. Die ganze junge Prachtschar, die wir fällten? –
Sie sind's durch mich?
Prothoe. Beruh'ge dich. Du wirst sie
In einem andern Krieg' uns wiederschenken.
Penthesilea *(an ihrem Busen)*. O niemals!
Prothoe. Meine Königin?
Penthesilea. O niemals!
Ich will in ew'ge Finsternis mich bergen!

## Zwanzigster Auftritt

*Ein Herold tritt auf. Die Vorigen.*

Meroe. Ein Herold naht dir, Königin!
Asteria. Was willst du?
Penthesilea *(mit schwacher Freude).* Von dem Peliden! – Ach, was werd' ich hören?
Ach, Prothoe, heiß ihn wieder gehn!
Prothoe. Was bringst du?
Der Herold. Mich sendet dir Achilleus, Königin,
Der schilfumkränzten Nereïde Sohn,
Und läßt durch meinen Mund dir kündigen:
Weil dich Gelüst treibt, als Gefangnen ihn
Nach deinen Heimatsfluren abzuführen,
Ihn aber auch hinwiederum Gelüst,
Nach seinen heimatlichen Fluren dich:
So fordert er zum Kampf, auf Tod und Leben,
Noch einmal dich ins Feld hinaus, auf daß
Das Schwert, des Schicksals ehrne Zung', entscheide,
In der gerechten Götter Angesicht,
Wer würdig sei, du oder er, von beiden,
Den Staub, nach ihrem heiligen Beschluß,
Zu seines Gegners Füßen aufzulecken.
Hast du's auf solchen Strauß zu wagen Lust?
Penthesilea *(mit einer fliegenden Blässe).* Laß dir vom Wetterstrahl die Zunge lösen,
Verwünschter Redner, eh' du wieder sprichst!
Hört' ich doch einen Sandblock just so gern,
Endlosen Falls, bald hier, bald dort anschmetternd,
Dem klafternhohen Felsenriff entpoltern.
*(Zu Prothoe.)*
– Du mußt es Wort für Wort mir wiederholen.

Prothoe *(zitternd).* Der Sohn des Peleus, glaub' ich, schickt ihn her,
Und fordert dich aufs Feld hinaus;
Verweigre kurz dich ihm, und sage: nein.
Penthesilea. Es ist nicht möglich.
Prothoe. Meine Königin?
Penthesilea. Der Sohn des Peleus fordert mich ins Feld?
Prothoe. Sag' ich dem Mann gleich: nein, und laß ihn gehn?
Penthesilea. Der Sohn des Peleus fordert mich ins Feld?
Prothoe. Zum Kampf, ja, meine Herrscherin, so sagt' ich.
Penthesilea. Der mich zu schwach weiß, sich mit ihm zu messen,
Der ruft zum Kampf mich, Prothoe, ins Feld?
Hier diese treue Brust, sie rührt ihn erst,
Wenn sie sein scharfer Speer zerschmetterte?
Was ich ihm zugeflüstert, hat sein Ohr
Mit der Musik der Rede bloß getroffen?
Des Tempels unter Wipfeln denkt er nicht,
Ein steinern Bild hat meine Hand bekränzt?
Prothoe. Vergiß den Unempfindlichen.
Penthesilea *(glühend).* Nun denn,
So ward die Kraft mir jetzo, ihm zu stehen:
So soll er in den Staub herab, und wenn
Lapithen und Giganten ihn beschützen!
Prothoe. Geliebte Königin –
Meroe. Bedenkst du auch?
Penthesilea *(sie unterbrechend).* Ihr sollt *all* die Gefangnen wieder haben!
Der Herold. Du willst, im Kampf dich –?
Penthesilea. Stellen will ich mich:
Er soll im Angesicht der Götter mich,
Die Furien auch ruf' ich herab, mich treffen!
*(Der Donner rollt.)*
Die Oberpriesterin. Wenn dich mein Wort gereizt, Penthesilea,
So wirst du mir den Schmerz nicht –

PENTHESILEA *(ihre Tränen unterdrückend).* Laß, du Heilige!
Du sollst mir nicht umsonst gesprochen haben.
MEROE. Ehrwürd'ge Priesterin, dein Ansehn brauche.
DIE OBERPRIESTERIN. Hörst du ihn, Königin, der dir zürnt?
PENTHESILEA. Ihn ruf' ich
Mit allen seinen Donnern mir herab!
ERSTE OBERSTE *(in Bewegung).* Ihr Fürstinnen –
DIE ZWEITE. Unmöglich ist's!
DIE DRITTE. *Es kann nicht!*
PENTHESILEA *(mit zuckender Wildheit).* Herbei, Ananke, Führerin der Hunde!
DIE ERSTE OBERSTE. Wir sind zerstreut, geschwächt –
DIE ZWEITE. Wir sind ermüdet –
PENTHESILEA. Du, mit den Elefanten, Thyrroe!
PROTHOE. Königin!
Willst du mit Hunden ihn und Elefanten –
PENTHESILEA. Ihr Sichelwagen, kommt, ihr blinkenden,
Die ihr des Schlachtfelds Erntefest bestellt,
Kommt, kommt in greul'gen Schnitterreihn herbei!
Und ihr, die ihr der Menschen Saat zerdrescht,
Daß Halm und Korn auf ewig untergehen,
Ihr Reuterscharen, stellt euch um mich her!
Du ganzer Schreckenspomp des Kriegs, dich ruf' ich,
Vernichtender, entsetzlicher, herbei!
*(Sie ergreift den großen Bogen aus einer Amazone Hand.)*
*(Amazonen mit Meuten gekoppelter Hunde. Späterhin Elefanten, Feuerbrände Sichelwagen usw.)*
PROTHOE. Geliebte meiner Seele! Höre mich!
PENTHESILEA *(sich zu den Hunden wendend).* Auf, Tigris, jetzt, dich brauch' ich! Auf, Leäne!
Auf, mit der Zoddelmähne du, Melampus!
Auf, Akle, die den Fuchs erhascht, auf, Sphinx,
Und, der die Hirschkuh übereilt, Alektor,
Auf, Oxus, der den Eber niederreißt,

Und, der dem Leuen nicht erbebt, Hyrkaon!
*(Der Donner rollt heftig.)*

Prothoe. O! Sie ist außer sich –!

Erste Oberste. Sie ist wahnsinnig!

Penthesilea *(kniet nieder, mit allen Zeichen des Wahnsinns, während die Hunde ein gräßliches Geheul anstimmen).*
Dich, Ares, ruf' ich jetzt, dich Schrecklichen,
Dich, meines Hauses hohen Gründer, an!
Oh! – – deinen erznen Wagen mir herab:
Wo du der Städte Mauern auch und Tore
Zermalmst, Vertilgergott, gekeilt in Straßen,
Der Menschen Reihen jetzt auch niedertrittst;
Oh! – – deinen erznen Wagen mir herab:
Daß ich den Fuß in seine Muschel setze,
Die Zügel greife, durch die Felder rolle,
Und, wie ein Donnerkeil aus Wetterwolken,
Auf dieses Griechen Scheitel niederfalle!
*(Sie steht auf.)*

Die erste Oberste. Ihr Fürstinnen!

Die zweite. Auf! Wehrt der Rasenden!

Prothoe. Hör', meine große Königin, mich!

Penthesilea *(indem sie den Bogen spannt).* Ei, lustig!
So muß ich sehn, ob mir der Pfeil noch trifft.
*(Sie legt auf Prothoe an.)*

Prothoe *(niederstürzend).* Ihr Himmlischen!

Ein Priesterin *(indem sie sich rasch hinter die Königin stellt).*
Achill ruft!

Eine zweite *(ebenso).* Der Pelide!

Die dritte. Hier steht er hinter dir!

Penthesilea *(wendet sich).* Wo?

Die erste Priesterin. War er's nicht?

Penthesilea. Nein, hier sind noch die Furien nicht versammelt.
– Folg' mir Anake! Folgt, ihr anderen!
*(Ab mit dem ganzen Kriegstroß unter heftigen Gewitterschlägen.)*

Meroe *(indem sie Prothoe aufhebt)*. Die Gräßliche!
Asteria. Fort! Eilt ihr nach, ihr Frauen!
Die Oberpriesterin *(leichenbleich)*. Ihr Ew'gen! Was beschloßt ihr über uns?

*(Alle ab.)*

## Einundzwanzigster Auftritt

*Achilles, Diomedes treten auf. Späterhin Odysseus, zuletzt der Herold.*

Achilles. Hör', tu mir den Gefallen, Diomed,
Und sag' dem Sittenrichter nichts, dem grämlichen
Odyß, von dem, was ich dir anvertraue;
Mir widersteht's, es macht mir Übelkeiten,
Wenn ich den Zug um seine Lippe sehe.
Diomedes. Hast du den Herold ihr gesandt, Pelide?
Ist's wahr? Ist's wirklich?
Achilles. Ich will dir sagen, Freund:
– Du aber, du erwiderst nichts, verstehst du?
Gar nichts, kein Wort! – Dies wunderbare Weib,
Halb Furie, halb Grazie, sie liebt mich –
Und allen Weibern Hellas' ich zum Trotz,
Beim Styx! beim ganzen Hades! – ich sie auch.
Diomedes. Was!
Achilles. Ja. Doch eine Grille, die ihr heilig,
Will, daß ich ihrem Schwert im Kampf erliege;
Eh' nicht in Liebe kann sie mich umfangen.
Nun schickt' ich –
Diomedes. Rasender!
Achilles. Er hört mich nicht!
Was er im Weltkreis noch, solang er lebt,

Mit seinem blauen Auge nicht gesehn,
Das kann er in Gedanken auch nicht fassen.
Diomedes. Du willst –? Nein, sprich! Du willst –?
Achilles *(nach einer Pause).* Was also will ich?
Was ist's, daß ich so Ungeheures will?
Diomedes. Du hast sie in die Schranken bloß gefordert,
Um ihr –?
Achilles. Beim wolkenrüttelnden Kroniden,
Sie *tut* mir nichts, sag' ich! Eh' wird ihr Arm,
Im Zweikampf, gegen ihren Busen wüten,
Und rufen: »Sieg!« wenn er von Herzblut trieft,
Als wider mich! – Auf einen Mond bloß will ich ihr,
In dem, was sie begehrt, zu Willen sein;
Auf einen oder zwei, mehr nicht: das wird
Euch ja den alten, meerzerfreßnen Isthmus
Nicht gleich zusammenstürzen! – Frei bin ich dann,
Wie ich aus ihrem eignen Munde weiß,
Wie Wild auf Heiden wieder; und folgt sie mir,
Beim Jupiter! ich wär' ein Seliger,
Könnt' ich auf meiner Väter Thron sie setzen.

*Odysseus kommt.*

Diomedes. Komm her, Ulyß, ich bitte dich.
Odysseus. Pelide!
Du hast die Königin ins Feld gerufen;
Willst du, ermüdet, wie die Scharen sind,
Von neu'm das oftmißlungne Wagstück wagen?
Diomedes. Nichts, Freund, von Wagestücken, nichts von Kämpfen;
Er will sich bloß ihr zu gefangen geben.
Odysseus. Was?
Achilles *(Das Blut schießt ihm ins Gesicht.)* Tu mir dein Gesicht weg, bitt' ich dich!
Odysseus. Er will –?
Diomedes. Du hörst's, ja! Ihr den Helm zerkeilen,

Gleich einem Fechter, grimmig sehn, und wüten,
Dem Schild aufdonnern, daß die Funken sprühen,
Und stumm sich, als ein Überwundener,
Zu ihren kleinen Füßen niederlegen.

Odysseus. Ist dieser Mann bei Sinnen, Sohn des Peleus?
Hast du gehört, was er –?

Achilles *(sich zurückhaltend)*. Ich bitte dich,
Halt deine Oberlippe fest, Ulyß!
Es steckt mich an, bei den gerechten Göttern,
Und bis zur Faust gleich zuckt es mir herab.

Odysseus *(wild)*. Bei dem Kozyth, dem feurigen! Wissen will ich,
Ob meine Ohren hören, oder nicht!
Du wirst mir, Sohn des Tydeus, bitt' ich, jetzt,
Mit einem Eid, daß ich aufs reine komme,
Bekräftigen, was ich dich fragen werde.
Er will der Kön'gin sich gefangen geben?

Diomedes. Du hörst's!

Odysseus. Nach Themiscyra will er gehn?

Diomedes. So ist's.

Odysseus. Und unseren Helenstreit,
Vor der Dardanerburg, der Sinnentblößte,
Den will er, wie ein Kinderspiel, weil sich
Was anders Buntes zeigt, im Stiche lassen?

Diomedes. Beim Jupiter! Ich schwör's.

Odysseus *(indem er die Arme verschränkt)*. – Ich kann's nicht glauben.

Achilles. Er spricht von der Dardanerburg.

Odysseus. Was?

Achilles. Was?

Odysseus. Mich dünkt, du sagtest was.

Achilles. Ich?

Odysseus. Du!

Achilles. Ich sagte:
Er spricht von der Dardanerburg.

Odysseus. Nun, ja!
Wie ein Beseßner fragt' ich, ob der ganze
Helenenstreit, vor der Dardanerburg,
Gleich einem Morgentraum, vergessen sei?
Achilles *(indem er ihm näher tritt).* Wenn die Dardanerburg, Laertiade,
Versänke, du verstehst, so daß ein See,
Ein bläulicher, an ihre Stelle träte;
Wenn graue Fischer, bei dem Schein des Monds,
Den Kahn an ihre Wetterhähne knüpften;
Wenn im Palast des Priamus ein Hecht
Regiert', ein Ottern – oder Ratzenpaar
Im Bette sich der Helena umarmten:
So wär's für mich gerad' so viel, als jetzt.
Odysseus. Beim Styx! Es ist sein voller Ernst, Tydide!
Achilles. Beim Styx! Bei dem Lernäersumpf! Beim Hades!
Der ganzen Oberwelt und Unterwelt,
Und jedem dritten Ort: es ist mein Ernst;
Ich will den Tempel der Diana sehn!
Odysseus *(halb ihm ins Ohr).* Laß ihn nicht von der Stelle, Diomed,
Wenn du so gut willst sein.
Diomedes. Wenn ich – ich glaube!
Sei doch so gut, und leih mir deine Arme.

*Der Herold tritt auf.*

Achilles. Ha! Stellt sie sich? Was bringst du? Stellt sie sich?
Der Herold. Sie stellt sich, ja, Neridensohn, sie naht schon;
Jedoch mit Hunden auch und Elefanten,
Und einem ganzen wilden Reutertroß:
Was die beim Zweikampf sollen, weiß ich nicht.
Achilles. Gut. Dem Gebrauch war sie das schuldig. Folgt mir!
– O sie ist listig, bei den ew'gen Göttern!
– – Mit Hunden, sagst du?

Der Herold. Ja.
Achilles. Und Elefanten?
Der Herold. Daß es ein Schrecken ist, zu sehn, Pelide!
Gält' es, die Atreiden anzugreifen,
Im Lager vor der Trojerburg, sie könnte
In keiner finstrern Greuelrüstung nahn.
Achilles *(in den Bart)*. Die fressen aus der Hand, wahrscheinlich – Folgt mir!
– O! Die sind zahm, wie sie.
*(Ab mit dem Gefolge.)*
Diomedes. Der Rasende!
Odysseus. Laßt uns ihn knebeln, binden – hört, ihr Griechen!
Diomedes. Hier nahn die Amazonen schon – hinweg!
*(Alle ab.)*

## Zweiundzwanzigster Auftritt

*Die Oberpriesterin, bleich im Gesicht, mehrere andere Priesterinnen und Amazonen.*

Die Oberpriesterin. Schafft Stricke her, ihr Fraun!
Die erste Priesterin. Hochwürdigste!
Die Oberpriesterin. Reißt sie zu Boden nieder! Bindet sie!
Eine Amazone. Meinst du die Königin?
Die Oberpriesterin. Die Hündin mein' ich!
Der Menschen Hände bänd'gen sie nicht mehr.
Die Amazonen. Hochheil'ge Mutter! Du scheinst außer dir.
Die Oberpriesterin. Drei Jungfraun trat sie wütend in den Staub
Die wir geschickt, sie aufzuhalten; Meroe,
Weil sie auf Knien sich in den Weg ihr warf,

Bei jedem süßen Namen sie beschwörend,
Mit Hunden hat sie sie hinweggehetzt.
Als ich von fern der Rasenden nur nahte,
Gleich einen Stein, gebückt, mit beiden Händen,
Den grimmerfüllten Blick auf mich gerichtet,
Riß sie vom Boden auf – verloren war ich,
Wenn ich im Haufen nicht des Volks verschwand.

Die erste Priesterin. Es ist entsetzlich!

Die zweite. Schrecklich ist's, ihr Fraun.

Die Oberpriesterin. Jetzt unter ihren Hunden wütet sie,
Mit schaumbedeckter Lipp', und nennt sie Schwestern,
Die heulenden, und der Mänade gleich,
Mit ihrem Bogen durch die Felder tanzend,
Hetzt sie die Meute, die mordatmende,
Die sie umringt, das schönste Wild zu fangen,
Das je die Erde, wie sie sagt, durchschweift.

Die Amazonen. Ihr Orkusgötter! Wie bestraft ihr sie!

Die Oberpriesterin. Drum mit dem Strick, ihr Arestöchter, schleunig
Dort auf den Kreuzweg hin, legt Schlingen ihr,
Bedeckt mit Sträuchern, vor der Füße Tritt,
Und reißt, wenn sich ihr Fuß darin verfängt,
Dem wutgetroffnen Hunde gleich, sie nieder:
Daß wir sie binden, in die Heimat bringen,
Und sehen, ob sie noch zu retten sei.

Das Heer der Amazonen *(außerhalb der Szene)*. Triumph! Triumph! Triumph! Achilleus stürzt!
Gefangen ist der Held! Die Siegerin,
Mit Rosen wird sie seine Scheitel kränzen!

*(Pause.)*

Die Oberpriesterin *(mit freudebeklemmter Stimme)*. Hört' ich auch recht?

Die Priesterinnen und Amazonen. Ihr hochgepriesnen Götter!

DIE OBERPRIESTERIN. War dieser Jubellaut der Freude nicht?
DIE ERSTE PRIESTERIN. Geschrei des Siegs, o du Hochheilige,
Wie noch mein Ohr keins seliger vernahm!
DIE OBERPRIESTERIN. Wer schafft mir Kund', ihr Jungfraun?
DIE ZWEITE PRIESTERIN. Terpi! rasch!
Sag' an, was du auf jenem Hügel siehst?
EINE AMANZONE *(die während dessen den Hügel erstiegen, mit Entsetzen)*.
Euch, ihr der Hölle grauenvolle Götter,
Zu Zeugen ruf' ich nieder – was erblick' ich!
DIE OBERPRIESTERIN. Nun denn – als ob sie die Medus' erblickte!
DIE PRIESTERIN. Was siehst du? Rede! Sprich!
DIE AMAZONE. Penthesilea,
Sie liegt, den grimm'gen Hunden beigesellt,
Sie, die ein Menschenschoß gebar, und reißt, –
Die Glieder des Achills reißt sie in Stücken!
DIE OBERPRIESTERIN. Entsetzen! o Entsetzen!
ALLE. Fürchterlich!
DIE AMAZONE. Hier kommt es, bleich, wie eine Leiche, schon,
Das Wort des Greuel-Rätsels uns heran.
*(Sie steigt vom Hügel herab.)*

## Dreiundzwanzigster Auftritt

*Meroe tritt auf. Die Vorigen.*

MEROE. O ihr, der Diana heil'ge Priesterinnen,
Und ihr, Mars' reine Töchter, hört mich an:
Die afrikanische Gorgone bin ich,
Und wie ihr steht, zu Steinen starr' ich euch.

Die Oberpriesterin. Sprich, Gräßliche! was ist geschehn?
Meroe. Ihr wißt,
Sie zog dem Jüngling, den sie liebt, entgegen,
Sie, die fortan kein Name nennt –
In der Verwirrung ihrer jungen Sinne,
Den Wunsch, den glühenden, ihn zu besitzen,
Mit allen Schrecknissen der Waffen rüstend.
Von Hunden rings umheult und Elefanten,
Kam sie daher, den Bogen in der Hand:
Der Krieg, der unter Bürgern rast, wenn er,
Die blutumtriefte Graungestalt, einher,
Mit weiten Schritten des Entsetzens geht,
Die Fackel über blühnde Städte schwingend,
Er sieht so wild und scheußlich nicht, als sie.
Achilleus, der, wie man im Heer versichert,
Sie bloß ins Feld gerufen, um freiwillig
Im Kampf, der junge Tor, ihr zu erliegen:
Denn er auch, o wie mächtig sind die Götter!
Er liebte sie, gerührt von ihrer Jugend,
Zu Dianas Tempel folgen wollt' er ihr:
Er naht sich ihr, voll süßer Ahndungen,
Und läßt die Freunde hinter sich zurück.
Doch jetzt, da sie mit solchen Greulnissen
Auf ihn herangrollt, ihn, der nur zum Schein
Mit einem Spieß sich arglos ausgerüstet:
Stutzt er, und dreht den schlanken Hals, und horcht,
Und eilt entsetzt, und stutzt, und eilet wieder:
Gleich einem jungen Reh, das im Geklüft
Fern das Gebrüll des grimmen Leun vernimmt.
Er ruft: »Odysseus!« mit beklemmter Stimme,
Und sieht sich schüchtern um, und ruft: »Tydide!«
Und will zurück noch zu den Freunden fliehn;
Und steht, von einer Schar schon abgeschnitten,
Und hebt die Händ' empor, und duckt und birgt

In eine Fichte sich, der Unglücksel'ge,
Die schwer mit dunkeln Zweigen niederhangt. –
Inzwischen schritt die Königin heran,
Die Doggen hinter ihr, Gebirg' und Wald
Hochher, gleich einem Jäger, überschauend;
Und da er eben, die Gezweige öffnend,
Zu ihren Füßen niedersinken will:
»Ha!« sein Geweih verrät den Hirsch,« ruft sie,
Und spannt, mit Kraft der Rasenden, sogleich
Den Bogen an, daß sich die Enden küssen,
Und hebt den Bogen auf und zielt und schießt,
Und jagt den Pfeil ihm durch den Hals; er stürzt:
Ein Siegsgeschrei schallt roh im Volk empor.
Jetzt gleichwohl lebt der Ärmste noch der Menschen,
Den Pfeil, den weit vorragenden, im Nacken,
Hebt er sich röchelnd auf, und überschlägt sich,
Und hebt sich wiederum und will entfliehn;
Doch »hetz!« schon ruft sie: »Tigris! hetz, Leäne!
Hetz, Sphinx! Melampus! Dirke! Hetz, Hyrkaon!«
Und stürzt – stürzt mit der ganzen Meut', o Diana!
Sich über ihn, und reißt – reißt ihn beim Helmbusch
Gleich einer Hündin, Hunden beigesellt,
Der greift die Brust ihm, dieser greift den Nacken,
Daß von dem Fall der Boden bebt, ihn nieder!
Er, in dem Purpur seines Bluts sich wälzend,
Rührt ihre sanfte Wange an, und ruft:
»Penthesilea! meine Braut! was tust du?
Ist dies das Rosenfest, das du versprachst?«
Doch sie – die Löwin hätte ihn gehört,
Die hungrige, die wild nach Raub umher,
Auf öden Schneegefilden, heulend treibt;
Sie schlägt, die Rüstung ihm vom Leibe reißend,
Den Zahn schlägt sie in seine weiße Brust,
Sie und die Hunde, die wetteifernden,

Oxus und Sphinx den Zahn in seine rechte,
In seine linke sie; als ich erschien,
Troff Blut von Mund und Händen ihr herab.
*(Pause voll Entsetzen.)*
Vernahmt ihr mich, ihr Fraun, wohlan, so redet,
Und gebt ein Zeichen eures Lebens mir.
*(Pause.)*

Die erste Priesterin *(am Busen der zweiten weinend).* Solch eine Jungfrau, Hermia! So sittsam!
In jeder Kunst der Hände so geschickt!
So reizend, wenn sie tanzte, wenn sie sang!
So voll Verstand und Würd' und Grazie!

Die Oberpriesterin. O die gebar Otrere nicht! Die Gorgo
Hat im Palast der Hauptstadt sie gezeugt!

Die erste Priester *(fortfahrend).* Sie war wie von der Nachtigall geboren,
Die um den Tempel der Diana wohnt,
Gewiegt im Eichenwipfel saß sie da,
Und flötete, und schmetterte, und flötete,
Die stille Nacht durch, daß der Wandrer horchte,
Und fern die Brust ihm von Gefühlen schwoll.
Sie trat den Wurm nicht, den gesprenkelten,
Der unter ihrer Füße Sohle spielte,
Den Pfeil, der eines Ebers Busen traf,
Rief sie zurück, es hätte sie sein Auge,
Im Tod gebrochen, ganz zerschmelzt in Reue,
Auf Knieen vor ihn niederziehen können!
*(Pause.)*

Meroe. Jetzt steht sie lautlos da, die Grauenvolle,
Bei seiner Leich', umschnüffelt von der Meute,
Und blicket starr, als wär's ein leeres Blatt,
Den Bogen siegreich auf der Schulter tragend,
In das Unendliche hinaus, und schweigt.
Wir fragen, mit gesträubten Haaren, sie,

Was sie getan? Sie schweigt. Ob sie uns kenne?
Sie schweigt. Ob sie uns folgen will? Sie schweigt.
Entsetzen griff mich, und ich floh zu euch.

## Vierundzwanzigster Auftritt

*Penthesilea. – Die Leiche des Achillis, mit einem roten Teppich bedeckt. – Prothoe und andere.*

Die erste Amazone. Seht, seht, ihr Fraun! – Da schreitet sie heran,
Bekränzt mit Nesseln, die Entsetzliche,
Dem dürren Reif des Hagdorns eingewebt,
An Lorbeer-Schmuckes statt, und folgt der Leiche,
Die Gräßliche, den Bogen festlich schulternd,
Als wär's der Todfeind, den sie überwunden!
Die zweite Priesterin. O diese Händ' –!
Die erste Priesterin. O wendet euch, ihr Frauen!
Prothoe *(der Oberpriesterin an den Busen sinkend).* O meine Mutter!
Die Oberpriesterin *(mit Entsetzen).* Diana ruf' ich an:
Ich bin an dieser Greueltat nicht schuldig!
Die erste Amazone. Sie stellt sich gerade vor die Oberpriesterin.
Die zweite. Sie winket, schaut!
Die Oberpriesterin. Hinweg, du Scheußliche!
Du Hades-Bürgerin! Hinweg, sag' ich!
Nehmt diesen Schleier, nehmt, und deckt sie zu.
*(Sie reißt sich den Schleier ab und wirft ihn der Königin ins Gesicht.)*
Die erste Amazone. O die lebend'ge Leich'. Es rührt sie nicht –!
Die zweite. Sie winket immer fort –

Die dritte. Winkt immer wieder –
Die erste. Winkt immer zu der Priestrin Füßen nieder –
Die zweite. Seht, seht!
Die Oberpriesterin. Was willst du mir? Hinweg, sag' ich!
Geh zu den Raben, Schatten! Fort! Verwese!
Du blickst die Ruhe meines Lebens tot.
Die erste Amazone. Ha! man verstand sie, seht –
Die zweite. Jetzt ist sie ruhig.
Die erste. Den Peleïden sollte man, das war's,
Vor der Diana-Priestrin Füßen legen.
Die dritte. Warum just vor der Diana-Priestrin Füßen?
Die vierte. Was meint sie auch damit?
Die Oberpriesterin. Was soll *mir* das?
Was soll die *Leiche* hier vor mir? Laß sie
Gebirge decken, unzugängliche,
Und den Gedanken deiner Tat dazu!
War ich's, du – Mensch nicht mehr, wie nenn' ich dich?
Die diesen Mord dir schrecklich abgefordert? –
Wenn ein Verweis, sanft aus der Liebe Mund,
Zu solchen Greuelnissen treibt, so sollen
Die Furien kommen, und uns Sanftmut lehren!
Die erste Amazone. Sie blicket immer auf die Priestrin ein.
Die zweite. Grad ihr ins Antlitz –
Die dritte. Fest und unverwandt,
Als ob sie durch und durch sie blicken wollte. –
Die Oberpriesterin. Geh, Prothoe, ich bitte dich, geh, geh,
Ich kann sie nicht mehr sehn, entferne sie.
Prothoe *(weinend)*. Weh mir!
Die Oberpriesterin. Entschließe dich!
Prothoe. Die Tat, die sie
Vollbracht hat, ist zu scheußlich: laß mich sein.
Die Oberpriesterin. Fass' dich. – Sie hatte eine schöne Mutter.
– Geh, biet ihr deine Hilf' und führ' sie fort.
Prothoe. Ich will sie nie mit Augen wiedersehn! –

Die zweite Amazone. Seht, wie sie jetzt den schlanken Pfeil betrachtet!
Die erste. Wie sie ihn dreht und wendet –
Die dritte. Wie sie ihn mißt!
Die erste Priesterin. Das scheint der Pfeil, womit sie ihn erlegt.
Die erste Amazone. So ist's, ihr Fraun!
Die zweite. Wie sie vom Blut ihn säubert!
Wie sie an seiner Flecken jedem wischt!
Die dritte. Was denkt sie wohl dabei?
Die zweite. Und das Gefieder,
Wie sie es trocknet, kräuselt, wie sie's lockt!
So zierlich! Alles, wie es sich gehört.
O seht doch!
Die dritte. – Ist sie das gewohnt zu tun?
Die erste. Tat sie das sonst auch selber?
Die erste Priesterin. Pfeil und Bogen,
Sie hat sie stets mit eigner Hand gereinigt.
Die zweite. O, heilig hielt sie ihn, das muß man sagen! –
Die zweite Amazone. Doch jetzt den Köcher nimmt sie von der Schulter,
Und stellt den Pfeil in seinen Schaft zurück.
Die dritte. Nun ist sie fertig –
Die zweite. Nun ist es geschehen –
Die erste Priesterin. Nun sieht sie wieder in die Welt hinaus –!
Mehrere Frauen. O jammervoller Anblick! O so öde
Wie die Sandwüste, die kein Gras gebiert!
Lustgärten, die der Feuerstrom verwüstet,
Gekocht im Schoß der Erd' und ausgespien,
Auf alle Blüten ihres Busens hin,
Sind anmutsvoller als ihr Angesicht.

*(Penthesilea. Ein Schauer schüttelt sie zusammen; sie läßt den Bogen fallen.)*

Die Oberpriesterin. O die Entsetzliche!
Prothoe *(erschrocken).* Nun, was auch gibt's?
Die erste Amazone. Der Bogen stürzt' ihr aus der Hand danieder!
Die zweite. Seht, wie er taumelt –
Die vierte. Klirrt, und wankt, und fällt!
Die zweite. Und noch einmal am Boden zuckt –
Die dritte. Und stirbt,
Wie er der Tanaïs geboren ward.

*(Pause.)*

Die Oberpriesterin *(sich plötzlich zu ihr wendend).* Du, meine große Herrscherin, vergib mir!
Diana ist, die Göttin, dir zufrieden,
Besänftigt wieder hast du ihren Zorn.
Die große Stifterin des Frauenreiches,
Die Tana, das gesteh' ich jetzt, sie hat
Den Bogen würd'ger nicht geführt als du.
Die erste Amazone. Sie schweigt –
Die zweite. Ihr Auge schwillt –
Die dritte. Sie hebt den Finger,
Den blutigen, was will sie – Seht, o seht!
Die zweite. O Anblick, herzzerreißender, als Messer!
Die erste. Sie wischt sich eine Träne ab.
Die Oberpriesterin *(an Prothoes Busen zurück sinkend).* O Diana!
Welch eine Träne!
Die erste Priesterin. O eine Träne, du Hochheil'ge,
Die in der Menschen Brüste schleicht,
Und alle Feuerglocken der Empfindung zieht,
Und: Jammer! rufet, daß das ganze
Geschlecht, das leicht bewegliche, hervor
Stürzt aus den Augen, und, in Seen gesammelt,
Um die Ruine ihrer Seele weint.

DIE OBERPRIESTERIN *(mit einem bittern Ausdruck).* Nun denn
– wenn Prothoe ihr nicht helfen will,
So muß sie hier in ihrer Not vergehn.

PROTHOE
*(drückt den heftigsten Kampf aus. Drauf, indem sie sich ihr nähert, mit einer immer von Tränen unterbrochenen Stimme).*
Willst du dich niederlassen, meine Königin?
Willst du an meiner treuen Brust nicht ruhn?
Viel kämpftest du, an diesem Schreckenstag,
Viel auch, viel littest du – von so viel Leiden
Willst du an meiner treuen Brust nicht ruhn?

*(Penthesilea. Sie sieht sich um, wie nach einem Sessel.)*

PROTHOE. Schafft einen Sitz herbei! Ihr seht, sie will's.

*(Die Amazonen wälzen einen Stein herbei. Penthesilea läßt sich an Prothoes Hand darauf nieder. Hierauf setzt sich auch Prothoe.)*

PROTHOE. Du kennst mich doch, mein Schwesterherz?

*(Penthesilea sieht sie an, ihr Antlitz erheitert sich ein wenig.)*

PROTHOE. Prothoe
Bin ich, die dich so zärtlich liebt.

*(Penthesilea streichelt sanft ihre Wange.)*

PROTHOE. O du,
Vor der mein Herz auf Knieen niederfällt,
Wie rührst du mich!

*(Sie küßt die Hand der Königin.)*

– Du bist wohl sehr ermüdet?
Ach, wie man dir dein Handwerk ansieht, Liebe!
Nun freilich – Siegen geht so rein nicht ab,
Und jede Werkstatt kleidet ihren Meister.
Doch wie, wenn du dich jetzo reinigtest,
Händ' und Gesicht? – Soll ich dir Wasser schaffen?
– – Geliebte Königin!

*(Penthesilea. Sie besieht sich und nickt.)*

PROTHOE. Nun ja. Sie will's.

*(Sie winkt den Amazonen; diese gehen Wasser zu schöpfen.)*

– Das wird dir wohltun, das wird dich erquicken,
Und sanft, auf kühle Teppiche gestreckt,
Von schwerer Tagesarbeit wirst du ruhn.

Die erste Priesterin. Wenn man mit Wasser sie besprengt, gebt acht.
Besinnt sie sich.

Die Oberpriesterin. O ganz gewiß, das hoff' ich.

Prothoe. Du hofft's, hochheil'ge Priesterin? – Ich fürcht' es.

Die Oberpriesterin *(indem sie zu überlegen scheint)*. Warum? Weshalb? – Es ist nur nicht zu wagen,
Sonst müßte man die Leiche des Achills –

*(Penthesilea blickt die Oberpriesterin blitzend an.)*

Prothoe. Laßt, laßt –!

Die Oberpriesterin. Nichts, meine Königin, nichts, nichts!
Es soll dir alles bleiben, wie es ist. –

Prothoe. Nimm dir den Lorbeer ab, den dorningen,
Wir alle wissen ja, daß du gesiegt.
Und auch den Hals befreie dir – So, so!
Schau'! Eine Wund', und das recht tief! Du Arme!
Du hast es dir recht sauer werden lassen –
Nun dafür triumphierst du jetzo auch!
– O Artemis!

*(Zwei Amazonen bringen ein großes, flaches Marmorbecken, gefüllt mit Wasser.)*

Prothoe. Hier jetzt das Becken her. –
Soll ich dir jetzt die jungen Scheitel netzen?
Und wirst du auch erschrecken nicht – –? Was machst du?

*(Penthesilea läßt sich von ihrem Sitz auf Knien vor das Becken niederfallen, und begießt sich das Haupt mit Wasser.)*

Prothoe. Sieh da! Du bist ja traun recht rüstig, Königin!
– Das tut dir wohl recht wohl?

Penthesilea *(Sie sieht sich um.)* Ach, Prothoe!

*(Sie begießt sich von neuem mit Wasser.)*

Meroe *(froh)*. Sie spricht!

Die Oberpriesterin. Dem Himmel sei gedankt!
Prothoe. Gut, gut!
Meroe. Sie kehrt ins Leben uns zurück!
Prothoe. Vortrefflich!
Das Haupt ganz unter Wasser, Liebe! So!
Und wieder! So, so! Wie ein junger Schwan! –
Meroe. Die Liebliche!
Die erste Priesterin. Wie sie das Köpfchen hängt!
Meroe. Wie sie das Wasser niederträufeln läßt!
Prothoe. – Bist du jetzt fertig?
Penthesilea. Ach! – Wie wunderbar.
Prothoe. Nun denn, so komm mir auf den Sitz zurück! –
Rasch eure Schleier mir, ihr Priesterinnen,
Daß ich ihr die durchweichten Locken trockne!
So, Phania, deinen! Terpi! helft mir, Schwestern!
Laßt uns ihr Haupt und Nacken ganz verhüllen!
So, so! – Und jetzo auf den Sitz zurück!
*(Sie verhüllt die Königin, hebt sie auf den Sitz und drückt sie fest an ihre Brust.)*
Penthesilea. Wie ist mir?
Prothoe. Wohl, denk' ich – nicht?
Penthesilea *(lispelnd)*. Zum Entzücken!
Prothoe. Mein Schwesterherz! Mein süßes! O mein Leben!
Penthesilea. O sagt mir! – Bin ich in Elysium?
Bist du der ewig jungen Nymphen eine,
Die unsre hehre Königin bedienen,
Wenn sie, von Eichen-Wipfeln still umrauscht,
In die kristallne Grotte niedersteigt?
Nahmst du die Züge bloß, mich zu erfreuen,
Die Züge meiner lieben Prothoe an?
Prothoe. Nicht, meine beste Königin, nicht, nicht.
Ich bin es, deine Prothoe, die dich
In Armen hält, und was du hier erblickst,
Es ist die Welt noch, die gebrechliche,
Auf die nur fern die Götter niederschaun.

Penthesilea. So, so. Auch gut. Recht sehr gut. Es tut nichts.
Prothoe. Wie, meine Herrscherin?
Penthesilea. Ich bin vergnügt.
Prothoe. Erkläre dich, Geliebte. Wir verstehn nicht –
Penthesilea. Daß ich noch bin, erfreut mich. Laßt mich ruhn.

*(Pause.)*

Meroe. Seltsam!
Die Oberpriesterin. Welch eine wunderbare Wendung!
Meroe. Wenn man geschickt ihr doch entlocken könnte –?
Prothoe. – Was war es denn, das dir den Wahn erregt,
Du seist ins Reich der Schatten schon gestiegen?
Penthesilea *(nach einer Pause, mit einer Art von Verzückung).*
Ich bin so selig, Schwester! Überselig!
Ganz reif zum Tod', o Diana, fühl' ich mich!
Zwar weiß ich nicht, was hier mit mir geschehen,
Doch gleich des festen Glaubens könnt' ich sterben,
Daß ich mir den Peliden überwand.
Prothoe *(verstohlen zur Oberpriesterin).* Rasch jetzt die Leich' hinweg!
Penthesilea *(sich lebhaft aufrichtend).* O Prothoe!
Mit wem sprichst du?
Prothoe *(da die beiden Trägerinnen noch säumen).* Fort, Rasende!
Penthesilea. O Diana!
So ist es wahr?
Prothoe. Was, fragst du, wahr, Geliebte?
– Hier! Drängt euch dicht heran!
*(Sie winkt den Priesterinnen, die Leiche, die aufgehoben wird, mit ihren Leibern zu verbergen.)*
Penthesilea *(hält ihre Hände freudig vors Gesicht).* Ihr heil'gen Götter!
Ich habe nicht das Herz mich umzusehn.
Prothoe. Was hast du vor? Was denkst du, Königin?

Penthesilea *(sich umsehend).* O Liebe, du verstellst dich.
Prothoe.
Nein, beim Zeus,
Dem ew'gen Gott der Welt!
Penthesilea *(mit immer steigender Ungeduld).* O ihr Hochheiligen,
Zerstreut euch doch!
Die Oberpriesterin
*(sich dicht mit den übrigen Frauen zusammendrängend).*
Geliebte Königin!
Penthesilea *(indem sie aufsteht).* O Diana! Warum soll ich nicht? O Diana!
Er stand schon einmal hinterm Rücken mir.
Meroe. Seht, seht! Wie sie Entsetzen faßt!
Penthesilea *(zu den Amazonen, welche die Leiche tragen).*
Halt dort! –
Was tragt ihr dort? Ich will es wissen. Steht!
*(Sie macht sich Platz unter den Frauen und dringt bis zur Leiche vor.)*
Prothoe. O meine Kön'gin! Untersuche nicht!
Penthesilea. Ist er's, ihr Jungfrauen? Ist er's?
Eine Trägerin *(indem die Leiche niedergelassen wird).* Wer, fragst du?
Penthesilea. – Es ist unmöglich nicht, das seh' ich ein.
Zwar einer Schwalbe Flügel kann ich lähmen,
So, daß der Flügel noch zu heilen ist;
Den Hirsch lock' ich mit Pfeilen in den Park.
Doch ein Verräter ist die Kunst der Schützen;
Und gilt's den Meisterschuß ins Herz des Glückes,
So führen tück'sche Götter uns die Hand.
– Traf ich zu nah' ihn, wo es gilt? Sprecht, ist er's?
Prothoe. O bei den furchtbarn Mächten des Olymps,
Frag' nicht –!
Penthesilea. Hinweg! Und wenn mir seine Wunde,
Ein Höllenrachen, gleich entgegen gähnte:
Ich will ihn sehn!

*(Sie hebt den Teppich auf.)*

Wer von euch tat das, ihr Entsetzlichen!

Prothoe. Das fragst du noch?

Penthesilea. O Artemis! Du Heilige!
Jetzt ist es um dein Kind geschehn!

Die Oberpriesterin. Da stürzt sie hin!

Prothoe. Ihr ew'gen Himmelsgötter!
Warum nicht meinem Rate folgtest du?
O dir war besser, du Unglückliche,
In des Verstandes Sonnenfinsternis
Umher zu wandeln, ewig, ewig, ewig,
Als diesen fürchterlichen Tag zu sehn!
– Geliebte, hör' mich!

Die Oberpriesterin. Meine Königin!

Meroe. Zehntausend Herzen teilen deinen Schmerz!

Die Oberpriesterin. Erhebe dich!

Penthesilea *(halb aufgerichtet)*. Ach, diese blut'gen Rosen!
Ach, dieser Kranz von Wunden um sein Haupt!
Ach, wie die Knospen, frischen Grabduft streuend,
Zum Fest für die Gewürme, niedergehn!

Prothoe *(mit Zärtlichkeit)*. Und doch war es die Liebe, die ihn kränzte!

Meroe. Nur allzu fest –!

Prothoe. Und mit der Rose Dornen,
In der Beeifrung, daß es ewig sei!

Die Oberpriesterin. Entferne dich!

Penthesilea. Das aber will ich wissen,
Wer mir so gottlos neben hat gebuhlt! –
Ich frage nicht, wer den Lebendigen
Erschlug; bei unsern ewig hehren Göttern!
Frei, wie ein Vogel, geht er von mir weg.
Wer mir den Toten tötete, frag' ich,
Und darauf gib mir Antwort, Prothoe!

Prothoe. Wie, meine Herrscherin?

PENTHESILEA. Versteh mich recht.
Ich will nicht wissen, wer aus seinem Busen
Den Funken des Prometheus stahl. Ich will's nicht,
Weil ich's nicht will; die Laune steht mir so:
Ihm soll vergeben sein, er mag entfliehn.
Doch wer, o Prothoe, bei diesem Raube
Die offne Pforte ruchlos mied, durch alle
Schneeweißen Alabasterwände mir
In diesen Tempel brach; wer diesen Jüngling,
Das Ebenbild der Götter, so entstellt,
Daß Leben und Verwesung sich nicht streiten,
Wem er gehört; wer ihn so zugerichtet,
Daß ihn das Mitleid nicht beweint, die Liebe
Sich, die unsterbliche, gleich einer Metze,
Im Tod noch untreu, von ihm wenden muß:
Den will ich meiner Rache opfern. Sprich!
PROTHOE *(zur Oberpriesterin).* Was soll man nun der Rasen-
den erwidern? –
PENTHESILEA. Nun, werd' ich's hören?
MEROE. – O meine Königin,
Bringt es Erleichterung der Schmerzen dir,
In deiner Rache opfre, wen du willst.
Hier stehn wir all' und bieten dir uns an.
PENTHESILEA. Gebt acht, sie sagen noch, daß ich es war.
DIE OBERPRIESTERIN *(schüchtern).* Wer sonst, du Unglückseli-
ge, als nur –?
PENTHESILEA. Du Höllenfürstin, im Gewand' des Lichts,
Das wagst du mir –?
DIE OBERPRIESTERIN. Diana ruf' ich an!
Laß es die ganze Schar, die dich umsteht,
Bekräftigen! Dein Pfeil war's, der ihn traf,
Und, Himmel! wär' es nur dein Pfeil gewesen!
Doch als er niedersank, warfst du dich noch,
In der Verwirrung deiner wilden Sinne,

Mit allen Hunden über ihn und schlugst –
O, meine Lippe zittert auszusprechen,
Was du getan? Frag' nicht! Komm, laß uns gehn.
Penthesilea. Das muß ich erst von meiner Prothoe hören.
Prothoe. O meine Königin! Befrag' mich nicht.
Penthesilea. Was! Ich? Ich hätt' ihn –? Unter meinen Hunden –?
Mit diesen kleinen Händen hätt' ich ihn –?
Und dieser Mund hier, den die Liebe schwellt –?
Ach, zu ganz anderm Dienst gemacht, als ihn –!
Die hätten, lustig stets einander helfend,
Mund jetzt und Hand, und Hand und wieder Mund –?
Prothoe. O Königin!
Die Oberpriesterin. Ich rufe Wehe! dir.
Penthesilea. Nein, hört, davon nicht überzeugt ihr mich.
Und stünd's mit Blitzen in die Nacht geschrieben,
Und rief' es mir des Donners Stimme zu,
So rief' ich doch noch beiden zu: ihr lügt!
Meroe. Laß ihn, wie Berge, diesen Glauben stehn;
Wir sind es nicht, die ihn erschüttern werden.
Penthesilea. – Wie kam es denn, daß er sich nicht gewehrt?
Die Oberpriesterin. Er liebte dich, Unseligste! Gefangen
Wollt' er sich dir ergeben, darum naht' er!
Darum zum Kampfe fordert' er dich auf!
Die Brust voll süßen Friedens kam er her,
Um dir zum Tempel Artemis' zu folgen.
Doch du –
Penthesilea. So, so –
Die Oberpriesterin. Du trafst ihn –
Penthesilea. Ich zerriß ihn?
Prothoe O, meine Königin!
Penthesilea. Oder war es anders?
Meroe. Die Gräßliche!
Penthesilea. Küßt' ich ihn tot?

Die erste Priesterin. O Himmel!
Penthesilea. Nicht? Küßt' ich nicht? Zerrissen wirklich? sprecht!
Die Oberpriesterin. Weh! Wehe! ruf' ich dir. Verberge dich!
Laß fürder ew'ge Mitternacht dich decken!
Penthesilea. – So war es ein versehen. Küsse, Bisse,
Das reimt sich, und wer recht von Herzen liebt,
Kann schon das eine für das andre greifen.
Meroe. Helft ihr, ihr Ew'gen, dort!
Prothoe *(ergreift sie).* Hinweg!
Penthesilea. Laßt, laßt!
*(Sie wickelt sich los, und läßt sich auf Knien vor der Leiche nieder.)*
Du Ärmster aller Menschen, du vergibst mir!
Ich habe mich, bei Diana, bloß versprochen,
Weil ich der raschen Lippe Herr nicht bin;
Doch jetzt sag' ich dir deutlich, wie ich's meinte:
Dies, du Geliebter, war's, und weiter nichts.
*(Sie küßt ihn.)*
Die Oberpriesterin. Schafft sie hinweg!
Meroe. Was soll sie länger hier?
Penthesilea. Wie manche, die am Hals des Freundes hängt,
Sagt wohl das Wort: sie lieb' ihn, o so sehr,
Daß sie vor Liebe gleich ihn essen könnte;
Und hinterher, das Wort beprüft, die Närrin!
Gesättigt sein zum Ekel ist sie schon.
Nun, du Geliebter, so verfuhr ich nicht.
Sieh her: als *ich* an deinem Halse hing,
Hab' ich's wahrhaftig Wort für Wort getan;
Ich war nicht so verrückt, als es wohl schien.
Meroe. Die Ungeheuerste! Was sprach sie da?
Die Oberpriesterin. Ergreift sie! Bringt sie fort!
Prothoe. Komm, meine Königin!

Penthesilea. *(Sie läßt sich aufrichten.)* Gut, gut. Hier bin ich schon.
Die Oberpriesterin. So folgst du uns?
Penthesilea. Euch nicht! – –
Geht ihr nach Themiscyra, und seid glücklich,
Wenn ihr es könnt –
Vor allem meine Prothoe –
Ihr alle –
Und – – – im Vertrauen ein Wort, das niemand höre:
Der Tanaïs Asche, streut sie in die Luft!
Prothoe. Und du, mein teures Schwesterherz?
Penthesilea. Ich?
Prothoe. Du!
Penthesilea. – Ich will dir sagen, Prothoe,
Ich sage vom Gesetz der Fraun mich los,
Und folge diesem Jüngling hier.
Prothoe. Wie, meine Königin?
Die Oberpriesterin. Unglückliche!
Prothoe. Du willst –?
Die Oberpriesterin. Du denkst –
Penthesilea. Was? Allerdings!
Meroe. O Himmel!
Prothoe. So laß mich dir ein Wort, mein Schwesterherz –
*(Sie sucht ihr den Dolch wegzunehmen.)*
Penthesilea. Nun denn, und was? – – Was suchst du mir am Gurt?
– Ja, so. Wart', gleich! Verstand ich dich doch nicht.
– – Hier ist der Dolch.
*(Sie löst sich den Dolch aus dem Gurt, und gibt ihn der Prothoe.)*
Willst du die Pfeile auch?
*(Sie nimmt den Köcher von der Schulter.)*
Hier schütt' ich ihren ganzen Köcher aus!
*(Sie schüttet die Pfeile vor sich nieder.)*
Zwar reizend wär's von einer Seite –
*(Sie hebt einige davon wieder auf.)*

Denn dieser hier – nicht? Oder war es dieser –?
Ja, der! Ganz recht – Gleichviel! Da! Nimm sie hin!
Nimm alle die Geschosse zu dir hin!

*(Sie rafft den ganzen Bündel wieder auf, und gibt ihn der Prothoe in die Hände.)*

Prothoe. Gib her.

Penthesilea. Denn jetzt steig' ich in meinen Busen nieder,
Gleich einem Schacht, und grabe, kalt wie Erz,
Mit ein vernichtendes Gefühl hervor.
Dies Erz, dies läutr' ich in der Glut des Jammers
Hart mir zu Stahl; tränk' es mit Gift sodann,
Heißätzendem, der Reue, durch und durch;
Trag es der Hoffnung ew'gem Amboß zu,
Und schärf' und spitz' es mir zu einem Dolch;
Und diesem Dolch jetzt reich' ich meine Brust:
So! So! So! So! Und wieder! – Nun ist's gut.

*(Sie fällt und stirbt.)*

Prothoe *(Die Königin auffassend)*. Sie stirbt!

Meroe. Sie folgt ihm, in der Tat!

Prothoe. Wohl ihr!
Denn hier war ihres fernern Bleibens nicht.

*(Sie legt sie auf den Boden nieder.)*

Die Oberpriesterin. Ach! Wie gebrechlich ist der Mensch, ihr Götter
Wie stolz, die hier geknickt liegt, noch vor kurzem,
Hoch auf des Lebens Gipfeln, rauschte sie!

Prothoe. Sie sank, weil sie zu stolz und kräftig blühte!
Die abgestorbne Eiche steht im Sturm,
Doch die gesunde stürzt er schmetternd nieder,
Weil er in ihre Krone greifen kann.

# Editorisches Nachwort

Der Text der vorliegenden dreibändigen Ausgabe der Werke Kleists beruht auf der sechsteiligen Ausgabe in zwei Bänden, herausgegeben von Hermann Gilow, Willy Manthey und Wilhelm Waetzoldt aus den zwanziger Jahren. Der Text der Dramen ist identisch mit der fünfbändigen Kleist-Gesamtausgabe, herausgegeben von Georg Minde-Pouet, Reinhold Steig und Erich Schmidt (Leipzig 1904/05).

## *Über diesen Band*

Kleists *Gedichte*, die seinen Dramen vorangestellt sind, spielen in seinem Werk nur eine marginale Rolle. »Ein Leser unserer Tage wird - wenn ihm kein starkes literarhistorisches Interesse den Weg weist und glättet - nur mühsam sich durch diese eigenwillige Lyrik hindurchlesen«, schrieb Waetzoldt einleitend. Daran hat sich bis heute nichts geändert, und es ist kaum vorstellbar, wie diese Seite Kleists je reaktualisiert werden könnte. Dennoch sollten seine Gedichte, als eine Facette des ganzen Werkes, nicht einfach unterschlagen werden.

*Die Familie Schroffenstein*, Kleists Erstlingsdrama, hieß zuerst »Die Familie Ghonorez«, der Schauplatz des Stückes war Spanien. Auf Anraten seines Freundes Ludwig Wieland verlegte Kleist die Handlung nach Deutschland, ins ritterliche Mittelalter, das um 1800 durch die Romantiker neuen Reiz gewonnen hatte. Von deren Vergangenheitsseligkeit jedoch ist in Kleists finsterem Drama nichts zu spüren. Vielmehr zeigt sich schon hier das Bizarre und Extreme, das man häufig mit seiner eigenen, von Krankheitsfällen und seelischen Zusammenbrüchen gezeichneten Biographie in Verbindung gebracht hat, sicher nicht ganz zu Unrecht. (Hierzu mehr in der biographischen Skizze am Ende des dritten Bandes dieser Ausgabe.) »Die Familie Schroffenstein« erschien 1803.

Seinen *Robert Guiskard* begann Kleist 1802 in der Schweiz, wo er nach mehrmonatiger Reise auf einer Aarinsel bei Thun Quartier bezogen hatte. Die Quelle zu diesem Drama war ein Aufsatz von Funk in Schillers Zeitschrift »Die Horen« von 1797.

Robert Guiskard, Herzog der Normannen, liegt belagernd vor Byzanz (der historische Guiskard ist nicht bis dort gekommen), in seinem Heer wütet die Pest. Der Held selbst, von strotzendem Körper, trägt den Keim der tödlichen Krankheit in sich. Das Thema vom Zusammenhang geistiger und animalischer Natur im Menschen, glänzender Schein bei tödlich krankem Sein, ist hier gesteigert und verdichtet: Der Starke regiert die Welt in der Gestalt Guiskards, während der legitime Träger der Macht, Abälard, glanzlos im Hintergrund agiert. Das Stück blieb Fragment. Zwei Niederschriften scheint Kleist vernichtet zu haben, doch geht man davon aus, daß das Stück nie vollständig existiert hat. Auch wenn andere in dem Torso den Keim der »Vereinigung von antiker Größe mit Shakespeare« gesehen haben, Kleist selbst sprach von Scheitern und verzweifelte an seinem »halben Talent«.

Im *Amphitryon*, einem »Lustspiel nach Molière«, übernimmt Kleist den Text des großen französischen Autors fast wörtlich. Doch wenige, aber entscheidende Veränderungen machen das Stück zu einer originalen Schöpfung: Thema und Charaktere gehören Kleist. Die entscheidende 4. Szene im 2. Akt fehlt bei Molière ganz. Zur eigentlichen Heldin wird, wiederum anders als in der französischen Vorlage, Alkmene. Mit ihr bringt Kleist eine seiner großen Frauengestalten hervor, die aus einem innersten Gefühl das Richtige tun und damit auf ihre Weise das quälende Problem der Suche nach Wahrheit und Wirklichkeit lösen. Im göttlichen Verwirrspiel der Liebe in »Amphitryon« entfaltet Kleist Bruchstücke seines Glaubens: daß die Menschen auf Gott hin geschaffen und Gott die Erhebung des Menschen ins Paradies zu seiner Verherrlichung bestimmt hat.